Thomas Franke
Undercover – der Preis der Wahrheit

Über den Autor

Thomas Franke ist Sozialpädagoge und bei einem Träger für Menschen mit Behinderung tätig. Als leidenschaftlicher Geschichtenschreiber ist er nebenberuflich Autor von Büchern. Er lebt mit seiner Familie in Berlin.
Mehr über den Autor: www.thomasfranke.net

Thomas Franke

UNDER COVER
DER PREIS DER WAHRHEIT

Roman

Kapitel 1

Berlin, Mai 2084

Der dicht bewölkte Abendhimmel spendete nur wenig Helligkeit. Sila blickte sich um. Die Gasse schien verlassen. Anfang des 21. Jahrhunderts war diese Gegend ein beliebter Szene-Kiez gewesen. Heute hausten in den baufälligen Ruinen fast nur noch Illegale und Junkies. Rasch trat sie in den schmalen Durchgang und legte sich den Hidschab an. Wie angekündigt war das Tor zum Hinterhof nicht abgeschlossen. Sie drückte die Klinke herunter und lehnte sich gegen den schweren Torflügel. Die rostigen Angeln quietschten unangenehm laut.

Sie schlüpfte durch den Spalt. Der beißende Geruch von Schimmel und Urin schlug ihr entgegen. Der verwahrloste Hinterhof lag in tiefen Schatten. Kein künstliches Licht erhellte den Weg. Es wirkte so, als stünde das Haus schon seit Ewigkeiten leer.

Und genau diesen Eindruck sollte es auch vermitteln. Sila blickte nach oben, sah die dunklen Löcher der Fenster, die kalt und leer wie die Augen eines Toten wirkten. *Hier gibt es seit Jahren kein Leben mehr*, schienen sie zu sagen.

Doch Sila wusste, dass dies eine Täuschung war. Für einen kurzen Moment war sie versucht, den Restlichtverstärker ihrer AR-Kontaktlinsen zu aktivieren, aber das wäre nicht klug. Wenn sie sich zu sicher fortbewegte, könnte dies Misstrauen erwecken. Also tastete sie sich unbeholfen in der Dunkelheit voran und stieß gegen irgendetwas, das daraufhin mit einem blechernen Scheppern zu Boden fiel. Lautlos fluchend tastete sie sich weiter.

Plötzlich vernahm sie ein leises Rascheln, und im nächsten

Augenblick trat ihr eine dunkle Gestalt in den Weg. Sila hatte damit gerechnet, zuckte aber dennoch zusammen, als habe sie sich furchtbar erschreckt. „Farid, bist du das?", flüsterte sie.

„Pst!", zischte die Gestalt.

Es war Farid. Sie konnte sein Bartöl riechen. Er trug es stets ein wenig zu großzügig auf.

Sie spürte eine sanfte Berührung am Arm. „Komm!", wisperte er dicht an ihrem Ohr.

Sila beugte sich vor. „Ist er hier?", flüsterte sie so nah an seinem Gesicht, dass ihre Lippen sein Ohrläppchen berührten.

Er erschauerte. Seine Überzeugung hätte ihn eigentlich dazu bringen müssen, auf Abstand zu gehen. Stattdessen ertastete er ihre Hand und zog sie eine Kellertreppe hinab. Er öffnete eine Tür, die sich im Gegensatz zum Hoftor vollkommen lautlos in den gut geölten Angeln bewegte.

Sie traten in einen unbeleuchteten Gang. Farid machte eine Bewegung mit der Hand, und kurz darauf glommen schwache Lichter auf, die den Gang gerade so stark erhellten, dass sie nicht über den Schutt stolperten, der überall herumlag.

Obwohl Sila seine Führung nun nicht mehr benötigte, hielt Farid weiterhin ihre Hand. Sie ließ es geschehen.

Plötzlich hielt er inne und wandte sich langsam zu ihr um. Seine dunklen Augen suchten ihren Blick. „Bist du sicher, dass du das tun willst?", flüsterte er. „Wenn du diesen Schritt gehst, gibt es kein Zurück mehr."

Sila lächelte. „Ich bin mir sicher, Farid", erwiderte sie sanft. „Heute bin ich genau dort, wo ich sein soll."

Er erwiderte ihr Lächeln und nickte. „Also gut!" Mit diesen Worten streckte er die linke Hand aus und drückte gegen einen der Ziegelsteine in der Mauer.

Sila hob überrascht die Brauen, denn seine Finger schienen durch den Stein hindurchzugleiten. *Eine 3-D-Simulation*, fuhr es ihr durch den Kopf. *Nicht schlecht gemacht.* Ein leises Piepen ertönte, dann ein Surren. Ein Teil des Mauerwerks glitt zur Seite, und eine Tür öffnete sich.

Sie betraten eine Art Vorraum, kaum größer als drei oder vier Quadratmeter. Sila war sich sicher, dass mehrere Kameras sie beobachteten. Sie hob den Blick. Farid nickte. Kurz darauf glitt eine weitere Tür auf.

Der Raum, der vor ihnen lag, gab Sila das Gefühl, einen anderen Ort in einer anderen Zeit zu betreten. Gewebte Teppiche bedeckten den Boden. Auf einem weichen Sitzpolster thronte ein graubärtiger Mann. Ihr Herz begann, schneller zu schlagen. Er war es! Der Imam. Der Mann, nach dem sie so lange gesucht hatte. Sie blinzelte zweimal. Um ihn herum saßen mehrere bärtige Männer auf dem Boden, die nun zu den Neuankömmlingen aufblickten. Nur der Imam würdigte sie keines Blickes. Vor ihm auf einem kleinen Schemel lag ein altes, aufgeschlagenes Buch, das tatsächlich noch auf Papier gedruckt war. Er bewegte die Lippen und murmelte etwas vor sich hin.

Farid verharrte in ehrerbietiger Stellung, während Sila demütig den Kopf senkte. Ihr kam es durchaus entgegen, dass der Imam sich Zeit ließ.

Schließlich hob der Mann den Blick. Er sah erst Farid an, dann Sila. Ein Lächeln legte sich auf seine Lippen, und er nickte.

Hastig kniete Farid nieder. Er zupfte an Silas Ärmel, und sie tat es ihm gleich.

„Farid, mein Sohn. Du bringst mir eine Suchende?"

„Ja, Imam."

„Bürgst du für sie?"

„Das tue ich."

Der Imam fixierte Sila mit den Augen. Sein Blick schien sich tief in sie hineinzubohren, als wolle er den Grund ihrer Seele ertasten.

Silas Miene blieb unverändert, doch innerlich lächelte sie.

„Tochter", sagte der Imam. „War Farid ein guter Lehrmeister?"
„Ja."
„Und er hat dich die Worte gelehrt?"
„Das hat er."
„Dann sprich."

Sila hob den Blick. Sie kannte die Worte, die man nun von ihr erwartete.

Es gibt keinen Gott außer Gott,
und Mohammed ist der Gesandte Gottes.

Farid sah sie erwartungsvoll an. *Sag es,* formte er lautlos mit den Lippen. Er hatte sie dieses Bekenntnis in der Muttersprache des Islam gelehrt.

Lā ilāha illā 'llāh(u)
wa Muhammadun rasūlu 'llāh(i)

Doch keines dieser Worte kam über Silas Lippen. Stattdessen sagte sie: „Zugriff!"

Auf der schweren Tür glühte ein zwei mal ein Meter großer Umriss auf. Ein beißender Geruch erfüllte den Raum. Die Tür erzitterte und das herausgelöste Teil krachte zu Boden. Dunkle Gestalten strömten herein. „Polizei! Auf den Boden! Auf den Boden!"

Das Ganze dauerte kaum mehr als zwei Sekunden.

Farid starrte Sila an. In seinem Blick spiegelte sich zuerst Schock, dann Entsetzen und schließlich grenzenloser Hass. „Verräterin!"

Blitzschnell sprang er auf sie zu. In seiner Hand blitzte ein Messer auf.

Sila reagierte, wie sie es gelernt hatte. Sie wich der Waffe aus, nutzte den Schwung ihres Angreifers und brachte ihn mit einem einfachen Beinhebel zu Fall.

Farid stürzte. Ehe er sich aufrappeln konnte, rammte sie ihm das Knie in den Rücken, packte seinen rechten Arm und verdrehte ihn, sodass er schmerzerfüllt aufschrie und das Messer fallen ließ.

„Farid Augustin Scholz, ich verhafte Sie wegen des Verstoßes gegen § 442 in Verbindung mit § 129 des Strafgesetzbuches ..."

Der Mann versuchte, sich zu befreien. Sila verdrehte ihm das Handgelenk, und er schrie abermals vor Schmerz auf. „Ich bring dich um!", stieß er voller Zorn hervor.

„Stell dich hinten an", erwiderte Sila kühl. „Du bist nicht der Erste, der mir das androht."

Inzwischen waren alle Männer im Raum ohne Blutvergießen überwältigt worden. Einer der Polizisten legte dem Imam Handschellen an. Die Takke[1] des Geistlichen war diesem vom Kopf gerutscht. Mit seiner Halbglatze, dem wirren grauen Haar und dem verblüfften Gesichtsausdruck wirkte der wie ein Heiliger verehrte Anführer der islamischen Untergrundbewegung nur noch wie ein alter, verängstigter Mann.

Sila gönnte sich ein zufriedenes Lächeln. Ihr Cochlearis-Interface[2], kurz CI, meldete sich mit einem sanften Gongton. Sie nickte einem der SEK-Beamten zu. Der breitschultrige Mann übernahm und zerrte Farid unsanft auf die Füße.

Sila ignorierte die glühenden Blicke des jungen Mannes, zu dem sie vor über sechs Monaten Kontakt aufgenommen hatte und der, wie sie vermutete, mehr als nur ein wenig in sie verliebt gewesen war. Während sie über den schmalen Gang ins Freie hausging, zog sie den Hidschab ab und aktivierte die Kommunikationsfunktion.

„Snyder hier", meldete sich die markante Stimme des stellvertretenden Leiters der Abteilung „Religion und Weltanschauung" des Amts für innere Sicherheit, kurz AIS.

„Wir haben ihn!", vermeldete Sila. „Die Operation war ein voller Erfolg."

„Glückwunsch", erwiderte Snyder. „Nichts anderes habe ich von Ihnen erwartet. Aber der Imam ist nicht der Grund meines Anrufs."

Sila verzog das Gesicht. Ein wenig mehr Anerkennung von ihrem Vorgesetzten wäre sicherlich nicht zu viel verlangt. „Was gibt's?", fragte sie.

„Wir haben ein Problem", sagte Snyder.

Sein emotionsloser Tonfall jagte Sila einen Schauer über den Rücken. „Ein ernsthaftes Problem?", hakte sie nach.

„Nehmen Sie ein Einsatzfahrzeug und kommen Sie in die Zentrale. So schnell wie möglich."

Bevor Sila eine weitere Frage stellen konnte, unterbrach er die Verbindung. Sie wandte sich um und rannte zu den Einsatzfahrzeugen. „Aussteigen!" Sie hielt dem verdutzten Beamten ihr AIS-Hologramm unter die Nase. „Ich brauche Ihren Wagen."

Kapitel 2

Der Gebäudekomplex am Treptower Park war ein Sammelsurium unterschiedlichster Baustile. Der denkmalgeschützte rote Backsteinbau der 1908 erbauten Kavallerie-Telegraphenschule war das mit Abstand älteste Gebäude auf dem Gelände. Anfang der Zweitausender war zudem ein schlichter fünfgeschossiger Neubau errichtet worden, der seitdem bereits zweimal grundsaniert worden war und mittlerweile überwiegend als Lager und Archiv Verwendung fand. Beide Bauten wirkten jedoch winzig neben dem gigantischen Koloss aus Carbonbeton und beschichtetem Spezialglas. „Der Turm" schraubte sich über 128 Stockwerke in die Höhe, und sein Fundament reichte, was die wenigsten wussten, 45 Stockwerke in die Tiefe. Er war im Zuge der Neustrukturierung des Amts vor zwanzig Jahren erbaut worden. Nur drei Jahre nach der Großen Krise, wie die chaotischen Jahre Mitte des 21. Jahrhunderts rückblickend genannt wurden.

Sila passierte die Sicherheitsschleuse im Foyer. Wenn Snyder von einem Problem sprach, dann konnte das nur bedeuten, dass sie einen neuen Auftrag erhalten sollte. Sie verspürte einen Anflug von Enttäuschung. Die üblichen vier Wochen Erholungsurlaub hätte sie gut gebrauchen können. Eigentlich waren sie sogar nach jedem Einsatz vorgeschrieben. Undercovermissionen waren extrem aufwendig. Es war nicht damit getan, den Agenten neue Namen und neue Biografien zu verpassen. Sie mussten in gewisser Weise andere Menschen werden. So etwas war weder schnell umzusetzen noch ohne Weiteres wieder abzuschütteln.

Sie erreichte die Aufzüge. Der in die Wandvertäfelung integrierte Körperscanner erfasste ihre biometrischen Daten. Ein Licht leuchtete auf und zeigte an, dass ein Aufzug aus den oberen Geschossen unterwegs zu ihr war.

Auch wenn es während eines Einsatzes dazu kommen konnte, dass sie auf sich allein gestellt war, gab es doch ein ganzes Team, das sie vorbereitete und während ihrer Mission immer wieder unterstützte, sinnierte Sila weiter. Ein Profiler erarbeitete ein detailliertes psychologisches Profil. In therapieähnlichen Sitzungen und aufwendig inszenierten AR^3-Trainingseinheiten lernte sie, wie ihr neues Alter Ego zu sprechen, zu denken und zu fühlen. Wenn sie gezwungen war, spontan zu reagieren, musste ihr Verhalten authentisch sein. Auch wenn sie sich allein wähnte, musste sie ihre Rolle weiterspielen. Denn niemand konnte sagen, wann und wo sie beobachtet wurde. Obwohl die den Undercoveragenten zugewiesenen Wohnungen regelmäßig von der IT gescannt wurden, gab es keine einhundertprozentige Sicherheit. Es war immer möglich, dass der Feind eine ausgeklügelte Spionagetechnik verwendete, die in der Lage war, die Firewall des AIS zu durchbrechen.

Ein leiser Gong ertönte, und eine der Aufzugstüren öffnete sich. Sila trat ein und sagte: „Fünftes Untergeschoss."

Acht Monate lang war sie Leila Warschke gewesen, eine traumatisierte, systemkritische junge Frau auf der Suche nach Halt. Das konnte sie nicht so leicht ablegen wie den Hidschab. Sie brauchte diese vier Wochen Pause, in denen sie wieder Zeit hatte, einfach nur Sila Degenhardt zu sein.

Als sie das fünfte Untergeschoss erreichte, meldete sich ihr CI. „Frau Degenhardt, bitte begeben Sie sich in Raum 17."

Sila hob die Brauen. Das war ungewöhnlich. Ein Briefing in einem Verhörraum? Noch dazu in dem einzigen, dessen Wände komplett frei von jeglicher Abhörtechnik waren? Als sie eintrat, erwartete sie eine weitere Überraschung. Neben Snyder war noch ein zweiter Mann im Raum: Severus Braun, der Innenminister.

Der groß gewachsene Mann mit dem schütteren Haar und der sonoren Stimme reichte ihr die Hand. „Gratuliere, Frau Degenhardt! Das war hervorragende Arbeit."

„Danke." Sila brachte ein irritiertes Lächeln zustande und blickte dann fragend zu Snyder.

Ihr Vorgesetzter hob leicht eine Augenbraue, ehe er sich umwandte und die Tür schloss. Sila kannte ihn gut genug, um zu wissen, was er ihr damit sagen wollte. Offenbar war er von der Anwesenheit des Innenministers kaum weniger überrascht als sie. Doch seiner Stimme war davon nichts anzumerken. „Nehmen Sie Platz." Er wies auf einen der Stühle.

Sila setzte sich und warf einen kurzen Blick auf Braun. Der Minister war leicht übergewichtig. Ein paar übrig gebliebene Bartstoppeln auf seinen runden Wangen zeugten davon, dass er sich zu wenig Zeit für die Rasur genommen hatte. Ansonsten war ihm keine Anspannung anzumerken. Doch der Mann war schwer zu durchschauen. Meist nahm er die Vermittlerrolle ein, sowohl zwischen dem moderaten und dem radikalen Flügel seiner eigenen Partei, der Humanistisch liberalen Partei HLP, als auch zwischen dieser und dem Koalitionspartner, der Paneuropäischen Wohlfahrtspartei PEW. Dabei war er stets für eine Überraschung gut. Mal gab er sich sehr kompromissbereit, dann wieder konnte man erleben, dass er äußerst radikale Positionen unterstützte. Die meisten hielten ihn für einen typischen Karrierepolitiker, der sein Fähnchen immer nach dem Wind hängt. Sila war sich da nicht so sicher.

Snyder legte sein Smartpad auf den Tisch und aktivierte mit einer knappen Handbewegung die Holoprojektion. Ein detailgenaues dreidimensionales Bild erschien. Es zeigte einen jungen Mann mit vertrauten Gesichtszügen, der in eine der alten

U-Bahnen einstieg, die man in den Innenbezirken der Stadt erhalten hatte und die überwiegend von Touristen genutzt wurden.

„Paul Lübke?", stieß Sila überrascht hervor.

„Ganz richtig."

Sie hatte damit gerechnet, dass man sie über eine neue Zielperson informieren würde. Doch Paul Lübke gehörte mit Sicherheit nicht in diese Kategorie. Lange Jahre war er Vorsitzender der Junghumanisten gewesen, der Jugendorganisation der regierenden HLP. Seit zwei Jahren war er nun Staatssekretär – und nach Braun der zweitmächtigste Mann des Innenministeriums. „Was –", setzte Sila an.

Doch Snyder unterbrach sie. „Sehen Sie selbst."

Lübke stieg ein. Die Perspektive wechselte und zeigte ihn nun im Inneren des Waggons. Die alten Bahnen hatten zwar keine Überwachungskameras neuerer Generation, aber sie lieferten dennoch solide 3-D-Bilder.

Der Staatssekretär war fast allein in der Bahn. Ein Blick auf das Display verriet Sila, dass die Aufnahme um kurz nach vier Uhr morgens entstanden war. Eine ältere Frau saß mit geschlossenen Augen da. Ein Jugendlicher starrte mit glasigem Blick ins Leere. Seinen bizarren Fingerbewegungen nach zu urteilen hatte er ein Game auf seinen AR-Linsen laufen.

Ein bärtiger junger Mann mit Kappe stieg hinzu und setzte sich gegenüber von Lübke auf eine Bank. Sein Gesicht war nur kurz zu sehen, dann drehte er den Kopf so, dass der Schirm seiner Kappe es verdeckte. Es war nicht zu erkennen, ob er mit seinem Gegenüber sprach. Doch der Staatssekretär blickte ihn unverwandt an, was diese Interpretation nahelegte.

Plötzlich bewegte sich Lübke. Er beugte den Oberkörper leicht vor, als wolle er aufstehen. Im nächsten Moment flackerte das Bild, und er war verschwunden.

Sila riss die Augen auf. Der bärtige junge Mann war ebenfalls fort, doch die alte Dame schlief immer noch und auch der Jugendliche schien nichts bemerkt zu haben. Die U-Bahn lief in den Bahnhof Pankstraße ein. Laut Anzeige war es 4:07 Uhr.

Snyder stoppte die Aufnahme.

„Was zum Henker ist denn da passiert?", entfuhr es Sila.

„Ihr Vorgesetzter ist der Ansicht, dass Sie die geeignete Person sind, um genau das herauszufinden", sagte Braun. Eine gewisse Skepsis schien in seinen Worten mitzuschwingen.

„Ich?", erwiderte Sila. Sie war so perplex, dass sie vergaß, mit wem sie da gerade sprach. Ihr Blick wanderte zu Snyder.

„Paul Lübke gilt seit siebzehn Tagen als vermisst", sagte ihr Vorgesetzter. „Er ist wie vom Erdboden verschluckt."

„Das tut mir leid, aber was hat das mit mir zu tun? Für Vermisstenfälle bin ich nicht zuständig."

Snyder rieb sich das Gesicht. Er sah müde aus. Mit einer knappen Handbewegung aktivierte er ein Dokument auf dem Smartpad. „Hier, unterzeichnen Sie das!"

Silas Augen weiteten sich, als sie den Text las. Eine solche Geheimhaltungsklausel hatte sie noch nie gesehen.

Verletzt die unterzeichnende Person die sich aus dieser Vereinbarung ergebenden Pflichten, gilt § 94 Abs. 3 des Strafgesetzbuchs (StGB) als erfüllt und die innere Sicherheit als gefährdet. Das Interesse der inneren Sicherheit der Mitteleuropäischen Union hat unmittelbar Vorrang vor den Interessen und Persönlichkeitsrechten des Unterzeichners und berechtigt die zuständigen staatlichen Sicherheitsorgane, jegliche zur Gefahrenabwehr notwendigen Maßnahmen zu ergreifen.

Faktisch hieß das: Die Nichteinhaltung der Schweigepflicht würde als Landesverrat gedeutet und könnte sie ihre Gesundheit, Freiheit und im Zweifel auch ihr Leben kosten.

Sila zögerte. Sie spürte, dass Brauns angespannter Blick auf ihr ruhte.

„Nun machen Sie schon, Degenhardt", knurrte Snyder.

Sila wusste, dass sie im Grunde keine Wahl hatte. Je höher man aufstieg, desto tiefer war der Fall. Wenn sie jetzt kneifen würde, wäre nicht nur ihre Karriere im Eimer. Das AIS würde dafür sorgen, dass sie nie wieder einen vernünftigen Job bekäme.

Sie unterzeichnete mit ihrer biometrischen Signatur.

Braun nickte knapp, und Snyder öffnete eine Art Mindmap. „Hier sehen Sie, woran Paul Lübke laut seines digitalen Sekretariats in den vergangenen Monaten gearbeitet hat."

Sila schürzte die Lippen. Offenbar tat Lübke so einiges für die Steuergelder, die er kostete. Hunderte von Meetings, Rechercheaufträgen, Analysen und Telefonaten waren dort erfasst und farblich codiert.

Snyder gab einen Befehl ein, und die Daten wurden neu sortiert. Sila trat näher an das Hologramm heran. Da war etwas, was ihr sogleich ins Auge fiel. „Er hat mit Q-LOPA kommuniziert?"

Snyder nickte, und Braun ergänzte: „Er hat die entsprechende Freigabe."

Soweit Sila wusste, war Q-LOPA derzeit kaum mehr als ein Forschungsprojekt. Das Wort stand für „Quantum Reinforcement Learning for Operational Applications". Es handelte sich dabei um eine auf Quantentechnologie basierende künstliche Intelligenz, die durch bestärkendes Lernen in die Lage versetzt werden sollte, auf differenzierten Analyseverfahren beruhende strategische Entscheidungen zu treffen. Beim AIS wurde schon länger darüber gescherzt, dass es endlich an der Zeit wäre, den beständig wachsenden Wasserkopf der Führungsebene durch eine schlankere KI zu ersetzen. Aber noch war offensichtlich niemand bereit, die Befehlsgewalt an einen Computer abzugeben, auch wenn es sich dabei um einen Quantencomputer handelte, der eine Milliarde mal effektiver war als die besten Hochleistungscomputer der letzten Dekade.

„Worum ging es bei diesen Abfragen?"

„Unsere Kryptoanalytiker konnten noch nicht alle Daten entschlüsseln", gab Snyder nach kurzem Zögern zu.

„Erkennbar ist allerdings, dass eine umfassende Gefahrenanalyse erstellt wurde", ergänzte Braun. „Paul war offenbar an einer großen Sache dran."

„Und worum ging es konkret?", fragte Sila.

„Um das Fortbestehen unseres Staates", erwiderte Braun.

„Oh ..." Sila blickte von einem Mann zum anderen, suchte aber vergeblich nach Anzeichen dafür, dass es sich um einen schlechten Scherz handeln könnte. „Um die Existenz der Mitteleuropäischen Union?", hakte sie deshalb nach.

„Korrekt." Braun nickte ernst. „Die Nachforschungen Lübkes konzentrierten sich auf einige religiöse Terrororganisationen –"

„Ohne es mit dem AIS abzustimmen?", fragte Sila.

Der Innenminister nickte, eine leichte Verengung seiner Augen deutete Verärgerung an. Er war es wohl nicht gewohnt, unterbrochen zu werden. „Offenbar traute er niemandem in Ihrer Behörde."

Sila fuhr ein Schauer über den Rücken. Religiöse Verschwörer innerhalb des AIS? Unvorstellbar.

„Schließlich nahm er Kontakt auf", sagte Snyder.

„Zu wem?"

„Wir wissen es nicht. Zumindest nicht genau." Ihr Vorgesetzter gab einen weiteren Befehl ein, und in den Aufzeichnungen erschienen ein paar Daten. „An diesen Tagen begab sich Paul Lübke ohne Fahrer und ohne Security in die Innenstadt. Er fuhr mit der U-Bahn. An verschiedenen Bahnhöfen, darunter Gesundbrunnen und Museumsinsel, verschwand er plötzlich aus dem Netz."

Sila hob die Brauen. „Er war offline?"

„Komplett."

„Das ist eigentlich unmöglich. Underground-Connect ist lückenlos."

„Was Sie nicht sagen", schnaufte Braun ironisch.

„Haben Sie eine Ahnung, was er dort gewollt haben könnte?", fragte Sila.

„Wir können davon ausgehen, dass er sich mit jemandem getroffen hat, möglicherweise mit einem Informanten", antwortete Snyder anstelle des Innenministers.

„Und fragen Sie bitte nicht, wer dieser Jemand ist", warf Braun ein. „Wir kennen weder seinen Namen, noch wissen wir, für welche Organisation er arbeitet. Seine Termine hatte Lübke lediglich mit dem Kürzel ‚F.' gekennzeichnet."

„F. – das kann alles Mögliche heißen. Können Sie diesen Kontakt nicht irgendwie eingrenzen?"

„Wir haben einen Verdacht."

„Der bärtige Mann in der U-Bahn?", mutmaßte Sila.

Snyder nickte. „Dass er gemeinsam mit Paul Lübke verschwand, macht ihn höchst verdächtig. Natürlich haben wir versucht, ihn zu identifizieren, aber offensichtlich war er die ganze Zeit offline. Laut Underground-Connect waren nur drei Personen im Waggon anwesend. Auch sein optisches Profil ist in keiner Datenbank erfasst."

„Wie kann das sein?", fragte Sila überrascht. „Wovon lebt der Kerl? Wie ein Obdachloser sieht er jedenfalls nicht aus."

Snyder nickte. „Der Mann scheint ein Ghost zu sein. Aber wir haben Glück, denn er ist nicht zum ersten Mal auffällig geworden. Hier, sehen Sie sich das an …" Er aktivierte eine weitere Aufzeichnung.

Das Hologramm zeigte den U-Bahnhof Pankstraße. Es war während der Rushhour, die Bahnsteige waren voll und es herrschte dichtes Gedränge. Die Überwachungs-KI hatte die einzelnen Personen identifiziert und markiert. Personaldaten und IP der Fahrgäste leuchteten blau, wenn diese sich in erwartbaren Mustern bewegten. Orange markiert waren Personen, die in irgendeiner

Weise von den Mustern abwichen. Sie konnten eine mögliche Gefahr für sich selbst oder andere darstellen und wurden von der KI gesondert überwacht. Sobald das Verhaltensmuster auf eine akute Gefahr hindeutete, färbten sich die Daten rot.

Auf dem Bahnsteig waren nur drei Personen orange markiert: ein obdachloser Mann, der in Mülleimern wühlte, ein zweiter Mann in feinem Anzug, der auf einer Bank lag und offenbar seinen Rausch ausschlief, und eine hagere junge Frau, die langsam an der Bahnsteigkante auf und ab ging. Sie hatte den Kopf gesenkt. Ihre Haare verdeckten einen Teil ihres Gesichts. Es waren bereits zwei Züge angekommen und wieder abgefahren, ohne dass sie eingestiegen wäre. Natürlich war es möglich, dass sie auf jemanden wartete. Aber sie hatte nicht einmal aufgeblickt und sich umgesehen, als der dritte Zug angehalten hatte und die Leute aus den Waggons ausgestiegen waren. Das war verdächtig, aber sie bewegte sich nicht dicht genug an der Bahnsteigkante und verharrte auch nicht direkt an der Zugeinfahrt, sodass der Algorithmus noch nicht den nächsten Schritt einleitete.

Instinktiv konzentrierte sich Sila auf die junge Frau.

Der dritte Zug fuhr ab. Für einen Moment hob die hagere Gestalt den Kopf. Sie war blass, ihr Blick leer. Keinerlei Gefühlsregung war ihr anzusehen.

Sila schluckte. *Sie wird sich umbringen*, fuhr es ihr durch den Kopf.

Langsam schlenderte die junge Frau den Bahnsteig entlang. Das Anzeigehologramm verkündete die Ankunft des nächsten Zuges, und die Gestalt schlurfte weiter, während der Orangeton der Überwachungssoftware sich langsam dunkler färbte. Schließlich blieb sie ganz vorn bei der Zugeinfahrt stehen, wich aber ein paar Schritte zurück. Das Warnsignal blieb auf Orange. Noch zehn Sekunden bis zur Zugeinfahrt. Neun, acht ... Zu spät für eine rechtzeitige Bremsung. Sieben, sechs ... Die Frau machte einen Schritt nach vorn. Die Überwachungs-KI schaltete auf Rot. Fünf, vier ... Nun initiierte die KI den Bremsvorgang, doch es war zu spät. Personal, das kurzfristig eingreifen könnte, gab es schon lange nicht mehr auf den Bahnhöfen. Drei ... Sie beschleunigte ihre Schritte. Zwei ... Der Zug raste trotz Vollbremsung näher, Funken sprühten, es qualmte.

Sila musste sich zwingen hinzusehen.

Die junge Frau hatte die Bahnsteigkante erreicht und ... wurde aufgehalten. Wie aus dem Nichts tauchte ein Mann auf. Er packte sie an der Schulter und riss sie zurück. Sie ruderte mit den Armen, doch bevor sie stürzen konnte, hielt er sie fest. Für einen kurzen Moment fing die Kamera ihren verwirrten Gesichtsausdruck ein. Dann beugte sich der Mann vor und schien ihr etwas ins Ohr zu flüstern.

Irgendjemand aktivierte die manuelle Notöffnung der Waggontüren. Die Leute strömten aufgeregt aus dem Zug und eilten auf die Ausgänge zu. Offenbar hatte die Notbremsung einige Fahrgäste in Panik versetzt. Ein dichtes Gedränge entstand. Als es sich auflöste, waren der Mann und die junge Frau verschwunden.

„Er hat sie gerettet!", stieß Sila überrascht hervor.

„Hm", brummte Braun. Er hatte die Arme vor der Brust verschränkt und war einen Schritt zurückgetreten. „Oder er hat sie rekrutiert", ergänzte er düster.

„Jemand, der bereit ist, sich umzubringen, kann ausgesprochen hilfreich sein, wenn man das erklärte Ziel hat, einen Staat zu zerstören", gab Snyder zu bedenken.

Sila presste die Lippen zusammen. Das wäre in der Tat besorgniserregend. „Wann war das?", fragte sie.

„Vor einem Dreivierteljahr. Und bevor Sie fragen: Natürlich haben wir den Fall bereits verfolgt. Die KI meldete den Vorfall beim Sozialpsychiatrischen Dienst. Wir haben Zugriff auf die Akte. Die junge Frau tauchte zwei Stunden nach den Ereignissen zu Hause auf. Sie heißt Priscilla Vogt. Die vom Amt eingeleitete psychologische Beratung wurde nach drei Terminen wieder eingestellt. Es gebe keine Anzeichen für eine weiterhin bestehende Suizidgefahr. Für die Behörden ist der Fall damit abgeschlossen." Snyder atmete tief durch. „Natürlich haben wir, unmittelbar nachdem die Software den bärtigen Mann beim Verschwinden von Paul Lübke wiedererkannt hatte, versucht, Priscilla Vogt zu kontaktieren."

„Und?"

„Sie ist vor einem Monat verschwunden. Am Morgen verabschiedete sie sich. Ihre Mutter ging davon aus, dass sie wie üblich zur Uni gehen würde, doch dort tauchte sie nicht auf."

„Was ist passiert?", fragte Sila.

„Ich denke, genau das ist die Frage, an der Sie ansetzen sollten", erwiderte Snyder. Er warf einen Seitenblick auf Braun, der dies jedoch ignorierte und düster vor sich hin starrte. Wie es schien, waren sich die beiden Männer nicht ganz einig über die richtige Vorgehensweise. Aber offenbar hatte der Innenminister beschlossen, sich vorerst nicht weiter in die Ermittlungen einzumischen.

Snyder drückte ihr eine dünne Mappe in die Hand. „Lesen Sie das Dossier. In zwei Tagen erwarte ich Ihren ersten Bericht."

Sila nickte.

„Wir verlassen uns auf Sie", fügte der Innenminister hinzu.

Sein bohrender Blick ließ Sila eine Gänsehaut über den Rücken laufen.

Kapitel 3

Als Sila aus dem Turm trat, hatte sie das Gefühl, sein langer Schatten würde ihr folgen. Sie unterdrückte ein Frösteln und verließ das Gelände. Statt jedoch Richtung Bahnhof zu gehen, bog sie in den Treptower Park ab. Nachdenklich spazierte sie am Anti-Kriegsdenkmal vorbei, wandte sich dann Richtung Spree und fand schließlich eine einsame Stelle an der Uferböschung. Sie setzte sich ins weiche Gras und zog das Dossier hervor. Bevor sie es öffnete, deaktivierte sie die Netzverbindung ihrer AR-Linsen. Man konnte nicht längere Zeit für das AIS arbeiten, ohne zumindest einen Hauch von Paranoia zu entwickeln.

Die Mappe enthielt einen einzigen Papierbogen, der in seiner Farbe und Konsistenz an Pergament erinnerte. Man sah ihm die integrierten Hightech-Komponenten nicht an, die sicherstellten, dass nur Sila die abgespeicherten Daten abrufen konnte. Sie nahm das Dokument in beide Hände. Fingerabdrücke und Linsen wurden gescannt, und die Datei wurde freigegeben. Sie enthielt Informationen, Stellungnahmen und Analysen zu allen möglichen Gefährdern und unter Beobachtung stehenden Gruppierungen. Mit leichten Wischbewegungen scrollte Sila weiter. Unzählige Daten huschten über das Blatt.

Mit all diesen Informationen war Q-LOPA gefüttert worden. Auf die Ergebnisse hatte das AIS keinen Zugriff, möglicherweise hatte Lübke sie aus dem System gelöscht. Klar war aber, dass die Quanten-KI einen Code Red ausgegeben hatte – eine substanzielle Gefährdung des Staats in seiner bestehenden Form.

Das war alles andere als eine Kleinigkeit. Warum hatte Paul

Lübke diese Informationen mit niemandem geteilt? Er hatte zwar hier und da Personen aus dem Ministerium befragt, darunter auch einige IT-Spezialisten und Profiler, aber offenbar hatte er niemanden über die Tragweite des Projekts in Kenntnis gesetzt. Zumindest nach der offiziellen Faktenlage.

Was jenseits der Protokolle besprochen worden war, musste die interne Ermittlung herausfinden, denn das war nicht Silas Job. Ihre Aufgabe bestand darin, irgendwie an diesen bärtigen Typen heranzukommen, der immer dann in Erscheinung trat, wenn Menschen verschwanden.

Sie suchte im Dossier nach weiteren Informationen über Paul Lübke, aber ganz offensichtlich hatte der Staatssekretär so gut wie kein Privatleben. Wie es schien, war seine Karriere sein Leben.

Sila konnte das nachvollziehen. Manche Dinge waren einfach unvereinbar. Man konnte nicht als verdeckte Ermittlerin für das AIS arbeiten und gleichzeitig ein funktionierendes Privatleben haben. Offenbar erging es Staatssekretären diesbezüglich nicht anders.

Sie senkte das Papier und ließ den Blick nachdenklich über das Wasser schweifen. Wenn sie eine reelle Chance haben wollte, an den Bärtigen heranzukommen, musste sie bei Priscilla Vogt ansetzen. Aber auch das konnte sie unmöglich allein schaffen. Braun war das vermutlich nicht klar, aber Snyder wusste es. Niemand konnte eine solch komplexe Aufgabe als Einzelkämpfer lösen. Schon bei der Erstellung der Geheimhaltungsklausel musste ihr Vorgesetzter davon ausgegangen sein, dass Sila sie würde brechen müssen, um ihren Auftrag zu erfüllen. Ganz bewusst hatte er sie in eine Zwickmühle gebracht, aus der sie nur entkommen konnte, indem sie erfolgreich war. Snyder war ein knallharter, manipulativer Erfolgsmensch, der sich niemals von seinen Emotionen leiten ließ. Und genau das schätzte Sila an ihm; schließlich wusste sie immer, woran sie bei ihm war.

Sie verstaute das Dossier in ihrer Tasche und machte sich auf den Weg zur Tube-Rail. Inklusive Umsteigen benötigte sie nur wenige Minuten bis zur Haltestelle Kottbusser Tor. In den vergangenen dreißig Jahren waren sämtliche Strecken der alten Berliner S-Bahn auf das wesentlich effektivere und energiesparende Tube-Rail-System umgestellt worden. Offenbar hatte der Berliner Senat eingesehen, dass ein über 150 Jahre altes Beförderungssystem, das im Laufe der Jahre eher störungsanfälliger als zuverlässiger geworden war, allenfalls noch ins Technikmuseum gehörte, aber nicht mehr geeignet war, in der Hauptstadt Millionen von Menschen sicher von einem Ort zum anderen zu bringen. Spätestens mit der Eingemeindung des sogenannten Speckgürtels, wie das Berliner Umland auch genannt wurde, war ein schnelleres und zuverlässigeres Transportsystem unabdingbar geworden.

Die unansehnlichen Wohnblocks aus den 1970er-Jahren waren längst modernen Bürogebäuden gewichen. Aber etwas abseits am Paul-Lincke-Ufer gab es noch die alten Gebäude aus dem 19. Jahrhundert mit ihren Gewerbehöfen. Dort lag Silas Ziel.

Sie betrat den zweiten Hinterhof der Hausnummer 42. Vor vielen Jahren hatte es hier einmal eine Arbeitsstätte für Menschen mit Behinderung gegeben. Doch dann hatte man ein umfangreiches Gesetzespaket verabschiedet, das die berufliche Teilhabe aller Menschen mit Behinderung am ersten Arbeitsmarkt zum Ziel hatte. Aufgrund des Kostenneutralitätsvorbehalts war es allerdings wenig erfolgreich. Also beschloss man, das Problem anders anzugehen. Mit Einführung der sogenannten *Pre Procreation Diagnosis* wurde die Präventionsgesetzgebung möglich, die zur Folge hatte, dass Menschen mit Behinderung einfach nicht mehr geboren wurden.

Sila hatte die Diskussion, die damals entstanden war, nicht nachvollziehen können. Die PPD ersparte den mühsamen und kostenintensiven Inklusionsprozess und verhinderte jede Menge persönliches Leid. Sie hatte nur Vorteile. Wo also lag das Problem?

Im zweiten Hinterhof betätigte sie einen unbeschrifteten Klingelknopf – eine geradezu vorsintflutliche Technik, seit die Einführung der *Networked Home Security* für alle Vermieter verpflichtend geworden war.

Eine gefühlte Ewigkeit später meldete sich eine schnarrende Stimme über die ebenfalls uralte Gegensprechanlage. „Ja?"

„Ich bin's. Mach auf."

„Passwort?"

Sila verdrehte die Augen. „Skull, ich weiß, dass du mich sehen kannst." Mit einhundertprozentiger Sicherheit überwachte er den Hof mit mehr als nur einer gut versteckten Kamera.

„Passwort!"

„Skull, das ist einfach nur peinlich."

Schweigen.

„Also schön", seufzte Sila. „Auf den sieben Robbenklippen sitzen sieben Robbensippen, die sich in die Rippen stippen, bis sie von den Klippen kippen."

„Zutritt gestattet."

Ein Summen ertönte, und die Tür öffnete sich. Sila mied den vorsintflutlichen Aufzug und stieg die Treppen hinauf bis ins Dachgeschoss. Dort klopfte sie an eine schwere Metalltür und sah, wie sich kurz darauf das gläserne Guckloch verdunkelte. Jemand beobachtete sie. Dennoch wurde die Tür nicht geöffnet.

„Nicht dein Ernst", schnaufte Sila.

Schweigen.

Sie verdrehte erneut die Augen und brummte: „Wenn irre Irrlichter irrtümlich irische Irre verwirren, irren irische Irre irren Irrlichtern nach."

Ein Schlüssel wurde umgedreht und ein Riegel zurückgeschoben, dann öffnete sich die Tür. Vorsichtig lugte ein bleicher junger

Mann mit kahl rasiertem Schädel durch den Türspalt. „Komm rein."

Sila schlüpfte in die Wohnung. Sogleich wurde die Tür hinter ihr verschlossen und verriegelt.

„Hast du unterwegs Spinnweben berührt?"

„Dir auch einen guten Tag, Skull", erwiderte Sila.

Der hagere, über einen Meter neunzig große Mann hielt sorgfältig einen Sicherheitsabstand ein, als er an Sila vorbeiging und in das riesige Loft trat, das ihm als Wohnung diente. „Das Problem wird nicht kleiner, indem du es ignorierst", sagte er ernst. „Ich brauche ja wohl nicht extra zu erwähnen, dass durch die Klimaerwärmung bereits seit mehr als fünfzig Jahren Spinnen aus dem subtropischen Raum in Deutschland heimisch sind. Die Population der australischen Trichternetzspinne hat in den vergangenen zehn Jahren signifikant zugenommen. Es gab bereits zwei Todesfälle. Und wo halten sich die Killerbestien mit Vorliebe auf? In den Häusern von Menschen!"

„Ich kann dir versichern, mein Tag war bislang komplett spinnenfrei." Sila ignorierte seinen skeptischen Blick und steuerte auf die gemütliche Sofaecke zu.

„Da nicht!", sagte Skull hastig und bemühte sich um ein Lächeln. „Du willst doch sicher etwas trinken?" Er deutete in Richtung Kochinsel, wo er sich auch eine Art Bar eingerichtet hatte.

Sila folgte seiner Aufforderung und setzte sich auf einen der hohen Metallhocker, die sich im Gegensatz zum Sofa problemlos desinfizieren ließen, was mit Sicherheit der wahre Grund für Skulls spontane Großzügigkeit war.

„Was darf ich dir anbieten? Mineralwasser? Ingwertee?"

„Ein Cappuccino wäre nicht schlecht."

„Dir ist schon klar, wo die Milch herkommt, die du in deinen Kaffee schüttest?"

„Aus dem Euter?"

„Sehr witzig! Du weißt genau, dass es in ganz Europa keine einzige Milchkuh mehr gibt."

„Insektenmilch ist nun mal viel kostengünstiger und verursacht zudem kein Methan."

„Insektenmilch." Skull sprach das Wort so angewidert aus, als würde jede einzelne Silbe auf haarigen Tarantelbeinen über seine Zunge krabbeln. „Das ist ein Euphemismus, und das weißt du genau."

Sila lächelte. „Immerhin sind Maden keine Spinnen."

„Und du glaubst, die Vorstellung, dass du dir gehäckselte Soldatenfliegenlarven in den Kaffee schüttest, ist irgendwie appetitlicher?"

„Nur wenn sie aufgeschäumt sind", erwiderte Sila mit einem Zwinkern. „Außerdem ist ‚gehäckselte Made' grob vereinfacht. Nur weil die Proteine in der Milch von Insektenlarven stammen, heißt das noch lange nicht –"

„*Bitte hör auf!*" Skulls ohnehin schon gräuliche Gesichtsfarbe wurde noch eine Spur blasser.

„Gut, dann bitte eine Cola", sagte Sila versöhnlich.

„Das Giftzeug kommt mir nicht ins Haus. Ich kann dir einen Grüntee kochen, der hat auch belebende Wirkung."

„Schon gut, ich nehme ein Wasser."

Skull nickte zufrieden und stellte kurz darauf ein Glas Mineralwasser vor ihr auf den Tresen.

Sila betrachtete ihn lächelnd, während sie an ihrem Wasser nippte. Skull war der beste Hacker, den sie kannte, aber mindestens genauso ausgeprägt wie sein Wissen über Firewalls, Trojaner und Back-Doors waren seine Ängste und Ticks. Er rasierte sich jeden Morgen den Schädel, weil er Haare eklig fand. Diesem Umstand und seinen hageren Gesichtszügen hatte er seinen Spitznamen zu verdanken. Vermutlich war er der einzige Hacker weltweit, der jeden Tag Staub wischte. Sein Bedarf an

Desinfektionsmittel bewegte sich nach Silas grober Schätzung bei einem Fünf-Liter-Kanister pro Tag. Skull war eine geballte Ladung von Zwängen und Phobien – und er war ein Genie. Ihm verdankte Sila jenes spezielle Hintergrundwissen, das in ihrem Job oftmals den Unterschied machte. Sie war immer noch dankbar, dass sie ihn per Zufall bei einem gewagten Hack des AIS-Computersystems erwischt hatte. Schnell hatte sich herausgestellt, dass es der Reiz an dieser Herausforderung gewesen war, der Skull dazu getrieben hatte. Statt ihn anzuzeigen, hatte Sila ihn kurzerhand rekrutiert.

Skull nippte an seinem Ingwertee. „Mach es nicht so spannend. Welche Gesetze soll ich heute für dich brechen?"

„Nun übertreib nicht so schamlos! Das klingt ja, als würde ich dich als Auftragskiller missbrauchen."

„Nach § 220a StGB in der novellierten Fassung von 2056 droht jedem, der sich Zugang zu Daten verschafft, die nicht für ihn bestimmt und gegen unberechtigten Zugriff besonders gesichert sind, eine Freiheitsstrafe von bis zu fünf Jahren. Man muss also niemanden umbringen, um im Knast zu landen."

„Als ob dich das jemals gestört hätte", erwiderte Sila.

„Ich wollte es nur mal erwähnt haben", bemerkte Skull.

„Also", Sila nahm das Dossier zur Hand, „alles, was ich dir jetzt sage und zeige, musst du für dich behalten. Du darfst mit niemandem darüber sprechen, und niemand darf diese Daten in die Finger bekommen."

Skull nickte gelangweilt. „Wie immer."

Sie ergriff seine Hand, und er hob überrascht die Brauen. „Skull, ich meine es ernst. Ich muss mich auf dich verlassen können."

Er erwiderte ihren Blick. „Du weißt, dass du das kannst."

Sila nickte. Ja, das wusste sie. Sie aktivierte das Dossier und schickte ihm ein Foto des Bärtigen. „Finde alles über diesen Typen heraus, wirklich alles!"

Skull stand auf, um sich an die Arbeit zu machen, hielt dann aber inne. „Bist du dir sicher? Ich finde, dieser Waldschrat passt überhaupt nicht zu dir."

„Sehr witzig." Sila verdrehte die Augen. „Es geht um die Staatssicherheit."

„Natürlich." Skull setzte sich an seinen riesigen, penibel aufgeräumten Schreibtisch. „Das wird ein Kinderspiel."

„Sag das nicht. Der Mann ist ein Ghost."

„Wenn er im Netz unterwegs ist, finde ich ihn. Selbst wenn er unter dem Radar fliegt."

„Ich lasse mich gern positiv überraschen. Aber da ist noch etwas."

Sila folgte ihm an den Schreibtisch und spielte ihm die Aufnahmen der Überwachungskameras aus der U-Bahn vor.

Als Skull sah, wie Paul Lübke und der Bärtige einfach verschwanden, hob er die Brauen. „Das ist interessant."

Sila lächelte, als sie das Funkeln in seinen Augen sah. „Wie du dir sicher denken kannst, wüssten wir zu gern, wie die Typen das angestellt haben."

Skull grinste. Seine Neugier war geweckt. Das Beste, was ihr passieren konnte.

„Bevor du dich in diese Sache vertiefst, hätte ich noch einen kleinen Rechercheauftrag." Sila schickte ihm Foto, Name und Anschrift von Priscilla Vogt. „Sie verschwand vor einem Monat. Ich will wissen, was sie vorher gemacht hat, mit wem sie sich getroffen hat, wer ihre Freunde sind und vor allem, ob sie seitdem wieder irgendwo aufgetaucht ist."

Er runzelte die Stirn. „Das ist doch reine Fleißarbeit, so was können auch deine Jungs vom Amt erledigen."

„In diesem Fall will ich aber, dass es der Beste der Besten erledigt."

„Schleimerin", erwiderte Skull, aber es war nicht zu übersehen, dass ein zufriedenes Lächeln seine Lippen umspielte. Er startete weitere Programme. „Willst du nicht doch einen Tee? Das kann eine Weile dauern."

„Schon okay." Sila setzte sich wieder an die Bar und nippte an ihrem Mineralwasser, das, wie sie fand, ein wenig seltsam schmeckte. Wahrscheinlich lag es daran, dass es so gesund war.

Während sie Skull bei seinem virtuosen Spiel mit Bits und Bytes beobachtete, fing sie in Gedanken an, ihr neues Ich zu konstruieren. Da sie in diesem Fall auf jegliche Hilfe von Profilern, Maskenbildnern und IT-Spezialisten verzichten musste, erschien es ihr sinnvoll, so nah wie möglich an der Wahrheit zu bleiben. Sie wusste, dass sie für Ende zwanzig noch sehr jung aussah – woran das vom AIS finanzierte Cell-Renewal-Programm nicht ganz unschuldig war. Das Beste wäre, wenn sie einfach eine kleine Zeitreise machen würde. Dann wäre sie wieder Sila, die junge Psychologiestudentin aus der Provinz. Ihren Nachnamen müsste sie natürlich ändern. Sie entschied sich für „Wenzel", den Mädchennamen ihrer Großmutter mütterlicherseits. Der Name war auch heutzutage noch so geläufig, dass er nicht auffallen würde. Zudem hatte Sila eine emotionale Bindung dazu, was ihr helfen würde, auch in unvorhergesehen Situationen intuitiv zu reagieren. Schon so mancher Undercoveragent war in Schwierigkeiten geraten, weil jemand seinen Alias-Namen gerufen und er in einem unkonzentrierten Moment nicht darauf reagiert hatte.

„Oh", machte Skull überrascht, „wir haben einen Treffer."

Sila sprang auf. „Der Bärtige?"

„Nein, das Mädchen. Sieh mal dort, im Hintergrund."

In einer Grünanlage hatten drei etwas reifere Damen ein Selfie geschossen. Sie hatten sich nicht die Mühe gemacht, den Hintergrund zu bereinigen, und so konnte man in einigen Metern Entfernung zwei junge Frauen erkennen, die an einem Teich standen und in ein Gespräch vertieft zu sein schienen. Die eine hatte asiatische Gesichtszüge. Die andere war ohne jeden Zweifel Priscilla Vogt.

Sila spürte, wie ihr Herz schneller zu schlagen begann. „Wann war das?"

„Vor zwei Tagen."

„Wo?"

„Im Triestpark. Das ist –"

„Direkt um die Ecke der FU, ich weiß." Sila lächelte. „Wie heißt die Dunkelhaarige?"

„Heidi Mai. Sie studiert Psychologie, drittes Semester."

„Wunderbar. Wie du dir sicher denken kannst, studiere ich ebenfalls Psychologie im dritten Semester, musste aber aus persönlichen Gründen von der Uni Heidelberg an die FU Berlin wechseln. Und wie es der Zufall will, sitze ich morgen im selben Seminar wie Heidi." Sie klimperte mit den Wimpern. „Das kriegst du doch hin, oder?"

„Ist so gut wie erledigt", erwiderte Skull, während er ein neues Fenster öffnete und einige seltsam anmutende Zahlencodes eingab. „Vergiss nicht, dir ein Lunchpaket mitzunehmen. Das Essen in der Mensa soll noch immer gruselig sein."

Kapitel 4

Es war kurz vor zehn Uhr morgens, als Sila mit den anderen Studierenden den U-Bahnhof Tsinghua verließ. Offiziell war der ehemalige Bahnhof Thielplatz infolge der Partnerschaft mit der Pekinger Eliteuniversität Tsinghua umbenannt worden. Genau genommen war diese Partnerschaft allerdings erst einige Monate später entstanden. Es war wohl vor allem das großzügige Sponsoring der *China Construction Bank* gewesen, das den Berliner Senat dazu bewogen hatte, dieses Zeichen der Freundschaft zu setzen.

Sila folgte der Menge Richtung Unigelände. Es war sommerlich warm. Sie trug kurze Shorts und ein enges Top. Äußerlich passte sie perfekt zu ihren deutlich jüngeren Kommilitoninnen.

Es war eine strategische Entscheidung des AIS gewesen, Sila ein möglichst jugendliches Aussehen zu geben. Junge Menschen ließen sich leichter in fanatische Gruppierungen einschleusen. Man misstraute ihnen weniger und hielt sie für leichter beeinflussbar. Diesen Vorteil hatte sich das Amt einiges kosten lassen. Mit entsprechendem Auftreten und passender Kleidung würde Sila nun auch als Siebzehnjährige durchgehen. In diesem Fall war sie allerdings die zwanzigjährige Sila Wenzel aus Heidelberg.

Der Weg war nicht weit, und sie nutzte die wenigen Minuten, um die in kleinen Grüppchen laufenden Studierenden zu scannen. Ihre AR-Linsen waren mit dem Zentralrechner des AIS verbunden, und die Nanoimplantate in ihren Fingerkuppen ermöglichten es ihr, sich mit kleinsten Bewegungen durch das Menü zu scrollen.

Die biometrischen Daten wurden in Echtzeit abgerufen und mit der Datenbank der Behörde verknüpft. All die Menschen um sie herum, mit ihren ganz individuellen Geschichten, ihren Erfahrungen, Meinungen und Träumen, wurden gläsern.

Der junge Mann mit den muskulösen Oberarmen und der coolen Sonnenbrille hieß Antonius Hüttenmacher, war 21 Jahre alt und studierte Wirtschafts-Engineering. Er hatte eine Mitralklappeninsuffizienz und war gegen Erdnüsse allergisch. Mit zwölf Jahren hatte er in einem Bahnhofskiosk ein Herrenmagazin und Cannabinol-Kaugummis gestohlen. Seine sportliche Statur verdankte er im Wesentlichen dem gezielten Einsatz von minimalinvasiven Elektrostimulatoren und der Einnahme halblegaler Hormonpräparate. Partnerschaftliche Treue war nicht so sein Ding, und seine studentischen Leistungen waren knapp unter dem Durchschnitt.

Die junge Frau rechts vor ihm, der er mit beeindruckender Konsequenz auf den Hintern starrte, hieß Aurelia Müller. Sie studierte Deutsch auf Lehramt im dritten Semester und schluckte in gesundheitsgefährdendem Ausmaß Abnehmkapseln, um die Folgen ihrer Essstörung im Rahmen zu halten. Mit dreizehn Jahren war sie vom damaligen Partner ihrer Mutter sexuell missbraucht worden. Neben ihr ging ihre beste Freundin Lucretia. Die Pädagogikstudentin war von ihren Eltern so genannt worden, weil die Lieblingspuppe ihrer Mutter diesen Namen getragen hatte. Lucretias Gene sprachen eine deutliche Sprache. Sie war nicht die Tochter des Mannes, den sie Vater nannte. Zudem hatte sie gegenüber der Durchschnittsbevölkerung ein siebenfach erhöhtes Risiko, an Schizophrenie zu erkranken. Wären die Präventionsgesetze schon vor 22 Jahren gültig gewesen, hätte Lucretia nie das Licht der Welt erblickt.

Sila hätte endlos so weitermachen können. Ihre Freigabestufe ermöglichte ihr den Zugriff auf alle verfügbaren persönlichen

Daten. Das Faszinierendste an der Geschichte war allerdings, dass die meisten dieser Daten vollkommen freiwillig und eigeninitiativ zur Verfügung gestellt wurden. Denn persönliche Daten waren eine international gültige Währung. Der chinesische Staatskonzern *Worldconn* war der erste gewesen, der dieses Prinzip nicht nur auf Apps und andere Softwaretypen, sondern auch auf Hardwarekomponenten angewandt hatte. Wer die neuesten AR-Linsen des Konzerns haben wollte, konnte entweder 10 000 Coins berappen oder zulassen, dass die Algorithmen der Software Zugriff auf die persönlichen Daten erhielten und das Onlineverhalten des Nutzers analysierten. Da diese Maßnahmen nicht mit aufdringlicher Werbung verbunden waren, ließen sich die Leute schnell überzeugen. „Ich habe schließlich nichts zu verbergen", war der meistgenannte Satz, mit dem der Deal besiegelt wurde.

Sila war mit dieser Haltung absolut einverstanden. Nur ein hohes Maß an Transparenz ermöglichte Sicherheit, und nur die lückenlose Überwachung verhinderte, dass es erneut zu solch schrecklichen Terrorakten kommen konnte, die vor über 30 Jahren die Große Krise ausgelöst und das Gesicht der Welt für immer verändert hatten.

Mittlerweile hatte Sila das Unigelände erreicht und betrat nun die Rostlaube, wie der stark sanierungsbedürftige Zweckbau aus der zweiten Hälfte des 20. Jahrhunderts genannt wurde. Irgendjemand hatte entschieden, dieses Gebäude unter Denkmalschutz zu stellen, was jährlich enorme Kosten in einem hohen fünfstelligen Bereich verursachte. Nach Silas Ansicht war der wahre Grund für diese Steuerverschwendung, dass ein paar abgedrehten Professoren das Anschauungsmaterial für ihre Architekturvorlesungen erhalten bleiben sollte.

Sie betrat den Hörsaal 1b. Ein kurzer Scan des Raums, und die Algorithmen zeigten ihr an, dass Heidi Mai in der vorletzten Reihe hinten links saß.

Sich direkt neben ihr zu platzieren, wäre zu auffällig. Also setzte sich Sila etwas abseits in die letzte Reihe, sodass sie Heidi gut im Blick hatte, wenn sie das Gesicht dem Rednerpult zuwandte.

Die Studierenden wurden automatisch registriert, sobald sie den Hörsaal betraten. Präsenz war wichtig, um am Ende des Semesters die notwendigen Zertifikate zu bekommen. Die Tools der Unisoftware checkten allerdings lediglich die Anwesenheit, nicht die Aufmerksamkeit der einzelnen Personen.

Anders als Sila. Als die Vorlesung begann, loggte sie sich in die AR-Linsen von Heidi ein und konnte auf diese Art genau das sehen, was die junge Frau wahrnahm. Heidi widmete dem Professor nur wenig Aufmerksamkeit. Das mochte zum Teil an seinem Tonfall liegen – schließlich trug der Mann seine Einführung in den kognitionspsychologischen Ansatz mit der Leidenschaft eines Parkscheinautomaten vor.

Nach etwa zehn Minuten begann gut die Hälfte der Studenten, sich anderweitig zu beschäftigen. Sila schätzte, dass sie Onlinegames zockten, den Speiseplan der Kantine checkten oder Videotutorials zu einer sie brennend interessierenden Fragestellung anschauten. Heidi allerdings tat nichts dergleichen. Sie starrte auf ihr leeres Notepad. Ihr Bodycare-Link zeigte einen leicht erhöhten Puls an. Die Stresshormonwerte lagen über dem Durchschnitt. Ihre Haltung wirkte angespannt. Sie war online, rief aber keine Daten ab. Irgendetwas beschäftigte sie.

Mit einem Neuroscan hätte Sila herausfinden können, welche Hirnregionen bei Heidi besonders aktiv waren. Kombiniert mit den ausgefeilten Analysemethoden des AIS hätte sie diesen Scans nach einiger Zeit konkretere Gedankengänge zuordnen können. Doch leider standen ihr diese Möglichkeiten zurzeit nicht zur Verfügung, sie musste auf andere Mittel zurückgreifen.

Sie checkte Heidis Messenger-Apps auf Nachrichten von Priscilla Vogt. Keine einzige war verschickt worden, nachdem die junge Frau untergetaucht war. Sila nagte nachdenklich an ihrer Unterlippe.

Die meisten Leute gingen davon aus, dass die Datenschutzgesetze relativ streng waren und dass sie es ihnen erlaubten, Onlinedaten zu löschen, wann immer ihnen danach war. Das war oberflächlich betrachtet auch korrekt. Aber die wenigsten User beschäftigten sich mit den hochkomplexen Sicherheitsparagrafen, die im Falle der Gefahrenabwehr eine Wiederherstellung dieser Daten ermöglichten. Da die meisten Menschen sich selbst nicht als gefährlich erachteten, kamen sie nicht auf die Idee, dass sie davon betroffen sein könnten. Aber der Staat scherte sich nicht um persönliche Einschätzungen. Für ihn war jeder Bürger ein potenzieller Gefährder, und dies bedeutete, dass die gelöschten Daten aller Bürger der Mitteleuropäischen Union rückwirkend für die vergangenen sieben Jahre problemlos wiederhergestellt werden konnten.

Sila gab die Kriterien für den Suchalgorithmus ein und durchstöberte Heidis virtuellen Abfalleimer. Sie fand einige nicht besonders gelungene Fotos, eine missglückte Hausarbeit, haufenweise To-do-Listen und einen schwärmerischen Kommentar unter dem Post eines Kommilitonen. All das war unwichtig für sie.

Die nächsten Daten waren da schon deutlich interessanter. Heidi hatte eine Liste verschiedener Webseiten erstellt, die sich mit der Abwehr von Spyware beschäftigten, und mehrere Foren besucht, in denen sich Stalkingopfer darüber austauschten, wie man am besten unerwünschte Verfolger loswurde. Zudem hatte sie sich mehrere Tutorials zum Thema Selbstverteidigung angesehen. Natürlich wäre es möglich, dass sie sich tatsächlich eines Stalkers erwehren musste. Auffällig war allerdings, dass ihr Interesse an diesen Themen sehr jung war. Es hatte genau drei Tage vor Priscillas Verschwinden begonnen.

In solchen Fällen glaubte Sila nicht an Zufälle. Maßnahmen gegen Stalker waren auch potenziell hilfreich gegen die

Überwachung durch andere Personen oder Organisationen wie zum Beispiel eine illegale Untergrundbewegung. Natürlich konnte man auf diese Weise auch versuchen, sich dem Zugriff einer Behörde wie dem AIS zu entziehen – sofern man nicht wusste, über welche Möglichkeiten die Institution in Wahrheit verfügte.

Heidi fühlte sich offensichtlich bedroht oder zumindest beobachtet. Sila würde sehr behutsam vorgehen müssen.

Nach gefühlten vier Stunden hatte der Professor seine Einführungsveranstaltung beendet. Die Studierenden drängten aus dem Saal.

Geschickt schlängelte sich Sila an einer Gruppe junger Männer vorbei, sodass sie direkt vor Heidi ging. Sie nutzte ihren Zugang zu den AR-Linsen der jungen Frau und aktivierte das Flashlight – eine Art virtuelle Blendgranate, die dem Betroffenen für einen Moment die Sicht nimmt. Dann blieb sie abrupt stehen, sodass sie heftig mit der völlig überrumpelten Heidi zusammenstieß.

Sila schrie erschrocken auf, stolperte und ließ sich so fallen, dass sie mit der Stirn gegen die Lehne eines Sitzes stieß. Sie stöhnte auf. Der Schmerz war bedauerlicherweise sehr real, ebenso wie das Blut, das aus einer kleinen Platzwunde an ihrer Stirn floss.

„Sorry. Meine Linsen hatten eine Störung ... Warte, ich helfe dir." Heidis angespannter Gesichtsausdruck wechselte von Verblüffung zu Entsetzen. „Oh Gott! Du blutest ja!"

„Wirklich?", murmelte Sila benommen und betastete ihre Stirn.

Zwei Studenten waren stehen geblieben. „Sollen wir einen Krankenwagen rufen?"

Das konnte Sila nun wirklich nicht gebrauchen. „Quatsch, ist nur ein Kratzer!"

Einer der jungen Männer packte sie am Arm und half ihr auf.

„Lass nur. Es geht schon." Sila wandte sich hastig ab und ergriff Heidis Arm.

Die junge Studentin stützte sie. „Es tut mir so leid! Bist du sicher, dass wir keinen Krankenwagen rufen sollen?"

„Klar. Ich hab schon Schlimmeres erlebt." Sila warf den beiden Studenten einen kurzen Seitenblick zu und wich einen Schritt von ihnen zurück.

Es waren sehr subtile Signale, aber Heidi schien sie so zu deuten, wie Sila es erhofft hatte. Sie hakte sich bei Sila unter. „Komm, ich bringe dich zur Campusambulanz."

Achselzuckend ließen die Studenten die beiden jungen Frauen ziehen.

Mit einer kleinen Fingerbewegung aktivierte Sila ihren Neurobutton, um Oxytocin freizusetzen. Innerhalb weniger Atemzüge dämpfte das Hormon den pochenden Schmerz. „Hast du ein Taschentuch?"

„Klar." Heidi kramte in ihrem Rucksack und reichte ihr eins.

Sila drückte es auf die Wunde. Als sie aus dem Gebäude traten, wandte sie sich bewusst in die falsche Richtung.

„Wir müssen da lang", korrigierte Heidi sie fürsorglich.

„Sorry. Ich kenne mich hier noch nicht aus."

„Bist du neu an der Uni?"

„Ja, aus Heidelberg gewechselt. Heute ist mein erster Tag."

„Oh nein!" Das schlechte Gewissen stand Heidi ins Gesicht geschrieben. „Das war ja nicht gerade die charmanteste Begrüßung."

Sila grinste. „Das war also nicht so eine Art Aufnahmeritual?"

Heidi schnappte erst nach Luft, dann kicherte sie. „Doch, eigentlich schon. Wer nicht aus Berlin kommt, landet am ersten Tag traditionellerweise in der Notaufnahme."

„Dann bin ich ja froh, dass das schon mal erledigt ist. Und was kommt als Nächstes?", erkundigte sich Sila. „Muss ich im Weihnachtsmannkostüm vom Dach der Rostlaube springen?

„Exakt." Die junge Frau lächelte. „Herzlich Willkommen an der FU. Mein Name ist übrigens Heidi."

Die Agentin erwiderte das Lächeln. „Sila."

„Wir müssen dort rein."

„Danke. Du musst nicht mitkommen. Ich schaffe das schon."

„Quatsch!" Entschieden schüttelte Heidi den Kopf. „Ich lasse dich doch jetzt nicht allein." Die Besorgnis kehrte in ihren Blick zurück. „Ist dir schwindlig oder übel?"

„Nee, alles gut", erwiderte Sila. „Ich hab bloß keine Ahnung, wie ich meinen nächsten Seminarraum finden soll. Die Ortsangabe ist etwas kryptisch."

„Was hast du denn?"

„‚Affektive Störungen' bei Professor Seidel."

„Hey, das ist auch mein nächstes Seminar. Wir sind im Glaskubus. Das Gebäude ist wirklich sehr unübersichtlich. Zu meiner ersten Vorlesung kam ich eine halbe Stunde zu spät. Ich nehme dich gern mit hin."

„Super! Ich muss sagen, es hat sich schon gelohnt, dass ich mir den Schädel angeschlagen habe."

„Das ist eine bemerkenswert pragmatische Sichtweise." Heidi lächelte schief. „Ich hab immer noch ein schlechtes Gewissen."

„Das brauchst du nicht. Kann doch jedem mal passieren."

„Falls du noch mal Hilfe brauchst, versuchen wir es ohne Blutvergießen, okay?"

„Geht klar", erwiderte Sila.

Gemeinsam betraten sie die Ambulanz.

Sila unterdrückte ein zufriedenes Lächeln. Nun, das war doch gar nicht schwer gewesen. In einigen Tagen würde sie den nächsten Schritt gehen.

Kapitel 5

Als Sila am nächsten Morgen von lautem Vogelgezwitscher aus dem Schlaf gerissen wurde, fühlte es sich an, als hätte sie gerade erst die Augen geschlossen.

So ganz falsch war diese Empfindung nicht. Sie hatte bis spät in die Nacht recherchiert und die weitere Vorgehensweise geplant. Ihren Weck-Algorithmus hatte sie so programmiert, dass er sie mit Naturgeräuschen aus dem Schlaf rief, sobald sie innerhalb des vorgegebenen Zeitfensters die REM-Phase verließ. Dies war der ideale Zeitpunkt – zumindest behaupteten das die Schlafforscher.

„Ruhe", knurrte Sila, und das Vogelkonzert verstummte.

„Guten Morgen, Sila", meldete sich die sonore Stimme von John, ihrem Smart-Assistenten. „Du hattest insgesamt viereinhalb Stunden effektiven Schlaf. Für eine gesunde Work-Life-Balance sind allerdings wenigstens sieben Stunden Schlaf –"

„Danke", unterbrach Sila die KI. „Duschtemperatur auf 38 Grad Celsius."

„Sehr gern."

Als sie unter die Dusche trat und das warme Wasser über ihre Schultern floss, aktivierte sie ihren Neurobutton und erhöhte moderat die Zufuhr körpereigener Endorphine. Ein Gefühl warmen Wohlbehagens breitete sich in ihr aus, und nach einigen Minuten fühlte sich Sila wach und fit für den Tag.

Der anschließende Blick in den Spiegel zeigte ihr, dass sich rund um die Platzwunde an ihrer Stirn ein kleines Hämatom gebildet hatte. Doch sie bemühte sich gar nicht erst, es zu vertuschen, und schminkte sich nur sparsam. Dieser offensichtliche Makel war für ihr Alter Ego nur hilfreich und würde Heidi darin bestärken, sich für sie verantwortlich zu fühlen.

Sila schlüpfte in kurze Shorts und ein helles Top. Sie ließ sich von John einen Cappuccino brühen und checkte ihre To-do-Liste. Heute war der erste Bericht für Snyder fällig. Ein absurd früher Zeitpunkt, der ausschließlich den Zweck hatte, den Innenminister zu besänftigen. Denn niemand konnte ernsthaft erwarten, dass sie nach so kurzer Zeit schon brauchbare Ergebnisse lieferte.

Als Nächstes musste Sila sich dringend um eine passende Wohnung kümmern. Ihr lichtdurchflutetes Drei-Zimmer-Appartement in Mitte würde sie in Erklärungsnot bringen, sollte ihr auf dem Heimweg jemand folgen. Natürlich könnte sie die kleine Bude nutzen, die sie für ihren letzten Job angemietet hatte. Allerdings kannte man sie dort unter dem Namen Hanna Schulze. Eine WG kam auch nicht infrage. Dort stünde sie viel zu sehr unter Beobachtung und könnte nicht vernünftig arbeiten. Sie brauchte etwas vollkommen Anonymes. Im Zweifelsfall würde sie in irgendeiner billigen Pension absteigen.

„Du musst in fünf Minuten aufbrechen, um pünktlich in der Uni zu sein", unterbrach John ihre Gedankengänge.

Sila nahm einen letzten Schluck Cappuccino und stand auf. Um die Wohnung würde sie sich später Gedanken machen. „Okay, welcher Weg ist der schnellste?"

„Ich kann dir einen E-Shuttle rufen, der dich zum Bahnhof bringt."

„Gut. Mach das."

Kurze Zeit später begann ihr neuer Studienalltag. Die Qualität der Vorlesungen war stark schwankend und das Kantinenessen, wie Skull es prophezeit hatte, eine Zumutung.

Heute hatte Sila nur eine gemeinsame Vorlesung mit Heidi. Alles andere wäre zu auffällig. Der Kurs nannte sich „Einführung in die Neuropsychologie", und der Professor war jung und für einen

Unidozenten verstörend attraktiv. Er trug einen spanisch klingenden Namen, den Sila sich nicht merken konnte. Etwa neunzig Prozent der Anwesenden waren weiblich, und fast alle hingen förmlich an den Lippen des Mannes. Heidi allerdings gehörte nicht dazu. Sie wirkte geistesabwesend.

„Hey, alles okay mit dir?", wisperte Sila.

„Was? Ja ... na klar. Alles gut."

„Du wirkst als Einzige nicht beeindruckt von Professor Charming." Sila deutete mit einem Kopfnicken auf den Dozenten.

Heidi verzog das Gesicht „Nach meiner Einschätzung ist niemand so beeindruckt von Professor Charming wie er selbst."

„Du kennst ihn?"

„Ich hatte ihn schon im zweiten Semester."

„Verstehe." Sila grinste.

Ein kurzes Schmunzeln huschte über Heidis Lippen, bevor ihr Blick wieder ins Leere glitt.

Sila gab ihr zwei Minuten, dann flüsterte sie: „Was bedrückt dich?"

„Was ...?" Heidi blickte sie irritiert an.

„Du musst mir natürlich nicht antworten, aber ich habe das Gefühl, dass dir irgendetwas Sorgen macht."

„Sorgen? Wie kommst du darauf, dass – ?" Sie verstummte.

„Täusche ich mich denn?"

„Nun ja, wenn ich ehrlich bin ..."

„Dürfte ich erfahren, worüber die beiden jungen Damen in Reihe drei so angeregt disputieren?", mischte sich der Dozent ein.

Heidi kniff die Lippen zusammen und senkte den Kopf.

„Wir diskutieren das Libet-Experiment", log Sila selbstbewusst.

Heidi warf ihr einen verblüfften Blick zu.

Die sonnengebräunten Züge des Professors verdüsterten sich. „Das Konstrukt des freien Willens, sehr interessant!" Er machte eine Pause. „Allerdings ist das nicht das Thema des heutigen Tages – wie Ihnen sicher aufgefallen wäre, wenn Sie mir seit Beginn des Seminars auch nur eine Sekunde zugehört hätten."

Einige Studentinnen im Hörsaal kicherten.

Sila wusste, dass es riskant war, die kollektive Aufmerksamkeit auf sich zu lenken, aber das überlegene Gehabe des Professors ging ihr auf die Nerven. Abgesehen davon könnte ein rebellischer Wesenszug durchaus hilfreich sein, wenn es darum ging, das Vertrauen von Heidi zu gewinnen. „Das ist ja gerade das Problem", erwiderte sie deshalb. „Wäre es meine willentliche Entscheidung, hätte ich Ihnen natürlich zugehört. Aber offensichtlich haben hirnorganische Prozesse bereits für mich entschieden, dass eine andere Thematik meine ganze Aufmerksamkeit benötigt."

„Eine faszinierende Ausrede, Frau … Wie war doch gleich Ihr Name?"

„Sila … Sila Wenzel."

Er machte sich einen Eintrag in seinem Notepad. „Leider reichen Ausreden allein nicht aus, um bei mir einen Schein zu bekommen. Und damit zurück zum Thema …"

Sila war irritiert. Professor Charming wirkte mit einem Mal sehr reserviert. Als sie Heidi einen fragenden Blick zuwarf, reagierte diese nicht. Sie schien der Vorlesung plötzlich sehr konzentriert zu lauschen. Sila musste in irgendeinen Fettnapf getreten sein, als sie das Libet-Experiment erwähnt hatte.

Kaum dass die Vorlesung beendet war, stand Heidi auf und verließ wortlos den Raum.

Verblüfft sah Sila ihr nach, ehe sie aufsprang und ihr folgte. „Heidi, warte!"

Die junge Frau verschwand in einem der Gänge. Nach einigem Suchen entdeckte Sila sie schließlich in der Nähe des Buckelwals – so nannten die Studierenden etwas respektlos die 2053 errichtete Skulptur des skandinavischen Künstlers Rune Eckelenström, die, wenn man dem Titel Glauben schenkte, die „Metamorphose der Europäischen Demokratie" darstellen sollte.

Sila näherte sich Heidi und blieb eine Weile schweigend neben ihr stehen. „Hey", sagte sie schließlich.

„Warum hast du das gesagt?", zischte Heidi.

„Was?"

„Na, das mit dem Libet-Experiment!"

„Es fiel mir einfach so ein –"

„Blödsinn!", unterbrach Heidi sie scharf. „Woher weißt du davon?" Sie blickte Sila argwöhnisch an.

Sila hielt ihrem Blick stand. „Ehrlich, ich habe nicht die leiseste Ahnung, wovon du redest. Was soll ich wissen?"

Heidi betrachtete sie schweigend, der Argwohn in ihren Augen verschwand. Schließlich lächelte sie schmallippig. „Entschuldige. Ich bin etwas dünnhäutig in letzter Zeit."

Sila erwiderte ihren Blick, offen und mit einem Hauch von Besorgnis. „Was ist denn passiert?"

Die junge Studentin sah aus, als wolle sie antworten, doch dann wanderte ihr Blick umher und blieb an irgendetwas hängen. Sie presste die Lippen zusammen, dann sagte sie: „Ich ... muss jetzt los. Im nächsten Block habe ich Statistik. Ohne Vorbereitung kapiere ich da gar nichts."

„Na klar." Sila sah ein, dass sie im Moment keine Chance hatte, mehr zu erfahren. „Wir sehen uns."

Heidi drückte ihre Tasche an sich und ging in Richtung Rostlaube.

Sila wandte sich um. Zwei breitschultrige Männer in dunklen Anzügen starrten in ihre Richtung.

Offenbar hatte sich Professor Charming keine Notiz gemacht, sondern gleich das regionale Büro des AIS informiert. Die pflichtschuldigen Kollegen hatten das übliche Abschreckungsprogramm in die Wege geleitet. Grundsätzlich sehr lobenswert, aber in diesem Fall ausgesprochen lästig. Bedauerlicherweise konnte Sila nicht einfach hinübergehen und die beiden verscheuchen. Das war das Problem, wenn man unter dem Radar unterwegs war.

Sie würde sich später darum kümmern. Erst musste sie herausfinden, warum die Erwähnung des Libet-Experiments für solch seltsame Reaktionen gesorgt hatte.

Kapitel 6

Sila scrollte durch das Menü und entschied sich für das Design „Grüne Harmonie". Der rauschende Wasserfall und die moosbewachsenen, von üppig blühenden Orchideen umgebenen Brettwurzeln der Urwaldriesen gaben ihr das Gefühl von Urlaub. Virtuelle Kolibris und Schmetterlinge umflatterten sie.

Ein Serviceroboter kam lautlos angerollt. „Was darf ich Ihnen bringen?"

„Einen Cappuccino, bitte."

„Kommt sofort." Der Roboter wendete elegant und sauste davon.

Sila ergriff ihr Smartpad und checkte die Zeit. Es war 16:59 Uhr. Sie hob den Blick wieder und sah sich suchend um.

Im selben Moment öffnete sich die Eingangstür. Eine groß gewachsene, blasse Gestalt trat ein und ließ den Blick stirnrunzelnd von den virtuellen Samtvorhängen auf der rechten Seite zu der lautlos wogenden Bambushecke auf der linken wandern.

Sila hob die Hand und winkte.

Skulls Gesicht hellte sich nicht auf, als er sie entdeckte. Sein Blick huschte mit einer Mischung aus Sorge und Ekel durch den Raum, während er näher trat.

Sila lächelte. „Pünktlich wie immer."

Skull zog ein Desinfektionstuch aus der Jackentasche, entfernte die Folie und begann, wortlos die Sitzfläche des Stuhls zu reinigen, bevor er sich darauf niederließ.

„Ich freue mich auch, dich zu sehen", kommentierte Sila sein missmutiges Brummen.

„Hätten wir das nicht online regeln können?", schnaufte er, während er ein zweites Desinfektionstuch hervorzog, um damit die Tischplatte zu bearbeiten.

„Ab und zu musst du mal raus aus deiner Bude."

„Und deshalb schleppst du mich ausgerechnet in ein billiges VR⁴-Restaurant?", fragte Skull bissig.

„Mit absolutem Schutz der Privatsphäre", erwiderte Sila lächelnd. Sie aktivierte das Menü und ließ mit einem leichten Fingerwischen einen üppigen Blättervorhang um sie herum entstehen.

Skull zuckte zusammen, als er am Rand der Tischplatte einen Gecko entlanghuschen sah. Blitzschnell loggte er sich in das Menü ein, und das üppige Grün wich sterilen grauen Kacheln.

Der Serviceroboter rauschte herbei und servierte Sila ihren Cappuccino. „Und was darf ich Ihnen bringen?", wandte sich das Gerät an Skull.

„Ein *sauberes* Glas stilles Wasser."

„Darf es sonst noch etwas sein?"

„Nein."

Der Roboter wendete, und Sila meinte: „Du könntest ruhig etwas netter sein."

„Zu einem Algorithmus?", fragte Skull.

„Nein, zu mir."

„Ich bin doch unglaublich nett", knurrte Skull. „Sonst wäre ich nicht hier."

„Hast du inzwischen etwas herausfinden können?"

„Oh ja", erwiderte er grimmig.

Der Roboter brachte das Getränk. Skull kramte umständlich eine medizinisch aussehende Rolle mit Brausetabletten aus seiner Jacke hervor und ließ eine davon in sein Glas plumpsen.

Sila fragte lieber nicht nach, was er da tat, und drängelte stattdessen: „Würdest du dann bitte zur Sache kommen?!"

Skull schüttelte vorwurfsvoll den Kopf und begann: „Zunächst einmal konnte ich feststellen, dass sich die Cyberabwehr der Uni in einem erbärmlichen Zustand befindet."

Sila lächelte. „Und weiter?"

„Und dass die Security einen extrem fleißigen Archivar hat. Ich denke, ich weiß nun, warum der Professor so verschnupft auf die Erwähnung des Libet-Experiments reagiert hat."

Sila beugte sich vor: „Zeig her."

Er machte eine Wischbewegung in der Luft, und Sila empfing ein Datenpaket auf ihren AR-Linsen.

„Die Aufnahmen sind etwa einen Monat alt", erklärte Skull.

Es handelte sich um zwei Videos. Sila spielte das erste ab. Es zeigte den Hörsaal während einer Psychologie-Vorlesung. Professor Charming blickte lächelnd zu seinen Studierenden.

„Nutzen wir die Gelegenheit für einen kleinen Exkurs. Wer kann uns kurz das Libet-Experiment zusammenfassen?" Er blickte auffordernd in die Runde. Niemand meldete sich. Sein Blick traf auf eine junge Frau in der vorletzten Reihe. Es war Heidi. „Frau Mai, seien Sie so gut."

„Das Experiment wurde im Jahr 1979 durch Benjamin Libet durchgeführt. Die Probanden wurden gebeten, die rechte Hand zu heben, und zwar voll und ganz ihrem freien Willen entsprechend. Währenddessen wurde ihre Hirnaktivität gemessen. Es stellte sich heraus, dass die Nervenaktivität im motorischen Kortex bereits vor dem bewussten Entschluss, die Hand zu heben, einsetzte. Das heißt, das, was die Probanden für ihre freie Entscheidung hielten, war bereits von unbewussten hirnorganischen Prozessen vorgegeben. Ergo *glaubt* der Mensch nur, einen freien Willen zu haben. In Wirklichkeit ist der freie Wille nur ein Konstrukt, mit dem wir nachträglich unsere Handlungen besetzen."

Aufgeregtes Getuschel setzte ein. Viele nickten.

„Letztlich sind wir doch alle instinktgesteuert", merkte ein Student an.

„Vor allem du!", kommentierte eine junge Frau mit dunklen Locken. Ihre Sitznachbarinnen kicherten, und der junge Mann wurde rot. Offenbar gab es zu dieser Bemerkung eine Vorgeschichte.

„Wir müssen uns an den Gedanken gewöhnen", ergriff der Professor wieder das Wort, „dass wir ein komplexer Organismus aus feuernden Synapsen und chemischen Prozessen sind. Das, was wir ein Glücksgefühl nennen, ist nichts anderes als ein ganz bestimmter biochemischer Zustand unseres Körpers, der spezifische Empfindungen in uns auslöst."

„Das heißt also, wir steuern uns gar nicht selbst, sondern wir werden durch biochemische Prozesse gesteuert und unser Bewusstsein versucht voller Verzweiflung, die Deutungshoheit zu behalten?", warf eine blond gelockte Studentin ein.

„Besser kann man es nicht formulieren", entgegnete der Professor mit einem strahlenden Lächeln. „Was vermutlich daran liegt, dass dieser Satz ein fast wörtliches Zitat aus meinem Buch *Der determinierte Mensch* ist."

Gelächter erklang.

„Ich bin eben gut vorbereitet", erwiderte die Blonde mit einem frechen Grinsen.

„Ihr alle findet das sehr lustig, oder?"

Verblüfft registrierte Sila, dass es Priscilla Vogt war, die sich zu Wort meldete. Sie saß eine Reihe vor Heidi und war aufgestanden. „Ist euch gar nicht klar, was wir hier gerade machen? Wenn unsere Gedanken – und damit auch unsere Rationalität – nichts weiter sind als zufällige Nebenprodukte biochemischer Prozesse, dann sind alle unsere Aussagen komplett bedeutungslos! Dann sagen wir die Dinge nämlich nicht, weil sie wahr oder falsch sind, sondern weil uns irgendwelche geistlosen physikalischen Prozesse dazu zwingen."

Die Studierenden blickten die junge Frau verdutzt an. Zu gern hätte sich Sila in diesem Moment in den Bodycare-Link der jungen Frau eingeloggt. Aber das war natürlich nicht möglich. Die physiologisch erkennbaren Zeichen waren jedoch nicht schwer zu deuten. Priscillas Wangen waren gerötet, ihre Hände zitterten. Sie war nervös, aber das Thema war ihr so wichtig, dass sie die Scheu überwand, vor ihren Kommilitonen zu sprechen.

„Jetzt beruhigen Sie sich erst mal", gebot der Dozent.

„Nein, ich beruhige mich nicht!", erwiderte Priscilla. „Wenn es keine Wahrheit außerhalb unseres Selbst gibt, wenn Wahrheit nur der zufällige Ausdruck interner biochemischer Prozesse ist, dann ergibt alles, was wir hier tun, überhaupt keinen Sinn." Sie stand auf, nahm ihre Tasche und drängte sich durch die Sitzreihe Richtung Ausgang.

Sila sah, wie sich auch Heidi ihren Rucksack schnappte und der jungen Frau unter dem Geraune der Studierenden hinterherlief.

Der Professor ließ die beiden ziehen. Allerdings machte er sich eine Notiz in seinem Notepad, ehe er wieder das Wort ergriff. „Ruhe, meine Damen und Herren, Ruhe! Ich muss gestehen, diese Einführungsveranstaltung hat eine unerwartete Dynamik gewonnen …"

Die Aufnahme endete.

„Interessant", bemerkte Sila. Priscilla hatte sich in gefährliches Fahrwasser begeben. Vielleicht war sie sich dessen nicht bewusst gewesen, aber ihre Aussagen bewegten sich erschreckend nah an denen des Fundamentalismus, den die Verfassung der Mitteleuropäischen Union zum Staatsfeind erklärt hatte. Wie es schien, stand die junge Frau unter dem Einfluss einer radikalen Gruppierung, und das bedeutete, dass Sila auf der richtigen Spur war.

Auf der anderen Seite ließ sie die emotionale Betroffenheit der jungen Frau nicht ganz kalt. Konnte man es ihr wirklich anlasten, dass sie voller Leidenschaft nach der Wahrheit suchte?

„Der Professor schaltete sofort die Security der Universität ein", erklärte Skull. „Diese begann umgehend mit der Überwachung der jungen Frau, sodass die zweite Aufzeichnung sichergestellt werden konnte."

Eine Videoaufnahme, offenbar mit hochauflösendem Teleobjektiv und Richtmikrofon erstellt, zeigte Priscilla und Heidi beim Buckelwal.

„Du verpasst dein Seminar", sagte Priscilla, während sie gedankenverloren auf die Wölbungen und Furchen des Kunstwerks starrte.

„Der Professor wird auch mal einen Moment lang ohne mich auskommen", erwiderte Heidi.

Ein kurzes Zucken um Priscillas Mundwinkel war zu sehen, das wie ein schwaches Lächeln anmutete, doch sie blieb stumm.

„Was ist da gerade passiert?", hakte Heidi nach.

„Ich würde sagen, ich hatte einen kurzfristigen Kontrollverlust", murmelte Priscilla. „So etwas passiert mir normalerweise nicht."

„Ich meinte eigentlich, was ging da in dir vor? Warum hat die Diskussion dich so mitgenommen?"

„Diskussion?" Priscilla schnaufte. „Da gab es keine Diskussion. Die Leute tun so, als wäre das, was sie von sich geben, so selbstverständlich und logisch wie das Einmaleins, und so belanglos wie ... keine Ahnung ... wie Kekswerbung. Keiner fragt sich, ob es nicht etwas gewagt ist, den freien Willen am temporären Ablauf einer in sich sinnfreien Armbewegung festzumachen."

Heidi hob die Brauen. „Aber dich ... lässt das nicht kalt?", bohrte sie nach.

Priscilla senkte den Blick. „Bis vor Kurzem habe ich eigentlich genauso gedacht. Aber inzwischen habe ich das Gefühl, dass es irgendeine unsichtbare Blockade gibt, die uns alle daran hindert, ernsthaft darüber nachzudenken, was wir da eigentlich behaupten. Mit einer irritierenden Leichtfertigkeit haben wir eine Weltsicht geschluckt, die alles, was wirklich von Bedeutung ist, als irreal darstellt. Mittlerweile hat mich das zum Nachdenken gebracht. Ist den Leuten denn nicht klar, was es bedeutet, wenn unser Denken lediglich als das Produkt zufälliger physikalischer Prozesse definiert wird? Dann gibt es keinen Maßstab mehr, keine Werte und kein Ziel."

„Findest du nicht, dass du etwas übertreibst?"

Priscilla verschränkte die Arme vor der Brust. „Nein!"

Heidi runzelte fragend die Stirn.

„Wer entscheidet, ob etwas gut oder böse ist?", fragte Priscilla.

„Wir Menschen."

„Und wie tun wir das?"

„Wir treffen ein mehrheitliches Übereinkommen, leiten daraus ethische Richtlinien ab und erlassen Gesetze, an die sich alle gleichermaßen halten müssen."

„Was gut und böse ist, ist also ein Aushandlungsprozess?"

„In gewisser Weise schon. Es ist ein immerwährender Prozess. Früher hat man es als böse erachtet, den Göttern keine Opfer darzubringen oder den König nicht zu ehren. Heute sehen wir das etwas anders."

„Angenommen, die Mehrheit würde darin übereinkommen, dass es eine bestimmte Gruppe von Menschen gibt, die für alle anderen sehr gefährlich ist. Und man würde beschließen, dass diese Menschen abgesondert werden müssen und bestimmte Rechte verlieren, zum Beispiel das Recht, sich frei zu bewegen oder Ähnliches. Wäre das dann auch ‚gut' in dem Sinn, wie du es gesagt hast?"

„Natürlich. Wie du weißt, gibt es bestimmte Verbrechen, für die man ins Gefängnis kommt. Und dort greift genau dieses Prinzip."

„Das heißt also, die Nürnberger Rassengesetze von 1935, die auf der Grundlage der demokratischen Mehrheit im Deutschen Reichstag verabschiedet wurden, waren auch gut?"

„Natürlich nicht!"

„Aber warum denn nicht? Sie basierten doch auf einem mehrheitlichen Übereinkommen."

„Priscilla, darüber müssen wir nicht diskutieren."

„Nein. Ich will nur darauf hinaus, dass auch die demokratische Mehrheit falschliegen kann. Du hast selbst gesagt, dass der überwiegende Teil der Menschheit vor 2000 oder 3000 Jahren Dinge für verwerflich hielt, über die wir heute nur müde lächeln können."

„Natürlich. Die Menschheit hat sich weiterentwickelt."

„Ja, aber wohin? Ist das einfach nur eine zufällige Änderung der Mehrheitsmeinung, die sich jederzeit wieder ändern kann, oder gibt es einen Maßstab jenseits menschlicher Übereinkünfte, der darüber entscheidet, ob etwas gut oder böse ist?"

„Worauf willst du hinaus?"

„Lass mich dir noch eine Frage stellen. Was ist Wahrheit?"

Sila spürte ein Gefühl von Beklemmung in sich aufsteigen. Das waren genau die Fragestellungen, die Priscilla – und womöglich auch Heidi – zielsicher in die Arme der Fundamentalisten führen würden.

Heidi lächelte schief. „Puh, das sind aber ganz schön philosophische Fragen mitten in meinem Mittagstief. Ich würde sagen, in Bezug auf die Wahrheit halten wir uns am besten an die Wissenschaft. Wahrheit im wissenschaftlichen Sinne ist eine Übereinkunft über das Wahre, die allerdings revidierbar ist und mit dem Fortschreiten wissenschaftlicher Erkenntnisse angepasst werden muss. Maßstab hierfür ist die schlichte Frage, ob die verwendeten wissenschaftlichen Modelle alle messbaren Daten schlüssig erklären können."

„Im Klartext bedeutet das: Es gibt eine absolute Wahrheit, aber unsere Fähigkeit, sie zu erkennen, ist nicht absolut. Wir können uns ihr nur annähern", konkretisierte Priscilla.

Heidi schwieg und blickte ihre Kommilitonin erwartungsvoll an.

„Und wie ist es mit der Wahrheit in Bezug auf unser Leben, unsere Werte und unsere Weltanschauung?", fragte Priscilla nach einer kurzen Pause.

„Da hat jeder seine eigene Wahrheit", erwiderte Heidi. „Wie der Alte Fritz es so schön formuliert hat: ‚Jeder soll nach seiner eigenen Fasson selig werden.'"

„Und was ist, wenn das ein Widerspruch in sich ist?", entfuhr es Priscilla.

Sila konnte die innere Zerrissenheit der jungen Frau spüren.

Auch Heidi antwortete nicht sofort, sondern nagte an ihrer Unterlippe, als wäre sie in tiefes Nachdenken versunken.

„Entschuldige", sagte Priscilla, „ich wollte dich nicht mit meinen wirren Gedanken belästigen."

„Das hast du nicht", erwiderte Heidi. „Ich muss gestehen: Solche Fragen habe ich mir bisher nie gestellt."

Plötzlich zuckte Priscilla zusammen. Ihr Blick huschte über den Hof. Dann hielt sie inne. Ihre Augen schienen die Kameralinse zu fixieren. Sie legte eine Hand auf die Schulter ihrer Kommilitonin und fragte: „Hast du Hunger?"

Heidi blickte sie verblüfft an.

„Wir sollten etwas essen gehen", sagte Priscilla bestimmt.

Damit endete die Aufnahme.

„Hast du noch mehr?", fragte Sila.

Skull schüttelte den Kopf. „Nein. Einen Tag später verschwand Priscilla Vogt. Das Selfie mit ihr im Hintergrund, das ich dir gezeigt habe, ist der einzige Beweis, dass sie noch in der Stadt ist."

Eine Weile saßen sie sich schweigend gegenüber. Skull trank ein paar Schlucke aus seinem Glas und stellte es dann sorgfältig ab. „Was denkst du?", fragte er schließlich.

„Dass Priscilla in die Fänge von Fundamentalisten geraten ist", erwiderte Sila. „Und mit ein bisschen Glück kann mich Heidi zu ihr führen."

Skull nickte bedächtig. „Und das ist alles?", fragte er.

Sila blickte überrascht auf. „Wie meinst du das?"

„Das ist alles, was du darüber denkst?"

„Natürlich nicht, ich denke noch eine ganze Menge mehr. Schließlich ist das mein Job! Zum Beispiel frage ich mich, was Priscilla dazu bewogen hat, sich öffentlich zu äußern. War das ein Auftrag oder eine Art innerer Impuls? Wer hat ihr die Gedanken eingetrichtert? Welcher Agenda folgen diese Leute? Wie tief steckt Heidi in der Sache drin, wie kann ich ihr Vertrauen gewinnen und ..." Sie hielt inne, als sie sah, dass Skull sie betrachtete. „Was ist?", fragte sie. „Warum guckst du so komisch?"

Er zuckte mit den Achseln. „Das hat mich meine Mutter auch immer gefragt, und ich wusste nie, was ich antworten soll. Brauchst du mich noch?"

„Vorerst nicht, aber –"

„Gut." Er trank einen letzten Schluck aus seinem Glas. „Ich muss noch arbeiten."

„Was ist, habe ich dich beleidigt?"

„Nein. Das wäre mir aufgefallen." Er erhob sich und lächelte. „Pass auf dich auf, Sila."

„Immer", erwiderte sie.

„Ich meine das ernst", sagte er in einem seltsamen Tonfall. Doch ehe Sila ihn fragen konnte, was genau er damit meinte, hatte er sich schon umgewandt.

Sie zuckte mit den Achseln. Im selben Moment erschien eine Nachricht auf ihren AR-Linsen. Sie stammte von Snyder. *Erwarte Sie in 45 Minuten im Turm zum Statusbericht.*

Kapitel 7

„Kommt überhaupt nicht infrage!", blaffte Snyder.

„Es dürfte schwierig werden, Kontakt zu Priscilla Vogt aufzunehmen, wenn diese Gorillas Heidi zur Abschreckung in eine Zelle sperren", erwiderte Sila.

„Ich muss Ihnen jetzt nicht ernsthaft erklären, was das Prinzip einer verdeckten Ermittlung ist, oder?" Snyder gab sich keine Mühe, seine Gereiztheit zu verbergen. „Jede noch so kleine Abweichung von der üblichen Vorgehensweise wäre eine Warnung an diese Terroristen, das ist Ihnen doch wohl klar?"

Sila biss sich auf die Lippen. Es erschien ihr sehr unwahrscheinlich, dass die Mitglieder dieser ominösen Organisation, von der sie bislang noch nicht einmal den Namen kannten, so tief in die Strukturen der Behörde vorgedrungen waren, dass ihnen auffallen würde, wenn das AIS seine eigenen Vorgaben etwas großzügiger interpretierte. Aber sie kannte ihren Vorgesetzten gut genug, um zu wissen, dass sie an dieser Stelle mit Widerspruch nicht weiterkommen würde. Irgendetwas machte Snyder nervös. Und wenn ihr Vorgesetzter nervös wurde, war das ein Grund zur Beunruhigung.

„Natürlich", erwiderte sie knapp.

„Ihnen wird schon etwas einfallen", brummte Snyder in etwas versöhnlicherem Tonfall.

Sila nickte. „Ich würde gern mit Priscillas Mutter sprechen."

„Warum? Die Frau wurde bereits mehrfach verhört. Sie weiß nichts. Das können Sie alles in den Akten nachlesen."

Sila seufzte innerlich, setzte jedoch ein höfliches Lächeln auf. „Das habe ich bereits getan. Ich glaube nicht, dass die Mutter unseren Verhörspezialisten bewusst etwas verheimlicht hat. Mir geht es allerdings um die Dinge, von denen sie gar nicht weiß, dass sie sie weiß."

„Tun Sie, was Sie nicht lassen können." Snyder wandte den Blick von ihr ab, als interessiere ihn das Ganze nicht weiter. Das passte nicht zu ihm. Eine seiner größten Stärken war es, dass er von der ersten bis zur letzten Minute konzentriert bei der Sache blieb.

„Ich brauche eine Identität als Polizeianwärterin des LKA – Ermittlung in Vermisstenfällen."

„Meinetwegen. Ich leite die Freigabe an Claudius de Jong weiter. Aber vergessen Sie nicht: Heute Abend um 18 Uhr will ich Ihren Bericht in meiner Mailbox haben."

„Selbstverständlich."

Damit war das Gespräch für Snyder beendet, und er verließ eilig den Raum.

Sila machte sich daran, den lästigen Bericht zu diktieren. Etwa eine halbe Stunde später erhielt sie die Nachricht, dass ihr Profil aktiviert war. Weitere zwanzig Minuten später brachte ihr eine Drohne den Dienstausweis und die Utensilien für die Gesichts- und Körpermodifikation. Aus eigener Erfahrung wusste sie, dass es nicht klug war, in ein und demselben Fall verschiedene Identitäten anzunehmen, ohne sein Äußeres zu verändern. Ein einziger dummer Zufall konnte eine aufwendige Undercoveraktion zunichtemachen.

Als Hannah Vogt nach mehrmaligem Läuten die Tür öffnete, lächelte Sila eine extrem schlanke Frau mittleren Alters mit dunklen Locken und einem auffälligen Muttermal auf der Wange entgegen.

„Mein Name ist Claudia Schmidt", sagte Sila und zeigte ihr warmherzigstes Lächeln, während sie der verdutzten Frau ihr Diensthologramm unter die Nase hielt. „Ich ermittle im Fall Ihrer vermissten Tochter."

Hannah Vogt erwiderte das Lächeln nicht. In ihrer Miene spiegelte sich eine Mischung aus Ärger und Besorgnis. „Wieso denn das schon wieder? Ich dachte, die Befragungen wären abgeschlossen?"

Die Reaktion der Frau sprach Bände. Offenbar waren die Kollegen bei ihren Verhören wenig zimperlich gewesen.

Hannah Vogt trat einen Schritt zurück. Unentschlossen blickte sie auf ihre linke Hand, mit der sie den Türgriff umklammert hielt. Offenbar zog sie in Erwägung, das Problem einfach auszusperren. Das musste Sila unbedingt verhindern. Sie hob in scheinbarer Verblüffung die Brauen und fragte: „Ist Ihre Tochter wieder aufgetaucht?"

„Was? Nein! Natürlich nicht, aber –"

„Sie haben den Eindruck, die Polizei tut zu wenig, habe ich recht?", unterbrach Sila sie.

Die hagere Frau schüttelte hastig den Kopf. „Nein!"

„Ich verstehe", sagte Sila, den Widerspruch souverän ignorierend. „Mir würde es an Ihrer Stelle nicht anders gehen." Sie warf einen demonstrativen Blick auf die Tür der Nachbarwohnung. „Vielleicht sollten wir drinnen weiterreden." Sie trat einen Schritt nach vorn, und Hannah Vogt blieb nichts anderes übrig, als zurückzuweichen.

Im Flur schloss Sila die Tür hinter sich.

„Wollen wir uns setzen?"

Priscillas Mutter ergab sich in ihr Schicksal. Sie deutete auf die Couch im Wohnzimmer. Sila folgte ihr.

Die Wohnung war eng, dunkel und unaufgeräumt. Wäsche lag auf einem Stuhl. Ein Teller mit Essensresten stand auf dem Tisch, daneben eine halb volle Flasche Wein. Auf dem veralteten Holoprojektor lief eine billige Vorabendserie.

Hannah Vogt schob eine zerwühlte Decke beiseite. „Bitte."

Sila setzte sich.

„Möchten Sie etwas trinken?", fragte Priscillas Mutter, allerdings wohl eher aus Reflex als aus Freundlichkeit.

„Ja, gern."

„Äh ... Kaffee, Wasser oder Orangensaft?"

„Ein Wasser wäre nett."

Wenig später stellte die Frau ein beschlagenes Wasserglas vor Sila auf den Tisch und nahm im Sessel Platz.

„Danke, dass Sie sich Zeit für mich nehmen."

Die hagere Frau zuckte mit den Achseln. „Ich weiß nicht, was das bringen soll. Ich habe Ihren Kollegen schon alles gesagt!"

„Natürlich", erwiderte Sila freundlich. Mit einigen knappen Fingerbewegungen schaltete sie den Account der Frau frei und sichtete deren Daten. Hannah Vogt trank zu viel Alkohol, ein sicherer Hinweis darauf, dass sie kein Geld für einen Neurobutton besaß. Eigentlich wäre ein Blick auf ihren Kontostand somit gar nicht nötig. Sila sichtete ihn trotzdem. Priscillas Mutter reizte ihren Kreditrahmen immer bis zum Äußersten aus. Sie arbeitete halbtags in der Buchhaltung einer Logistikfirma.

Hannah Vogt kratzte an einer verschorften Wunde an ihrem Handgelenk. Sila tippte auf Neurodermitis.

„Ich weiß nicht, wo meine Tochter ist!", stieß die Frau plötzlich hervor. „Glauben Sie, ich würde es Ihnen vorenthalten? Ich selbst habe doch die Vermisstenanzeige aufgegeben."

„Was ist mit Priscillas Vater? Könnte er wissen, wo sie ist?"

Die Frau schüttelte den Kopf. „Das bezweifle ich. Es war eine anonyme Samenspende." Ein bitteres Lächeln huschte über ihre Lippen. „Ich hatte mit Beziehungen nie viel Glück. Aber ich wollte nicht auf die Erfahrung verzichten, Mutter zu sein." Sie sagte es nicht, aber offensichtlich hatte diese Erfahrung sie so manches Mal überfordert.

„Wann hat Ihre Tochter beschlossen, Psychologie zu studieren?", fragte Sila.

Hannah Vogt seufzte. „Keine Ahnung. Irgendwann während ihres letzten Schuljahres."

„Hat sie nie über die Gründe gesprochen?"

„Nicht wirklich." Die verhärmte Frau senkte den Kopf. „Nur einmal hat sie gesagt, sie wolle es endlich verstehen."

„Was verstehen?"

„Warum wir so sind, wie wir sind."

„Wer ist *wir*?", hakte Sila nach.

Hannah Vogt zuckte mit den Achseln. „Wir Menschen ... nehme ich an."

„Interessant."

„Finden Sie? Für mich klang das eher etwas abgedreht. Aber von diesen Psychologiestudenten hat wahrscheinlich ohnehin die Hälfte einen Knacks."

„Ist Priscilla depressiv?"

Hannah Vogt nagte an ihrer Unterlippe. Ihr Blick wanderte ins Leere. „Ganz ehrlich? Ich habe keine Ahnung. Wir standen uns in den letzten Jahren nicht mehr so nahe. Ich weiß schon lange nicht mehr, was in ihr vorgeht."

„War sie vor ihrem Verschwinden in medizinischer Behandlung?"

„Nicht, dass ich wüsste."

„Hat Priscilla Hobbys?"

„Hobbys? Weshalb ist das wichtig?"

„Was wichtig ist, wissen wir immer erst im Nachhinein. Also, hat sie Hobbys?"

„Na ja ... als Kind hat sie immer gern gemalt. Aber welches Mädchen tut das nicht? Später hat sie dann fotografiert."

„Sport?

„Sie joggt regelmäßig, und manchmal geht sie bouldern."

„Kein Home- oder Studiotraining?"

„Nein, sie ist lieber draußen in der Natur."

„Wer sind ihre Freunde?"

Die hagere Frau runzelte nachdenklich die Stirn. „Da ist so eine Kommilitonin, eine Asiatin, glaube ich. Die war einmal hier. Aber das ist schon ein paar Wochen her." Sie presste die Lippen zusammen. „Sie denken jetzt bestimmt, ich bin eine Rabenmutter."

„Warum sollte ich das denken?"

„Weil ich so wenig über meine Tochter weiß, und das, obwohl sie noch bei mir wohnt."

„Denken Sie, Priscilla verheimlicht Ihnen etwas?", fragte Sila, ohne auf die Bemerkung einzugehen.

„Jeder Mensch hat seine Geheimnisse, oder?"

„War sie in den letzten Wochen irgendwie anders?"

„Wie anders?"

„Hat sie sich in irgendeiner Form verändert, hat sie sich zurückgezogen, wirkte sie misstrauischer? Fühlte sie sich möglicherweise verfolgt?"

„Worauf wollen Sie hinaus? Denken Sie, meine Tochter leidet unter Verfolgungswahn oder so etwas?"

„Ich denke gar nichts. Bitte beantworten Sie einfach meine Frage."

„Hm ...", die Frau starrte auf ihre Hände, „sie wirkte schon etwas ... verändert. Aber nicht misstrauischer oder so. Eher ... glücklicher."

„Glücklicher?" Sila runzelte die Stirn.

„Ja, sie ... na ja, es fing einige Zeit nach dieser Sache in der U-Bahn an."

„Nach dem Suizidversuch?", hakte Sila nach.

„Ja." Die Frau nickte zögernd. „Nach dem Vorfall sah ich Priscilla häufiger lächeln, manchmal summte sie vor sich hin. Und sie fing auch wieder an zu zeichnen. Ich dachte schon, sie wäre verliebt, aber als ich sie darauf ansprach, stritt sie es ab."

Verliebt ... Sila nagte nachdenklich an ihrer Unterlippe. Das war ein interessanter Gedankengang. „Dürfte ich das Zimmer Ihrer Tochter sehen?"

Hannah Vogt verkniff es sich, Sila darauf hinzuweisen, dass die Polizei schon alles durchsucht hatte. Stattdessen meinte sie nur: „Kommen Sie mit."

Das Zimmer der jungen Frau war winzig – und es bildete einen krassen Kontrast zum Rest der Wohnung. Sila hatte beinahe den Eindruck, ein Antiquariat zu betreten. In einem Regal standen alte Bücher, noch auf Papier gedruckt und gebunden. Ein paar Zeichnungen hingen an den Wänden, jedoch nicht digital, sondern offensichtlich mit Kohle gemalt. „Von Priscilla?", fragte Sila.

Hannah Vogt nickte.

Die Zeichnungen waren nicht schlecht, aber auch nicht herausragend. Neben Abbildungen von Händen, anatomischen Figuren und Gesichtern gab es auch einige Naturszenen. Der Schrank war aufgeräumt, die Menge an Kleidung überschaubar. Ein kleiner Sekretär aus Holz stand vor dem Fenster. Sila öffnete die Schubladen. Sie fand darin Stifte, ein geflochtenes Lederarmband, ein wenig Schmuck – nichts, was ihr in irgendeiner Form weiterhelfen würde.

Als sie eine der Schubladen wieder schließen wollte, stellte sie fest, dass diese hakte. Sie zog das Schubfach ein Stück zurück. Eine Tasche mit Stiften hatte sich verkeilt. Sila tastete das Innere der Schublade ab – und tatsächlich: Jemand hatte dort etwas mit Klebestreifen befestigt. Behutsam löste sie die Streifen und hielt kurz darauf ein kleines Heft aus Papier in der Hand.

„Oh", erklang es hinter ihrem Rücken.

Sila wandte sich um. „Kennen Sie das?"

Die hagere Frau schüttelte den Kopf. „Darf ich es mal sehen?"

„Sobald die Beweismittel freigegeben sind", erwiderte Sila mit einem unverbindlichen Lächeln, dann setzte sie sich auf das Bett und schlug das Heftchen auf.

Sie spürte, dass Hannah Vogts Blick auf ihr ruhte. Nach einigen Augenblicken des Schweigens verließ die Frau wortlos das Zimmer.

Die ersten Seiten waren enttäuschend. Sie enthielten lediglich einige Zeichnungen, die relativ düster waren: dunkle Schattengebilde, zusammengefügt aus harten Strichen; Augen, in denen Tränen schimmerten; ein zum stummen Schrei geöffneter Mund. Dann schließlich einige Worte. Es war seltsam für Sila, handgeschriebene Buchstaben zu lesen. Den Kindern in der Schule brachte man das schon seit dreißig Jahren nicht mehr bei. Nur noch alte Menschen schrieben auf Papier ... und Leute, die etwas zu verbergen hatten.

Warum?, stand dort in schwarzen Lettern. Ein Gefühl der Beklemmung beschlich Sila.

Wie ein Stein, achtlos weggeworfen,
versinkt in dunklen Fluten,
bis schlammiger Grund ihn für immer verschluckt,
taumelt der Mensch, vom Zufall ausgespien,
durchs Leben,
bis in fauliger Umarmung ein letztes Mal er zuckt.

Sila runzelte die Stirn und blätterte weiter durch seitenweise düstere Zeichnungen, bis sie auf folgende Worte stieß:

Warum?

Warum lieben, bis das Lächeln sich als Lüge erweist?

Warum warten, bis die Schlange, die du wärmst, dich beißt?

Warum hoffen, wenn am Ende jedes Feuer erlischt?

Warum leben, wenn doch alles mit Tränen sich mischt?

Es stand kein Datum unter dieser Notiz, aber Sila drängte sich der Gedanke auf, dass Priscilla das Gedicht geschrieben haben musste, kurz bevor sie auf dem U-Bahnhof aller vergeblichen Hoffnung ein Ende setzen wollte.

Sie presste die Lippen zusammen. Ein Neurobutton mit integriertem Hormonstabilisator hätte vielleicht Abhilfe schaffen können. Aber diese Geräte waren exorbitant teuer, und die Kosten wurden nur in den seltensten Fällen von der Krankenkasse übernommen.

Die nächste Seite zeigte die verschmierte Zeichnung eines Gesichts, das kaum als solches zu erkennen war. Sila blätterte weiter. Drei Worte starrten ihr von dem welligen Papier entgegen:

Wo bist du?

Der Rest des Heftchens war leer.

Nachdenklich steckte Sila es ein. Was hatte Priscillas Mutter gesagt? *Sie wirkte schon etwas verändert ... Aber nicht misstrauischer oder so ... Eher glücklicher ... Ich dachte schon, sie wäre verliebt ...*

Möglicherweise kam dies der Wahrheit näher, als Hannah Vogt ahnte.

Ein pulsierendes Lichtsignal am Rand ihrer linken AR-Linse zeigte Sila das Eintreffen einer Nachricht an. Sie hatte ihren virtuellen Assistenten auf „Fallpriorisierung" programmiert. Daher nahm sie die Nachricht entgegen.

Ein virtuelles Feuerwerk explodierte, und in feurigen Lettern erschien die Nachricht:

Semesterparty
Beginn um 23 Uhr am Fossil im Park.

Sila verzog das Gesicht. Offenbar musste sie das Programm optimieren. Doch dann blinkte ein Name rot auf. Heidi Mai hatte zugesagt.

Sie stand auf. Zeit zu gehen. Sie musste den Bericht für das AIS abschicken und sich dann für eine Party aufbrezeln.

Kapitel 8

Ein angenehm lauer Wind blies Sila entgegen, als sie vom Bahnhof in Richtung Park ging. Die Luft trug den harzigen Geruch von Kiefern, das Wummern von Bässen und das fröhliche Jauchzen der Feiernden zu ihr herüber. Es war lange her, dass sie das letzte Mal auf einer Studentenparty gewesen war.

Ihre AR-Linsen registrierten einen Strom von Daten, die sich in der tanzenden Menge zu einem Wirbel der Informationen ballten. Ein Gefühl von Erregung schien in der Luft zu liegen, als Sila an einer Gruppe gut gekleideter Feiernder vorbeikam.

Es war nicht schwer herauszufinden, woher dieses Gefühl kam. Hier waren jede Menge Hormone im Spiel. Viele Wohlhabende schickten ihre Zöglinge zum Studium nach Berlin. Spätestens nach der Föderalismusreform, die für eine deutlich zentralistischere Regierungsform nach französischem Vorbild gesorgt hatte, war die Attraktivität der Hauptstadt immens gestiegen. Die meisten gut betuchten Studierenden trugen Neurobuttons, und sie machten reichlich Gebrauch davon. Sila glaubte, die Endorphine beinahe durch die Luft schwirren zu sehen, als sie sich an den verschwitzten Körpern der Tanzenden vorbeidrängelte und in lauter glückliche Gesichter blickte.

Wie so viele technische Innovationen waren auch die Neurobuttons ursprünglich zu therapeutischen Zwecken entwickelt worden. Durch die gezielte Steuerung körpereigener Botenstoffe waren Erkrankungen wie Parkinson, Depressionen oder bipolare affektive Störungen plötzlich sehr gut behandelbar. So konnten Depressive durch die vermehrte Freigabe von Serotonin und

Noradrenalin wieder Lebensfreude entwickeln, und Parkinsonerkrankte gewannen die Kontrolle über ihre Muskulatur zurück.

Es dauerte allerdings nicht lange, bis man den riesigen Markt der reichen Selbstoptimierer entdeckte. Gut bezahlte Manager steigerten mittels Neurobutton ihre Leistungsfähigkeit, und ausgebrannte Mittvierziger fühlten sich mit einem Mal wieder wie frisch verliebte Teenager.

Interessanterweise gab es allerdings auch in Bezug auf die körpereigenen Hormone Abnutzungserscheinungen. Wer zu oft auf den Glücksbutton drückte, entwickelte eine regelrechte Abhängigkeit. Das normale Leben verlor zunehmend an Reiz, und ohne die zusätzlichen Hormone mutierten die Menschen zu sogenannten Neurozombies – zu völlig teilnahmslos dahinvegetierenden Wracks, die nicht mehr in der Lage waren, irgendetwas zu empfinden. Die Mitteleuropäische Kommission hatte daher ein Gesetz erlassen, das nur noch den Verkauf kontrollierter Neurobuttons erlaubte. Jede Nutzung wurde auf einem Server gespeichert und von einem Algorithmus überwacht, der sofort die Gesundheitsbehörden informierte, wenn der Verdacht auf Missbrauch entstand.

Silas Neurobutton wurde selbstverständlich von einer internen Abteilung des AIS kontrolliert.

Sie scannte die Menge auf der Suche nach Heidi und entdeckte diese etwas abseits der feiernden Elite am Rand der Wiese, dicht neben einigen Sträuchern. Zunächst wollte sie die junge Frau ansprechen, doch dann ließ ein unbestimmtes Gefühl sie zögern. Heidi schien auf den ersten Blick ausgelassen mitzufeiern, doch ihren wilden Bewegungen haftete etwas Mechanisches an. Immer wieder ließ sie den Blick über die Menge schweifen, als halte sie Ausschau nach jemandem.

Sila hielt weiter Abstand und schob sich näher an ein Knäuel aus Tanzenden heran. Mit einigen Fingerbewegungen gab sie dem virtuellen Administrator den Befehl, ihre AR-Linsen mit Heidis zu verbinden. Es gelang ihr erst nach einigen Schwierigkeiten, und interessanterweise hatte sie keinen Zugriff auf das Menü, was eigentlich möglich sein müsste. Doch momentan störte Sila das nicht. Wichtiger für sie war, dass sie nun sehen konnte, was Heidi sah. Ihr Sichtfeld erschien in einem kleinen Fenster auf Silas AR-Linsen. In Bewegung war eine Teilung der Wahrnehmung ein anspruchsvolles Unterfangen, aber während ihrer Spezialausbildung beim AIS hatte Sila das trainiert.

Momentan konnte sie außer tanzenden Schemen nicht viel erkennen. Doch plötzlich blitzte etwas auf. War das ein Lichtsignal gewesen? Sila blickte zum Rand des Parks. Hatte sich dort im Gebüsch etwas bewegt?

Jemand berührte sie am Arm. „Hey!"

Sila wandte den Kopf. Ein hochgewachsener, gut gebauter Student tanzte dicht neben ihr und lächelte sie an. Sie wandte sich ab.

„Willst du ein Bier?" Der junge Mann hatte offenbar Schwierigkeiten, Silas subtile Gesten korrekt zu deuten.

„Nein!", blaffte sie.

„Verstehe. Ist eh zu warm." Er grinste. „Ich bin übrigens Rufus." Mittlerweile stand er so dicht vor ihr, dass Silas Nasenspitze beinahe seine Brust berührte. Als er sich zu ihr hinabbeugte, konnte sie eine Mischung aus Bier und Pfefferminzbonbon in seinem Atem riechen. „Ich hab dich hier noch nie gesehen. Erstes Semester?"

Heidis AR-Bild hatte sich verändert. Die wogende Menge war verschwunden. Stattdessen sah Sila eine blasse Hand, die einen belaubten Zweig zur Seite schob. Offenbar zwängte sich Heidi gerade durch das dichte Gebüsch am Rand des Parks.

„Verdammt!", stieß Sila aus.

„Kein Grund, sich zu schämen, wir waren alle mal Erstsemester", grinste der Student.

„Jetzt verzieh dich endlich. Du nervst!" Sila legte eine Hand auf seine Brust und wollte ihn zur Seite schieben. Doch er griff blitzschnell zu und umklammerte ihr Handgelenk mit eisernem Griff. Jegliche Freundlichkeit war aus seinem Gesicht gewichen. „Pass gut auf, mit wem du dich einlässt", zischte er.

Wer war der Kerl? Campus-Aufsicht? Polizeispitzel? Der Anführer irgendeiner Studentenverbindung?

Heidis AR-Signal flackerte, dann blitzte kurz ein Gesicht auf. War das Priscilla gewesen? Wut keimte in Sila auf. Sie hatte keine Zeit für diesen Mist.

Sie wandte sich abrupt zur Seite, sodass der Typ einen Ausfallschritt machen musste. Das brachte ihn in die ideale Position. Sila riss ihr Knie hoch und traf perfekt. Beide Hände auf sein schmerzendes Gemächt gepresst, sackte der junge Mann zusammen. „Um mich brauchst du dir keine Sorgen zu machen", zischte Sila ihm zu. Dann hastete sie zum Rand des Parks. Die überraschten Ausrufe hinter sich ignorierte sie. Heidi musste das Gelände inzwischen verlassen haben. Die Übertragung zeigte eine Hausfront. Wo war das nur?

Sila hatte das Gebüsch erreicht und drängte sich hindurch. Dann hielt sie plötzlich inne. Heidis AR-Linsen übertrugen das Gesicht von Priscilla, die gerade etwas sagte. Leider hatte Sila keinen Zugriff auf die akustischen Daten. Aber zur Softwareausstattung ihrer AR-Linsen gehörte ein KI-gesteuertes Programm, das Worte von den Lippen ablesen und diese simultan in eine Sprachausgabe übertragen konnte. „Wie geht's dir?", fragte die junge Frau.

Heidis Antwort blieb ihr verborgen, aber Priscilla lächelte. „Nein, ich bereue nichts! Überhaupt nichts!"

Nun schien Heidi wieder zu sprechen. Sila nutzte die Gelegenheit, um sich umzusehen. Das Haus, das sie im Hintergrund gesehen hatte, könnte jene hell getünchte Villa sein. Zu ihrem Leidwesen setzten sich Heidi und Priscilla wieder in Bewegung. Sila hastete die Straße entlang und verfluchte ihre klappernden Absätze.

Priscilla nickte. „Ja, schon bald. Wenn es so weit ist, werden es alle bemerken. Dann kann niemand mehr die Augen vor der Wirklichkeit verschließen."

Sila biss die Zähne zusammen. Das hörte sich gar nicht gut an. Was hatten diese Leute vor?

Sie erreichte die Villa. Wo waren die beiden? Sila vergrößerte Heidis Bildausschnitt. Da waren ein Straßenbaum, eine Laterne und ein Haus – Heidi hob kurz den Blick – mit einem Flachdach. So etwas gab es hier nur selten.

Rasch ging Sila online und rief Galileo-World auf. Sie schaltete auf Satellitenansicht. Das musste im Bachstelzenweg sein. Nr. 26 oder 28. Eilig zog sie die Schuhe aus und hastete barfuß weiter.

„Nein", erwiderte Priscilla lächelnd auf eine Frage. „Ich habe keine Angst mehr. Es gibt Schlimmeres als den Tod."

Verdammt, das hörte sich ganz und gar nicht gut an!

Wieder sprach Heidi. Plötzlich jedoch wirkte Priscilla abgelenkt. Fast schien es, als würde sie auf irgendetwas lauschen. Dann blickte sie Heidi direkt in die Augen. „Bist du online?"

Heidis Antwort war nicht zu vernehmen, aber zwei Sekunden später wurde die Übertragung von ihren AR-Linsen unterbrochen.

Sila fluchte lautlos und hastete weiter. Sie bog links in den Bachstelzenweg ab, registrierte aber im selben Moment, dass man sie von dort aus kommen sehen würde. Zu ärgerlich, dass sie keine Drohne dabeihatte! Sie musste Priscilla um jeden Preis folgen. Die junge Frau war ihre einzige Verbindung zu dieser namenlosen Untergrundorganisation. Hastig machte sie kehrt – es gab einen Weg im Park, der parallel zur Straße verlief.

Im Vollsprint rannte sie den Pfad entlang. Etwas Spitzes bohrte sich in ihre Fußsohle, doch Sila unterdrückte einen Schmerzensschrei und hastete weiter. Ihre Chance, die beiden noch zu erwischen, war gering. Priscilla war offensichtlich misstrauisch geworden. Sie würde so schnell wie möglich verschwinden.

Silas Fußsohlen brannten, und ihr Atem ging keuchend. Sie verlangsamte das Tempo, bevor sie den Bachstelzenweg erreichte. Vorsichtig lugte sie um die Ecke. Niemand war zu sehen. *Verflixt!*

Plötzlich glaubte sie aus dem Augenwinkel eine schemenhafte Bewegung wahrzunehmen. Als sie sich umwenden wollte, umklammerte sie jemand von hinten. „Loslassen!", schrie Sila. Sie trat nach ihrem Gegner, aber ohne Schuhe war das nicht sonderlich wirkungsvoll. Ein Sack wurde ihr über den Kopf gestülpt, dann spürte sie einen Stich im Oberschenkel. Ihr wurde schwindlig. Sie sackte in die Arme, die sie fest umklammerten. Das diffuse graue Licht, das durch den Stoff drang, ging über in Schwärze.

Kapitel 9

Silas Herz rast. Noch nie hat sie solche Angst gehabt. Ohrenbetäubender Lärm umtost sie und schwillt immer mehr an, wie das Brausen eines sich nähernden Sturms. Sila spürt, wie sich ihre Nackenhaare sträuben. Sie will weglaufen, aber ihre Füße scheinen mit dem Asphalt verschmolzen zu sein. Sie will die Augen schließen und kann den Blick doch nicht abwenden. Eine wogende Masse aus Leibern drängt sich gegen die Absperrungen. Verzerrte Gesichter voller Wut und Hass skandieren: „Freiheit, Freiheit! Nieder mit der Worldconn-Krake!" Eine Frau singt mit schriller Stimme: „Die Gedanken sind frei!" Ein bärtiger Mann mit fanatischem Gesichtsausdruck hält in der einen Hand ein Plakat, auf dem steht: Worldconn = Antichrist. Mit der anderen Hand reckt er ein dickes schwarzes Buch in die Höhe. Er schreit irgendetwas von einem Tier aus dem Abgrund und von einer Zahl, die jeder tragen müsse.

Eine sanfte Berührung an der Schulter löst Sila aus ihrer Starre. „Komm, Sila." Mama lächelt – ein Ruhepol in diesem tosenden Sturm aus Wut und Hass. „Soll ich dich tragen?"

Sila schüttelt den Kopf.

Mama ergreift ihre Hand und geht mit ihr auf das Krankenhausgebäude zu. Ihr weißer Arztkittel wölbt sich im auffrischenden Wind. „Du bist sehr tapfer."

Sila fühlt sich ganz und gar nicht tapfer, bemüht sich aber, das Lächeln ihrer Mutter zu erwidern. „Mama, warum sind die alle so wütend?"

„Sie haben Angst."

„Aber warum denn? Das ist doch ein Krankenhaus. Hier wird den Menschen geholfen."

„Tja, manche glauben, dass dies nur ein Vorwand ist und dass es eigentlich darum geht, ihnen zu schaden."

Sila weiß, dass sie dieses Gespräch schon einmal geführt hat. Ihr Magen krampft sich zusammen, in Erwartung dessen, was kommen wird, und doch geht sie weiter, blickt zu ihrer Mutter auf und sagt: „Das versteh' ich nicht."

„Ich gebe zu, das ist auch nicht so ganz einfach. Wir arbeiten mit der Firma Worldconn zusammen, um Menschen zu behandeln, deren Gehirn nicht mehr richtig funktioniert."

„Aber das ist doch etwas Gutes!"

„Das sehe ich auch so. Das Problem ist nur, dass wir den Menschen auf eine Art helfen, die neu ist. Deshalb gibt es viele Leute, die uns misstrauen. Sie glauben, dass wir hier Experimente machen und in Kauf nehmen, dass es den Menschen danach viel schlechter geht als vorher. Und wieder andere glauben, dass wir in Wirklichkeit etwas ganz Schlimmes planen."

„Etwas Schlimmes?" Aus dem Augenwinkel nimmt Sila eine Bewegung wahr. Sie spürt die dunkle Bedrohung, weiß, dass sie jetzt handeln muss – sofort! Aber sie kann nicht. Ihr Herz schlägt immer schneller, während sie weiter zu ihrer Mutter aufschaut und diese mit einem traurigen Lächeln antwortet: „Du weißt doch, das Gehirn ist das Organ, mit dem wir denken."

Sila nickt. Hinter ihr gerät die Menge an den Absperrgittern in Unruhe. Sie hört so etwas wie ein Heulen, das immer lauter wird. Aber sie kann nicht anders, als in Mamas kluge blaue Augen zu blicken. „Um den Leuten zu helfen, setzen wir ihnen dort ein kleines Gerät ein, und die Menschen fürchten, dass damit ihre Gedanken kontrolliert werden sollen und –"

Hinter ihr kracht es. Sila spürt den heranrasenden Wagen, bevor sie ihn sieht. Wie in Zeitlupe dreht Mama sich um. Ihre Augen werden groß. Nun sieht auch Sila das Fahrzeug. Es ist ein weißer Transporter. Jemand hat eine schwarze Zahl auf die Kühlerhaube geschrieben und sie mit roter

Farbe durchgestrichen. Der Wagen hat das Absperrgitter durchbrochen, nun geht die Tür auf und eine dunkle Gestalt springt heraus.

Mama ruft etwas, dann zieht sie Sila schützend in ihre Arme und dreht sich zur Seite. Sila sieht, wie der fahrerlose Wagen in zwei Dutzend Metern Entfernung gegen das Krankenhausgebäude prallt. Es kracht so laut, dass der Boden unter ihr vibriert. Dann wird es um sie herum unglaublich hell, eine Welle schrecklicher Hitze überrollt sie. Sila schreit, bis die Dunkelheit sie verschlingt ...

„Hallo?", durchdrang eine Stimme das Rauschen in ihren Ohren.

„Mama ...", murmelte Sila.

„Hallo, können Sie mich hören?"

Sila blinzelte. Grelles Licht stach ihr in die Augen. Ein hämmernder Schmerz pulsierte in ihrem Schädel. Allmählich schälte sich das Gesicht einer Frau aus der flirrenden Helligkeit heraus, das sich seltsamerweise ständig veränderte. Es wirkte, als würde Sila es durch eine große, sich unruhig vor und zurück bewegende Lupe betrachten. Zunächst schien es, als wären die Augen riesengroß, dann schrumpften sie zu kleinen Kugeln, während sich ihr die Nase der Frau gleich einem in Zeitlupe aufgeblasenen Airbag entgegenwölbte. Ein dunkles Haar lugte aus einem der Nasenlöcher hervor.

„Ah, Sie sind wach! Sehr gut!" Die Stimme der Frau schien aus weiter Ferne zu kommen.

Sila sah, dass sie einen weißen Kittel trug. *Wo bin ich?*, wollte sie fragen. Doch ihre Zunge gehorchte ihr nicht, und ihre Kehle war so ausgetrocknet, dass sie husten musste.

„Warten Sie einen Moment." Die Frau ging eilig davon und kam wenig später mit einer Schnabeltasse zurück.

Als Sila sich aufrichtete, um etwas zu trinken, wurde ihr schwindlig, und ein starker Schmerz hämmerte in ihrem Kopf, der ihr vorkam wie ein Presslufthammer, der ihren Schädel zum

Zerspringen bringen wollte. Sie trank ein paar Schlucke und sank erschöpft in das Kissen zurück.

„Besser?", fragte die Frau, und ihre Zähne waren so grotesk vergrößert, dass sie wie die eines gigantischen Hamsters wirkten.

„Hm."

„Wie heißen Sie?"

Sila öffnete den Mund, um zu antworten, hielt dann aber inne. Eine dumpfe Erinnerung wurde in ihr wach. *Was auch immer passiert, verlier niemals die Kontrolle!* In ihrer Erinnerung tauchte das Bild eines Mannes auf. Sein Blick war ernst. *Hör gut zu: Weiche niemals von deiner Legende ab. Niemals, hörst du? Verrate niemandem deinen wahren Namen. Das kann über Leben und Tod entscheiden.* Dutzende Namen schwirrten ihr durch den Kopf. *Leila Warschke. Ludmilla Möring. Claudia Schmidt.* Wer ... bin ich? Welche Mission ...? Verflixt! Warum fiel ihr das Denken so schwer?

Sie spürte ein Zwicken in ihrem rechten Arm. Als sie den Blick senkte, stellte sie fest, dass eine Kanüle darin steckte. Ein externer Bodycare-Link war an ihrem Oberarm befestigt. Sie sah zu der Frau hinüber, an deren Kittel eine Namensplakette befestigt war. Es interessierte Sila nicht, wie die Frau hieß, aber daneben prangte das Logo des HC-Klinikums. Das gleiche Logo war auch auf den Kittel ihrer Mutter gestickt gewesen.

„Ich ... ich muss gehen." Sila versuchte, die Bettdecke beiseitezuschieben. Aber ihre Muskeln wollten ihr nicht gehorchen.

„Ganz ruhig." Die Frau lächelte sie mit riesigen Lippen an. Ihre Hand ergriff Silas Unterarm. „Sie müssen sich ausruhen." Ihre Stimme war sanft, aber ihr Griff war ehern. Zugleich berührte sie mit der anderen Hand das Steuerungsdisplay des Tropfs neben Silas Bett.

„Lassen Sie ... mich los!" Sie hätte schwören können, dass ihr Arm um die Einstichstelle zu kribbeln begann. Dann spürte sie gar nichts mehr.

„Natürlich", sagte die Frau. Ihr Griff lockerte sich.

Sila versuchte erneut, nach der Decke zu greifen, doch es schien, als wäre ihr Arm kilometerweit von ihrem Hirn entfernt, sodass der Befehl ihres Nervensystems ihn nicht erreichte.

„Gibt es jemanden, den wir informieren sollen?" Gigantische Augen starrten sie an. „Sie haben von Ihrer Mutter gesprochen. Wie können wir sie erreichen?"

„Meine Mutter ... ist tot", murmelte Sila, ehe sie erneut von der Dunkelheit umschlossen wurde. Diesmal war ihr Schlaf tief und traumlos.

Als sie das nächste Mal erwachte, waren die Kopfschmerzen nicht mehr ganz so stark. Dafür hatte sie einen pelzigen Geschmack auf der Zunge und verspürte Übelkeit. Ihre Wahrnehmung schien in Ordnung zu sein. Offenbar war sie allein im Zimmer. Mühsam richtete sie sich auf. Ein leichter Schwindel überkam sie, aber sie setzte sich dennoch auf und schob die Bettdecke beiseite.

Im selben Moment ging eine Art Alarm los und ein junger Mann – offenbar ein Krankenpfleger – betrat den Raum. „Hallo!", sagte er. „Schön, dass Sie wach sind. Bitte warten Sie einen Moment, ich hole die Ärztin."

„Nicht nötig. Mir geht es gut", erwiderte Sila und schwang die Beine aus dem Bett. Erneut packte sie der Schwindel. Zudem stellte sie fest, dass ihre Beine nackt waren. Sie trug nur ein dünnes Krankenhaushemd. „Wo sind meine Sachen?"

„Bitte warten Sie!", wiederholte der Mann. Diesmal sprach er allerdings nicht mit Sila, sondern mit zwei Männern, die in den Raum drängten.

„Keine Sorge, wir bleiben nicht lange", sagte ein glatzköpfiger Mittfünfziger.

„Ein, zwei Fragen, dann sind wir wieder weg", ergänzte ein jüngerer Mann mit blonden Locken.

„Das geht nicht so einfach! Ich muss das erst mit Dr. Hoeft abklären."

„Tun sie das. Aber ich sage Ihnen gleich, dass Dr. Hoeft sicher nichts dagegen einzuwenden hat. Sie hat uns nämlich selbst gerufen", sagte der Glatzkopf. Er drängte sich an dem Pfleger vorbei und ließ sich, ohne zu fragen, auf Silas Bettkante nieder, während der Blonde den verdutzten jungen Mann aus dem Zimmer schob.

Sila schlüpfte rasch wieder unter die Decke, während der Glatzkopf ihr sein Dienstshologramm unter die Nase hielt.

„Hauptkommissar Brehme."

„Was wollen Sie von mir?"

„Tja, Mädchen", fuhr er ohne Umschweife fort, „ich würde sagen, du sitzt ganz schön in der Scheiße! Der Besitz von Mace ist illegal."

Tausend Gedanken schossen Sila durch den Kopf. Mace war eine extrem gefährliche Droge. Sie ließ den Konsumenten hyperreale Träume und Visionen erleben, konnte ihn aber auch komplett ausknocken. Das Zeug machte innerhalb kürzester Zeit abhängig. Bei längerem Gebrauch verursachte es gravierende Hirnschäden. Insofern machte Mace, zu Deutsch „Keule", seinem Namen alle Ehre.

„Ich nehme keine Drogen", erwiderte Sila.

„Komm schon, verarschen können wir uns selbst."

Der Blonde setzte sich auf die andere Bettseite. „Von wem hast du das Zeug?"

Silas Gedanken rasten. Was zum Henker war mit ihr passiert? An die Semesterparty konnte sie sich noch vage erinnern. Heidi hatte sich durch die Büsche geschlagen. Als Sila ihr gefolgt war, war plötzlich irgendein Typ aufgetaucht und hatte sie aufgehalten. Und dann ...

„Hey!" Der jüngere Polizist schnippte dicht vor Silas Gesicht mit den Fingern. „Beantworte die Frage!"

Sila ignorierte den Schwachkopf. Sie hatte versucht, Heidi zu folgen, und dann war irgendetwas passiert. Offenbar hatte jemand sie aufgehalten und mit Drogen vollgepumpt. Doch wer könnte das gewesen sein? Einer dieser religiösen Terroristen? War Silas Identität aufgeflogen? Nein! Das war unmöglich. Es wussten nur zwei Leute von ihrem Einsatz … Nun gut, drei, wenn man Skull mitzählte. Aber der war unbedingt vertrauenswürdig.

„Jetzt pass mal auf, das hier kann auch ganz anders laufen. Wenn du nicht kooperierst, können wir das Gespräch auch auf der Wache fortsetzen, und das wird dann weit unangenehmer", knurrte der Glatzkopf.

„Wir wissen, dass du dealst. Dafür landest du für mindestens fünf Jahre im Knast! Es sei denn, du kooperierst mit uns." Der Blonde packte sie am Kinn. „Also sieh uns gefälligst an und beantworte unsere Fragen."

Sila aktivierte die Aufnahmefunktion ihrer AR-Linsen. Auf der Intensivstation des Krankenhauses waren diese zwar offline, aber der interne Speicher reichte für mehrere Stunden.

Der Glatzkopf hatte ihre Fingerbewegung bemerkt und blinzelte argwöhnisch. „Was machst du da?"

„Ich sammle Material für die interne Ermittlung", erwiderte Sila. „Sie bedrängen ohne ärztliche Freigabe eine Patientin, klären sie nicht über ihre Rechte auf und setzen sie mit Falschaussagen unter Druck. Und das alles schaffen Sie in nicht einmal zwei Minuten. Wüsste ich es nicht besser, würde ich glatt zu dem Schluss kommen, dass bei der Drogenfahndung nur hirnamputierte Vollidioten arbeiten."

Der Glatzkopf riss die Augen auf, während dem jüngeren Polizisten die Gesichtszüge entglitten. Dann verengte Letzterer die Augen zu Schlitzen. „Du miese kleine …" Seine linke Hand grub sich in Silas Haar, während er die rechte nach ihrer AR-Linse ausstreckte.

„Cornelius!", zischte der ältere mahnend. Offenbar hatte er etwas mehr Grips im Kopf. Im selben Moment wurde die Tür aufgerissen, und die Ärztin trat ein. „Was machen Sie da?"

Widerstrebend ließ der Blonde Sila los. „Wir wurden provoziert!", behauptete er rasch.

Sila lächelte. „Kann bitte irgendjemand dem Anwesenden mit dem Spatzenhirn erklären, dass es nicht pfiffig ist, bezüglich eines Sachverhalts zu lügen, der gerade gefilmt und live gestreamt wurde?" Natürlich war es ihr momentan gar nicht möglich zu streamen, aber das brauchte der Kerl nicht zu wissen.

Das Gesicht des Blonden lief dunkelrot an. „Das wirst du noch bereuen, Junkie!"

„Mit Drohungen verhält es sich übrigens ähnlich", ergänzte Sila und grinste noch etwas breiter.

Ehe sein Kollege noch mehr Unsinn anstellen konnte, schob der Glatzkopf den wutschnaubenden jungen Mann aus dem Raum.

Kopfschüttelnd sah die Ärztin den beiden hinterher. Dann trat sie näher an Silas Bett. „Es ist nicht klug, sich die Polizei zum Feind zu machen", sagte sie ernst. „Vor allem nicht, wenn man gerade so eine Überdosis Mace überlebt hat." Sie hob die Brauen. „Sie liegen nur deshalb nicht in der Pathologie, weil jemand, der es offenbar sehr gut mit Ihnen meint, einen High-End-Neurobutton bei Ihnen implantieren ließ. Das Gerät hat die Vergiftung erkannt, durch massive Hormonausschüttung einen Herzstillstand verhindert und einen Notruf abgesetzt." Sie sah Sila eindringlich an, als erwarte sie eine Erklärung von ihr.

Doch Sila lächelte nur unverbindlich.

„Sobald Sie wieder auf den Beinen sind, müssen Sie sich bei der Polizei melden, und ich rate Ihnen dringend, eine Beratungsstelle aufzusuchen."

Sila nickte.

„Bitte geben Sie mir Ihre Kontaktdaten. Ich schicke Ihnen dann die Adressen und weitere Informationen zu."

„Natürlich", erwiderte Sila. Doch in Gedanken war sie bereits ganz woanders. Sie musste Heidi ausfindig machen – und zwar so schnell wie möglich!

Kapitel 10

Kaum hatte die Ärztin das Krankenzimmer verlassen, schwang Sila abermals die Beine aus dem Bett. Schwindel überkam sie, als sie sich aufrichtete. Lichtblitze flimmerten vor ihren Augen. Schwankend blieb sie stehen und zwang sich, tief durchzuatmen. Sie hasste es, die Kontrolle zu verlieren. Ein Grund, warum Drogen nie einen größeren Reiz auf sie ausgeübt hatten.

Nach einigen Atemzügen ging es ihr deutlich besser. Sie biss die Zähne zusammen und zog die Kanüle aus ihrer Vene. Der kleine Apparat, der die medikamentöse Versorgung überwachte, begann zu piepen. Sila schaltete ihn aus, indem sie den Stecker zog. Möglicherweise hatte irgendjemand das Geräusch gehört, aber sie machte sich keine allzu großen Gedanken darum. Das medizinische Personal in den öffentlichen Krankenhäusern war chronisch unterbesetzt. So schnell würde hier niemand nach dem Rechten sehen.

Sie blickte sich um. Wo verflixt noch mal waren ihre Klamotten? Auf dem Stuhl lagen sie nicht. Vielleicht im Schrank? Barfuß tappte sie zu dem in schlichtem Weiß gehaltenen Möbelstück hinüber. Leer!

Sie öffnete die Zimmertür und lugte vorsichtig hinaus. Eine ältere Dame schlurfte, auf einen elektronischen Assistenten gestützt, den Gang entlang – ein seltener Anblick, denn anders als im ostasiatischen Raum hatte sich in Mitteleuropa der Einsatz menschenähnlicher Roboter in der Pflege nicht durchgesetzt. Ansonsten war niemand zu sehen. Allerdings entdeckte Sila einen Wagen mit Schmutzwäsche. Also trat sie auf den Gang hinaus, lächelte der alten Dame freundlich zu und verschwand mitsamt der Schmutzwäsche auf der rollstuhlgerechten Toilette.

Sie durchwühlte den Wagen. Die vage Hoffnung, ihre Kleidung darin zu finden, wurde enttäuscht.

Mist! Wenigstens das latente Schwindelgefühl war verschwunden. Bewegung und ein Schuss Adrenalin hatten ihren Kreislauf ausreichend in Schwung gebracht. Sila wühlte weiter und fand schließlich eine annähernd weiße Hose sowie ein weites türkisfarbenes Oberteil, auf dem einige rotbraune Flecken zu sehen waren, über die sie lieber nicht genauer nachdenken wollte. Sie streifte sich die Kleidung über, löste ihren Zopf und trat mit gesenktem Kopf hinaus auf den Gang.

Verflixt, von rechts kam ihr die Ärztin entgegen! Ohne darüber nachzudenken, öffnete Sila die nächstbeste Zimmertür und trat ein.

Ein äußerst unangenehmer Geruch und eine erleichterte Stimme empfingen sie. „Ah, endlich! Sie schickt der Himmel, Schwester. Ich klingle schon die ganze Zeit, aber irgendwie funktioniert das Ding nicht."

Ein alter Mann mit wettergegerbter Haut lag in seinem Bett und deutete vorwurfsvoll auf die Fernbedienung für das krankenhauseigene Media-Center.

Sila hielt die Luft an. „Der Rufknopf ist dort drüben!" Sie wies auf die Stirnseite des Bettes.

„Tatsächlich?" Der Mann drehte den Kopf und blinzelte auf die veraltete Rufanlage. „Nun ja, Gott sei Dank sind Sie trotzdem gekommen. Meine Bettpfanne muss geleert werden."

„Äh …"

Er lüpfte die Bettdecke.

Sila hielt erneut die Luft an. „Schon gut. Es … kommt gleich jemand." Sie wandte sich ab und öffnete die Tür. Die Ärztin stand nur wenige Meter entfernt im Flur und starrte stirnrunzelnd auf ihr Notepad. Als sie das Geräusch der sich öffnenden Tür hörte, hob sie den Kopf.

Shit! Hastig schloss Sila die Tür wieder.

„Wo muss ich drücken?", fragte der Patient. Sein Daumen schwebte über dem Rufknopf.

„Schon gut, ich erledige das", erwiderte Sila hastig. Wenn jetzt die Ärztin hereinkäme, um nach dem Rechten zu sehen, hätte sie ein Problem. „Brauche nur ... Handschuhe!"

Sie tastete das Oberteil ab, das offensichtlich keine Taschen hatte, da es sich um einen OP-Kittel handelte. In den Hosentaschen fand sie lediglich ein vergessenes Taschentuch. Sie sah sich um. Nirgends waren Einmalhandschuhe zu sehen.

„Wo sind die bescheuerten Teile?"

„Wie bitte?", fragte der alte Mann irritiert.

„Gut, dann eben so." Sila trat rasch einen Schritt vor und riss die Bettpfanne förmlich unter dem Hintern des Mannes weg, um sich gleich darauf hastig umzuwenden und mit angehaltenem Atem zum Bad zu eilen.

Der Mann hatte Durchfall gehabt. Sila verspürte Brechreiz, als sie die Pfanne in die Toilette entleerte. Sie ließ die Metallschüssel ins Klo rutschen, wandte sich hastig ab und übergab sich ins Spülbecken. Anschließend verbrauchte sie annähernd den halben Inhalt des Seifenspenders, ehe sie sich einigermaßen dekontaminiert fühlte.

„Das hat aber lange gedauert", begrüßte sie der Mann, als sie aus dem Bad stolperte. „Ich bräuchte noch Hilfe bei, na ja ..." Er deutete auf sein Hinterteil.

„Das macht die Kollegin!", stieß Sila hervor.

„Was? Aber –"

„Tut mir leid, die Gewerkschaft, Sie wissen schon ..."

Der Mann runzelte irritiert die Stirn – eine durchaus angemessene Reaktion angesichts Silas sinnfreier Ausrede.

Fluchtartig verließ sie den Raum. Der Ärztin zu begegnen, hielt sie inzwischen für ein vertretbares Risiko. Zu ihrer Erleichterung war jedoch niemand auf dem Gang, als sie diesen entlangeilte.

Sie nahm den Weg über das Treppenhaus und verließ die Klinik durch einen der Seiteneingänge. Im Freien angekommen, aktivierte sie ihre AR-Linsen. Snyder hatte inzwischen dreimal versucht, sie zu erreichen. Nach kurzem Überlegen beschloss Sila, nicht nach Hause zu fahren. Sie wusste nach wie vor nicht, wer es auf sie abgesehen hatte, und wollte kein Risiko eingehen. Momentan fiel ihr nur ein sicherer Ort ein, an den sie sich begeben konnte. Sie loggte sich per Iris-Scan in ein am Straßenrand parkendes City-Taxi ein, gab als Zielort das Paul-Lincke-Ufer 42 an und ließ sich in den gepolsterten Sitz sinken. Der Ein-Personen-Transporter brauste los, und Sila kontaktierte Snyder.

Ihr Vorgesetzter meldete sich sofort. „Wo, verdammt noch mal, waren Sie in den letzten zwölf Stunden?", fauchte er zur Begrüßung.

„Das ist eine ausgezeichnete Frage –", setzte Sila an, wurde aber sofort wieder unterbrochen.

„Lassen Sie die Witzchen! Ihren ersten Bericht fasse ich als persönliche Beleidigung auf. So ein sinnfreies Geschwafel kann man vielleicht als Schüler im Sozialkundeunterricht von sich geben, von Ihnen erwarte ich Ergebnisse! Also bringen Sie mich auf den neuesten Stand!"

Normalerweise war Snyder nicht so unbeherrscht, er musste somit mächtig unter Druck stehen. Dies löste durchaus Besorgnis in Sila aus, aber ihre Wut war größer. „Sie wollen den neuesten Stand hören? Gestern Abend habe ich Heidi Mai verfolgt, als sie sich mit Priscilla Vogt traf. Dabei wurde ich zuerst von jemandem aufgehalten, der glaubte, mir drohen zu müssen. Und gleich darauf wollte mich jemand beseitigen."

„Beseitigen?", knurrte Snyder. „Was genau meinen Sie damit?"

„Jemand stülpte mir einen Sack über den Kopf. Anschließend injizierte man mir eine Überdosis Mace in den Oberschenkel."

„Wie bitte?", fragte Snyder. Er klang ungläubig.

„Mein Neurobutton hat Schlimmeres verhindert. Schließlich wachte ich im Krankenhaus auf, wo zwei Vollpfosten von der Drogenfahndung einen großen Coup witterten und versuchten, mich unter Druck zu setzen, um mehr über meinen Dealer zu erfahren."

„Ist das Ihr Ernst?"

„Mein voller Ernst", erwiderte Sila. „Etwas sehr Merkwürdiges geht hier vor sich. Ich habe allmählich das Gefühl, irgendjemand will mich von meinen Nachforschungen abhalten."

„Tatsächlich?", schnaufte Snyder. „Natürlich gibt es Leute, die verhindern wollen, dass Sie mehr herausfinden. Wir haben Sie gewarnt, dass die Verschwörung bis ins Innenministerium reicht. Deshalb sollten Sie ja auch unter dem Radar bleiben! Wenn Sie aufgeflogen sind, können wir die ganze Operation vergessen –"

„Ich bin nicht aufgeflogen!", unterbrach Sila ihren Vorgesetzten.

„Ach ja? Das hört sich aber ganz anders an."

„Hätte man mich für eine Agentin gehalten, hätte man versucht, Informationen aus mir herauszubekommen."

Snyder schwieg.

„Glauben Sie mir: Wer auch immer hinter der ganzen Sache steckt, hält mich für eine Studentin, die ein wenig zu neugierig geworden ist. Man wollte Ärger vermeiden! All das zeigt doch nur, dass ich auf der richtigen Spur bin. Lassen Sie mich an dem Fall dranbleiben, bitte."

„Hm ... Vielleicht haben Sie recht. Aber seien Sie vorsichtig."

Sila hob überrascht die Brauen. Machte sich Snyder etwa Sorgen um sie? Dann jedoch ergänzte ihr Vorgesetzter: „Wir können uns keine Fehler erlauben. Sie dürfen den Job auf keinen Fall vermasseln."

„Werde ich nicht", sagte Sila.

„Gut. Spätestens morgen früh erwarte ich Ihren nächsten Bericht."

„Verstanden."

Er unterbrach die Verbindung.

Sila seufzte und massierte sich die Nasenwurzel. Ihr Kopf dröhnte, und ihre Augen brannten. Es war nicht gut, die AR-Linsen länger als 24 Stunden am Stück zu tragen. Außerdem verspürte sie noch immer eine latente Übelkeit, und ihre Zunge fühlte sich an, als wäre ein Pelz darauf gewachsen.

„Sie haben Ihren Zielort erreicht", meldet sich das Taxi. „Bitte begleichen Sie Ihre Rechnung."

Sila hob den Blick, strich sich die Haare aus dem Gesicht und drehte es so, dass die Kamera des Fahrzeugs es vollständig erfassen konnte. „Zahlen, bitte."

Die Summe wurde in Echtzeit von ihrem Konto abgebucht. Sila stieg aus.

„Was ist denn mit dir los?", begrüßte Skull sie, nachdem er die Wohnungstür entriegelt und geöffnet hatte. „Was sind das für grässliche Klamotten?"

„Frag nicht", brummte Sila und tappte in den Flur. „Hast du noch meinen Notfallkoffer, den ich –"

„Du bist barfuß?", unterbrach er sie.

„Tja, das passiert, wenn man überfallen, betäubt und –"

„Soll das heißen, du bist mit bloßen Füßen auf der Straße herumgelaufen?", unterbrach er sie erneut und mit sich überschlagender Stimme.

„Skull, bitte, ich will einfach nur duschen und –"

„Keinen Schritt weiter! Bleib, wo du bist!" Er hastete davon und kam sogleich mit einer Literflasche Desinfektionsspray zurück. „Umdrehen und Füße hoch!", befahl er.

„Das ist jetzt nicht dein Ernst!"

„Tu, was ich dir sage!"

Sila sah die Panik in seinen Augen und gehorchte seufzend. „Dir ist höchstwahrscheinlich nicht mal annähernd bewusst, was sich da alles auf deiner Haut tummelt", zischte er, während er ihre Fußsohlen großzügig mit Desinfektionsspray einnebelte.

„Zumindest ist mir deine Prioritätensetzung klar. Dass ich überfallen und meiner Kleidung beraubt wurde, interessiert dich nicht annähernd so viel wie –"

„Lass den Fuß oben!", bellte er. „Die Desinfektion funktioniert über den Verdunstungsprozess!"

Sila seufzte und stützte sich mit einer Hand an der Wohnungstür ab.

„Jetzt den anderen Fuß."

„Oh bitte, jetzt ist es doch mal gut. Ich bin völlig erledigt –"

„Den anderen Fuß!"

„Du bist paranoid!"

„Ich weiß. Den zweiten Fuß, bitte!"

Sila gehorchte.

Eine Minute später erlaubte Skull ihr, sich umzudrehen.

Seine Augen verengten sich zu Schlitzen, als er das türkisfarbene Oberteil inspizierte. „Was ist das?"

Sila warf einen flüchtigen Blick auf ihr Hemd mit den bräunlichen Flecken, das, wenn sie nicht alles täuschte, inzwischen um einige Flecken dunklerer Tönung reicher war. „Das willst du nicht wissen", erwiderte sie hastig. „Ich geh jetzt duschen, okay?"

Wie hypnotisiert starrte Skull auf die bräunlichen Flecken.

„Hast du einen Plastikbeutel für das Zeug?", fragte Sila.

„Einen Moment", erwiderte Skull. Er huschte davon und kam

mit einem dickwandigen Kunststoffsack am ausgestreckten Arm zurück. *Für dekontaminierte Wäsche, Risikoklasse B*, stand auf dem Behältnis.

„Wo hast du den denn her?"

„Militärbedarf. Hätte nicht gedacht, dass ich ihn mal brauchen würde." Er trat einen Schritt zurück und hielt sich die Nase zu. „Dir ist schon klar, dass du stinkst wie ein Iltis?"

„Danke", knurrte Sila. „Würdest du nicht so eine Panik schieben, hätte ich inzwischen längst geduscht."

„Ich halte dich nicht auf", sagte Skull und trat betont hastig beiseite.

Sila ging in Richtung Bad.

„Was sagtest du noch gleich, sei dir passiert?", rief er ihr hinterher. „Ein Überfall?"

„Versuch es gar nicht erst", brummte Sila. „Jetzt ist es zu spät, um Empathie zu heucheln. Ich brauche meinen Notfallkoffer." An der Badezimmertür drehte sie sich noch einmal um und fügte hinzu: „Ach, und tu mir bitte einen Gefallen und finde heraus, wo sich Heidi Mai gerade aufhält, ja? Ich muss unbedingt mit ihr sprechen." Sie aktivierte ihre AR-Linsen und schickte ihm Heidis Daten.

Im Bad entfernte sie die Linsen. Ihre Augen tränten wie verrückt. Sie wusch sich mit klarem Wasser das Gesicht und schlüpfte aus den stinkenden Klamotten, die sie anschließend in den Plastiksack stopfte.

Das warme Wasser der Dusche war herrlich. Sila genoss es, das klebrige Gefühl von sich abzuspülen und sich von dem prasselnden Wasserstrahl den verspannten Nacken massieren zu lassen. Annähernd zwanzig Minuten verbrachte sie unter der Dusche, ehe sie diese auf kalt stellte, um einen klaren Kopf zu bekommen.

Erfrischt wickelte sie sich in ein Handtuch ein. Vor der Badezimmertür stand ihr Koffer – in Plastikfolie eingeschweißt.

Seufzend zog sie ihn ins Bad, entfernte die sterile Verpackung und fischte ein paar Klamotten heraus. Wenige Minuten später stand sie in legerer Kleidung neben Skull und betrachtete stirnrunzelnd die Daten auf dem Holobildschirm. „Was soll das heißen?"

„Das heißt, dass Heidi Mai seit gestern Abend offline ist. Sie ist weder nach Hause gegangen noch in der Uni aufgetaucht."

„Verflixt! Bist du dir sicher?"

„Laut der Daten ihres Home-Secure-Systems, der biometrischen Anwesenheitserfassung der Uni und ihres Mobil-Accounts ist es so."

„Das ist gar nicht gut."

Er zuckte mit den Achseln.

„Ich muss herausfinden, was gestern Abend passiert ist. Du musst dich in einen Datenknotenpunkt hacken und die Sicherheitsspeicher abrufen …"

„Ich werde nichts dergleichen tun. Du arbeitest für das AIS, beantrage die Freigabe."

„Das dauert ewig."

„Auf jeden Fall nicht so lange wie zehn Jahre Knast wegen illegalen Zugriffs auf staatliche Datensicherungseinheiten", erwiderte Skull trocken. „Wo warst du denn gestern Abend?"

„Erstsemesterparty im Thielpark."

Er grinste. „Sag das doch gleich." Dann gab er einen Befehl ein, und gleich darauf wimmelten Dutzende von Videos über den Holobildschirm.

Sila erkannte die feiernden Studenten. „Woher hast du die?"

„Mir sind keine Ereignisse bekannt, die in den sozialen Medien besser dokumentiert wären als Semesterpartys in Berlin. Ich lass das mal durch einen Filter laufen."

Wenig später sah Sila sich selbst barfuß den Pfad im Park entlangspurten. „Guck dir die Braut an", lallte jemand. „Die hat's echt eilig."

Sila suchte die Aufnahme nach einem möglichen Verfolger ab, konnte aber niemanden entdecken. „Mist. Ist das alles?"

„Nein, hier gibt's noch eins."

Nun sah sich Sila von hinten. Sie stand dem muskulösen Mann gegenüber, der ihr den Weg versperrte. Im Vordergrund tanzten zwei junge Männer ausgelassen über den Rasen. Die Kamera verfolgte die beiden, und Sila geriet aus dem Bild. „Kannst du herausfinden, wer der Kerl ist?"

„Sollte kein Problem sein."

„Hast du noch mehr gefunden?"

„Von dir nicht, aber von deiner Heidi."

Die Aufnahme war etwas verschwommen. Dennoch konnte Sila die junge Studentin erkennen. Sie tanzte am Rand einer Gruppe. Ein Mann ging an ihr vorbei und hielt kurz neben ihr inne. Möglicherweise sagte er etwas, denn im nächsten Moment hörte Heidi auf zu tanzen und sah sich um. Dann eilte sie auf das Gebüsch zu und verschwand darin.

„Hilft dir das weiter?"

„Vielleicht. Ich weiß jetzt, dass Priscilla nicht allein agiert hat. Daraus schließe ich, dass dies mehr war als ein Treffen unter Freundinnen. Die Organisation will nun offenbar auch Heidi rekrutieren."

„Möglicherweise ist ihr das sogar schon gelungen."

„Ja, das sieht ziemlich übel aus..." Sila nagte an ihrer Unterlippe. „Kannst du etwas über den Typen herausfinden, der mit ihr gesprochen hat?"

„Außer ein paar biometrische Daten wahrscheinlich nicht viel. Du könntest versuchen, seine Daten mit denen der gleichzeitig eingeloggten User zu vergleichen. Aber ich fürchte, dass er zu diesem Zeitpunkt nicht online war."

„Nein, vermutlich nicht." Sila seufzte. „Tu einfach, was du kannst, okay?"

„Weil du es bist", erwiderte Skull.

„Danke, du bist ein Schatz! Ich brauche 'ne Pause." Sila gähnte. Offenbar hatte es wenig Erholungswert, die halbe Nacht im Drogenkoma zu verbringen. Sie linste zum Sofa hinüber.

„Du ... du willst doch jetzt nicht schlafen?"

„Doch. Das soll helfen, wenn man völlig übermüdet ist."

„Auf meinem Sofa?" Skulls Augen weiteten sich vor Entsetzen.

„Na ja, wenn du mir dein Bett zur Verfügung stellst, dann werde ich natürlich ..."

„Auf keinen Fall!", keuchte er. „Warte!"

Einige Minuten lang präparierte er das Sofa. „Das ist eine einmalige Sache", knurrte er, bevor er den Raum verließ.

Sila ließ die Jalousien herunter und schlüpfte aus ihrer Hose. Die Folie unter dem provisorischen Laken knisterte, als sie sich hinlegte und in die Decke einkuschelte. Doch in diesem Moment war ihr das vollkommen egal.

Sie musste gerade eingenickt sein, als ein Anruf kam. „Verflixt", stöhnte sie und tastete nach ihrem Smartpad. Die Nummer war unterdrückt, und offenbar wollte der Anrufer nicht gesehen werden. Sie leitete den Anruf auf ihr CI. „Ja?"

„Sila, geht es dir gut?"

Mit dieser Stimme hatte sie nicht gerechnet. „Heidi? Bist du das?"

„Ja. Wir ... müssen uns treffen. Hast du Zeit?"

Sila ergriff ihre Hose. „Natürlich."

Kapitel 11

Ein leicht muffiger Geruch schlug Sila entgegen, als die U-Bahn, die abgestandene Tunnelluft vor sich herschiebend, in den Bahnhof einfuhr. Trotz der späten Stunde war der Bahnsteig gut gefüllt. Abgesehen von einer Gruppe Jugendlicher, deren Freizeitbeschäftigung offensichtlich darin bestand, abwechselnd auf einen Mülleimer zu springen und jedes ächzende Nachgeben der stählernen Verankerung ausgiebig zu feiern, blickten die meisten Fahrgäste dem herannahenden Zug mit fahlen Gesichtern und müden Augen entgegen. New York brüstete sich mit dem Titel „Die Stadt, die niemals schläft". Berlin hingegen war nach Silas Ansicht „Die Stadt, die ständig übermüdet ist".

Ihre überreizten Augen tränten, als sie in den Zug einstieg. Doch ein Einsatz ohne AR-Linsen war nicht ungefährlich und würde ihre Möglichkeiten, was die Überwachung der Umgebung und den digitalen Support anging, stark einschränken, also hatte sie die Linsen entgegen der medizinischen Vorgaben wieder eingesetzt.

Sie hatte kurz erwogen, Snyder in den spontanen Einsatz einzubeziehen, sich dann aber ihrem Bauchgefühl folgend dazu entschieden, lediglich Skull zu bitten, auf sie aufzupassen. Er hatte die Überwachungskameras der U-Bahn gehackt; ein intelligenter Suchalgorithmus scannte die Fahrgäste nach Hinweisen auf eine Observation ab.

Und, wie sieht es aus?, textete Sila.

„Übergewichtiger Typ mit Mütze in der Bankreihe schräg gegenüber, ganz links", erklang Skulls Stimme in ihrem CI. „Er schaut ziemlich häufig zu dir rüber."

Sila sah den Mann nicht an. *Schick mir ein Bild*, textete sie. Es wäre nicht klug, verbal zu interagieren. Ein Beschatter mit einigermaßen Geschick könnte ihre Worte mit einer Lippenlese-Software rekonstruieren, selbst wenn sie beim Sprechen kaum den Mund bewegte.

Skull gab in einem Fenster den entsprechenden Ausschnitt der Überwachungskamera frei. Sila machte einen Screenshot und speicherte das Bild ab. *Und sonst?*

„Scheint alles normal zu sein." Nach einer kurzen Pause brummte Skull: „Mir gefällt das nicht."

Mir auch nicht.

„Ach, hör doch auf", fauchte er. „Natürlich gefällt dir das! Du liebst solche Alleingänge!"

Ich bin doch gar nicht allein. Der beste Hacker Berlins ist an meiner Seite. Außerdem ist das nun mal der Job einer Undercoveragentin.

„Eine Agentin sollte aber auch klug genug sein, um zu erkennen, wann Rückendeckung angesagt ist. Oder kommt dir das Ganze nicht etwas seltsam vor? Diese Heidi flieht ganz plötzlich von einer Party, zu der auch du eingeladen bist. Während du ihr folgst, wirst du hinterrücks überfallen und beinahe umgebracht ..."

Aber nur beinahe.

„Das ist nicht lustig! Ich habe den medizinischen Bericht gelesen. Da hat nur eine Winzigkeit gefehlt und dein Herz wäre stehen geblieben! Und während du um dein Leben kämpfst, verschwindet deine neue Freundin vom Radar, nur um sich ganz plötzlich wieder bei dir zu melden und dich zu einem Treffen mitten in der Nacht an einen menschenleeren Ort zu lotsen. Na, klingelt da was?"

Skull, ich bin nicht blöd. Natürlich weiß ich, dass das eine Falle sein könnte. Voraussetzung hierfür wäre allerdings, dass Heidi und diese Leute wissen, wer ich bin. Und das glaube ich nicht. Deshalb erscheint mir die zweite Option viel naheliegender.

„Und die wäre?"

Es ist ein Hilferuf. Sie ist in den Fängen dieser Gruppe, und das macht ihr Angst.

„Ich kann nur hoffen, dass du recht hast", knurrte Skull. Etwas später fügte er hinzu: „Um den Dicken mit Mütze musst du dir übrigens keine Sorgen machen."

Warum, ist er ausgestiegen?

„Nein, aber der Datenanalyse zufolge zeigt er eindeutig zu viel Interesse an deiner ... äh ... weiblichen Anatomie, um ein professioneller Beschatter zu sein."

Sila hob den Blick und sah zu dem Mann hinüber. Er zuckte kaum sichtbar zusammen. Dann lächelte er. Angesichts Silas eisigem Gesichtsausdruck entglitt ihm das Lächeln jedoch schnell wieder. Er senkte hastig den Blick, aktivierte sein Smartpad und schien mit einem Mal tief ins Checken seiner Nachrichten versunken zu sein.

„Du kannst ziemlich Furcht einflößend sein."

Ich weiß!

„Und du musst jetzt aussteigen."

„Mist!" Sila sprang auf. Die Türen gaben bereits das charakteristische Warnsignal von sich. Sie hastete aus dem Waggon und sprang auf den Bahnsteig, ehe die Türen sich wieder schlossen.

Vom Bahnhof Gesundbrunnen war es nicht weit bis zum Humboldthain, jenem Ort, an dem Lübke vom Radar verschwunden war. Sila hatte Zweifel, dass dies ein Zufall war. Sie musste vorsichtig sein.

Sie verließ den Bahnhof und wandte sich nach rechts, weg vom Volkspark Humboldthain, in dessen Nähe der Treffpunkt mit Heidi lag. Skull verfolgte ihren Weg und checkte in Echtzeit alle Überwachungskameras und privaten Streams.

„Alles sauber", bemerkte er, nachdem Sila zweimal abgebogen war.

„Drohnen?", hakte sie nach.

„Nichts Auffälliges."

„Sehr gut!" Sie beschleunigte das Tempo und bewegte sich nun auf einem Umweg zurück in Richtung Park, da sie und Heidi südlich des Rosengartens verabredet waren. Nur wenige Straßenlaternen erhellten ihr den Weg.

„Sei vorsichtig!", mahnte Skull. „Hier gibt es nicht viele Kameras."

„Entspann dich", erwiderte Sila. Aber auch sie spürte das Adrenalin in ihrem Blut.

Sie kam an einem Pavillon vorbei. Von der Brunnenstraße her hörte sie hin und wieder das leise Motorgeräusch eines vorbeifahrenden Autos. Ansonsten war es ungewöhnlich still. Irgendwo zirpte eine Grille.

Plötzlich glaubte sie aus dem Augenwinkel eine Bewegung zu erhaschen. Sie wandte den Kopf, konnte aber nur dichtes Gesträuch ausmachen.

Ohne sich etwas anmerken zu lassen, ging sie weiter. Ihr rechter Daumen aktivierte den Mikro-Elektroschocker, den sie bei solchen Aktionen stets bei sich trug. Er hatte die Form eines klobigen Rings mit einem ausladenden spiralförmigen Muster. Nach maximal dreimaliger Nutzung war die Hochleistungs-Mikrobatterie entladen, aber Sila hatte eigentlich nicht vor, ihn einzusetzen. Schließlich war es ihre Aufgabe, Kontakt zu der Gruppe aufzunehmen, nicht, sie zu bekämpfen.

„Pst!"

Sila zuckte zusammen.

Eine Gestalt trat hinter einer Parkbank aus dem Gebüsch hervor.

„Heidi, bist du das?"

„Komm", wisperte die Gestalt, und Sila erkannte die Stimme der jungen Studentin.

„Du hast dir einen ganz schön gruseligen Treffpunkt ausgesucht", sagte Sila.

„Nicht so laut!" Heidi packte sie am Handgelenk und zog sie hinter sich her in die Deckung einiger ausladender Büsche. „Bist du offline?"

„Ja", log Sila. „Was ist denn eigentlich los?"

Anstatt ihr eine Antwort zu geben, zog Heidi sie in die Arme und drückte sie fest an sich. Nach einem kurzen Überraschungsmoment erwiderte Sila die Umarmung. Es schien, als wolle die junge Frau sie gar nicht mehr loslassen, doch dann trat sie plötzlich einen Schritt zurück.

„Was ist?", fragte Sila. „Hat man dir etwas angetan?"

Heidi schüttelte den Kopf. „Mir geht es gut. Sie haben mich nicht erwischt. Ich habe mir nur Sorgen um dich gemacht!"

„Um mich?"

„Ja, ich dachte schon, das AIS hätte dich in seinen Klauen."

Sila mimte die Überraschte. „Das AIS?"

„Ja, Prisca hat gesagt, dass sie mich wahrscheinlich ..." Sie winkte ab.

„Wer ist Prisca?", fragte Sila, Unwissen vortäuschend.

„Eine Freundin."

„Jetzt verstehe ich gar nichts mehr", log Sila. „Was hat deine Freundin mit dem AIS zu tun?"

„Das ist ein bisschen kompliziert ..." Heidi presste die Lippen zusammen. „Ich war zu unvorsichtig. Es tut mir leid, dass ich dich in Gefahr gebracht habe."

„Moment, Moment, jetzt mal der Reihe nach. Wovon redest du eigentlich?"

„Ich habe dich auf der Party gesehen. Aber ich musste fliehen, und dann ...", sie schluckte, „habe ich zurückgeblickt und gesehen, wie sie dich überwältigt haben." Sie erschauerte. „Ich dachte, ich sehe dich nie wieder. Was ist passiert?"

Heidi wirkte, als würde sie sich aufrichtig Sorgen machen. Wie immer in einer solchen Situation blieb Sila so nah wie möglich an der Wahrheit. „Tja, gute Frage. Ich weiß noch, dass ich auf der Party war. Ich sah dich weggehen, wollte dir folgen und dann ... nichts mehr. Ein paar Stunden später wachte ich im Krankenhaus auf. Offenbar hatte mir jemand Drogen verpasst – ein ziemlich übles Zeug."

„Und dann?"

„Konnte ich irgendwann wieder geradeaus sehen und bin nach Hause gegangen."

„Das ist alles?" Heidi sah sie eindringlich an.

„Das ist alles ... Abgesehen von den tierischen Kopfschmerzen, die ich im Anschluss hatte." Sila holte tief Luft. „Würdest du so nett sein und mir endlich mal erklären, worum es hier eigentlich geht?"

Heidi biss sich auf die Lippen und senkte nachdenklich den Kopf. Nach einer Weile hob sie ihn wieder und blickte Sila in die Augen. „Kommen dir nicht auch manchmal Zweifel?"

„Was für Zweifel?"

„Ob mit unserer Sicht auf die Welt möglicherweise etwas nicht stimmen könnte?"

Sila schwieg einen Moment und entschied sich dann für ein vorsichtiges Entgegenkommen. „Na ja, hin und wieder schon ..."

Wieder schwieg Heidi eine ganze Weile. Dann fuhr sie leise fort: „Ich lernte Prisca kennen, nachdem sie versucht hatte, sich das Leben zu nehmen."

„Ach du Scheiße! Das tut mir leid." Sila spürte, wie ihr Herz schneller zu schlagen begann.

„Sie versuchte, vor die U-Bahn zu springen. Aber ... jemand hielt sie zurück."

„Oh krass!"

„Sie glaubt, dass dieser Jemand Gott war." Heidi musterte ihr Gesicht.

„Gott?", fragte Sila. Inzwischen hatte sie starke Zweifel daran, dass ihre erste Interpretation von Heidis ängstlichem Verhalten korrekt gewesen war. Die junge Frau fürchtete die Untergrundorganisation nicht. Ganz im Gegenteil: Sie hatte deren Ideologie offenbar längst verinnerlicht.

„Na ja, es war ein Mann, der sie aufhielt, aber sie ist sich sicher, dass noch mehr dahintersteckt. Und ich glaube es mittlerweile auch. Alle, die sie kennen, sagen, dass Prisca sich seitdem stark verändert hat!"

„Weil sie eine Nahtoderfahrung hatte?"

„Nein, weil sie auf einmal Hoffnung hat und ... die Welt mit anderen Augen sieht. Sie stellt Fragen, die sie sich vorher nie gestellt hat."

„Beispielsweise, ob unser politisches System das richtige ist?", hakte Sila nach.

Heidi wollte etwas erwidern, doch ein Knacken im Unterholz ließ sie innehalten.

Sila reagierte instinktiv. Sie packte Heidis Hand. „Runter", zischte sie.

Im selben Moment brach eine dunkle Gestalt durch das Gebüsch und rief: „Lauft!"

Kapitel 12

Mit einem erschrockenen Schrei sprang Heidi auf. „Joses? Was machst du denn hier?" Mit großen Augen starrte sie den Heranstürmenden an.

Der dunkel gekleidete Mann packte Sila und Heidi an den Armen und wollte sie mit sich ziehen. Doch Sila riss sich los und fragte: „He, Moment mal! Was soll das?"

Der Fremde, der offenbar auf den Namen Joses hörte, zischte: „Schnell, sie sind gleich da!", und hastete, Heidi hinter sich herzerrend, weiter.

„Wer?", fragte Sila.

„*Lauf!*"

Sila gehorchte. Im selben Moment hörte sie hinter sich das Knacken von Ästen. Jemand durchbrach das Unterholz.

Kurz darauf waren sie aus dem Gebüsch heraus und rannten über eine Wiese auf den Rosengarten zu.

Sila schloss zu den beiden auf. Im Licht des Mondes warf sie einen Seitenblick auf den jungen Mann. Er trug einen Bart. Viel mehr konnte sie nicht erkennen. Aber etwas an der Art, wie er sich bewegte, ließ sie vermuten, dass sie soeben den geheimnisvollen Ghost getroffen hatte.

Hinter ihr knackte es erneut. Ein gedämpfter Befehl wurde gerufen. Sila sah über die Schulter und erblickte fünf Männer in dunkler Kleidung, die ihnen folgten.

„Wer ... sind die?", wandte sie sich an Joses.

„Sag du es mir", zischte er zurück. Sie hatten inzwischen den Parkweg erreicht und rannten nach Norden in Richtung Tube-Rail.

„Ich hab keine Ahnung", fauchte Sila. Damit sagte sie sogar die Wahrheit. Natürlich war es naheliegend, dass die Männer vom AIS waren. Allerdings hatte Snyder nicht die leiseste Andeutung hinsichtlich einer bevorstehenden Operation gemacht. Er war das Bindeglied zwischen dem Hauptamt und der Abteilung für Undercoveraktionen. Im Normalfall wusste er bestens Bescheid und sorgte dafür, dass Sila den Beamten nicht in die Quere kam. Aber es war auch nicht auszuschließen, dass der alte Fuchs sie diesmal bewusst im Unklaren gelassen hatte, um genau eine solche Situation zu provozieren. Nicht gänzlich ohne Erfolg, denn wie es schien, war sie dem geheimnisvollen Ghost nun so nahe wie nie zuvor.

„Halt! Stehen bleiben!", ertönte eine befehlsgewohnte Stimme hinter ihnen.

„Vielleicht sollten wir uns trennen?", keuchte Heidi.

Doch Sila blieb dicht an den beiden dran. „Auf keinen Fall", schnaufte sie. „Ich verschwinde nicht ohne euch!"

Auch Joses, der über eine ausgezeichnete Kondition zu verfügen schien, schüttelte den Kopf. Er war kaum außer Atem, als er sie anwies: „Da entlang!" Er änderte abrupt die Richtung und tauchte in das dichte Wäldchen ein, das den alten Flakbunker auf der Humboldthöhe umgab.

Erleichtert folgte Sila ihm. Doch das Gefühl hielt nicht lange an.

„Stehen bleiben oder wir schießen!", brüllte eine Stimme.

Heidi kam aus dem Tritt und stieß gegen Sila, sodass diese stolperte. Nur mit großer Mühe konnte sie sich fangen.

„Tschuldige!", stieß Heidi hervor.

Joses packte sie am Arm. „Weiter!"

„Die bluffen doch nur, oder?", keuchte Sila in ängstlichem Tonfall. Natürlich wusste sie, dass die Männer des AIS in einer solchen Situation nicht befugt waren, von ihren Schusswaffen Gebrauch zu machen, aber das mussten die anderen ja nicht wissen.

Joses verkniff sich eine Antwort. Geschickt wich er den Bäumen aus und flog förmlich über die Unebenheiten im Waldboden hinweg.

Was hatte er vor? In dieser Richtung würden sie in eine Sackgasse laufen, denn der Park war an der Stelle durch zwei Röhren der Tube-Rail begrenzt. Der alte Humboldtsteg, der früher über die Gleise geführt hatte, war für den Bau des modernen Röhrensystems abgerissen worden.

Ein lauter Knall ließ Sila zusammenzucken.

Heidi schrie angsterfüllt auf. „Die bringen uns um!"

„Bestimmt nur ein Warnschuss", keuchte Sila.

Erneut krachte es, und Sila hörte ganz deutlich das Zischen einer Kugel. Kaum einen Meter von ihr entfernt stoben Holzsplitter auf, als das Geschoss sich in einen Baumstamm bohrte.

„Verdammt, die schießen ja wirklich!", entfuhr es ihr. Diesmal musste sie die Überraschung und die Furcht nicht spielen. Waren die Kollegen denn vollkommen irre?!

Jemand schrie einen Befehl.

Heidi stolperte, und Sila wandte sich zu ihr um – was ihr möglicherweise das Leben rettete. Denn im selben Moment zischte eine weitere Kugel dicht an ihr vorbei und streifte einen Baumstamm. Ein Holzsplitter traf Sila im Gesicht und riss ihr die Wange auf. Mit dem Schmerz kam die Erkenntnis: Das war nicht das AIS. Ein eisiger Klumpen schien sich in ihrem Magen zu bilden.

Joses bückte sich und half Heidi auf. Die Studentin wimmerte: „Aua, mein Fuß ..."

Er blickte Sila an. „Du solltest es allein versuchen."

Diesmal schien eher Sorge als Misstrauen in seiner Stimme mitzuschwingen. Aber vielleicht bildete Sila sich das auch nur ein. Sie schüttelte den Kopf. Das war ihre Chance! „Ich lasse euch nicht im Stich." Entschlossen stellte sie sich neben Heidi, sodass diese einen Arm um Silas Schulter legen konnte.

Gemeinsam hasteten sie weiter. Die Männer waren nun ziemlich dicht hinter ihnen. Ohne den Schutz der Bäume wären sie ein leichtes Ziel.

„Stehen bleiben! Ihr habt keine Chance!", kam es von hinten.

Bedauerlicherweise hatte der Typ recht. Mit Heidi waren sie viel zu langsam.

Plötzlich bog Joses rechts ab. „Duckt euch", zischte er und führte sie in die Deckung dichten Buschwerks. Er bewegte sich nun viel langsamer.

Silas Herz klopfte wie wild. Das Gebüsch mochte sie für einen kurzen Moment vor den Blicken der Männer verbergen, aber schließlich würden sie sie doch finden. Denn aufgrund der hohen Geschwindigkeit, mit der diese Typen vorankamen, und wegen ihrer Zielsicherheit ging Sila davon aus, dass sie über Infrarot-Nachtsichtgeräte verfügten.

Sie vernahm ein leises, schabendes Geräusch, und plötzlich tat sich direkt vor ihr ein dunkles Loch im Boden auf. „Rein da, schnell", zischte Joses. Er stieß Sila an. „Du zuerst!"

Sila ging in die Hocke und schob die Füße in das Loch. Der Geruch von modrigem Keller schlug ihr entgegen. „Da sind Stufen", flüsterte Joses.

Er hatte recht. Silas Füße ertasteten die eisernen Stiegen. „Du musst Heidi helfen. Beeil dich."

Sila stieg die Treppe hinab. Die Finsternis zog sie in eine feuchte, kühle Umarmung.

Nach wenigen Stufen spürte sie wieder festen Boden unter den Füßen. Sie blickte auf. Der fahle Lichtkegel verdunkelte sich, als Heidi ihr folgte. Sila stützte sie an den Beinen.

„Da drüben!", hörte man die Stimme eines Verfolgers. Sie klang erschreckend nah.

Wieder verdunkelte sich der Eingang. Für einen kurzen Moment sah Sila die Silhouette eines Mannes, dann wurde alles Licht verschluckt. Die Geräusche des Waldes waren wie abgeschnitten. Nur der keuchende Atem von Heidi drang an ihr Ohr.

„Joses?", flüsterte Heidi.

„Pst!"

Dumpfe Schritte waren zu vernehmen. Sand rieselte zu Boden.

„Ihr sucht dort drüben!", hörte sie die gedämpfte Stimme eines Verfolgers. „Und ihr zwei kommt mit mir."

Für einige lange Atemzüge herrschte Stille. Dann sagte Joses: „Okay, jetzt können wir weiter."

„Ich ... ich weiß nicht, ob ich das schaffe", wisperte Heidi mit kläglicher Stimme. „Es tut so weh!"

„Warte. Versuch mal aufzutreten", sagte Joses.

Sila vernahm ein raschelndes Geräusch, und gleich darauf sog Heidi scharf die Luft ein.

„Okay, wir tragen dich", entschied Joses. „Sila?" Sie spürte seine tastende Hand an ihrem Arm.

„Bin hier."

„Überkreuze deine Hände und umklammere meine Handgelenke."

Sila tat wie geheißen.

„Jetzt gehen wir in die Hocke. Heidi, setz dich auf unsere Unterarme."

Nach einigem Ächzen und Stöhnen hatte sich Heidi richtig platziert.

„Gut so. Halt dich an unseren Schultern fest. Wir stehen jetzt auf."

Heidi war erstaunlich leicht. Sila konnte sich ohne große Mühe wieder hochstemmen.

„Hört zu: Wir müssen jetzt ein Stück im Dunkeln gehen. Der Gang ist sehr schmal, wir müssen uns also seitlich fortbewegen. Bitte gebt keinen Laut von euch, bis ich Entwarnung gebe."

„Okay!"

Joses hatte nicht übertrieben. Der Gang war in der Tat extrem eng. Sila spürte immer wieder, wie ihr Rücken an der Wand entlangschabte. Der Untergrund war vergleichsweise eben. Ihrem Gefühl nach wechselte er zwischen glattem Beton und festgetretener Erde.

„Jetzt müssen wir dich einen Moment lang absetzen, Heidi. Pass auf deinen verletzten Knöchel auf."

Als Heidi von ihren Armen rutschte, löste sich Joses' Griff um Silas Handgelenke. Ihre Finger kribbelten. Auf die Dauer war Heidi dann doch nicht ganz so leicht.

Ein Klicken war zu hören, dann folgte das leise Quietschen von Türangeln. Ein kühler Luftzug streifte Silas Gesicht.

Ihre Schritte hallten, als sie den Raum hinter der Tür betraten. Joses schloss die Tür wieder und betätigte einen Schalter. Licht flammte auf.

Was sich im ersten Moment wie eine Höhle angefühlt hatte, entpuppte sich nun als ein halb zerstörter Stahlbetonbunker. Die linke Wand war zur Hälfte eingestürzt, rostige Stahlstangen ragten wie erfrorene Schlangen aus den mächtigen Trümmerteilen. Die Decke hatte sich schräg zur Seite geneigt und war von Rissen durchzogen. Sila ahnte, wo sie sich befanden.

Der Flakbunker am Humboldthain war 1942 während des Zweiten Weltkriegs fertiggestellt worden. Die siegreichen Alliierten hatten schließlich einen Teil der Anlage gesprengt. Der Nordteil des Turms war allerdings stehen geblieben. Später hatte man am Humboldthain rund 1,4 Millionen Kubikmeter Schutt abgeladen und einen Großteil der zerstörten Anlage damit bedeckt. Ein Hügel war entstanden. Ganz offensichtlich hatten Joses und seine Leute einen geheimen Tunnel gegraben, der in den zum Teil gut erhaltenen Bunker hinabführte. Das war eine erstaunliche Leistung, die gleichzeitig für einen besorgniserregend hohen Grad an Know-how und Organisationstalent sprach.

„Ich schlage vor, als Erstes sehen wir uns mal deinen Knöchel an", sagte Joses.

Heidi setzte sich auf einen massiven Betonbrocken, und Joses legte ihren Fuß auf seinen Oberschenkel. Der Knöchel war angeschwollen, der Turnschuh spannte.

Behutsam löste er den Schnürsenkel. Doch als er versuchte, ihr den Schuh auszuziehen, stöhnte Heidi vor Schmerz auf.

Joses lächelte ermutigend. „Hm, eigentlich sieht es gar nicht so schlimm aus."

„Es fühlt sich aber schlimm an", stöhnte Heidi.

„Versuch mal, den Fuß zu bewegen."

Heidis Fuß zuckte ein wenig, und sie sog scharf die Luft ein. „Geht nicht!"

„Hm ...", Joses umgriff behutsam ihr Fußgelenk, „tut es weh, wenn ich ihn bewege?" Er neigte den Fuß vorsichtig nach links und rechts.

„Bist du verrückt? Hör auf damit!", jammerte Heidi.

„Okay. Das ist, äh ... suboptimal, würde ich sagen."

„Und was meinst du mit ‚suboptimal'?", fragte Sila.

„Im besten Fall ist es eine üble Bänderdehnung."

„Und im schlimmsten Fall?", hakte Sila nach.

„Nicht", erwiderte Joses lapidar. Dann lächelte er Heidi zu und ergänzte: „Ich bin mir allerdings relativ sicher, dass dir eine Amputation erspart bleibt."

„Super", brummte sie.

„Wir haben hier unten eine Ärztin. Sie wird sich das mal anschauen."

„Okay." Heidi nickte tapfer.

„Wir sollten weitergehen." Joses überkreuzte die Hände und sah Sila auffordernd an.

Sie nickte und ergriff seine Handgelenke. Momentan hielt sie es für sinnvoll, schweigend seinen Anweisungen zu folgen. Je unauffälliger und hilfsbereiter sie sich gab, desto weniger Gründe hatte er, sie jetzt noch fortzuschicken.

Während sie Heidi den schwach beleuchteten Gang entlangtrugen, betrachtete Sila ihr Gegenüber. Joses schien jünger zu sein, als sie erwartet hatte. Er war allenfalls Anfang dreißig und zudem eher klein für einen Mann. Nach Silas Einschätzung war er nur eine Handbreit größer als sie. Er wirkte eher schlank als muskulös, aber in seinen Händen steckte eine zähe Kraft.

Nachdem sie einige Minuten gegangen waren, lag es nur noch an seinem Griff, dass Heidis Tragesitz hielt.

„Pause?", fragte er.

Sila schüttelte den Kopf. „Wenn du noch kannst, kann ich auch."

Ein flüchtiges Lächeln huschte über seine Lippen.

Endlose Minuten später, in denen Sila den Entschluss weiterzugehen allmählich zu bereuen begann, erreichten sie eine weitere stählerne Tür.

Vorsichtig ließen sie Heidi zu Boden. Sie stand auf einem Bein und stützte sich an der Wand ab.

„Frierst du?", wandte sich Joses an Sila.

„Nicht wirklich", schnaufte sie.

„Darf ich mir dann deine Jacke ausleihen?"

„Dein Ernst?"

„Ja."

Sila zuckte mit den Achseln, streifte ihre Jacke ab und reichte sie ihm.

„Vielen Dank!" Er ließ abermals das Messer aufschnappen, und ehe Sila reagieren konnte, hatte er einen der Jackenärmel abgeschnitten.

„He, was soll das?"

„Ich näh ihn dir wieder an", erwiderte Joses ungerührt. „Bitte umdrehen."

„Was?"

„Entweder du drehst dich um oder unsere Wege trennen sich hier."

Sila schnaufte. „Ist das wirklich nötig?"

„Das wird sich zeigen."

Sila schluckte. Seine Stimme klang kühl. War sie zu naiv gewesen und in eine Falle getappt? Wusste er, dass sie zum AIS gehörte? Was würde man hier unten mit ihr anstellen? Sie drehte sich widerwillig um, und er verband ihr die Augen.

Kurz darauf vernahm sie ein Piepen und vermutete, dass Joses irgendwo einen Code eingab. Eine Tür öffnete sich.

Sie nahmen Heidi wieder hoch und betraten einen weiteren unterirdischen Raum. Der Geruch, der Sila entgegenschlug, war irgendwie anders. Erst als sie in der Ferne ein Rauschen hörte, wurde ihr bewusst, woher sie ihn kannte. *Die U-Bahn!*

Gemeinsam trugen sie Heidi durch mehrere unterirdische Gänge. Dabei bogen sie unzählige Male ab, sodass Sila die Strecke nicht mehr nachvollziehen konnte. Sie argwöhnte allerdings, dass sie mindestens einmal im Kreis gegangen waren, bevor sich eine weitere Tür öffnete. Nun hörte sie plötzlich Stimmengewirr. Es roch nach ungewaschenen Körpern und heißem Metall. Jemand schweißte hier ganz in der Nähe.

Die Stimmen verstummten, aber Sila spürte, dass der Raum voller Menschen war.

„Ihr könnt mich jetzt absetzen", sagte Heidi. „Danke, Sila, ohne dich hätte ich es nicht geschafft."

„Ist doch selbstverständlich", erwiderte sie.

„Wir sehen uns später!", verabschiedete sich Heidi.

Sila wollte die Augenbinde abnehmen, doch eine kräftige Hand hielt sie davon ab. „Noch nicht!", sagte Joses. „Warte einen Moment."

Schritte entfernten sich und kamen wieder zurück. Plötzlich spürte Sila eine Berührung an der Wange und zuckte zurück.

„Keine Panik, ich will nur deine Wunde versorgen. Halt bitte einen Augenblick still."

Sie ließ zu, dass Joses den Kratzer desinfizierte und ein Pflaster darauf klebte.

„Komm bitte mit."

Er ergriff ihren rechten Oberarm und führte sie einen Gang entlang. Sein Griff war fest, aber nicht so, dass es Sila wehtat.

Joses führte sie eine Treppe hinab, die federte und ein metallisches Geräusch von sich gab. Dann bogen sie nach links ab und anschließend wieder nach rechts, bevor sie stehen blieben.

Wieder hörte Sila, dass eine Tür geöffnet wurde. „Komm."

Sie trat vor. Der Raumklang veränderte sich.

„Du kannst die Augenbinde jetzt abnehmen."

Sila löste den Stoff. Vor sich sah sie nur eine nackte Betonwand. Sie wandte sich um, erkannte an der Seite ein Regal mit alten, auf Papier gedruckten Büchern und eine Matratze auf dem Boden. Auf der anderen Seite befanden sich ein winziger Tisch und ein Stuhl. Eine Leuchtfolie an der Wand verbreitete ein warmes Licht, das einen seltsamen Kontrast zur tatsächlichen Kälte des Raums bildete.

Joses stand in der Tür, eine Hand auf die Klinke gelegt.

Normalerweise konnte Sila gut in Gesichtern lesen, es war eine ihrer Begabungen. Aber seinen Blick vermochte sie nicht zu deuten.

„Ruh dich aus." Er nickte in Richtung Matratze, dann trat er durch die Tür und zog diese hinter sich zu.

Der Schlüssel wurde zweimal umgedreht, ehe sich seine Schritte entfernten.

Kapitel 13

Sila wartete, bis die Schritte verklungen waren. Dann machte sie sich daran, den Raum sorgfältig zu untersuchen. Sie konnte weder an den Wänden noch im Regal Kameras oder Sensoren ausmachen. Aber das musste nichts heißen. Wenn die Organisation modernste Überwachungstechnik verwendete, war diese mit bloßem Auge nicht zu erkennen. Sie aktivierte ihre AR-Linsen und scannte den Raum – nichts. Das war überraschend. Aber möglicherweise kam hier auch eine Tarnkappentechnologie zum Einsatz, die in der Lage war, die Standardsoftware zu täuschen.

Sie kontaktierte Skull – oder zumindest versuchte sie es, denn zu ihrer Verblüffung musste sie feststellen, dass sie keinen Netzzugang hatte. Damit hatte sie nicht gerechnet. Berlin war flächendeckend mit einem Hochleistungsmobilfunknetz ausgestattet. Dank des landeseigenen Underground-Connect-Systems gab es keinen U-Bahn-Tunnel und keinen Keller, der nicht digital erschlossen war. Das Ministerium für digitale Infrastruktur hatte angeordnet, dass auch in fünfzig Metern Tiefe ein zuverlässiger Netzzugang sichergestellt sein musste. Selbst die von gigantischen Carbonbetonmauern umgebenen Bunkeranlagen, die während der Großen Krise errichtet worden waren, hatten Breitbandnetzzugang.

Offenbar war es der Untergrundbewegung gelungen, einen blinden Fleck zu erschaffen. Das war besorgniserregend, nicht nur weil es auf einen technisch hervorragend aufgestellten Gegner schließen ließ, sondern auch weil Sila damit komplett auf sich allein gestellt war. Eine solche Situation hatte sie noch nie erlebt.

Selbst bei ihren gefährlichsten Einsätzen hatte sie sich rund um die Uhr auf ihren Onlinesupport verlassen können.

Sie schluckte und betrachtete ihre Umgebung nun mit neuen Augen. Das Licht der Leuchtfolie schien deutlich kälter geworden zu sein, und die glatten Betonwände hatten etwas unverkennbar Abweisendes. Ihr Blick fiel auf das antike Bücherregal. Es war lange her, dass sie außerhalb eines Seniorenheims so viele gedruckte Bücher auf einmal gesehen hatte.

Sie trat näher und strich mit den Fingern über die geschwungenen Buchrücken. Einige waren gut erhalten, andere wirkten sehr mitgenommen. *Dietrich Bonhoeffer – Ethik*, las sie. Daneben stand ein Buch, das wohl *Nachfolge* heißen sollte. Der Einband war so ausgeblichen, dass kaum etwas zu entziffern war. Sie entdeckte Bücher von Blaise Pascal, Søren Kirkegaard und ein winziges Heftchen von einem gewissen Holm Tetens. *Gott denken* stand auf dem Einband. Direkt darunter fanden sich philosophische Werke von Platon über Hegel und Kant bis hin zu Karl Marx und Jean-Paul Sartre. Daneben standen eine Reihe naturwissenschaftliche Bücher, unter anderem von Max Planck. Aber es fanden sich auch einige belletristische Werke im Regal, vor allem Krimis und Kinderbücher. Eine interessante Mischung.

Schließlich entdeckte Sila eine in Leder gebundene Bibel. Sie nahm sie heraus. Der Einband war abgegriffen. Auch wenn in letzter Zeit die Auseinandersetzung mit dem Koran für sie im Vordergrund gestanden hatte, so hatte sie sich doch ausreichend mit fanatischen Bibelfundamentalisten beschäftigt, um zu wissen, welche Stellen sie überprüfen musste. Sie schlug das Johannesevangelium auf. *Jesus sagte zu ihm: Ich bin der Weg und die Wahrheit und das Leben; niemand kommt zum Vater außer durch mich.*[5] „Natürlich." Sila verzog das Gesicht. Wie zu erwarten, handelte es sich um eine illegale unrevidierte Fassung. In der vom AIS freigegebenen neuen Fassung stand recht poetisch, wie Sila fand: *Hier ist ein*

Weg, hier ist eine Wahrheit und ein weises Leben. Findet mit mir den Vater, kommt mit mir zur Mutter. Ein Text, geprägt von Toleranz und Gleichberechtigung, verfasst von einem Expertengremium und in vollem Einklang mit den Kernsätzen der europäischen Verfassung. Das Leben konnte so einfach sein. Warum nur mussten diese ewiggestrigen Betonköpfe partout darauf bestehen, dass ihre Wahrheit die einzige war?

Sila gähnte und schob das Buch zurück ins Regal. Es war an der Zeit, einen Plan zu schmieden. Der Angriff ihrer bewaffneten Verfolger hatte sie unverhofft mitten ins Herz des Untergrunds geführt. Allerdings barg dieser Fortschritt auch einige Risiken: Sila war vollkommen auf sich gestellt. Sie hatte keine Ahnung, wer diese Bewaffneten waren, und sie wusste so gut wie nichts über die Agenda und die Strukturen der Untergrundbewegung, was es deutlich schwieriger machte, sich innerhalb der Gruppe zu etablieren und den Anführer zu identifizieren.

Aber sie hatte durchaus auch etwas auf der Habenseite zu verbuchen: Dieser Joses musste eine zentrale Figur in der Bewegung sein. Auf dem Weg hierher waren sie vor einem gemeinsamen Feind geflohen, das schaffte wenigstens unterbewusst eine Verbindung zwischen ihnen. Außerdem hatte Sila jede Menge Erfahrung, und Extremisten tickten im Grunde immer gleich. Sie bewegten sich fast ausschließlich in ihrer Blase und kannten nur ihre Wahrheit. Gegenüber Außenstehenden waren sie extrem misstrauisch. Für sie gab es nur Schwarz oder Weiß, und sie hatten einen erklärten Feind, den es zu zerstören galt.

Sila legte sich auf die Matratze.

Den üblichen Mechanismen folgend, würde sie als Neuling betrachtet, was bedeutete, dass sie erst einige Prüfungen zu bestehen hätte. Möglicherweise würde man massiven Druck auf sie ausüben und vielleicht sogar vor körperlichen Misshandlungen nicht zurückschrecken. Man würde versuchen, sie zu brechen.

Ihr fielen die Augen zu.

Sollen sie es ruhig probieren, dachte sie, *denn genau für solche Missionen wurde ich ausgebildet.*

Ein Klopfen an der Tür ließ sie hochschrecken, offenbar war sie eingeschlafen.

„Ja?", sagte sie nach kurzem Zögern.

Die Tür öffnete sich, und eine zierliche Frau trat ein. Sie mochte Ende sechzig sein und trug das dunkle, von grauen Strähnen durchzogene Haar zu einem losen Zopf gebunden.

„Hallo, Sila. Ich bin Lydia." Sie streckte ihr die Hand entgegen.

„Hallo." Sila ergriff die Hand, und es fiel ihr nicht schwer, die in dieser Situation erwartbare Überraschung in ihre Stimme zu legen. Eigentlich hatte sie damit gerechnet, dass Joses auftauchen würde, um sie zu verhören.

„Ich hoffe, das Du ist okay für dich?"

„Ja klar."

„Bevor du fragst: Heidi ist wohlauf. Ihr Fuß ist nicht gebrochen, nur die Bänder sind überdehnt. Sie kann bald wieder laufen."

„Das ... ist toll", erwiderte Sila.

„Wie geht es dir?", fragte Lydia.

Sila setzte ein verkniffenes Lächeln auf und spielte die Rolle der verunsicherten und wütenden Studentin. „Tja, wie soll ich es ausdrücken? Als ich mich mit einer Kommilitonin treffen wollte, tauchten plötzlich irgendwelche Verrückten auf und beschlossen, auf uns zu schießen. Wir flohen zusammen mit einem Typen, den ich noch nie zuvor gesehen hatte – wohin, das weiß ich leider nicht, weil mir die Augen verbunden wurden. Mir tun die Knochen weh, ich bin völlig durchgeschwitzt und stinke wie ein Moschusochse. Und nun werde ich gefangen gehalten, ohne dass mir jemand sagt, was los ist." Sie blickte die Frau herausfordernd an. „So geht's mir!"

Lydias Lippen kräuselten sich zu einem Lächeln. „Ich verstehe. Du glaubst, du bist eine Gefangene?"

„Na ja, ich bin in einem fensterlosen Raum eingesperrt – das erhärtet den Verdacht, würde ich sagen."

Die Frau kicherte. „Joses ist sehr um unsere Sicherheit besorgt –"

„Um eure Sicherheit?", unterbrach Sila sie. „Was soll das denn heißen? Sehe ich so gefährlich aus?"

Lydia sah sie einfach nur an und schwieg, sodass die Stille für Sila unangenehm zu werden begann. Dann lächelte sie und antwortete: „Nein, du siehst nicht gefährlich aus. Aber du bist auch keine Gefangene. Wenn du nicht hierbleiben möchtest, lassen wir dich gehen. Was dann geschieht, liegt allerdings nicht in unserer Hand."

Sila warf der Frau einen verunsicherten Blick zu. „Was genau meinst du damit?"

„Ich fürchte, das AIS hat dich längst im Visier."

„Was?! Aber wieso denn, ich habe doch gar nichts Schlimmes gemacht?"

„Es ist nicht notwendig, etwas Schlimmes zu tun. Es reicht, wenn du Kontakt zu den falschen Leuten hast. Selbst Fragen zu stellen ist Anlass genug, um sie auf den Plan zu rufen. Wenn du heute nach Hause gehst, musst du davon ausgehen, dass sie dich verhaften und vernehmen werden."

Lydia kannte sich aus. Genauso würde das AIS vorgehen. Sila senkte den Blick. Das war ein interessantes Manöver, das die alte Dame da startete. Augenscheinlich ließ sie Sila die Wahl, zu bleiben oder zu gehen, und gleichzeitig machte sie ihr Angst vor den unabsehbaren Konsequenzen. Natürlich – schließlich konnte die Organisation es sich nicht leisten, dass die Behörde von der Existenz dieses Verstecks erfuhr.

Sila presste die Lippen zusammen und tat so, als müsse sie

einen Augenblick nachdenken. „Und wenn ich hierbleiben möchte?", fragte sie schließlich.

„Dann bist du herzlich willkommen."

Sila blickte auf. Lydia zeigte ein Lächeln, das ausgesprochen authentisch wirkte. Aber natürlich wusste sie, dass man sie dadurch manipulieren wollte. „Danke", erwiderte sie und gab das Lächeln zurück, ganz der Rolle der naiven Studentin entsprechend. „Ich glaube, ich möchte bleiben … Zumindest vorerst."

Lydia nickte verstehend. „Hast du Hunger?"

„Im Grunde schon. Aber vorher würde ich gern", Sila roch an ihrem T-Shirt und rümpfte die Nase, „diesen bestialischen Gestank loswerden."

„Dann komm." Die ältere Frau führte Sila hinaus auf den Gang, der nur von einigen schmalen Leuchtfolien erhellt wurde. Hin und wieder kamen sie an einer Tür vorbei. Was sich dahinter verbarg, war nicht zu erkennen. Dann bogen sie in einen weiteren Gang ab. Etliche Türen später war an einer schließlich das Wort *Damen-Sanitärräume* zu lesen. „Du kannst gern duschen, aber bitte nicht zu lange, wir haben nur begrenzt Warmwasser. Ich besorge dir Kleidung. Größe 36?"

„Richtig", erwiderte Sila. „Du hast ein gutes Auge."

Nun lag so etwas wie Wehmut in Lydias Lächeln. Sie nickte Sila kurz zu und verschwand.

Sila betrat die Umkleide – gefliese Wände, ein paar Kleiderhaken, eine durchgesessene Kunststoffbank. Ein fadenscheiniges, aber sauberes Handtuch lag darauf. Sie zog sich aus und trat in den Duschraum.

Es gab sechs Duschen, je drei an einer Wand. Sila betätigte den Sensor einer Brause und wartete, bis das Wasser warm war. Es tat gut, den harten Wasserstrahl auf den Schultern zu spüren. In einer altmodischen Schale lag ein kleines Stück Seife, also stellte Sila das Wasser ab und seifte sich ein. In diesem Moment kam eine weitere Person herein, eine schlanke Rothaarige mit feinen Gesichtszügen und blasser Haut. Sie war vermutlich etwas älter als Sila und wirkte unglaublich erschöpft.

„Hallo", sagte Sila.

„Hallo", erwiderte die junge Frau leise. Sie ging zu der Bank und legte das Handtuch ab, das sie sich umgewickelt hatte. Als sie sich einer Dusche auf der gegenüberliegenden Seite zuwandte, musste sich Sila beherrschen, um nicht scharf die Luft einzusaugen. Der Rücken der Frau war vollkommen vernarbt. Rote Striemen und Brandwunden hatten ein schreckliches Muster auf ihre Haut gezeichnet.

„Was ... ist da passiert?", fragte Sila.

Die Rothaarige stellte das Wasser an und wandte sich Sila zu. Sie verzog das Gesicht, als der harte Strahl sie traf. Es war offensichtlich, dass sie Schmerzen hatte. „Du bist neu hier?", fragte sie anstelle einer Antwort.

„Heute angekommen", bestätigte Sila.

„Herzlich willkommen", sagte die junge Frau. Sila konnte aufgrund ihres müden Lächelns nicht beurteilen, ob die Worte ernst oder ironisch gemeint waren.

Wer zum Henker hatte sie so übel zugerichtet? Sila wusch die Seife ab und stellte das Wasser aus. Als sie nach dem bereitgelegten Handtuch griff, sagte sie: „Nimm's mir nicht übel, aber du siehst ziemlich mitgenommen aus."

„Nachtschicht auf Station 12", erwiderte die Rothaarige. „Ich hab kein Auge zugetan."

„Station 12?"

Im Nebenraum war ein Geräusch zu hören. Gleich darauf lugte Lydia herein. „Wenn du noch etwas essen willst, musst du dich beeilen. Die Küche schließt gleich. Ich habe dir etwas zum Anziehen auf die Bank gelegt."

„Alles klar. Danke!"

Lydia wandte sich an die Frau mit dem vernarbten Rücken. „Hallo, Rebekka, haben sie dich fertiggemacht?"

„Und wie!"

„Wird Zeit, dass du ins Bett kommst."

Sila trocknete sich ab und trat in die Umkleide. Was auch immer auf Station 12 geschah – die dortigen Zustände waren offenbar kein Geheimnis.

Die bereitgelegten Klamotten waren für Silas Geschmack ein wenig zu feminin – eine Chino-Hose und eine Art Hemdbluse. Aber beides passte ihr geradezu perfekt.

Lydia führte Sila durch ein Wirrwarr an unterirdischen Gängen, die alle gleich aussahen: gewölbte Tunnel aus sauber gegossenem Carbonbeton. Schließlich erreichten sie eine Art Saal mit hoher Decke. Dort standen einige Tische, die größtenteils leer waren.

Lydia wies Sila einen Tisch zu. „Ben? Kommst du mal?", rief sie einem jungen Mann zu. Er wandte sich um und kam mit strahlendem Lächeln auf sie zu.

„Hallo, Lydia", sagte er mit seltsam ungelenker Aussprache.

„Das ist Sila. Sie ist heute den ersten Tag da. Bitte sei so gut und sorg dafür, dass sie nicht hungrig bleibt."

„Geht klar!", erwiderte Ben und hob den Daumen.

Als er näher kam, stellte Sila fest, dass irgendetwas mit ihm nicht stimmte. Sein Gesicht war flach und wirkte irgendwie asiatisch – und doch auch wieder nicht. Er hatte schräg stehende Augen und eine Hautfalte an den inneren Augenwinkeln. Seine Statur war gedrungen, und er schien leicht zu humpeln. „Hallo, ich bin Ben", sagte er mit einem breiten Grinsen. „Was willst du essen?" Er sprach undeutlich, was wohl daran lag, dass seine Zunge etwas zu groß geraten zu sein schien. Dann deutete er schwungvoll auf eine Tafel, die auf dem Tisch lag.

Plötzlich fiel Sila ein, woher sie dieses Erscheinungsbild kannte. Es war die Folge eines Gendefekts. Ben hatte Trisomie 21, eine

Erkrankung, die Dank diverser gesetzlich festgelegter Präventionsmaßnahmen fast ausgerottet war. Seit über dreißig Jahren war in der Union kein einziger Mensch mehr mit diesem Gendefekt geboren worden. Ben allerdings schien höchstens zwanzig zu sein. Was hatte das zu bedeuten?

Ben starrte sie erwartungsvoll an.

„Äh ..."

„Kannst du nicht lesen?", fragte er mitfühlend. „Kein Problem. Es gibt Nudelsuppe, Milchreis und Proteinbratlinge mit echten Kartoffeln. Die sind wirklich in der Erde gewachsen und so."

„Dann ... nehme ich die Suppe", erwiderte Sila, und Ben verbeugte sich im Stil eines Butlers aus dem 19. Jahrhundert.

Nur eine halbe Minute später erschien er wieder an Silas Tisch und stellte einen Teller Suppe vor ihr ab. „Bong Appetitt", sagte er in grauenhaftem Französisch.

„Danke." Sila setzte ein Lächeln auf. „Willst du dich zu mir setzen?"

„Eigentlich muss ich noch aufräumen", erwiderte Ben. Dann grinste er. „Aber ich bin nett. Ich setz mich." Während er gegenüber von Sila Platz nahm, beobachtete er neugierig, wie sie den Löffel in die Suppe tauchte. „Schmeckt's dir?", hakte er nach, kaum dass sie die erste Nudel im Mund hatte.

„Danke, gut", log Sila, um ihn bei Laune zu halten. Hier fehlte eindeutig Salz. Sie sah sich verstohlen um, konnte aber keinen Salzstreuer entdecken. „Lebst du schon lange hier unten?", fragte sie.

„Ja."

„Wie lange denn?"

„Sehr lange", erwiderte Ben und nickte ernst.

„Wurdest du hier geboren?"

„Nee!" Er lachte, als hätte sie gerade behauptet, er wäre aus einem Ei geschlüpft.

„Lebst du bei deiner Familie?"

„Klar", erwiderte Ben. Er machte eine Geste, die den ganzen Saal einschloss. „Alle hier sind meine Familie."

„Verstehe. Bist du mit deinen Eltern hergekommen?"

Er zuckte mit den Achseln. „Nee. Die sind oben."

„Oben? Wie meinst du das?"

Er hob den Finger und zeigte zur Decke.

Sila wusste nicht so recht, wie sie die Geste deuten sollte. „Ein Geschoss höher?"

„Nee!" Er schüttelte den Kopf. „Die sind nicht hier unten bei uns."

„Warum denn nicht?"

„Die wollten mich nicht."

„Haben sie dich hier ... abgegeben?"

Er zuckte erneut mit den Achseln. „Warum bist du denn hier? Wollten deine Eltern dich auch nicht?"

„Doch, meine Eltern wollten mich. Aber sie leben nicht mehr."

„Oh. Tut mir leid." Er legte seine dicken Finger auf Silas Hand, um diese liebevoll zu tätscheln. Sila ließ es geschehen.

„Ich bin hier, weil ich mich verstecken musste."

Ben nickte verstehend. Offenbar hörte er das nicht zum ersten Mal.

„Sag mal, wie viele Menschen leben eigentlich hier unten?"

„Viele", erwiderte er ernst.

„Hundert?", bohrte sie nach.

Er nickte. Dann hob er beide Hände. „So viele, und mindestens noch mehr."

„Okay, das ist ... eine Menge", erwiderte Sila. Offensichtlich waren Zahlen für den jungen Mann eher sekundär. „Wie heißt deine Familie eigentlich?"

„Na, wie sie heißt", erwiderte er. „Ich bin Ben, Lydia ist Lydia, du bist ..."

„Ich bin Sila. Aber ich meinte eigentlich, wie heißt diese Gemeinschaft, also ihr alle zusammen?"

„Na, Familie", erwiderte er, irritiert von Silas offensichtlicher Begriffsstutzigkeit.

„Alles klar. Und wer ist euer Anführer?"

„Du musst essen."

„Natürlich." Sie nahm noch einen Löffel Suppe. „Oder darfst du mir das nicht sagen?"

„Ich darf alles", behauptete Ben.

„Ist Joses der Anführer?"

Er schüttelte den Kopf.

„Ist es Lydia?"

„Nee."

„Dann vielleicht Paul?", hakte sie nach.

Der junge Mann schien nicht irritiert, als sie diesen Namen sagte, schüttelte aber trotzdem den Kopf. „Quatsch. Gott ist der Anführer."

„Du meinst, weil hier alle an Gott glauben?"

„Genau!" Er nickte eifrig.

Sila schluckte trocken. Diese Gemeinschaft war also so etwas wie ein Mikro-Gottesstaat. Das klang extrem nach finsterstem Mittelalter.

Ben kniff ein Auge zu und linste auf Silas noch immer gut gefüllten Teller. „Schmeckt's dir wirklich?"

„Natürlich", sagte Sila und nahm einen weiteren Löffel.

„Die meisten sagen, da ist zu wenig Salz drin. Aber Luisa meint, Salz ist ungesund."

„Na ja, jetzt, da du es erwähnst: Ein klein wenig mehr Salz könnte der Suppe sicherlich nicht schaden."

„Willst du welches haben?"

„Gern."

Er griff in die Tasche seiner Schürze und reichte ihr das Salz.

Sila würzte großzügig nach.

Ben kicherte. „Du bist wohl verliebt. Luisa sagt, wer verliebt ist, salzt zu viel."

„Weißt du, wie lange wir uns noch verstecken müssen?", fragte Sila.

„Ja." Er nickte ernst.

Im selben Moment rief jemand aus der angrenzenden Küche: „Ben?"

Sila fluchte innerlich. Der junge Mann war eine hervorragende Informationsquelle. Sie glaubte nicht, dass seine Arglosigkeit gespielt war.

Ben stand auf. „Ich muss weiterackern", verkündete er.

„Warte kurz!" Sie ergriff seine Hand. „Wie lange müssen wir uns verstecken? Bitte sag's mir!"

„Na, bis die besiegt sind", raunte er.

Sila unterdrückte ein Schaudern. Was hatte die Gruppe vor?

Sie wollte gerade bei Ben nachhaken, als eine beleibte Mittfünfzigerin aus der Küche trat und rief: „Ben, wo bleibst du denn? Jetzt hör auf zu flirten und hilf mir gefälligst!"

Der junge Mann entzog Sila hastig die Hand. „Ich flörte doch gar nicht", brummte er, während ihm eine tiefe Röte ins Gesicht stieg.

Mit einem verlegenen Lächeln wandte er sich von ihr ab und eilte hinüber zu einem der anderen Tische, um dort das Geschirr abzuräumen.

Sila sah ihm nachdenklich hinterher. *Bis die besiegt sind* – das hörte sich ganz und gar nicht gut an.

Kapitel 14

„Hey", erklang eine leise Stimme hinter Sila. Sie wandte sich um. Vor ihr stand eine junge Frau. Sie hatte ihre langen blonden Haare zu einem Zopf gebunden. Ein schüchternes Lächeln zeigte sich auf ihrem schmalen Gesicht. „Ich bin Priscilla. Aber alle hier nennen mich Prisca."

Beinahe hätte Sila geantwortet: „Ich weiß." Stattdessen ergriff sie die Hand der jungen Frau und sagte: „Hi, ich bin Sila."

„Heidi hat mir erzählt, dass du sie gerettet hast."

„Das hat sie gesagt?"

„Ja, sie meinte, hättest du nicht geholfen, sie zu tragen, hätte sie es nicht geschafft."

„Ich glaube, sie übertreibt ein bisschen. Ich hatte einfach nur Angst!"

Priscilla lächelte. „Das glaube ich nicht."

„Wie geht es Heidi?"

„Gut! Sie meint zwar, ihr Knöchel sei ein wenig geschwollen, aber ansonsten hat sie alles gut überstanden."

„Kann ich sie sehen?"

„Klar. Komm mit." Priscilla führte Sila einen Gang entlang und dann eine stählerne Treppe hinunter.

Während Sila ihr folgte, sah sie sich aufmerksam um. Die Türen waren nicht verriegelt. Ihre AR-Linsen entdeckten keine Überwachungskameras, was nicht unbedingt heißen musste, dass es hier keine gab. Auch das AIS verwendete Mikrokameras mit Tarnkappentechnologie.

„Wie lange gehörst du schon dazu?", fragte Sila.

Priscilla wandte sich zu ihr um. „Zu was?"

Sila biss sich innerlich auf die Zunge. Da war sie wohl etwas zu plump vorgegangen. Doch sie lächelte ihren Fauxpas einfach weg und schloss ihre Umgebung in eine vage Geste ein. „Na, hierzu ... Zum Untergrund."

„Du meinst, seit wann ich mich verstecken muss?"

„Genau."

Prisca nickte langsam, wandte sich wieder nach vorn und führte Sila in einen weiteren dunklen Gang. „Vor viereinhalb Wochen saß ich in meinem Zimmer und fragte mich, ob ich nicht dabei war, einen Riesenfehler zu machen. Ich stellte alles infrage. Ich wusste nicht mehr, ob ich wirklich noch glauben sollte, dass es Gott gibt. Ich hatte sogar wieder Zweifel daran, dass es den historischen Jesus jemals gegeben hat und erst recht, dass er auferstanden ist und dass das etwas mit meinem Leben zu tun haben könnte. Dass Joses mir das Leben gerettet hat, schrieb ich dem Zufall zu. Und das Empfinden, dass da tatsächlich jemand ist, dem ich etwas bedeute, schien mit einem Mal nicht mehr als ein Trick meines Selbsterhaltungstriebs zu sein. Ich flehte Gott an: ‚Bitte zeig dich mir! Lass mich dich irgendwie spüren.' Aber da war nichts."

Sila hob die Brauen. Sie hatte Prisca nach ihrer Zugehörigkeit zu der Organisation gefragt, und stattdessen berichtete die junge Frau von ihren Glaubenszweifeln.

Einen Moment lang sah es so aus, als wolle Prisca es dabei belassen, doch dann fuhr sie fort: „Ich fühlte mich innerlich einfach nur leer, als ich ans Fenster trat und hinausstarrte. In diesem Augenblick sah ich einen Wagen im Halteverbot parken. Es war ein schwarzer Hongqi, du weißt schon, diese protzigen Fahrzeuge mit den Behördennummernschildern. Ein Mann und eine Frau stiegen aus. Sie blickten zu mir hinauf, ehe sie auf unser Haus zugingen. Aber möglicherweise bildete ich mir das auch nur ein." Wieder verstummte Prisca.

„Und dann?", hakte Sila nach.

„Die ganze Situation entbehrte nicht einer gewissen Ironie. Ich wusste, dass sie jeden Moment an der Tür klingeln würden, um mich wegen eines Glaubens in die Mangel zu nehmen, den ich in diesem Moment gar nicht hatte. *Wovor haben sie Angst?*, fragte ich mich. *Was zum Henker fürchten sie?*" Sie warf Sila einen fragenden Blick zu. „Um ehrlich zu sein: Ich habe es bis heute nicht begriffen. Weißt du es?"

Oh ja, dachte Sila. *Sie fürchten die nächste Fanatikerin, die sich dazu auserwählt fühlt, die Menschheit von ihrer persönlichen Wahrheit zu überzeugen, koste es, was es wolle. Sie fürchten die nächste Radikale, die bereit ist, für ihren Glauben über Leichen zu gehen.* Doch keiner dieser Gedanken kam über ihre Lippen. Stattdessen gab sie die Antwort, die jeder Fanatiker an dieser Stelle geben würde. „Sie fürchten die Wahrheit!"

Prisca runzelte nachdenklich die Stirn, sagte aber nichts.

„Wie bist du ihnen entkommen?", hakte Sila nach.

„Ich bin nach oben auf die Dachterrasse gegangen."

„Ist das Haus mit anderen verbunden?"

„Nein."

Sila hob die Brauen. „Aber dann war das doch eine Sackgasse."

Die junge Frau nickte. „Ja. Ich habe nicht nachgedacht. Es war einfach nur die nackte Angst, die mich dort raufgetrieben hat."

„Was ist dann passiert?"

Ein schiefes Lächeln huschte über Priscillas Gesicht. „Na ja, als ich an der Tür zum Treppenhaus lauschte und hörte, dass jemand die Stufen hinaufkam, steigerte sich meine Angst zu einer ausgewachsenen Panik. Auf dem Dach gab es nichts außer dem Gemäuer des Treppenhauszugangs und der Entlüftung des Aufzugsschachts. Also versteckte ich mich dahinter."

Sila schüttelte den Kopf. Das war ein lächerliches Versteck. Die Beamten des AIS waren gut ausgebildete Spezialisten – es dürfte nur wenige Sekunden gedauert haben, bis sie die junge Frau entdeckten.

„Ich sah, wie die Tür sich öffnete. Ein Mann trat auf das Dach hinaus, die Pistole im Anschlag. Er ging einmal um die ganze Terrasse ... und dann steckte er seine Waffe wieder ein und stieg die Treppe hinab."

„Wie bitte?!", entfuhr es Sila.

Prisca lächelte erleichtert, dankbar und immer noch ungläubig. „Ich verstehe es selbst nicht. Er hätte mich sehen müssen! Ich hatte ja gar keine Chance, mich zu verstecken. Aber ... aus irgendeinem Grund ging er an mir vorbei, als wäre ich Luft. Noch am selben Abend nahm ich Kontakt zu Joses auf, und er brachte mich hierher."

Sila schwieg. Hatte der Mann sie wirklich nicht gesehen? Nein, das war absurd. Die einzig logische Erklärung war, dass die Verschwörung innerhalb des AIS größer war als gedacht. Offenbar umfasste sie auch einfache Beamte. Am liebsten hätte Sila Prisca um eine Beschreibung des Mannes gebeten, doch das wäre in Anbetracht der Rolle, die sie spielte, schwer nachvollziehbar. „Echt krass", sagte sie nach einer Weile.

„Allerdings", bestätigte Prisca. „Es ist ein Wunder."

„Äh ... ja ... Ich nehme an, daraufhin hast du dich der Sache voll und ganz verschrieben."

„Welcher Sache?", fragte Prisca und öffnete eine weitere stählerne Tür.

„Na, du weißt schon ..." Sila machte abermals eine vage Geste. Im selben Moment vernahm sie einen hohen, wimmernden Schrei, und ihr Blick fiel auf eine weitere Tür. „12" stand in vergilbter weißer Farbe auf dem angerosteten Stahl.

„Oh, was ist das?"

Prisca lächelte. „Willst du mal einen Blick hineinwerfen?"

„Unbedingt!"

Die junge Frau öffnete die Tür und offenbarte etwas, was Sila ganz und gar nicht erwartet hatte. Von einem Flur gingen etliche weitere Türen ab, die alle offen standen. Die nackten Betonwände waren mit bunter Farbe bemalt. In winzigen Betten lagen Babys – mindestens ein Dutzend Säuglinge, vermutete Sila. In einem weiteren Raum spielten einige Kleinkinder.

„Was ist das?"

„Unsere Kinderstation", erwiderte Prisca stolz. „Wir betreiben hier unten ein provisorisches Krankenhaus, und auf dieser Station sind die ganz Kleinen untergebracht."

„So viele Babys? Warum sind die nicht bei ihren Familien?"

Priscas Lächeln verblasste. „Sie wollten sie nicht haben." Sie senkte nachdenklich den Blick. „Oder vielleicht durften sie ihre Babys auch nicht haben wollen."

„Tut mir leid, aber ich komme nicht mehr mit. Warum sollten die Eltern ihre Babys nicht haben wollen?"

„Seitdem die Präventionsgesetze in Kraft sind, geschieht das alles andere als selten. Manchmal stellt man erst sehr spät eine genetische Abweichung fest oder es kommt zunächst zu einer Fehldiagnose, die noch einmal revidiert werden muss. Dann kann es sein, dass auch nach der 23. Schwangerschaftswoche noch eine Abtreibung durchgeführt werden muss, also dann, wenn das Kind bereits außerhalb des Mutterleibs überlebensfähig ist."

„Aber das ist doch reine Theorie! Erstens können etliche Erkrankungen schon vor der Zeugung ausgeschlossen werden –"

„Allerdings nur bei denen, die langfristig planen und entsprechende Vorsorgetermine wahrnehmen", unterbrach Prisca.

„Zweitens sind Frühuntersuchungen vorgeschrieben –"

„Wovon nur diejenigen wissen, die sich überhaupt in ärztliche Behandlung begeben."

„Und drittens gibt es sichere Methoden, um zu verhindern, dass ein geschädigter Fötus lebend zur Welt kommt."

„Komm mal mit." Prisca führte Sila zu einem der Bettchen. „Das ist Miriam. Wir wissen nicht viel über ihre Familie. Wir wissen nur, dass die Spina bifida[6] erst sehr spät entdeckt wurde. Die Mutter erschien nicht zum festgelegten Frühuntersuchungstermin in der Klinik. Schließlich kam es dann aber doch zu einer Abtreibung in der 24. Schwangerschaftswoche. Das Kind überlebte ganz offensichtlich die Spritze, die eigentlich sein Herz zum Stillstand bringen sollte. Ein Krankenpfleger bemerkte erst Stunden später, dass sich in dem Behälter mit den pathologischen Abfällen etwas bewegte. Er rettete die Kleine, und schließlich landete sie bei uns auf Station 12."

Sila betrachtete den friedlich schlafenden Säugling. „Sie wird nie ein normales Leben führen können."

„Aber ein annähernd normales, würde man nur etwas von dem Geld, das man in die Optimierung der genetisch Akzeptierten investiert, für die Heilung und Rehabilitation derjenigen einsetzen, die es nötiger haben. Und die entscheidende Frage ist ohnehin: Was ist schon normal? Und ist es überhaupt erstrebenswert, ‚normal' zu sein?"

Sila antwortete nicht. Es schien ihr lediglich eine rhetorische Frage zu sein. „Heißt das, all diese Babys sind sozusagen Überlebende aus Abtreibungskliniken?"

„Sagen wir es mal so: Hier finden die Aussortierten der Gesellschaft ein neues Zuhause."

Sila ließ den Blick über die Betten gleiten. *Warum macht ihr das? Was versprecht ihr euch davon?*, wollte sie gern fragen.

„Schön, dass ihr da seid", erklang plötzlich eine geschäftige Stimme hinter ihr.

Sila drehte sich um und sah sich einer grauhaarigen Matrone gegenüber, die die Hände in die Hüfte gestemmt hatte und Sila von oben bis unten musterte. „Du hast uns pünktlich zur Badezeit eine neue Mitarbeiterin gebracht, Prisca? Und wie ich sehe, ist sie genauso zerbrechlich gebaut wie du."

„Äh ...", setzte Prisca an.

„Also, eigentlich ...", begann auch Sila.

„Wunderbar!" Die ältere Frau lächelte. „Dann zeig deiner Freundin mal die Kleiderkammer. Wir treffen uns in fünf Minuten im Waschraum."

Kapitel 15

Sila runzelte die Stirn. „Lassen wir uns das einfach gefallen?"

Prisca lächelte. „Heidi weiß nicht, dass wir sie besuchen wollen. Sie wird uns also nicht vermissen, auch wenn wir erst später zu ihr gehen."

„Ehrlich gesagt mag ich es nicht besonders, wenn man mich herumkommandiert."

„Aber du wirst das Baden lieben! Und jetzt komm!"

Wenig später standen sie, in altmodische Kittel gekleidet, in einem gefliesten Raum. An einer Wand waren einige Duschköpfe angebracht, und auf einem stabilen, aber wenig ansehnlichen Holztisch standen mehrere Plastikeimer. Das Ganze hatte den Charme einer maroden Badeanstalt aus dem letzten Jahrhundert.

Die grauhaarige Matrone betrat den Raum. In jedem ihrer kräftigen Arme lag ein winziges Baby. „Ah, da seid ihr ja. Wunderbar!" Sie kam auf Sila zu. „Entschuldige, ich habe mich noch gar nicht vorgestellt. Mein Name ist Lisa-Marie. Und du bist?"

„Äh ... Sila."

„Herzlich willkommen im Team, Sila. Ich hoffe, Prisca hat dir gezeigt, wie man sich richtig die Hände wäscht?"

„Das beherrsche ich seit zwanzig Jahren, danke", erwiderte Sila. Es fiel ihr nicht schwer, die genervte Studentin zu mimen.

„Es geht hier um eine medizinisch einwandfreie Handhygiene. Bei einigen unserer kleinen Patienten ist das Immunsystem sehr schwach, und wir wollen kein Risiko eingehen."

„Sie hat alles richtig gemacht", meldete sich Prisca zu Wort.

„Wunderbar. Darf ich dir Lucius vorstellen?" Sie reichte Sila eines der Babys.

Unbeholfen nahm Sila das kleine Bündel entgegen. Das Gesicht des Jungen trug einige auffällige Züge, die ihr bekannt vorkamen.

„Du musst seinen Kopf stützen", mahnte Lisa-Marie. „Er ist noch nicht stark genug, um ihn selbst zu halten."

„Prisca, bist du so lieb und füllst die Eimer mit Wasser?"

Der kleine Junge in Silas Armen bewegte sich und verzog das Gesicht. Sila verspürte einen Hauch von Nervosität. Babypflege war kein Bestandteil der Ausbildung für Undercoveragenten des AIS. Als Lucius ein leises Krähen von sich gab, warf sie erneut einen Blick auf sein Gesicht. Jetzt ging ihr auf, an wen sie der Kleine erinnerte. Seine Züge trugen ähnliche Merkmale wie Bens. Lucius hatte Trisomie 21. Sie verspürte den Impuls, den Kleinen loszulassen, zuckte jedoch nur kurz zusammen. Der Säugling gab eine Art gurrenden Laut von sich. Seine winzigen Finger umklammerten Silas Daumen.

Falls Lisa-Marie Silas Widerwillen bemerkte, zeigte sie es nicht. Stattdessen blickte sie zu dem kleinen Bündel und lächelte. „Lucius ist ein kleiner Kämpfer. Es dauerte damals acht Stunden, eine ganze Schicht lang, ehe jemandem auffiel, dass er noch am Leben war. Eine Hebamme mit schlechtem Gewissen brachte ihn zu uns. Er war winzig, nicht wesentlich größer als meine Handfläche. Vier Wochen lang lag er im Brutkasten. Aber er hat es geschafft, und wir sind alle sehr stolz auf ihn!" Sie wandte sich an Prisca. „Ist das Wasser schön warm?"

Die junge Frau warf einen Blick auf das simple Thermometer, das auf der Wasseroberfläche schwamm. „37,5 Grad."

„Perfekt! Am besten, du machst es genauso wie ich, Sila." Lisa-Marie legte den Säugling in ihrem Arm vorsichtig auf den Tisch. Dann schlug sie die Decke beiseite. Das Baby war nackt. Ein kleines Mädchen. „Eine Hand legst du unter die Schulter, sodass dein Daumenballen den Hinterkopf stützt. Mit der anderen Hand hältst du den Po."

„Äh, vielleicht ist es besser, wenn Priscilla ..."

„Du schaffst das schon", sagte Prisca ermutigend.

Sila lächelte schmallippig. „Klar." Sie legte Lucius neben das kleine Mädchen und schlug die Decke beiseite. Der winzige Junge erzitterte leicht, hielt aber die Augen geschlossen. Sie umfasste seinen Körper so, wie Lisa-Marie es vorgemacht hatte. Das zartgliedrige Geschöpf passte problemlos in ihre beiden Hände. „Und da kann auch nichts abbrechen oder so?", fragte Sila.

Die Matrone kicherte. „Keine Bange! Der Bursche ist zäh." Sie hob das kleine Mädchen hoch und ließ es mit den Füßen voran sanft in den Eimer gleiten, stützte aber weiterhin Kopf und Nacken. „Und jetzt du."

„Oha", sagte Sila. Vorsichtig nahm sie den kleinen Jungen hoch und tauchte ihn mit den Füßen voran in den Eimer. Kaum dass Lucius vom warmen Wasser umgeben war, riss er die Augen auf und sah sich überrascht um. Dann gab er ein glucksendes Geräusch von sich, fuchtelte mit den Ärmchen und blinzelte gleich darauf empört, als ihm ein wenig Wasser in die Augen spritzte. Der Schreckmoment dauerte nur kurz, und gleich darauf wiederholte sich das Spiel. Der Kleine zeigte eine übermütige Lebendigkeit, die Sila gegen ihren Willen schmunzeln ließ. „Ein munteres Kerlchen", kommentierte sie.

„Allerdings!" Lisa-Marie lächelte. „Prisca, übernimmst du mal?"

„Mach ich."

Behutsam wusch Sila den kleinen Lucius, während Prisca das Mädchen versorgte.

„Voll niedlich, die Kleinen, oder?"

Sila spürte den schnellen Herzschlag unter der seidigen Haut des Jungen. Sie sah den wachen Blick, als er aufgeregt im Wasser plantschte, und lauschte dem fröhlichen Glucksen, das die spannende Badeerfahrung ihm entlockte.

Sie nickte.

In diesem Moment fiel es ihr sehr schwer, die Worte der Justizministerin Julia Reifenrad-Holzschmidt mit ihrer Wahrnehmung in Einklang zu bringen. *Dieses Präventionsgesetz ist ein Meilenstein des Humanismus, meine Damen und Herren. Hier geht es darum, schreckliches Leid zu verhindern. Und dies betrifft eben nicht nur die Mütter, denen ein Trauma erspart bleibt, sondern auch die schwer beeinträchtigten Kinder, die ansonsten ein Leben lang unter ihrer unheilbaren Krankheit zu leiden hätten.*

„Sila?"

„Ja, was ist?"

Prisca schmunzelte. Offenbar hatte sie Sila nicht zum ersten Mal angesprochen. „Du hast dich wohl verliebt, was?"

„Quatsch!"

„Die nächsten Kinder warten schon. Du musst ihn abtrocknen."

Sila betrachtete den kleinen Jungen, der irgendwie zu ahnen schien, dass sein Abenteuer nun ein Ende haben sollte und deshalb wild mit den Ärmchen fuchtelte, um den Spaß noch ordentlich auszukosten. „Ich und verliebt? So leicht bin ich nicht rumzukriegen." Sanft hob sie Lucius aus dem Badeeimer und legte ihn auf das bereitgelegte Frotteehandtuch. Der Junge krähte empört, beruhigte sich aber rasch wieder, als Sila ihm behutsam das Köpfchen abtrocknete – eine Sinneserfahrung, die er sehr zu genießen schien.

„Ich liebe diese Arbeit!", sagte Prisca, übergab Lisa-Marie das kleine Mädchen und nahm ein weiteres Baby in Empfang.

Auch Sila bekam erneut ein kleines Bündel in die Hand gedrückt. Diesmal war es ein kleines Mädchen mit einem niedlichen rotblonden Flaum auf dem Kopf. „Was passiert mit den Kindern, wenn sie älter sind?"

„Sie kommen in eine Familie."

„Gibt es denn genug Familien, die bereit sind, ein solches Kind aufzunehmen?"

„Bislang haben wir noch für jeden kleinen Menschen ein Zuhause gefunden", erwiderte Lisa-Marie.

„Hier unten?", fragte Sila. „Wie viele Menschen leben denn hier?"

„Genug", erwiderte die ältere Frau mit einem Lächeln.

Als sie den Raum verlassen hatte und Sila das rothaarige Mädchen in den Badeeimer gleiten ließ, wandte sie sich an Prisca. „Jetzt mal im Ernst: Wie groß ist der Untergrund?"

„Ich weiß es nicht. Ein paar hundert, vielleicht auch knapp tausend Leute sind hier in Korinth untergebracht –"

„Wo?"

„In Korinth. Die verschiedenen Verstecke sind nach den Städten benannt, in denen die ersten christlichen Gemeinden gegründet wurden."

„Es gibt also mehrere solcher Verstecke?"

„Ja."

„Und wie viele?"

Die junge Frau zuckte mit den Achseln. „Keine Ahnung. Ich weiß noch von Thessalonich und Rom. Aber ich gehe davon aus, dass es noch weit mehr gibt."

„Das heißt, du weißt es nicht?"

Priscilla nickte.

„Und warum verrät man es dir nicht? Misstraut man dir?"

„Es dient dem Schutz aller, dass wir so dezentral wie möglich aufgestellt sind. Je weniger wir übereinander wissen, desto weniger können wir verraten."

„Aber irgendwie müsst ihr doch Kontakt zueinander halten."

„Pass auf, Lavinias Köpfchen ist ganz schön tief, sie schluckt gleich Wasser."

„Oh, Mist! Entschuldige, Kleine."

Lavinia nahm die Situation gelassen hin und konzentrierte sich darauf, mit ihrem Speichel Blubberbläschen zu produzieren.

„Ich kann mir nicht vorstellen, dass jede Untergrundstadt nur für sich existiert."

„Natürlich nicht", erwiderte Prisca. „Aber warum ist das so wichtig für dich? Suchst du jemanden?"

„Ich? Nein! Wie kommst du darauf?" Sila biss sich innerlich auf die Zunge. Prisca gehörte schon länger zu der Organisation, ihre Indoktrinierung war somit sicher deutlich weiter fortgeschritten als Heidis. Sila musste vorsichtiger sein. „Tut mir leid. Ich bin einfach von Natur aus neugierig und will immer die Zusammenhänge verstehen."

Lisa-Marie kam mit zwei weiteren Babys herein, und während der darauffolgenden halben Stunde waren die beiden jungen Frauen vollauf damit beschäftigt, die Babys zu waschen und anzuziehen. Ein kleiner Junge mochte das Wasser überhaupt nicht und beschwerte sich lautstark, was sich auf die Dauer als äußerst anstrengend erwies. Prisca legte jedoch eine Engelsgeduld an den Tag; ein Umstand, der Sila bald genauso auf die Nerven ging wie das Gebrüll des Kleinen.

Schließlich war es geschafft.

„Danke für eure Hilfe! Es wäre super, wenn ihr beim nächsten Badetag in drei Tagen wieder helfen könntet", bat Lisa-Marie mit einem Augenzwinkern.

„Klar, machen wir!", erwiderte Prisca großzügig.

Sila nickte zustimmend. „Sag uns einfach Bescheid." Ihre Rolle machte es erforderlich, dass sie die naive Geschäftigkeit eines Neuankömmlings an den Tag legte.

Nachdem sie ihre Arbeitskleidung in den Wäschecontainer

gesteckt hatten, führte Prisca Sila noch eine Etage tiefer. Dort kamen sie erneut an einigen stählernen Türen vorbei. Ein vibrierendes Brummen war zu vernehmen.

„Was macht hier denn solchen Lärm?", fragte Sila so unbedarft wie möglich.

Prisca zuckte mit den Achseln. „Keine Ahnung, irgendwas Technisches."

„Generatoren?", fragte Sila. Sie blieb stehen und strich mit der Hand über eine der Metalltüren. Ein kühler Luftzug drang durch den Spalt.

„Nee, das glaube ich nicht. Es hat irgendetwas mit IT zu tun."

„Ach so!" *Das müssen Serverräume sein*, fuhr es Sila durch den Kopf. Die Geräusche waren typisch, und der kühle Luftzug deutete darauf hin, dass die Räume klimatisiert waren. Hastig aktivierte sie ihre AR-Linsen. *Korinth_MS_1 Password: ___* blinkte in ihrem Sichtfeld auf. Ihr Herzschlag beschleunigte sich, doch sie ließ sich nichts anmerken und wandte sich ab, ohne eine Miene zu verziehen. „Das ist nicht mein Genre", bemerkte sie lapidar und folgte der jungen Frau weiter den Gang entlang.

Wenn es Antworten auf ihre Fragen gab, dann waren sie hier zu finden.

Prisca führte sie zwei weitere Gänge entlang, bis sie schließlich an eine Tür klopfte und von drinnen ein fröhliches „Herein" erklang.

Heidi saß auf ihrem Bett, den verletzten Knöchel mit einem dicken Verband umwickelt. Prisca eilte zu ihr und schloss sie in die Arme. Sila tat es ihr gleich.

„Setzt euch, ihr beiden." Heidi klopfte einladend auf die Bettkante.

„Wie geht es dir?", fragte Sila.

„Mir ist langweilig", erwiderte Heidi. „Ich habe bislang nicht viel mehr als dieses Zimmer gesehen."

„Sila und ich haben heute auf Station 12 ausgeholfen", bemerkte Prisca. „Ich kann's kaum erwarten, dich auch dorthin mitzunehmen. Du wirst es lieben. Die Kleinen sind so süß!"

„Wer oder was ist Station 12?", fragte Heidi.

Prisca erklärte es ihr.

Sila beobachtete die beiden jungen Frauen. Heidi war entzückt von Priscas Beschreibung der Babys und empört, als sie erfuhr, dass die meisten von ihnen versehentlich Überlebende der staatlichen Präventionsgesetze waren. Die Emotionen der Studentinnen schienen sich ungefiltert auf ihren Gesichtern zu spiegeln; die beiden waren kaum älter als Teenager und verhielten sich auch so.

Für einen Moment stiegen Zweifel in Sila auf. Konnten diese naiven Mädchen wirklich einer Terrororganisation angehören? Das schien schwer vorstellbar. Andererseits war die Realität nie so eindeutig schwarz oder weiß, wie es in der Öffentlichkeit gern dargestellt wurde. Farid war in sie verliebt gewesen wie ein jungfräulicher Teenager. Als er sie das erste Mal geküsst hatte, war er rot geworden. Das hatte ihn aber nicht daran gehindert, bei der Planung eines terroristischen Anschlags mitzuwirken, der Hunderte Unschuldige das Leben gekostet hätte. Auch naive, über süße Babys plaudernde religiöse Fanatikerinnen blieben religiöse Fanatikerinnen.

Sila beschloss, dass es an der Zeit war, etwas tiefer zu bohren. „Ich finde das schrecklich!", platzte sie in das Gespräch der beiden hinein.

„Was?", fragte Heidi verdutzt. „Dass Romulus so ein niedliches Lächeln hat?"

Offenbar hatte Sila eine Wendung des Gesprächs verpasst. „Nein ..." Sie verstummte und versuchte, sich in das Denken eines religiösen Fanatikers einzufühlen. „Ich meine, die bringen einfach Babys um!"

Das Lächeln auf den Gesichtern der beiden jungen Frauen erstarb. „Das ist wirklich schlimm", sagte Prisca leise. „Ich glaube, den meisten ist überhaupt nicht bewusst, was hinter den Kulissen abgeht."

Sila nickte eifrig. „Man muss es einfach mal klar und deutlich sagen: Diese Präventionsgesetze sind eine Aufforderung zum Mord!"

„Ich weiß nicht, ob man das so pauschal sagen kann. Die eigentliche Idee des Gesetzes ist es ja, die Zeugung von Menschen mit Erbkrankheiten zu verhindern", gab Prisca zu bedenken.

Das war ein erstaunlich reflektiertes Statement. Aber Sila ließ sich nicht davon täuschen. Jeder Fanatiker gab vor, gesellschaftlich kompatibel zu sein, bis er sich sicher genug fühlte, seine wahren Gedanken zu äußern. „Aber es macht da ja nicht halt. Wir können doch nicht einfach zulassen, dass das so weitergeht! Wir müssen etwas dagegen tun!"

Heidi schwieg. Was sie dachte, war ihr nicht anzusehen.

„Aber das tun wir doch", erwiderte Prisca. „Du hast gerade einen kleinen Menschen gebadet, von dem der Staat sagt, es wäre besser, er würde nicht leben."

„Und was ist mit denen, die nicht überleben? Sollen wir tatenlos zusehen, wie unschuldige Babys ermordet werden?"

Die beiden jungen Frauen sahen sie mit großen Augen an.

„Und was genau schlägst du vor?", erklang eine männliche Stimme hinter ihr.

Sila fuhr herum.

Joses lehnte im Türrahmen, die Arme vor der Brust verschränkt, und betrachtete sie.

„Ich ... schlage gar nichts vor. Ich stelle nur Fragen. Im Moment würde mich zum Beispiel interessieren, wie lange du schon dort stehst und uns belauschst."

Joses lächelte, und für einen kurzen Moment glaubte Sila, so etwas wie echte Belustigung in seinen Augen zu sehen. Dann wurde sein Gesichtsausdruck wieder ernst. „Komm bitte mit, wir müssen reden."

Kapitel 16

Joses war offenbar gerade von draußen hereingekommen. Seine Jacke und sein Rucksack waren noch regenfeucht. Er ging voran, und Sila folgte ihm.

Die Vielzahl von Gängen war verwirrend für sie. Wäre Sila allein auf ihr Gedächtnis angewiesen, würde sie nach kurzer Zeit die Orientierung verlieren, aber ihre AR-Linsen scannten die Umgebung, sodass es ihr irgendwann möglich sein würde, eine virtuelle Karte des Untergrunds zu erstellen.

Sie erkannte den Raum wieder, kurz bevor sie ihn betraten. „Willst du mich wieder einsperren?"

„Das ist mir der liebste Ort in ganz Korinth", erwiderte Joses, als sie eintraten. Er deutete mit einer einladenden Geste auf den Stuhl. Inzwischen stand noch eine weitere Sitzgelegenheit an dem kleinen Tisch.

Sila setzte sich. „Du stehst also auf fensterlose Zellen?"

Joses hängte Rucksack und Jacke über die Stuhllehne und nahm ihr gegenüber Platz. „Alle Räume in unserer Zuflucht sind fensterlos und lassen sich abschließen. Das Besondere an diesem Raum steht dort drüben." Er deutete auf das große Bücherregal. „Das hier ist unsere Bibliothek."

Sila runzelte die Stirn. „Sieht eher aus wie ein Museum."

„Manche Dinge sind zeitlos", erwiderte Joses.

„Wie auch immer. Im Nachhinein weiß ich es natürlich zu schätzen, dass du mich an deinem Lieblingsort gefangen gehalten hast."

Joses lehnte sich zurück und seufzte. „Gib's zu, in deinen

Schulzeugnissen stand des Öfteren so etwas wie: ‚Sila war stets um angemessenes Verhalten bemüht' ..."

„Als ob du nicht wüsstest, was in meinen Zeugnissen steht." Sila verschränkte die Arme vor der Brust. „Gib doch zu, dass du in den vergangenen Stunden Erkundigungen über mich eingeholt hast."

Joses grinste. „800 Punkte in Mathe, und in Sport sogar 825. Ich bin wirklich beeindruckt."

Sila setzte ein selbstzufriedenes Lächeln auf, während sie innerlich erleichtert seufzte. Offenbar hatte man sich beim AIS um die Basislegende gekümmert und entsprechende Dokumente für ihr Alias fingiert.

„Aber was war bloß in PW los?", fragte Joses.

Silas Herz begann, schneller zu schlagen. Jetzt hatte sie ein Problem. Sie war bislang noch nicht dazu gekommen, sich mit Details wie diesem zu beschäftigen, und hatte nicht den Hauch einer Ahnung, was für eine Note ihr Claudius de Jong angedichtet hatte. „Wieso, was meinst du?"

„Nur 396 Punkte?"

„Der Lehrer konnte mich nicht leiden."

Joses nickte. „Ja, das kenne ich. Ich bin in Deutsch immer um die 300 Punkte herumgedümpelt. Ich konnte machen, was ich wollte. Für Herrn Böll hatte ich offenbar ein ‚Knapp ausreichend' auf die Stirn tätowiert. Wie hieß eigentlich dein PW-Lehrer?"

„Ehrlich? Du hast mich hergebracht, um mit mir über meine Lehrer zu sprechen?", schnaufte Sila, während ihr Herz so heftig gegen ihre Brust hämmerte, dass sie fürchtete, es müsse durch ihre Bluse hindurch zu sehen sein.

Joses hielt ihrem Blick stand. „Ich würde gern wissen, wer du bist."

„Und ich kann es nicht leiden, wenn man in meinen Privatangelegenheiten herumschnüffelt."

„Tatsächlich? Das merkt man deinen Posts aber nicht an."

Von welchen Posts redet er da? „Wir alle spielen eine Rolle, erst recht auf Social Media. Das solltest du eigentlich wissen."

Joses nickte, und für einen Moment wirkte er nachdenklich. Dann lächelte er und fragte: „Liest du gern?"

„Na ja, das lässt sich schlecht pauschalisieren. Seitdem ich studiere, lese ich hauptsächlich Fachliteratur."

„Ich habe das Lesen schon immer geliebt. *Der kleine Hobbit* war mein erstes Buch. Ich verstand eigentlich nur die Hälfte, aber ich war vollkommen fasziniert von dieser fantastischen Welt, die dort hinter den langen Reihen aus Buchstaben auf mich wartete."

„Mein erstes Buch war auch ein Klassiker", erwiderte Sila. „*Pippi Langstrumpf*." An dieser Stelle hatte Sila keine Bedenken, Joses die Wahrheit zu sagen. Sie konnte sich beim besten Willen nicht vorstellen, dass de Jong solche Details in ihre Legende eingebaut haben könnte.

Joses nickte langsam. „Das passt."

„Was willst du damit sagen?"

„Och, nichts", sagte er rasch. „Und wie hieß er nun?"

„Wer?"

„Dein PW-Lehrer."

„Kein Lehrer, eine Lehrerin. Frau Schmidt!" Die Frau war wirklich Silas Lehrerin gewesen. Im Gegensatz zu ihrer erfundenen Geschichte hatte Sila sie aber sehr gemocht und stets hervorragende Noten von ihr bekommen. „Was willst du sonst noch wissen?", fuhr sie ihn an. „Wann ich das erste Mal meine Tage hatte? Oder wie der Goldhamster meiner Großmutter hieß?"

„Deine Großmutter hatte einen Goldhamster?"

„Goldi. Er wurde zwei Jahre alt und fand seine letzte Ruhestätte in einem Betonkübel auf dem Hinterhof. Möchtest du seine sterblichen Überreste sehen?"

„Nein. Zumal es etwas schwierig sein dürfte, so rasch nach London zu kommen."

Sila biss sich innerlich auf die Zunge. Verflixt, was für eine Legende hatte de Jong da nur zusammengestrickt?"

Mit ernstem Blick nahm Joses seinen Rucksack von der Stuhllehne und griff hinein. Für einen kurzen Moment rechnete Sila damit, dass er eine Waffe zücken würde, doch stattdessen hielt er plötzlich eine Jacke in der Hand – ihre Jacke. „Versprochen ist versprochen."

Sila überspielte ihre Erleichterung mit einem misstrauischen Stirnrunzeln und musterte das Kleidungsstück. „Was ... ist das?"

„Deine Jacke."

„Ich meine das da!" Sie deutete auf den schwarzen Nylonfaden, der ihren abgetrennten Ärmel auf sehr ungewöhnliche Weise mit dem Rest des Kleidungsstücks verband.

„Ich habe dir versprochen, den Ärmel wieder anzunähen, und das habe ich auch getan."

„Das nennst du nähen?"

„Ich habe nie behauptet, ein Schneider zu sein", erwiderte Joses. „Aber ich habe Nadel und Faden verwendet, insofern würde ich sagen, der Begriff trifft durchaus zu."

Sila schüttelte das Kleidungsstück, und ein Teil der Naht löste sich.

„He, was machst du denn da?"

„Wahrscheinlich hättest du mit Bastelkleber etwas Stabileres zustande gebracht."

„Ach, so was kann man auch kleben?", erkundigte sich Joses.

Sila verdrehte die Augen. „Hast du Nadel und Faden noch bei dir?"

„Moment." Er kramte in seinem Rucksack und reichte ihr beides.

Kopfschüttelnd machte sich Sila daran, die Naht zu lösen.

„Wie viel Dioptrien hast du eigentlich?", fragte Joses.

„Wie bitte?"

„Da wir hier unten keinen Netzzugang haben und du die AR-Funktion deiner Linsen somit kaum nutzen kannst, nehme ich an, du hast einen anderen Grund, sie zu tragen."

Die Linsen waren hauchdünn und nur sehr schwer zu erkennen. Joses schien wirklich ein ausgezeichneter Beobachter zu sein.

„Äh ... minus 2 Dioptrien", sagte Sila rasch.

„Die meisten lassen das operativ regeln."

„Ich bin aber nicht wie die meisten", erwiderte Sila.

„Ja, das habe ich schon bemerkt."

„Eigentlich sollte dir das sympathisch sein. Denn schließlich bist du ja auch nicht wie die meisten."

„Wie meinst du das?"

„Die meisten glauben nicht an Gott und halten sich auch nicht an seine Gebote."

„Verstehe ich dich richtig? Du stellst gerade die These auf: Wer an Gott glaubt, hat aus Prinzip etwas für Menschen übrig, die lieber Kontaktlinsen tragen, als sich operieren zu lassen?", hakte er nach.

Sila lächelte. „Ist es nicht so?"

„Vielleicht."

Sie fand, er hatte ein sympathisches Lächeln. Aber Sila war erfahren genug, um zu wissen, dass das nichts zu bedeuten hatte. Sie wandte sich wieder ihrer Näharbeit zu. „Ganz im Ernst, ich bewundere dich", sagte sie.

„Und wofür? Du kennst mich doch gar nicht."

„Du gehst raus, um denjenigen zu helfen, die nach der Wahrheit suchen. Du übernimmst Verantwortung und setzt für andere sogar dein Leben aufs Spiel."

Joses lächelte gequält. „Ich fürchte, ganz so, wie du es darstellst, ist es nicht."

„Warum stellst du dein Licht unter den Scheffel, Joses? Du bist der geborene Anführer. Das ist nicht zu übersehen."

„Das bin ich nicht!", erwiderte er scharf. „Und ich hoffe, du wirst schon bald verstehen, was mit dem Licht und dem Scheffel wirklich gemeint ist."

Sila ignorierte die Andeutung. Die Herkunft dieses Sprichworts interessierte sie nicht. Aber sie spürte, dass sie bei Joses einen wunden Punkt getroffen hatte. „Entschuldige, ich wollte dich nicht verletzen."

„Das hast du nicht", erwiderte er. „Aber ich bin kein Anführer. Und wir brauchen auch keinen."

„Okay ...", erwiderte Sila und gab sich keine Mühe, ihre Skepsis zu verbergen. „Aber irgendjemand muss doch den Überblick behalten. Irgendjemand muss einen Plan haben." Sie machte eine Geste, die den ganzen Untergrund einschließen sollte. „Und irgendjemand muss uns beschützen."

„Jeder handelt den Gaben entsprechend, die ihm gegeben wurden", erwiderte Joses.

„Natürlich. Und deine Gabe ist es, andere anzuführen."

„Das ist keine Gabe, Sila", erwiderte Joses, und ein eigentümliches Lächeln huschte über seine Lippen. „Wir hier in Korinth wissen das besonders gut."

Sila war verwirrt. Was sollte das nun wieder bedeuten? Ihr erster Impuls war es, davon auszugehen, dass an diesem Ort irgendetwas vorgefallen sein musste, auf das Joses Bezug nahm. Doch das passte nicht so richtig. Er hatte Korinth mit einem Augenzwinkern erwähnt, als sollte sie wissen, was er da andeutete. Verflixt, sie musste so schnell wie möglich ihre Legende checken und die nötigen Hintergrundinformationen einholen!

Noch wichtiger war allerdings, was ihr Joses da gerade ungewollt offenbart hatte: Ganz offensichtlich hatte sie mit dem Thema „Führung" einen wunden Punkt bei ihm getroffen. Sila ließ die

Jacke in den Schoß sinken und sah ihm ernst ins Gesicht. „Soll ich mal ganz ehrlich sein?"

„Ich bitte darum."

„Das macht mir jetzt gerade ein bisschen Angst."

„Wieso?" Er schien aufrichtig irritiert zu sein.

„Willst du damit sagen, wir stellen uns hier gegen die geballte staatliche Macht der Mitteleuropäischen Union und gegen das Amt für innere Sicherheit mit Tausenden von Agenten, ohne dass irgendjemand sich dabei etwas gedacht hat und den Widerstand organisiert?"

Joses' Gesichtszüge wurden weich. „Das AIS macht dir Angst?"

„Dir etwa nicht? Wir sind eine Handvoll Flüchtlinge, die sich gegen die mächtigste Organisation der Mitteleuropäischen Union stellen. Da kann einem schon mal das Herz in die Hose rutschen, findest du nicht?"

„Weißt du, was das Problem ist?"

„Klär mich auf."

„Genau das passiert uns ständig. Wahrscheinlich liegt es daran, dass wir Menschen sind."

„Wovon redest du?"

„Es passiert uns ständig, dass wir den Blick für die Wirklichkeit verlieren. Wir starren auf die Mächte dieser Welt, so wie ein kleiner Erstklässler auf den tyrannischen Drittklässler starrt, der sich drohend vor ihm aufbaut und so tut, als könnte er über alles bestimmen. Aber so ist es nicht. Die Mächtigen dieser Welt sind nur ein Fingerschnippen im Angesicht der Ewigkeit."

Sila starrte ihn an. Glaubte er das wirklich? Sie fand in seinen Augen nicht das irre Funkeln eines religiösen Fanatikers, und doch schien er absolut überzeugt von dem, was er da sagte. *Dieser Mann ist gefährlich*, fuhr es ihr durch den Kopf. Laut sagte sie: „Das hindert den *Drittklässler* aber nicht daran, uns das Leben trotzdem schwer zu machen."

„Ja", er nickte ernst, „und das will ich auch gar nicht kleinreden. Jesus selbst hat gesagt: ‚In der Welt habt ihr Angst.' Manchmal kann unsere Erde ein Furcht einflößender Ort sein. Deshalb lautet seine Aufforderung auch nicht: Stellt euch gefälligst nicht so an, so schlimm ist das alles gar nicht. Sondern er sagt: ‚In der Welt habt ihr Angst; aber seid getrost, ich habe die Welt überwunden.'"[7]

„Und was heißt das?"

„Dass das Böse niemals das letzte Wort haben wird."

Joses sagte dies mit einem solch feierlichen Ernst in der Stimme, dass Sila ein Schauer über den Rücken lief. *Was planst du?*, schoss es ihr durch den Kopf. Sie reckte entschlossen das Kinn vor und nickte. „Ich bin dabei!"

Er runzelte die Stirn. „Was meinst du?"

„Du kannst auf mich zählen, wenn es darum geht, dem Bösen nicht das letzte Wort zu überlassen."

Joses erwiderte nichts. Sila konnte in seinem Gesicht weder Zustimmung noch Misstrauen lesen.

Plötzlich wirkte er abwesend und schien nach innen zu lauschen. Dann wandte er sich leicht zur Seite und sagte: „Verstehe. Ich komme." Offenbar hatte er eine dringende Nachricht empfangen. „Tut mir leid", wandte er sich an Sila. „Ich muss los. Wir reden ein andermal weiter, okay? Aber bis dahin", er ging zum Regal und zog ein kleines Buch hervor, „möchte ich dir das hier an Herz legen. Wenn du magst, lies darin. Vielleicht wirst du dann so manches in einem anderen Licht sehen."

„Klar", erwiderte Sila und nahm das Buch entgegen. Der Inhalt war in winziger Schrift und auf hauchdünnes Papier gedruckt. Vermutlich handelte es sich ebenfalls um eine illegale Bibel.

Joses grinste, zwinkerte ihr zu und verließ eilig den Raum.

Sila wartete ein paar Sekunden, dann steckte sie das Buch ein und folgte ihm.

Kapitel 17

Joses eilte in die Richtung, aus der sie gekommen waren. Sila hielt so viel Abstand wie möglich, aber wenn er sich umwandte, würde er sie entdecken. Zum Glück schien er auf etwas anderes fokussiert zu sein. Sein forscher Schritt zeugte von einer gewissen Anspannung. Schließlich bog er abrupt in einen Seitengang ab.

Sila beschleunigte ihre Schritte. Sollte er jetzt ein weiteres Mal abbiegen oder in irgendeinem Raum verschwinden, würde sie ihn aus den Augen verlieren. Vorsichtig lugte sie um die Ecke – und zuckte im selben Moment erschrocken zurück. Joses stand nur zwei Meter von ihr entfernt im Gang. Glücklicherweise hatte er ihr den Rücken zugewandt.

Sie biss sich auf die Lippen und hoffte, dass sie in ihrer Hektik kein verdächtiges Geräusch gemacht hatte. Angestrengt lauschte sie auf das Rascheln von Kleidung oder das Schaben von Schuhsohlen. Stattdessen vernahm sie ein leises, zögerliches Klopfen. Kurz darauf wurde eine Tür geöffnet.

„Komm rein, Joses", sagte eine Frauenstimme. Sie gehörte Lydia.

„Was ist passiert?", fragte Joses.

„Lass uns das drinnen besprechen." Schritte erklangen, dann wurde die Tür geschlossen.

Sila gestattete sich ein erleichtertes Aufatmen, dann trat sie vorsichtig um die Ecke. Der Gang war leer und offenbar eine Sackgasse. Durch die Tür, hinter der Joses verschwunden war, drangen leise Gesprächsfetzen.

„Vor einer Stunde ... können wir nicht ignorieren ..."

Sila legte ein Ohr an das Türblatt. Sie hörte eine fremde Männerstimme, doch die Worte waren zu leise, um sie verstehen zu können.

Rasch nahm sie einen ihrer kleinen Ohrstecker ab. Darin war ein winziges Mikrofon verborgen. Behutsam schob sie das Schmuckstück durch den Spalt zwischen Türblatt und Boden. Anschließend aktivierte sie ihre AR-Linsen und verband das Gerät mit ihrem CI. Die Akkukapazität war begrenzt, vor allem da Sila das Signal verstärken musste, aber für eine halbe Stunde würde es reichen.

„Wie sicher ist diese Information?", fragte Joses.

„Sehr sicher", erwiderte die Männerstimme.

„Haben wir irgendwelche Details?", hakte Joses nach.

„Bis jetzt noch nicht", antwortete Lydia.

„Das heißt, wir wissen nur, dass ein Spion unter uns ist …"

Sila spürte, wie ihr Herzschlag sich beschleunigte.

„… und sonst wissen wir rein gar nichts. Wir haben keinen Namen, keine Beschreibung, ja, wir wissen nicht einmal, seit wann dieser Spion in unseren Reihen sitzt oder ob es sich um einen Mann oder eine Frau handelt. Geschweige denn, wer ihn geschickt hat."

„Natürlich wissen wir, wer ihn geschickt hat", warf der Fremde ein. „Das AIS!"

„Genau genommen vermuten wir das bloß", korrigierte Lydia.

„Ach, wer soll es denn sonst gewesen sein?", widersprach der Mann.

„Wisst ihr, wie das klingt?", fragte Joses, um die Frage gleich darauf selbst zu beantworten. „Das klingt nach dem perfekten Gerücht, um uns in Unruhe zu versetzen und Streit und Misstrauen unter uns zu säen."

„Du denkst, das Ganze könnte ein vom AIS bewusst gestreutes Gerücht sein?", hakte Lydia nach.

„Zumindest sollten wir das nicht ausschließen."

„Ich gebe zu, dass würde zum AIS passen", bemerkte der Mann.

„Und dennoch glaube ich nicht, dass wir es diesmal lediglich mit psychologischer Kriegsführung zu tun haben. Wäre es ein bewusst in die Welt gesetztes Gerücht, wäre es klug, es möglichst breit zu streuen. Es war aber alles andere als leicht, an diese Information heranzukommen."

Das hört sich gar nicht gut an, fuhr es Sila durch den Kopf.

„Da ist etwas dran", gab Joses zu. „Wir sollten vorsichtig sein und alle, die kürzlich zu uns gestoßen sind, genau im Auge behalten."

Verflixt! Sila biss sich auf die Lippen. Gab es ein Leck beim AIS? Aber wer könnte dafür verantwortlich sein? So gut wie niemand wusste von ihrem Undercovereinsatz.

„Ich denke nicht, dass wir nur die neu Hinzugekommenen im Blick behalten sollten", bemerkte der Mann in seltsamem Tonfall. „Schließlich wissen wir nicht, seit wann die Aktion schon läuft."

„Worauf willst du hinaus?", entfuhr es Joses.

„Ich denke, das weißt du sehr genau. Wer sagt uns, dass … Nummer 13 nicht ein perfides Spiel mit uns treibt?"

Sila stöhnte innerlich auf. *Wer zum Geier ist Nummer 13? Können die nicht einfach mal Klartext reden?*

„*Ich* sage das!", erwiderte Joses wütend.

„Und was macht dich da so sicher?", bohrte die männliche Stimme nach. „Wir wissen, dass falsche Apostel auftreten werden –"

„Du warst nicht dabei", unterbrach Joses ihn. „Du hast es nicht erlebt. Warum vertraust du mir nicht?"

„Sag so etwas nicht!", meldete sich Lydia zu Wort. „Du weißt, dass wir dir vertrauen. Wir alle! Auch Phillip."

„Lydia hat recht", bestätigte der Mann, der offensichtlich Phillip hieß. „Meine Bedenken richten sich nicht gegen dich. Ich weiß, dass du durch und durch integer bist, genau wie dein Vater –"

„Lass Vater aus dem Spiel!", unterbrach Joses ihn ein weiteres Mal.

„Joses", sagte Lydia sanft.

Für einen Moment herrschte Stille, und Sila hätte zu gern einen Blick in die Gesichter der Beteiligten geworfen.

Als Joses kurz darauf das Wort ergriff, war alle Aggressivität aus seiner Stimme verschwunden. „Gut, wir sind vorsichtig und halten die Augen offen. Aber wir ändern vorerst nichts. Wenn wir jetzt diese Nachricht unter die Leute bringen, erreichen wir genau das, was das AIS schon seit Langem will: Misstrauen, Streit und Uneinigkeit unter uns säen. Wir gehen weiter nach Plan vor."

„Bis zum Tag der Wahrheit", sagte Lydia, und es klang wie eine Bestätigung.

„Ich bete, dass du damit recht behältst, Joses", bemerkte Phillip.

Sila vernahm Schritte und registrierte einen Sekundenbruchteil später, dass die drei das Gespräch offenbar beendet hatten. Sie huschte um die Ecke und hastete auf Zehenspitzen den Gang entlang, um sich gleich darauf in einem Türrahmen zu verstecken. Sie presste ihren Körper an das stählerne Türblatt und versuchte, sich so schmal wie möglich zu machen.

Sich entfernende Schritte waren zu vernehmen.

Vorsichtig lugte Sila um die Ecke und sah Joses in einem anderen Gang verschwinden. Sie blickte ihm hinterher und hatte für einen kurzen Moment den Eindruck, eine schlanke Frauengestalt durch eine Tür schlüpfen zu sehen. War sie nicht die Einzige, die Joses beobachtete? Ihr blieb allerdings keine Zeit, dem nachzugehen, denn nun trat Lydia mit einem graubärtigen Mann um die Ecke. Bedauerlicherweise kamen die beiden genau in Silas Richtung.

Hinter ihrem Rücken tastete sie nach der Türklinke. Leise quietschend ließ sich der Griff nach unten drücken, aber die Tür öffnete sich nicht. Offenbar war sie abgeschlossen. *Shit!*

Instinktiv presste Sila sich noch fester gegen das Türblatt, das nun doch nachgab und nach innen aufschwang. Sie stolperte und stürzte rücklings auf den nackten Betonboden. Reflexartig rollte sie sich ab und registrierte aus dem Augenwinkel und im fahlen Licht uralter Neonröhren die mit Nahrungsmitteln gefüllten Schwerlastregale.

„Huch!", sagte eine Stimme, die ihr irgendwie bekannt vorkam. Offenbar war sie nicht allein im Raum.

Sie sah sich hastig um, entdeckte neben dem Eingang einen antiquierten Lichtschalter, hechtete vorwärts und schaltete das Licht aus, während sie gleichzeitig die Tür zustieß.

„Huch!", erklang es erneut.

Sila tastete sich eilig an den Regalen entlang, weg von der Tür.

Irgendwo schepperte es. „Mist", brummte jemand.

Sila fand eine Lücke in den Regalreihen, quetschte sich hinein und hockte sich auf den Boden.

Keine Sekunde später wurde die Tür geöffnet, und das Licht flammte auf.

„Na endlich!", bemerkte die Stimme.

„Was ist denn hier los?", fragte Lydia.

„Ich wollte Kartoffeln holen, und dann ging plötzlich das Licht aus", erklärte Ben, den Sila, mit einem vorsichtigen Blick an einigen Getreidesäcken vorbei, am Eingang stehen sah.

„Und warum ging das Licht aus?"

„Keine Ahnung." Ben zuckte mit den Achseln. „Ich hab mich gebückt, und schwupp, war's dunkel."

„Hat Birgit dich ganz allein hierhergeschickt?"

„Klar. Ich brauch doch keinen Babysitter."

„Natürlich nicht."

„Heute wird's lecker", erklärte Ben. „Es gibt Kartoffelpuffer."

„Super", erwiderte Lydia, „dann bis später."

„Ssie ju läta, Aligäta", bemerkte Ben in grauenhaftem Englisch und tippte sich lässig an die Basecap.

Die Tür fiel ins Schloss.

Sila bewegte sich leise in Richtung der hinteren Regale, als ihre AR-Linsen einen eingehenden Anruf vermeldeten. Da sie die Nummer nicht kannte, wies sie ihn ab und forderte zuerst eine Identifikation an. Augenblicklich blinkte ein rosafarbener Text auf.

Ein männlicher Briefmark erlebte
Was Schönes, bevor er klebte.

Es gab nur einen, der sich als Identifikation die Zeilen eines über einhundertfünfzig Jahre alten Gedichts aussuchen würde. Skull! Sila spürte, wie sie eine Woge der Erleichterung überrollte, nur um einen Atemzug später erschrocken zusammenzuzucken.

„Sila!"

Sie blickte auf. Über einen Stapel von Thunfischdosen hinweg grinste sie das rundliche Gesicht von Ben an.

„Meine Güte, erschreck mich doch nicht so!", fuhr Sila ihn an.

„Warum sitzt du neben der Bohnensuppe?", erkundigte sich Ben.

Silas AR-Linsen zeigten das Eintreffen einer neuen Nachricht an. *Ich bin's, Skull. Jetzt meld dich doch endlich! Ich habe keine Ahnung, wie lange ich die Verbindung noch halten kann!*

„Versteckst du dich etwa?", bohrte Ben nach.

„Quatsch! Ich ... ich ... hab was verloren", erwiderte Sila. So unauffällig wie möglich bewegte sie die Fingerkuppen. *Warte!*, schrieb sie Skull.

„Echt? Was hast du denn verloren?"

„Einen Ohrring."

„Oh ... Das ist blöd."

„Absolut!" Sila tat so, als würde sie den Boden absuchen.

Ben ging um das Regal herum, die Hände in die Hosentaschen gesteckt. „Weißt du, was?"

„Was denn?"

„Du veräppelst mich."

„Unsinn. So etwas würde ich nie machen."

„Doch, machst du aber gerade. Du suchst gar nichts. Du versteckst dich."

Sila blickte zu dem jungen Mann empor. Er war kräftig gebaut, aber seine Körperhaltung wirkte nicht bedrohlich. Es war offensichtlich, dass er nicht wusste, wie man kämpft. Es würde ihr nicht schwerfallen, ihn auszuschalten. Sie suchte Augenkontakt zu ihm. Ben betrachtete sie neugierig. Er wirkte vollkommen arglos.

Sila erwog, die Behauptung abzustreiten, schließlich könnte sie darauf verweisen, tatsächlich nur noch einen Ohrring zu tragen. Aber sie spürte, dass dies Ben nur noch misstrauischer machen würde. „Du ... hast recht", gab sie zu. „Ich habe mich versteckt!"

„Ha!" Er grinste zufrieden. „Hab ich's doch gewusst!"

„Sag mal", fragte Sila einem plötzlichen Impuls folgend, „du weißt nicht zufällig, wer Nummer 13 ist?"

„Doch, na klar." Ben verdrehte die Augen.

„Und?"

„Das ist eine Zahl. Die kommt gleich nach der Nummer 12. Glaubst du, ich kann nicht zählen, oder was? Ich bin nicht dumm. Ich merke, dass du mich ablenken tust."

„Ablenken?"

„Warum versteckst du dich?", bohrte er nach.

„Ich wollte ein bisschen allein sein."

„In der Speisekammer?", fragte er verdutzt.

„Der Raum war mir egal. Manchmal brauche ich einfach etwas Zeit für mich."

Ben ließ sich im Schneidersitz neben ihr nieder und nickte verständnisvoll. „Bist du traurig?"

„Manchmal schon."

„Ich auch." Er seufzte. „Ich hab meine Mama nie gesehn, weißt du? Also, meine richtige Mama."

„Vermisst du sie?"

Er nickte. „Manchmal." Mitfühlend blickte er Sila an. „Vermisst du deine Mama auch?"

Sila verzog das Gesicht. Ungewollt traten Bilder vor ihr inneres Auge. *Ein weißer Arztkittel, der sich leicht im Wind bläht. Die freundlichen Augen ihrer Mutter, die sich im nächsten Atemzug vor Schreck weiten. Ein schmutziger weißer Van, der auf das Krankenhausgebäude zurast ...*

Sie schluckte. „Das tue ich tatsächlich."

Ben legte ihr eine Hand auf die Schulter. „Du kannst ruhig weinen."

„Das ist sehr großzügig von dir, aber ... ich weine nicht so gern."

„Niemand weint gern", entgegnete Ben. Dann hielt er nachdenklich inne. „Außer Susanna. Die findet das echt gut, glaub ich." Er wühlte in seiner Hosentasche und kramte ein zerknittertes Taschentuch hervor. „Hier!"

„Was soll ich damit?"

„Na, du weißt schon", erwiderte Ben, während er sich erhob. Er ging um das Regal herum und schwang sich einen Sack Kartoffeln über die Schulter. „Jetzt kannste dich in Ruhe verstecken", sagte er zum Abschied und verließ den Raum.

Sila blickte ihm hinterher. Erstaunlicherweise war ihr einen Moment lang tatsächlich so, als würde ihr Blick verschwimmen. Sie blinzelte und aktivierte die Video-Verbindung.

„Skull? Ich bin allein. Wir können reden."

Kapitel 18

Skulls Gesicht erschien auf Silas AR-Linsen. „Du hast mir nie von deinen Eltern erzählt –"

„Und daran wird sich auch nichts ändern", unterbrach Sila ihn in einem Tonfall, der keinen Zweifel daran ließ, dass das Thema damit beendet war.

„Geht's dir gut?"

„Alles bestens", brummte sie. „Abgesehen davon, dass es irgendwo beim AIS eine undichte Stelle geben muss. Sie wissen, dass sie ausspioniert werden."

„Hm. Dann solltest du zur Abwechslung mal vorsichtig sein."

„Danke für den Tipp." Sila schnaufte. „Wieso meldest du dich erst jetzt?"

Skull hob eine Braue. „Die korrekte Frage wäre: Mit welchem Geniestreich hast du es geschafft, in dieses schwarze Loch der Cyberkommunikation vorzudringen, das noch nie zuvor von einem Außenstehenden betreten wurde? Nun, das kann ich dir gern erklären ..."

„Skull, ich weiß, dass der Empfang hier unten schlecht ist, du musst mir jetzt nicht –"

„Deine Datenspur", fuhr Skull unbeeindruckt fort, „reichte bis in die Nähe des Bahnhofs Gesundbrunnen, bevor sie plötzlich erlosch. Zuerst habe ich auf einen Störsender getippt und alle digitalen Spürhunde, die das Netz so hergibt, auf die Reise geschickt. Aber Fehlanzeige –"

„Sei mir nicht böse, aber das ist wirklich das Letzte, was mich gerade interessiert", unterbrach Sila.

„Das sollte es aber", erwiderte Skull ungerührt. „Als Nächstes zog ich in Erwägung, dass es eine physische Störquelle geben könnte. Und in der Tat stieß ich auf eine interessante Information. Du erinnerst dich sicher, dass eure Zielpersonen immer an bestimmten Bahnhöfen verschwanden, darunter Gesundbrunnen und Museumsinsel. Das sind übrigens nicht nur die am tiefsten gelegenen Bahnhöfe Berlins, sie haben auch noch eine weitere Besonderheit, denn dort wurden Versuchsanlagen für ein unterirdisches Tube-Rail-System gebaut. Wusstest du das?"

„Nein, aber ..."

„Da man damals, übrigens vor allem aufgrund massiver Lobbyarbeit der *IC Railway Corporation*, eine Magnetschwebetechnik plante, wurde zur Abschirmung des ganzen Komplexes ein spezielles Verbundmaterial verwendet, welches – du ahnst es sicher schon – bedauerlicherweise auch die hochfrequente Strahlung unseres Mobilfunknetzes wirkungsvoll blockiert."

„Okay, du bist ein Genie. Können wir das Ganze abkürzen?"

Skull ignorierte ihren Einwurf. „Nun fragst du dich sicher, warum es mir dennoch gelungen ist, dich zu kontaktieren."

„Eigentlich nicht", erwiderte Sila.

„Ich erklär's dir gern", sagte Skull, Silas Aufstöhnen souverän ignorierend. „Von der Hypothese ausgehend, dass eine Organisation, die von dieser unterirdischen Anlage aus operiert, nicht ohne Zugang zum World Wide Web auskommt, habe ich eine umfangreiche Datenflussanalyse vorgenommen und ..."

Das war der Moment, in dem Sila innerlich ausstieg. Sie wusste, dass es keinen Zweck hatte, Skull zu unterbrechen. Wenn er etwas als wichtig ansah, konnte man ihn nicht davon abbringen, das Ganze bis ins kleinste Detail auszuführen.

Sie ließ eine Flut von Fachbegriffen an sich vorbeirauschen und horchte erst wieder auf, als Skull sagte: „... und deshalb musst du mir Zugang zu ihrem internen Netz verschaffen."

„Bitte was?", fuhr Sila auf.

„Hast du mir nicht zugehört?", beschwerte sich Skull.

„Doch, natürlich. Wiederhol bitte nur noch mal den letzten Satz."

„Und deshalb musst du mir Zugang zu ihrem internen Netz verschaffen", kam Skull der Bitte nach.

War ja klar, dass er meine Aufforderung wörtlich nimmt, dachte Sila. „Wieso das denn? Wir haben doch Kontakt."

„Aber ich habe doch gerade lang und breit erklärt, dass dies nur temporär der Fall ist ... Gib's zu, ich hätte mich in den letzten fünf Minuten auch mit meinem Sockenfach unterhalten können, denn du hast einfach abgeschaltet!"

„Jetzt spiel nicht die beleidigte Leberwurst –"

„Sag so was nicht!", unterbrach sie Skull.

„Sei doch nicht so schrecklich empfindlich."

„Hast du eine Ahnung, was alles in Leberwurst enthalten ist? ‚Gehäckselte Kadaver' ist noch eine schmeichelhafte Umschreibung. Allein bei dem Gedanken an die Konsistenz bekomme ich Brechreiz."

„Okay. Sag mir einfach, was ich tun soll."

„Ich muss Zugang zum internen Datennetz des Untergrunds bekommen, um dauerhaft den Kontakt zu dir halten zu können. Gibt es irgendwo eine Art Serverraum?"

„Ja."

„Dort müssen wir hin."

„Alles klar."

Sila machte sich auf den Weg. „Ich müsste mal kurz meinen Chef kontaktieren."

„Tu dir keinen Zwang an."

Kaum hatte Sila die Nummer gewählt, meldete sich Snyder mit einem genervten: „Na endlich!" Überraschenderweise erschien nicht nur sein Gesicht auf ihren AR-Linsen, sondern auch das von

Innenminister Braun. Das behagte ihr ganz und gar nicht. Aber Sila ließ sich nichts anmerken. „Es tut mir leid. Der Untergrund ist komplett vom Netz abgeschnitten, wir konnten erst jetzt eine Verbindung herstellen. Die ist allerdings instabil. Ich weiß nicht, wie viel Zeit wir haben."

„Dann reden Sie nicht lange um den heißen Brei herum und bringen Sie uns auf den neuesten Stand!", mischte sich Braun ein.

Sila berichtete in knappen Worten, wie sie in den Untergrund gelangt war.

„Man hat auf Sie geschossen?", fragte Snyder ungläubig.

„Ja."

„Das kann nicht sein!"

„Tut mir leid, aber mir sind Kugeln um die Ohren geflogen. Eine andere Bezeichnung als ‚es wurde auf mich geschossen' fällt mir da nicht ein."

„Niemand vom AIS war überhaupt nur in der Nähe! Geschweige denn, dass es einen Schießbefehl gegeben hätte", erwiderte Snyder konsterniert.

„Dann war es möglicherweise nicht das AIS", schlussfolgerte Sila. „Oder aber die Aktion lief an Ihnen vorbei."

„Sind Sie verletzt?", mischte sich Braun ein weiteres Mal ein.

„Nein."

„Gut. Mutmaßungen über die angeblichen Schützen helfen uns im Moment auch nicht weiter. Sie sagen selbst, wir haben nicht viel Zeit. Also, wo genau befinden Sie sich?"

Sila verdrehte innerlich die Augen. Allein die Formulierung „angebliche Schützen" reichte aus, um ihren Blutdruck ansteigen zu lassen. Warum musste sich dieser Schwachkopf überhaupt einmischen? Wenn sie ihm jetzt verriet, wo sie war, würde er womöglich noch befehlen, das Versteck zu stürmen, und damit die ganze Operation versauen. „Das kann ich Ihnen nicht genau sagen. Mir wurden die Augen verbunden."

„Und was planen diese Leute?", hakte Braun nach. „Wie sind sie aufgestellt?"

„Das versuche ich gerade herauszufinden. Momentan kann ich noch keine klare Hierarchie erkennen. Es sieht alles danach aus, dass sie sich einfach nur hier unten versteckt halten und ein friedliches Leben führen wollen."

Braun schnaufte genervt. „Friedliches Leben – wenn ich das schon höre! Das ist doch ausgemachter Blödsinn. Wer ein friedliches Leben führen will, muss nicht in den Untergrund gehen. Also, wie wollen diese Leute die Macht im Land an sich reißen?"

„Wie gesagt, bislang ist nichts dergleichen erkennbar."

„Dann graben Sie tiefer", knurrte Braun. „Letztlich geht es immer um Macht, glauben Sie mir!"

„Natürlich", stimmte Sila rasch zu, um weitere Ausführungen seinerseits im Keim zu ersticken.

„Stehen Sie unter Verdacht?", mischte sich nun wieder Snyder ein.

„Bislang ist mir in dieser Hinsicht nichts aufgefallen. Ich glaube, sie halten mich für eine Konvertitin."

Braun wollte offenbar etwas sagen, aber Snyder war schneller. „Sehr gut. Sie wissen, was zu tun ist. Wir beenden das Gespräch jetzt besser, um die Operation nicht zu gefährden."

„Warten Sie, da ist noch etwas: Bevor Priscilla Vogt untertauchte, wurde ein Einsatzteam des AIS rausgeschickt, um sie zu verhaften. Sie hat sich auf dem Dach versteckt. Einer der Männer hätte sie sehen müssen, ließ sie aber unbehelligt davonkommen. Ich würde empfehlen, genau zu überprüfen, wer den Einsatzbefehl gab und vor allem, wer das Dach absuchte."

„Danke für den Hinweis", sagte Snyder barsch. „Ich prüfe das. Und halten Sie mich weiter auf dem Laufenden."

„Selbstverständlich."

Snyder beendete das Gespräch.

Sila atmete tief durch. Der Gang war noch immer leer, aber ein leises Geräusch ließ sie abrupt innehalten. Waren das Schritte gewesen?

Instinktiv huschte sie in eine dunkle Ecke und verschwand hinter einigen mit dickem Schaumstoff isolierten Rohren, die offensichtlich bei einer heimischen Spinnenart sehr beliebt waren – den vielen Spinnweben nach zu urteilen. Im selben Moment schalt sie sich für diese Dummheit. Wäre sie einfach weitergegangen, hätte sie den arglosen Neuankömmling mimen können. In eine dunkle Ecke und hinter ein paar alte Rohre geduckt, würde sich die Ausrede deutlich anspruchsvoller gestalten, sollte man sie entdecken.

Sila lugte vorsichtig an den Rohren vorbei. Ihr Gehör hatte sie nicht getäuscht. Da kam jemand. Und dieser Jemand gab sich große Mühe, möglichst wenig Geräusche zu machen.

Eine schlanke Frauengestalt kam in Sicht. Sie bewegte sich leise, aber ihr Gang war unregelmäßig. Plötzlich hielt sie inne.

Sila zog hastig den Kopf zurück und blickte durch einen schmalen Spalt zwischen den Rohren. Ausgerechnet in diesem Moment meldete sich Skull über ihr CI. „Was ist los?", fragte er. „Warum dauert das alles so lange?"

Jetzt nicht, schrieb Sila hastig.

Die Gestalt wandte sich um. Ihr Blick glitt prüfend über die dunklen Ecken des Ganges hinweg, verharrte kurz auf Silas Versteck und wanderte dann weiter.

Sila hob überrascht die Brauen. *Heidi? Was macht sie denn hier?*

Die junge Studentin wandte sich wieder um und ging leise weiter. Ihr Humpeln war kaum noch zu sehen. Offenbar war die Verletzung weit harmloser, als sie ihnen während der Flucht erschienen war.

Sila wartete, bis Heidi aus ihrem Sichtfeld verschwunden war. Dann kroch sie aus ihrer Ecke hervor, wischte sich die Spinnweben von den Armen und setzte ihren Weg fort. Statt sich zu verstecken, ging sie einfach weiter, als sie das nächste Mal das Geräusch nahender Schritte hörte. Zwei Bewohner des Untergrunds kamen ihr entgegen und erwiderten ihr freundliches Lächeln. Niemanden schien zu stören, dass Sila allein unterwegs war.

Schließlich erreichte sie den Gang, den sie mit Heidi und Priscilla zusammen entdeckt hatte, und stellte sich vor die Tür, hinter der noch immer das leise Brummen der Klimaanlage zu vernehmen war.

„Sehr gut. Wir sind da", vermeldete Skull.

Sila aktivierte ihre AR-Linsen und las Korinth_MS_1 Password: ___

„Jetzt bist du dran, Skull."

Vor ihren Augen begannen sich Datenkolonnen zu bewegen.

„Bist du drin?"

„Hm, das WLAN-Signal ist relativ schwach", brummte Skull. „Kannst du etwas dichter herangehen?"

„Klar." Sila machte einen Schritt vorwärts.

„Noch dichter."

Sie verdrehte die Augen und trat noch näher an die Tür heran. „Ich polier gleich mit der Nasenspitze das Türschild. Dichter geht es nicht."

„Okay. Nicht bewegen! Das ist jetzt eine sensible Operation. Ich muss eine ziemlich große Datenmenge bewegen. Es wäre äußerst ungünstig, wenn mittendrin der Kontakt abbricht."

„Wie lange dauert das?"

„Kann ich schwer abschätzen. Fünf Minuten. Vielleicht auch sechs."

„Sila?", vernahm sie plötzlich eine verwunderte Stimme hinter sich.

Sie fuhr herum.

„Nicht bewegen", zischte Skull.

„Oh ... Priscilla, hi", begrüßte Sila die junge Frau, die sie irritiert anblickte. „Was machst du denn hier?", sprach sie aus, was ihr durch den Kopf ging.

„Das Gleiche wollte ich dich gerade fragen."

„Ich ... ich dachte mir, ich schau noch mal auf Station 12 vorbei", log Sila.

Priscilla blickte sie zweifelnd an. Es war offensichtlich, dass sie ihr nicht glaubte.

„Du musst wieder dichter ran", zischte Skull.

Sila trat einen Schritt zurück und lehnte sich mit dem Rücken gegen die Stahltür.

„Noch dichter!"

„Das geht nicht!", entfuhr es Sila. Sie bemerkte Priscillas verwirrten Blick und ergänzte hastig: „... so spurlos an mir vorüber."

„Was genau meinst du?"

„Na ja ... alles!" Sila machte eine vage Bewegung und drehte sich dann zur Seite, sodass sie mit der Schulter an der Tür lehnte. „Ich meine, gerade eben bin ich noch eine Studentin. Ich habe einfach nur ein paar Fragen, und plötzlich wird auf mich geschossen und ich muss mich im Untergrund verstecken."

„So ist es gut", vermeldete Skull. „Jetzt nicht mehr bewegen."

„Das nimmt mich alles ganz schön mit, verstehst du?", beendete Sila ihre improvisierte Erklärung.

Priscilla nickte mitfühlend. „Heidi hat mir erzählt, was passiert ist. Das tut mir total leid." Sie trat auf Sila zu und umarmte sie.

„Verflixt noch mal", zischte Skull. „Ich sagte: Nicht bewegen!"

Priscilla wich zurück, und im ersten Moment befürchtete Sila, die junge Frau könnte Skulls Kommentar gehört haben. Doch das war natürlich vollkommen absurd. Eine Übertragung auf das CI produzierte keine nach außen dringenden Schallwellen.

„Weißt du, wie es mir an meinem ersten Tag hier in Korinth

ging?" Priscilla verzog das Gesicht. „Ich hab die ganze Zeit geheult."

Sila horchte auf. Hatte man die junge Frau unter Druck gesetzt? „Warum?", fragte sie.

„Ich hab geheult, weil ich so glücklich war! Wenn du dein Leben lang gehört hast, dass deine Existenz reiner Zufall ist, dass dein Leben keinen Sinn hat außer dem, den du ihm selbst gibst ... Wenn du verinnerlicht hast, dass es keine Wahrheit gibt, sondern lediglich eine bestimmte Sichtweise, der man den Vorzug gegenüber einer anderen gibt, und wenn du fest davon ausgehst, dass niemandem etwas an dir liegt, außer er wird durch biochemische Prozesse dazu gedrängt oder hat irgendeinen Vorteil davon, dann ist es ein ungeheurer Befreiungsschlag, sagen zu dürfen: ‚Gott ist keine Erfindung des Menschen, er ist real und ich bedeute ihm etwas.' Denn wenn das wahr ist, dann ändert sich alles! Mit einem Mal hatte ich ein Leben und nicht mehr nur eine bloße Existenz. Ich schwebte wie auf Wolken!"

Sila spürte, dass dies nur eine Seite der Medaille war. „Und dann?", hakte sie nach.

„Na ja, dann wurde mir bewusst, dass ich möglicherweise mein ganzes restliches Leben auf der Flucht sein werde. Und dann kamen die Zweifel. Ich sackte sozusagen ab, geriet von meiner Position über den Wolken mitten in den dichtesten Nebel und konnte bisweilen nicht die Hand vor Augen sehen."

„Und wie ist es jetzt?"

Priscilla lächelte. „Genauso."

„Wie meinst du das? Glaubst du oder zweifelst du?"

„Beides. Mal scheint mir die Sache glasklar zu sein, und dann wieder weiß ich nicht, was ich denken soll. Das eine schließt das andere nicht aus. Und Gott ist Heuchelei zuwider. Warum um alles in der Welt sollte ich mich ihm gegenüber verstellen? Ich rede einfach mit ihm darüber."

„Das ist ehrlich gesagt ein bisschen verwirrend für mich."

„Äh ... entschuldige!" Priscilla lächelte verlegen. „Ich wollte dich nicht zutexten."

„Das hast du nicht", erwiderte Sila. „Da fällt mir ein: Ich glaube, ich habe vorhin Heidi gesehen. Ihr scheint es deutlich besser zu gehen."

Priscilla nickte. „Den Eindruck habe ich auch." Sie trat einen Schritt näher und senkte die Stimme ein wenig. „Ich hab da so einen Verdacht."

„Ach ja? Was für einen?"

„Ich glaube, hier unten gibt es jemanden, den sie noch von früher kennt." Priscilla zwinkerte ihr zu. „Jemanden, den sie sehr mag."

„Oh ... verstehe."

„Aber sprich sie lieber nicht darauf an. Sie macht ein ziemlich großes Geheimnis daraus."

„Alles klar", sagte Sila.

„Und wenn du noch mal auf Station 12 arbeiten möchtest, wende dich einfach an Lisa-Marie", fuhr Priscilla fort. „Sie erstellt den Dienstplan. Aber ich fürchte, dazu wird es erst mal nicht kommen, denn Joses scheint irgendetwas anderes mit dir vorzuhaben."

„Joses?"

„Ja, ich soll dir ausrichten, dass er sich morgen mit dir treffen möchte."

Kapitel 19

Am nächsten Tag erwartete Joses sie in der Bibliothek – wo sonst? Auf dem Weg dorthin ging Sila die Legende durch, die Snyders Kreativabteilung für sie gestrickt hatte.

Die mittlerweile zwanzigjährige Sila Wenzel aus Heidelberg hatte ihre ersten Lebensjahre in London verbracht. Ihre Mutter war Künstlerin, ihr Vater Bankier. Als Sila sechs Jahre alt war, hatte er einen lukrativen Job in Frankfurt angenommen. Zwei Jahre später trennten sich ihre Eltern, und Sila zog mit ihrer Mutter nach Heidelberg, wo diese an der Pädagogischen Kunstschule Fotografie und Performance unterrichtete. Das künstlerische Talent ihrer Mutter hatte sie nicht geerbt, wohl aber die aufsässige Art. Eine Zeit lang sympathisierte Sila mit der zunehmend radikaler agierenden Umweltorganisation *Fighters for Future*. Als diese aufgrund terroristischer Aktionen verboten wurde und sie nur knapp einer Gefängnisstrafe entkam, mäßigte Sila Wenzel ihre politischen Aktivitäten und konzentrierte sich auf ihr Abitur, welches sie mit sehr guten Leistungen abschloss. Sie mochte Katzen, Oolong-Tee und das Meer. Außerdem war sie Vegetarierin und praktizierte Yoga und Kampfsport. Seit ihre Mutter bei einem Autounfall vor zwei Jahren gestorben war, hatte sie praktisch keine Familie mehr. Ihre Oma lebte ebenfalls nicht mehr, und ihr Vater war wie ein Fremder für sie.

Eine nicht besonders außergewöhnliche Biografie, befand Sila, in die sie recht gut hineinschlüpfen konnte – abgesehen von der Vorliebe für Oolong-Tee. Von dem Gebräu wurde ihr schlecht. Sie konnte nur hoffen, dass es hier unten keinen Vorrat davon gab.

Joses saß an dem kleinen Tisch und las, als Sila den Raum betrat.

Er lächelte. „Setz dich."

Sila nahm ihm gegenüber Platz und linste auf das Buch, das er in der Hand hielt. „Platons Gleichnisse? Wow, das ist aber wirklich mal ein alter Schinken."

„Der Inhalt ist durchaus bedenkenswert." Er legte das Buch beiseite. „Es ist ein populärer Irrtum, davon auszugehen, dass Aktualität und Relevanz automatisch korrespondieren."

„Willst du damit andeuten, je älter etwas ist, desto relevanter ist es auch?", fragte Sila.

„Nö." Joses grinste. „Ich will damit sagen, dass Alter überhaupt kein Kriterium für Relevanz ist." Er machte eine Pause. „Sila, ich habe nachgedacht und bin zu dem Schluss gekommen, dass du recht hast."

„Schön, dass du das einsiehst", erwiderte Sila und verschränkte die Arme vor der Brust.

Er lächelte nur.

„Und womit genau habe ich recht?", hakte sie nach.

„Wir können nicht einfach zulassen, dass das Böse sich ungehindert ausbreitet." Joses nagte nachdenklich an seiner Unterlippe. „Es ist nicht wahr, dass wir machtlos sind und dass es keine Rolle spielt, was ein einzelner Mensch tut. Wir können sehr wohl etwas bewirken."

Sila beugte sich vor. Ihr Herz pochte, und sie hoffte, dass Joses die Röte, die ihr ins Gesicht stieg, als Begeisterung deutete und nicht als Folge der Furcht, die sie in Wahrheit verspürte. „Ein einzelner Mann kann die Welt aus den Angeln heben", zitierte sie Calvin MacPherson, den Mann, der das Machtgefüge der Welt so nachhaltig verändert hatte wie kein zweiter.

Joses sah sie nachdenklich an. Dann sagte er: „Das Zitat stammt ursprünglich von Archimedes und lautet: ‚Gebt mir einen Hebel, der lang genug, und einen Angelpunkt, der stark genug ist, dann kann ich die Welt mit einer Hand bewegen.'"

Sila versuchte, in seinem Blick zu lesen, was genau er damit sagen wollte, aber ohne Erfolg. „Wie auch immer", sagte sie leichthin. „Ich bin dabei! Worum genau soll es gehen?"

„Wir gehen dahin, wo es am dunkelsten ist", erwiderte Joses. „Aber vorher solltest du dich noch ein wenig ausruhen. In den letzten beiden Tagen ist viel passiert."

„Eigentlich fühle ich mich ziemlich fit –"

„Daran wird sich bis morgen früh hoffentlich nichts ändern", unterbrach Joses sie. „Ich habe gehört, dass du dir mit Heidi und Priscilla ein Zimmer teilst. Ich hoffe, das ist okay für dich?"

Eigentlich war es das ganz und gar nicht, aber ein Einzelzimmer zu verlangen, wäre in dieser Situation wohl ziemlich vermessen und würde vor allem Joses' Misstrauen wecken. Also lächelte Sila und meinte salopp: „Klar. Wir verstehen uns super."

„Das ist schön. Dann sehen wir uns morgen."

Den Rest des Tages streifte Sila durch den Untergrund und versuchte, unverfänglich mit den Bewohnern von Korinth ins Gespräch zu kommen.

Es war noch früh am Abend, als sie mit den beiden anderen auf ihr Zimmer ging. Die Schlafkojen waren winzig. Zwei Doppelstockbetten standen nebeneinander. Die gedimmte Lichtfolie sollte wohl eine stimmungsvolle Abendatmosphäre schaffen, was ihr aber nur mäßig gut gelang.

Heidi und Priscilla lagen in den unteren Betten und hatten sich viel zu erzählen. Silas Beteiligung war eher zurückhaltend. Ihre Synapsen feuerten wie wild. *Ein einzelner Mann kann die Welt aus den Angeln heben.* Das waren die letzten Worte in Calvin MacPhersons Manifest gewesen, das Ermittler nur Stunden nach der Tat in seiner Wohnung gefunden hatten.

Im Frühjahr 2056, Sila war damals gerade ein Jahr alt, veränderte

Calvin MacPherson, Sergeant der US-Armee und rechtskonservativer religiöser Fundamentalist, die Geschichte. Am 17. März startete er den Motor seines mit hochexplosivem CL-20 gefüllten Panzerwagens. Er schoss ein letztes Selfie, das ihn mit entschlossenem Blick im Inneren des Fahrzeugs zeigte. Seine hüftlangen Haare trug MacPherson offen, in Anlehnung an den alttestamentlichen Helden Simson, der über 3000 Philister mit in den Tod gerissen hatte. MacPherson war fest davon überzeugt, dass es seine Aufgabe war, den modernen Dagonstempel der heidnischen Philister in Schutt und Asche zu legen.

An jenem Morgen stimmte der Kongress gerade über ein Gesetz ab, das von amerikanischen Geheimdiensten zu Unrecht im Ausland festgehaltenen Terrorverdächtigen eine umfassende Rehabilitation zusprach. Fast die Hälfte der Republikaner blieb der Abstimmung aus Protest fern.

Für MacPherson bot sich somit die einzigartige Gelegenheit, den Verrätern der Nation ihre gerechte Strafe zuteilwerden zu lassen. Er sprengte mittels einiger Hohlladungsgeschosse den Eingang, raste ins Innere des Gebäudes und zündete dort seine hochexplosive Ladung. Das Ergebnis war verheerend: 359 Kongressabgeordnete kamen ums Leben. Die Vereinigten Staaten wurden in ihren Grundfesten erschüttert. Verschwörungstheorien folgten der Schockwelle des Attentats wie ein Tsunami dem Erdbeben. Anhänger der Demokraten sahen eine Verschwörung seitens der überlebenden Republikaner als Ursache an. Rechte Verschwörungstheoretiker vermuteten hinter dem Ganzen eine perfide Attacke des Deep State. Täglich kam es zu Großdemonstrationen mit bis zu einer Million Teilnehmenden. Einige forderten sofortige Neuwahlen, andere sprachen den überlebenden Abgeordneten ihr Vertrauen aus. Es sei ein Wunder Gottes, dass sie diese Katastrophe überstanden hätten, daher solle man ihnen vertrauen und der Bildung einer Übergangsregierung keine Steine in den Weg legen. Die liberal gesinnten Kräfte konnten dieser Argumentation nur wenig abgewinnen.

Drei Wochen nach dem Attentat schoss eine Gruppe schwer bewaffneter rechtsextremer Proud Boys mit halb automatischen Waffen auf die dicht gedrängten Demonstranten in Washington DC. 178 Menschen starben, darunter mehr als zwanzig Kinder. Am folgenden Tag stürmten radikale Linke die Parteizentrale der Republikaner und erschossen zwei Abgeordnete. In New York, Chicago, San Francisco und Miami kam es zu Straßenschlachten.

Da die Regierung in Washington nicht mehr existent war, zog jeder Bundesstaat seine eigenen Konsequenzen. Die Gouverneure beriefen die jeweilige Nationalgarde ein und verhängten Ausgangssperren. Ein tiefer Spalt zwischen den liberalen Staaten an der Küste und den eher konservativen Staaten in der Mitte und im Süden des Landes tat sich auf. Am 13. April 2056 erklärte der Bundesstaat Mississippi seine Unabhängigkeit. Wenige Tage später folgten Tennessee, Louisiana, South Dakota, Wyoming und Texas.

Dann griff die Armee ein. Der Vorsitzende der vereinten Stabschefs, General John D. Hyten, ordnete die Generalmobilmachung an. Aus fast allen internationalen Stützpunkten der USA wurde ein Großteil der Truppen einberufen, um das eigene Land zu befrieden. Das Kriegsrecht wurde ausgerufen, und die Militärregierung sollte mehr als zwei Jahre lang Bestand haben.

Die Vorgänge in den USA lösten eine verheerende Kettenreaktion aus. Russland nutzte die Gelegenheit, um die demütigenden Erfahrungen aus der ersten Hälfte des Jahrhunderts abzuschütteln. Mit der Unterstützung Chinas dehnte es die alten Expansionsbestrebungen hemmungslos auf Osteuropa aus. Ohne die US-Amerikaner waren weder die NATO noch die EU stark genug, sich dem entgegenzustellen. Dies führte zum Zerfall des Bündnisses und später zur Gründung der Mitteleuropäischen Union, dem traurigen Überrest des einstmals fast ganz Europa umfassenden Staatenbundes. Außer Deutschland, Österreich und Liechtenstein gehörten lediglich die Beneluxstaaten zu dieser Vereinigung.

Trotz all dieser gravierenden geopolitischen Umbrüche bedachte kaum jemand, welche unmittelbaren Folgen die Ereignisse in Amerika für die Unzufriedenen der Welt haben mussten. Wenn es einem einzigen Mann gelingen konnte, die Supermacht USA in die Knie zu zwingen – was war dann noch unmöglich? Überall gab es Nachahmungstäter.

Während die USA, Europa und unzählige westlich orientierte Demokratien im Chaos versanken, breitete Festlandchina seine Macht im Südchinesischen Meer erheblich aus. In ganz Südostasien entstanden Unruhen, Terroranschläge und zum Teil gewaltvolle Demonstrationen. China leistete massive wirtschaftliche und militärische Hilfestellung bei seinen Nachbarn und löste innerhalb weniger Jahre die USA als größte Weltmacht ab. Der chinesische Weg hatte sich als der effektivere erwiesen. Demokratien waren einfach zu verwundbar und zu schwerfällig, um den modernen Herausforderungen gerecht zu werden.

Diesem Umstand trug auch die Verfassung der Mitteleuropäischen Union Rechnung. Keine Chance dem Terror, keine Chance den Fundamentalisten – das waren die Prämissen der inländischen Sicherheitspolitik. Ihnen verdankte das AIS seine Macht und Sila ihren Job. Und diesen Job würde sie erledigen, koste es, was es wolle. Doch dafür musste sie zuerst einmal tiefer in die krude Gedankenwelt der Untergrundbewegung eintauchen.

Sila fischte das Buch, das Joses ihr gegeben hatte, aus ihrer Hosentasche und begann, darin zu lesen. Die Sprache der uralten Texte war ungewohnt für sie, auf eine eigentümliche Art aber auch unheimlich faszinierend. Sie las Stunde um Stunde und hielt erst inne, als ihre Augen immer wieder zufielen. Schließlich ließ sie das Buch sinken, aber in ihrem Kopf arbeitete es weiter. Was sollte sie von diesen Geschichten über Jesus und seine Nachfolger halten?

Die Leuchtfolie begann bereits, das aufkeimende Morgengrauen zu simulieren, als Sila endlich in den Schlaf fand. Und so fühlte sie sich wie gerädert, als Priscilla sie kurz darauf an der Schulter rüttelte und sagte: „Hey, du Schlafmütze, es ist Zeit aufzustehen!"

Kapitel 20

Nach einer Morgenwäsche, die diese Bezeichnung nicht wirklich verdiente, und einem hastigen Frühstück stand schließlich Joses mit zwei Rucksäcken vor Sila.

„Guten Morgen. Gut geschlafen?", begrüßte er sie.

„Zu kurz", erwiderte Sila wahrheitsgemäß.

Joses grinste und reichte ihr einen der Rucksäcke.

Sila ging fast in die Knie, als sie sich das Teil auf den Rücken schnallte. „Ernsthaft? Was hast du da reingepackt? Betonbrocken?"

„Lass dich überraschen." Er setzte ihr eine Schirmmütze auf den Kopf.

„Na toll, jetzt ist meine Frisur ruiniert."

„Tut mir leid, aber das ist nur zu deinem Schutz. Die meisten Kameras sind über Kopfhöhe montiert. Wenn du eine Basecap trägst und den Blick senkst, nützt die beste Gesichtserkennungssoftware nichts."

„Denkst du denn, man sucht nach mir?"

„Ausschließen können wir es jedenfalls nicht."

Joses wandte sich um und führte sie durch eine Reihe von Gängen bis zu einer Stahltür. Dann hielt er inne und wandte sich ihr zu. „Komm, wir bitten Jesus, mit uns zu gehen."

Sila runzelte die Stirn. *Hat sich einer dieser Freaks hier etwa nach dem Religionsgründer benannt?*

Dann tat Joses etwas Seltsames. Er ergriff ihre Hände und schloss die Augen. „Jesus, ich bin ehrlich gesagt noch etwas müde, und Sila sieht aus, als würde es ihr ähnlich gehen. Da die morgendliche Dosis Koffein offensichtlich nicht ausgereicht hat, bitte ich dich zum Start um eine große Portion Munterkeit. Ein Tag mit jeder Menge Herausforderungen liegt vor uns, und wir wissen nicht, was alles geschehen wird. Aber wir wissen, dass du niemals von unserer Seite weichst, denn das hast du uns versprochen. Hilf uns dabei, die Welt mit deinen Augen zu sehen und denen, die uns verachten, denen, die uns fürchten, und auch denen, die uns mit Gleichgültigkeit strafen, mit Liebe zu begegnen. Hilf uns, Salz und Licht zu sein. Amen."

Salz und Licht? Was zum Henker meint er damit? Sind das irgendwelche Codewörter?

Joses hielt weiterhin die Augen geschlossen, als würde er auf irgendetwas warten.

„Äh ... Amen?"

Joses schlug die Augen auf und lächelte. „Auf geht's!"

Sila erwog, ihn nach der Bedeutung von Salz und Licht zu fragen, ließ es dann aber bleiben. Offenbar ging Joses davon aus, dass sie über ein größeres Insiderwissen verfügte. Dieses Bild wollte sie nicht zerstören. Es könnte ihr helfen, tiefer in die Geheimnisse der Bewegung einzudringen.

Joses ergriff die Klinke und öffnete die Tür. Das Türblatt bewegte sich lautlos in den Angeln.

Sie betraten einen Raum voller Kisten und allerlei Gerümpel, der offensichtlich einst als Lager genutzt und dann vergessen worden war. Eine weitere Tür führte sie in einen Raum mit Putzutensilien.

Sila scannte die Umgebung mit ihren AR-Linsen. Inzwischen war ihr klar, dass Joses' Monolog offensichtlich ein Gebet gewesen war. Dieses hatte allerdings wenig mit dem religiösen Ritual gemein, das sie bei ihrem letzten Einsatz kennengelernt hatte. Wenn sie es analysieren müsste, würde sie sagen, Joses' Gebet war eine wilde Mischung aus freundschaftlichem Geplänkel, gesellschaftlicher Standortbestimmung, Erinnerung an bestimmte Aussagen, die höchstwahrscheinlich der Bibel entstammten, und schlussendlich eine Vertrauensübung. Sehr skurril.

„Ach so", ergriff Joses das Wort, „deine AR-Linsen müssten jetzt über Underground-Connect wieder online sein. Möglicherweise strömen gleich jede Menge Nachrichten von Menschen auf dich ein, die dich vermisst haben."

Eher nicht, ging es Sila durch den Kopf. Außer ihrer Dienststelle und Skull gab es niemanden, der sie vermissen könnte. Das fühlte sich ein wenig seltsam an.

„Wenn du Zeit brauchst, um sie zu beantworten, gib mir Bescheid. Aber geh davon aus, dass deine Nachrichten überwacht werden. Also bitte erwähne niemandem gegenüber unseren Zufluchtsort. Und sei so gut und schalte die Kamera und die Ortungsfunktion deiner AR-Linsen aus."

„Klar, mach ich." Sila aktivierte den Fake-Account, den das AIS für solche Fälle vorgesehen hatte. „Willst du es überprüfen?"

Joses schüttelte den Kopf.

„Echt nicht?", hakte sie verwundert nach.

„Wenn du uns verraten willst, wirst du es tun – egal, welche Sicherheitsvorkehrungen ich ergreife. Ich halte es für die deutlich bessere Wahl, dir zu vertrauen." Er öffnete eine weitere Tür, die sie in den Bahnhof Gesundbrunnen führte.

„Okay ...", sagte Sila gedehnt. Sie hatte keine Ahnung, was sie davon halten sollte. Entweder war Joses unglaublich naiv oder er verfügte über eine ausgeklügelte Überwachungstechnik, die sie noch nicht durchschaut hatte.

Sie stiegen in die U8, die Richtung Hermannstraße fuhr.

„Ich will ja nicht übermäßig neugierig erscheinen", bemerkte Sila, „aber wohin fahren wir eigentlich?"

„In die Bibliothek."

„Und was genau wollen wir da?"

„Menschen eine faire Chance geben."

„Aha. Du liebst es, dich kryptisch auszudrücken, oder?"

Joses lächelte. „Am U-Bahnhof Rosenthaler Platz müssen wir aussteigen."

Wenig später führte er sie entgegen der Fahrtrichtung aus dem Bahnhofsgebäude.

Silas Finger tippten heimlich eine Nachricht an Skull. Kurz darauf gähnte dieser in ihr CI: „Was ist denn los?"

Sind wir clean?, schrieb sie.

„Selbstverständlich, da regt mich ja allein die Frage auf!"

Bitte check es noch mal gründlich.

Skull stöhnte genervt. Drei Minuten später vermeldete er: „Wir sind so clean, als hätten wir in 98-prozentigem Alkohol gebadet. Woher die plötzliche Paranoia?"

Joses hat mich nicht überprüft.

„Oh."

Er meinte, er würde mir vertrauen.

„Ernsthaft? Dein neuer Freund kann einem leidtun."

Er ist nicht mein Freund, schrieb Sila. *Was hast du in den Serverräumen gefunden?*

„Sie sind besser geschützt, als ich erwartet hatte."

Aber?

„Sie nennen sich ‚Follower'."

Follower? So wie bei Social Media?

„Ja. Es gibt fünf Untergrundzentren in Berlin: Korinth, Thessalonich, Rom, Jerusalem und Philippi. Die genauen Standorte konnte ich noch nicht verifizieren, aber sie alle haben Zugriff auf dieselbe Datenbank und stehen in ständigem Austausch miteinander."

Nun lass dir doch nicht alles aus der Nase ziehen. Was planen sie?

„Würdest du bitte damit aufhören, solche widerlichen Metaphern zu verwenden?", beschwerte sich Skull.

Sila unterdrückte ein genervtes Aufstöhnen. *Was für Metaphern?*

„Aus der Nase ziehen? Du hast mir das Frühstück versaut!"

Jetzt sei doch nicht so empfindlich! Sag mir lieber, was diese Follower planen.

„Eine ganze Menge."

Zum Beispiel?

„Sie wollen in der Stromversorgung autark werden und planen deshalb ein eigenes Green-Hydrogen-Kraftwerk zur Verarbeitung von Abfällen. Außerdem wollen sie einen Hilfsfond gründen für diejenigen, die aufgrund ihres Glaubens den Job verlieren."

Niemand verliert aufgrund seines Glaubens den Job. Lediglich verfassungsfeindliche Extremisten haben mit Konsequenzen zu rechnen.

„Ich würde mal sagen, da differieren die Definitionen", erwiderte Skull.

Plötzlich spürte Sila eine Berührung am Arm. „Alles okay?", fragte Joses.

Ihr Puls beschleunigte sich. Hatte er etwas bemerkt? „Klar, wieso nicht?"

„Du bist so schweigsam."

„Nur müde. Offenbar hat dein Gebet vorhin nicht geholfen." Sie gab ein betont lautes Gähnen von sich.

Joses grinste. „Abwarten."

„Ich weiß, du suchst nach Anschlagsplänen", meldete sich erneut Skull zu Wort, „aber so etwas habe ich bislang nicht gefunden. Entweder weil die Follower nichts dergleichen planen oder weil sie klug genug sind, solche Informationen nicht auf ihren Servern zu speichern."

„Hier entlang." Joses führte sie durch eine Einfahrt auf einen Hinterhof.

Gibt es irgendwelche Informationen zu Nummer 13?

„Nummer 13 – was soll das sein?"

Keine Ahnung, eine Person, nehme ich an.

„Hm. Ich kann mal die Fühler ausstrecken. Vielleicht hat das Ganze etwas mit ihrem Glauben zu tun? Zahlen haben in der Bibel eine große Bedeutung – so viel habe ich schon herausgefunden. Es gab zwölf Stämme Israels, und Jesus hatte zwölf Jünger. Die Zahlen Drei und Sieben sind auch wichtig. Aber die 13 kommt meines Erachtens nicht darin vor ..."

„Dort." Joses deutete auf ein geöffnetes Fenster. Dahinter waren lange Regalreihen voller Bücher zu erkennen.

„Du willst in eine Bibliothek einbrechen?", flüsterte Sila.

„Nein. Ich umgehe lediglich die staatlich reglementierte Beschaffungsabteilung", erwiderte Joses ungerührt.

Er hielt ihr die verschränkten Hände als Fußtritt hin. Achselzuckend kam Sila seiner Aufforderung nach und kletterte durch das Fenster.

Joses folgte ihr.

Die Bibliothek war so gut wie leer. Eine ältere Dame stöberte in der Abteilung „Kriminalromane", doch die meisten Leute lasen ohnehin nur noch digitale Medien. Gedruckte Bücher waren Relikte aus längst vergangenen Zeiten. Aber insbesondere die ältere Generation konnte sich von den haptischen Eindrücken ihrer Kindheit nicht lösen und bevorzugte noch immer Bücher aus Papier.

Joses führte Sila vorbei an den Bereichen „Belletristik", „Naturwissenschaft" und „Philosophie" und schließlich zu der dunklen Ecke mit Büchern zum Thema „Religion". In einem der hinteren Regale, die ganz offensichtlich nur sehr selten aufgesucht wurden, standen einige Exemplare der Bibel.

„Und jetzt?"

„Bringen wir Licht ins Dunkel. Drehst du dich bitte mal um?"

Sila wandte ihm den Rücken zu.

Joses kramte in ihrem Rucksack und brachte einige Bücher zum Vorschein. Sie sahen exakt so aus wie die Bibeln der Bibliothek. Sogar die altertümlichen QR-Codes zum Einscannen mithilfe der Bibliotheks-App schienen übereinzustimmen.

Er tauschte die vorhandenen Bibeln gegen die neuen aus.

„Warum machst du das?", fragte Sila.

„Wer hier sucht, soll die Chance haben, die Wahrheit zu finden. Das geht mit diesen staatlichen Fälschungen nicht."

Sila ließ zu, dass er die Bücher der Bibliothek in ihrem Rucksack verstaute. Dann wandte sie sich zu ihm um und fragte: „Machst du es dir nicht ein bisschen einfach? Ich meine, diese Schriften sind Tausende von Jahren alt. Der historische Kontext, die Sprachen und die Kulturen dieser Epoche existieren längst nicht mehr. Um die Botschaft dieses Buchs für uns greifbar zu machen, müssen wir die Texte in unsere heutige Zeit übertragen. Dafür gibt es die Religionswissenschaft und die historisch-kritische Methode."

„Korrekt", erwiderte Joses.

„Du stimmst mir also zu?" Sila hob verblüfft die Brauen.

„Natürlich. Je besser wir den historischen Kontext kennen, desto besser verstehen wir, was die Autoren der Bibel gemeint haben. Das fängt schon mit einem ganz einfachen Beispiel an. Wenn ich keine Ahnung von den Reinigungsgeboten der jüdischen Priester habe und nicht weiß, was die Samariter der damaligen Zeit aus der Sicht gläubiger Juden waren, verstehe ich das Gleichnis vom Barmherzigen Samariter nicht in seiner ganzen Tiefe. Das Problem entsteht nicht aufgrund der historisch-kritischen Methode, sondern wenn ich die jeweils gerade moderne Weltsicht auf damals übertrage und mir dadurch meinen eigenen historischen Jesus zusammenbastle, der nicht mehr viel mit der Wirklichkeit zu tun hat."

„Aber ist das nicht legitim?", fragte Sila. „Macht nicht genau das den Glauben aus? Glauben heißt nun mal nicht wissen. Es geht nicht darum, die Wahrheit für sich gepachtet zu haben, sondern darum, dass jeder auf seine eigene Art und Weise Trost und Zuversicht findet."

Joses nickte nachdenklich. „Genau das ist das Problem an Worten. Wir legen manchmal ganz unterschiedliche Dinge in sie hinein. Unter Glaube kann ich das verstehen, was eintritt, wenn mein Wissen aufhört. Ich weiß, dass Konrad Adenauer der erste Bundeskanzler der Bundesrepublik Deutschland war, beim zweiten bin ich mir nicht sicher. Ich glaube, es war Kiesinger."

„Falsch, es war Erhard", warf Sila ein.

Joses grinste. „Was ich damit sagen will: Das Wort ‚Glaube' kann als Synonym für ‚Vermutung' verwendet werden. Das ist aber nicht das, was die Bibel meint, wenn sie von Glaube spricht. Wenn in der Bibel von Glaube die Rede ist, geht es um Vertrauen. Das ist etwas deutlich Existenzielleres. Du hast gesagt, es kommt vor allem darauf an, ob mein Glaube mir Trost spendet."

„Ja."

„Ich glaube, so funktioniert es nicht."

„Wie meinst du das?"

„Ich vertraue nicht, damit ich mich getröstet fühle, sondern ich vertraue, wenn mir etwas oder jemand vertrauenswürdig erscheint. Angenommen, ich habe eine schwere Erkrankung, die unbehandelt tödlich endet. Meine Nachbarin Frau Hahnenkamp sagt, ich solle mir keine Sorgen machen, sie habe neulich im Internet von einem Medikament gelesen, das jede Krankheit heilen kann. Ich müsse nur zwei Wochen lang täglich eine von diesen Pillen schlucken, die es im Übrigen gerade im Sonderangebot gebe, dann würde ich vollständig geheilt. Vollständig geheilt von meiner tödlichen Krankheit – wäre das nicht ein ungemein tröstlicher Gedanke? Der einzige Haken an der Sache ist: Frau Hahnenkamp erscheint mir nicht besonders vertrauenswürdig. Professor Dr. Schneider hingegen ist ein Chirurg, der schon mehrere

Patienten mit dem gleichen Krankheitsbild operiert hat. Nicht alle seine OPs waren erfolgreich, aber es gibt Menschen, die nach der schweren OP und einem langen, entbehrungsreichen Reha-Prozess als geheilt gelten. Warum entscheide ich mich dafür, Professor Dr. Schneider zu vertrauen und nicht Frau Hahnenkamp? Was er verspricht, ist keineswegs trostreicher, aber es ist vertrauenswürdig. Das bedeutet: Glaube und Wissen sind keine Gegensätze. Sie korrespondieren, und es ist nicht egal, was ich glaube, Hauptsache, ich fühle mich getröstet. Der Trost ist vielmehr ein Sekundäreffekt der Wahrheit."

Sila schwieg für einen Moment.

„Interessant", kommentierte Skull in die Stille hinein.

Sila verschränkte die Hände hinter dem Rücken und schrieb: *Hör auf, meine Gespräche zu belauschen!* Laut sagte sie: „Und was ist mit denen, die sagen: ‚Wenn ich mir die Entwicklung der Kirche anschaue, dann erscheint sie mir alles andere als vertrauenswürdig'? Was antwortest du denen?"

„Stimmt." Joses lächelte traurig. „Die Kirche hat Furchtbares getan. Es gab blutrünstige Päpste, Ablassprediger, deutsche Christen, die Judenhass predigten, und Priester, die im Schoß der Kirche hemmungslos sexuellen Missbrauch von Kindern betrieben. Natürlich gab es in der Kirchengeschichte auch immer wieder Menschen wie Franz von Assisi, Georg Müller, Dietrich Bonhoeffer oder Mutter Teresa. Aber es ist auch nicht die Kirche, an die ich glaube –"

„Hallo?", unterbrach sie eine schneidende Stimme.

Sila fuhr herum und blickte in die strengen Augen der grauhaarigen Bibliothekarin.

„Dies ist eine Bibliothek, kein Café. Und außerdem ist es verboten, Rucksäcke und Taschen hereinzubringen. Legen Sie Ihr Gepäck in die dafür vorgesehenen Schränke oder verlassen sie augenblicklich das Gebäude!"

„Natürlich", sagte Joses treuherzig. Er nahm den Rucksack ab und flüsterte Sila zu: „Ich hoffe, du bist so sportlich, wie du aussiehst."

„Wieso?", raunte Sila ihm unter dem misstrauischen Blick der Bibliothekarin zu.

Joses bedachte die grauhaarige Frau mit einem charmanten Lächeln und hielt auf die Schränke zu.

Die Bibliothekarin rümpfte die Nase und wandte sich empört ab.

„Jetzt", zischte Joses. Er spurtete auf das offene Fenster zu und sprang hinunter in den Hof.

Sila folgte ihm instinktiv.

„Halt! Stehen bleiben!" Die Grauhaarige nahm die Verfolgung auf.

Sila umrundete einen Aufsteller mit Erotikthrillern und warf ihn dabei zu Boden. Ein empörter Aufschrei erklang. Aus dem Augenwinkel nahm sie wahr, dass die ältere Frau das Hindernis erstaunlich behände übersprang.

Sie gelangte zum Fenster und wollte hinausklettern, spürte dann jedoch, dass sie etwas zurückhielt. „Verflixt!" Die resolute Bibliothekarin hielt Silas Rucksack fest.

Joses sprang hoch, ergriff die Gurte des Rucksacks und zog Sila mit sich. Über ihr erklang ein wütender Schrei, als Sila in Joses' Arme plumpste.

Kaum hatte sie sich wieder aufgerappelt, rief er: „Ducken!"

Etwas Kantiges segelte dicht über Sila hinweg und polterte zu Boden.

Die erzürnte Bibliothekarin hatte tatsächlich einen dicken Wälzer nach ihr geworfen.

„Nichts wie weg hier!", rief Joses.

Gemeinsam spurteten sie durch den Hof, hinaus auf die Straße und den Weg entlang, über den sie gekommen waren. Als sie um die nächste Ecke bogen, hörte Sila die Frau brüllen: „Haltet die Diebe! Haltet sie auf!"

Die einzig beobachtbare Reaktion war, dass sich eine Gruppe Jugendlicher verwundert nach der polternden Frau umsah.

Joses und Sila hasteten mehrere Abzweigungen nehmend weiter, bis sie schließlich schwer atmend den Sophien-Friedhof erreichten.

„Puh", schnaufte Joses, „das war knapp."

„Allerdings. Ich glaub, das war der *Grüneberg*."

Joses nickte keuchend. „164. Auflage."

„Das hast du erkannt?"

„Klar, ich hab mal Jura studiert. Zum Glück war es nur der BGB-Kommentar."

„Wie man's nimmt. Hätte sie mich getroffen, würde ich jetzt mit einer Gehirnerschütterung auf dem Pflaster liegen."

„Das schon. Aber der zwölfbändige *Münchener Kommentar* zum STGB hätte dich in den Boden gestampft."

Sila kicherte. „Du hast wirklich nicht zu viel versprochen."

„Inwiefern?"

„Ich bin gar nicht mehr müde."

„Siehst du? Mein Gebet wurde erhört."

„Schon klar. Offenbar hat dieser Jesus einen sehr eigenwilligen Humor."

„Das hat er ohne Frage", erwiderte Joses. „Komm, wir müssen die nächste Tube-Rail erwischen."

„Geht es nicht zurück?"

„Wir müssen noch ein paar Sachen besorgen."

Kopfschüttelnd folgte Sila ihm. In diesem Moment fiel es ihr schwer, sich vorzustellen, dass Joses ein Terrorist war. Aber sie war zu lange im Geschäft, um sich davon täuschen zu lassen. Auch Robert William Pickton hatte als gutmütig und humorvoll gegolten, bis die Polizei die Überreste von mehr als zwanzig mit der Häckselmaschine zerstückelten Frauenleichen auf seiner Farm fand und er als einer der schlimmsten Serienmörder Kanadas in die Geschichte einging.

Sila würde also weiterhin wachsam sein.

Kapitel 21

In den nächsten Tagen war Sila ständig mit Joses unterwegs.

An diesem Morgen reichte er ihr einen besonders schweren Rucksack.

„Bringen wir wieder Bücher in die Bibliothek?", fragte sie, und ihre Augen verengten sich zu Schlitzen.

Er schüttelte den Kopf. „Lass dich überraschen."

Wie üblich fuhren sie mit der Tube-Rail. Diesmal ging es ganz in den Westen der Stadt.

Mit einem leisen Zischen öffneten sich die Türen des Zugs. „Bahnhof Spandau", verkündete eine Frauenstimme für diejenigen, die sich in das Kommunikationssystem der Berliner Verkehrsbetriebe eingeloggt hatten. Für alle anderen leuchtete der Bahnhof auf den Bildschirmen mit dem animierten Streckenplan auf.

Joses berührte Sila am Arm. „Wir müssen aussteigen."

Auf dem Bahnsteig ließ Sila den Blick zu der mit Taubenkot beschmierten Glaskuppel hinaufschweifen. Der Bahnhof hatte schon bessere Tage gesehen. Aber er lag weder im Stadtzentrum mit seinen teuren Geschäfts- und Künstlervierteln noch im Speckgürtel, wo die Gutverdiener ihre Einfamilien- oder Reihenhäuser hatten. Das machte die notwendigen Investitionen in naher Zukunft eher unwahrscheinlich.

Ein Lichtsignal am Rand von Silas AR-Linsen verkündete das Eintreffen einer neuen Nachricht. Sie stammte von Snyder. „Habe den Einsatz bei Priscila Vogt überprüft. Der Mann, der das Dach abgesucht hat, ist unbedingt vertrauenswürdig. Das ist eine Sackgasse. Die Kleine versucht, Sie zu manipulieren. Lassen Sie sich nicht an der Nase herumführen und konzentrieren Sie sich auf Ihren Auftrag!"

Sila kniff die Lippen zusammen. Sie glaubte nicht, dass Prisca sie belogen hatte. Die junge Studentin war von ihrer Version der Geschichte überzeugt. Aber das bedeutete natürlich nicht, dass sie mit ihrer Vermutung, sie sei auf wundersame Weise beschützt worden, recht hatte. Das wäre ja ... absurd. Innerlich winkte Sila ab. Nein, die einzig logische Erklärung war, dass Prisca sich täuschte und dass ihre psychische Labilität ausgeprägter war, als es den Anschein hatte.

Joses führte Sila weg von der Altstadt und Richtung Westen.

„Wohin gehen wir eigentlich?", fragte sie.

„In den Park."

„Aha."

Am Ende der Seegefelder Straße bog Joses rechts ab. „Wusstest du schon, dass dreißig Prozent der Einwohner von Berlin unter der Armutsgrenze leben?"

„Die Stadt war noch nie wirklich reich."

„Du nimmst das ja sehr entspannt auf."

„Das heißt nicht, dass mir soziale Probleme egal sind. Momentan stört mich allerdings am meisten, dass du hier weiterhin die Sphinx spielst. Was haben Armutsstatistiken mit dem Park zu tun?"

„Gar nichts", erwiderte Joses nur. Dann schwieg er.

Sila seufzte.

„Und wusstest du, dass von diesen dreißig Prozent nahezu ein Viertel unter Mangelernährung leidet?"

„Nein, und ehrlich gesagt stelle ich das auch infrage. Immerhin gibt es staatliche Hilfsprogramme."

„Das ist ein Teil des Problems."

„Was willst du damit sagen? Dass der Markt es besser regelt? Im Rahmen der Grundsicherung trifft das wohl kaum zu."

Joses verzog den Mund zu einem bitteren Lächeln. „Die Prinzipien des Marktes setzen im Wesentlichen auf den Egoismus des Menschen. Das ist sicherlich eine solide Grundlage, um sich zu bereichern, aber als Hilfe in der Not eher ungeeignet, da gebe ich dir recht. Nein. Das Problem hat mit der Einführung des SCS begonnen."

Sila hob die Brauen. Der *Social Credit Score* hatte doch genau das Gegenteil zum Ziel: Es handelte sich dabei um ein soziales Punktesystem, das positives Sozialverhalten auch wirtschaftlich belohnte. Ehrlichkeit und Hilfsbereitschaft sollten sich auszahlen. Wer einen hohen Punktestand hatte, kam an günstige Kredite, wurde als Mieter bevorzugt und konnte staatliche Bonusprogramme in Anspruch nehmen. Wer unberechtigterweise Seniorenparkplätze belegte, den Kot seines Hundes nicht ordnungsgemäß entsorgte oder vor einem Schulgebäude bei Rot die Straße überquerte, bekam Punktabzug, was seine Möglichkeiten einschränkte, von der Gesellschaft zu profitieren. „Ehrlich gesagt verstehe ich nicht, wie du das meinst. Was spricht dagegen, die Guten zu belohnen und die Schlechten zu bestrafen?"

Joses verzog das Gesicht. „Schon in der Grundschule lernen wir, dass der Gesellschaftsvertrag der Staatenunion vorsieht, dass der Einzelne zum Wohl der Allgemeinheit beiträgt und dass die Allgemeinheit im Gegenzug dem in Not geratenen Einzelnen beisteht."

„Was ist so falsch daran?", erwiderte Sila.

„Jemand, der entgegen der Interessen der Allgemeinheit handelt, hat deren Solidarität hingegen nicht verdient", fuhr Joses fort. „Wenn also jemand wider besseres Wissen und entgegen gesetzlicher Regelungen einen Notstand verursacht, der das Gesundheits- und Sozialsystem Hunderttausende, vielleicht sogar Millionen von Coins kosten würde, dann hat er die Solidarität der Gesellschaft nicht verdient und bekommt für dieses asoziale Verhalten Punkte abgezogen."

„Richtig", bestätigte Sila. „Wenn jemand ein illegales Rennen veranstaltet und dadurch einen immensen Schaden anrichtet, muss er selbst dafür aufkommen. Und wenn er das nicht kann, hängt es von seiner Einsicht und seinem weiteren Verhalten ab, wie viel Unterstützung er bekommt. Mir erscheint das durchaus fair."

„Die Präventionsgesetze sehen vor, dass Jungen und Mädchen mit Beginn der Geschlechtsreife gesetzlich dazu verpflichtet sind, alle medizinischen Voruntersuchungen durchzuführen, die notwendig sind, um eine Beeinträchtigung ihrer potenziellen Nachkommen zu verhindern. Liegt eine genetische Disposition vor, die eine Behinderung hervorrufen könnte, müssen im Falle einer Schwangerschaft alle notwendigen Frühuntersuchungen durchgeführt werden, sodass die Geburt eines Kindes mit Beeinträchtigung nahezu einhundertprozentig ausgeschlossen werden kann. Fehlt nur ein Untersuchungsnachweis oder verweigert eine Frau die Abtreibung, obwohl sie um das Risiko einer Behinderung weiß, kann sie nicht mit der Solidarität der Gesellschaft rechnen. Anders als Menschen, die durch Unfälle oder Erkrankungen auf die Hilfe anderer angewiesen sind, bekommen diese Leute keinerlei staatliche Unterstützung."

Sila erwiderte nichts. Stattdessen senkte sie den Blick, als würde sie nachdenken. Der Vorwurf, der in Joses' Worten mitschwang, war nicht zu überhören. Aber ihrer Ansicht nach war das Vorgehen des Staates absolut nachvollziehbar und konsequent. Den Leuten wurden diverse Chancen geboten, das Unglück zu vermeiden. Und dennoch schlugen manche das Angebot aus.

„Wenn der Staat entscheidet, wer ein Recht auf Leben hat und wer nicht, dann stimmt etwas nicht, Sila. Wenn das System recht hätte, dürfte es Ben nicht geben. Hätte seine Familie zu ihm gestanden, hätte sie sich um ihn kümmern müssen, ohne irgendwelche Unterstützung zu erhalten. Selbst zur *Tafel* hätte sie nicht mehr gehen können, denn seit die Hilfsorganisation verstaatlicht wurde, gilt auch hier das SCS. Wer eine nach staatlicher Definition intolerante Glaubensauffassung hat, wird sanktioniert. Wer eine Meinung äußert, die nicht den Vorstellungen des AIS entspricht, bekommt die Konsequenzen zu spüren. Wer keinen relevanten gesellschaftlichen Beitrag leistet, fällt durchs Raster."

Joses hatte zunehmend leiser und eindringlicher gesprochen. Dieses Thema ging ihm zu Herzen, das war unüberhörbar.

„Und was können wir dagegen tun?", fragte Sila.

Joses warf ihr einen schwer deutbaren Blick zu. Ein winziges Lächeln umspielte seine Lippen, als er antwortete: „Na ja, wir haben unsere Rucksäcke dabei."

Sila verdrehte die Augen. „War ja klar, dass ich wieder so eine Antwort bekomme."

„Wir müssen dort entlang." Mittlerweile hatten sie den Spektepark erreicht. Joses deutete auf ein Gebüsch neben der Liegewiese. Ein paar Rentner spielten Boccia, und ein Reinigungsroboter der Berliner Stadtreinigung klaubte den Müll vom Spazierweg. Eine Kindergartengruppe tobte etwas weiter entfernt im Sandkasten. Niemand beachtete sie.

Joses zog Sila ins Gebüsch. An einer toten jungen Birke hielt er inne. Zu Silas Überraschung umgriff er den Stamm und zog daran. Der Wurzelballen hob sich und offenbarte ein grob ausgekleidetes Erdloch, in dem zwei Holzkisten verstaut waren. In einer befanden sich ein paar Kartoffeln, in der anderen herrschte gähnende Leere.

„Höchste Zeit, dass wir vorbeikommen", sagte Joses. „Du kannst deinen Rucksack entleeren."

Sila beförderte Nudelpackungen, Konservendosen, Milchpulver und hochkalorische Spezialnahrung ans Tageslicht.

„Kommt alles in die Holzkiste dort."

Aus seinem eigenen Rucksack zauberte Joses eine Flasche

Speiseöl, einige Medikamente und mehrere kleinere Kanister hervor. „CAN" stand darauf.

„Was ist das?", fragte Sila.

„Dünger", erwiderte Joses.

Sila gab die Abkürzung heimlich in die Suchmaschine ein. Calcium-Ammonium-Nitrat konnte als Dünger verwendet werden oder auch als Rohstoff für eine Bombe. Das Zeug war hochexplosiv!

„Und was geschieht jetzt damit?", fragte sie.

Joses ergriff den Stamm der präparierten Birke und verschloss das Erdloch wieder. „Jetzt hilft es Menschen, etwas an ihrer verzweifelten Lage zu ändern."

„Cool." Sila zwang ein Lächeln auf ihre Lippen. Was Joses da sagte, konnte alles Mögliche bedeuten – im Zweifelsfall sogar die Vorbereitung eines Bombenattentats. Sie würde nicht umhinkommen, dieses Versteck beobachten zu lassen. Auch wenn sie damit das Risiko einer vorzeitigen Enttarnung einging.

„Haben wir unsere Mission für heute beendet?", fragte sie.

„Noch nicht ganz. Ich finde, du hast dir das Privileg verdient, Julius kennenzulernen."

„Okay. Und wer ist das?"

„Das wirst du gleich sehen. Komm, es ist nicht weit."

Sila schnaufte. „War ja klar, dass du dir so eine kryptische Antwort nicht verkneifen kannst."

Joses grinste.

Silas Herz begann, schneller zu schlagen, als sie den Park hinter sich ließen. *Du hast dir das Privileg verdient*, hatte Joses gesagt. War sie nun an dem Punkt angelangt, an dem sie von der Novizin zur Eingeweihten aufsteigen würde? Joses schien ihr zu vertrauen. Vielleicht würde sie nun endlich die ominöse Nummer 13 kennenlernen, zu der Joses allem Anschein nach ein besonderes Verhältnis hatte.

Sie bewegten sich in nordöstliche Richtung und stiegen bald darauf in einen Bus ein.

Als sie einige Stationen später wieder ausstiegen, war Sila überrascht. „Ein Krankenhaus?"

„Ja. Wir besuchen jemanden auf der Palliativstation."

„Oh ..." Die Palliativstation bot die Grundversorgung für die hoffnungslosen Fälle, die sonst niemanden mehr hatten, erinnerte sich Sila. Jene, die keine private Zusatzversicherung hatten, um eine individuelle Gentherapie zu finanzieren, und für die auch ein Platz im Hospiz zu teuer war.

Sie folgte Joses auf das Krankenhausgelände. „Und wen genau besuchen wir?"

„Einen Freund."

„Hat er eine besondere Bedeutung für ... die Follower?"

„Ich würde sagen, er hat eine besondere Bedeutung für alle, die ihn kennen."

Das klang vielversprechend. Möglicherweise war Sila im Begriff, einen der Gründungsväter der Untergrundorganisation kennenzulernen.

„Bist du offline?", fragte Joses unvermittelt.

„Natürlich!", log Sila.

„Ich frage nur, weil wir unbemerkt an einigen sensiblen Bereichen vorbeimüssen, um an unser Ziel zu gelangen. Es wäre extrem ungünstig, wenn der Klinikalarm ausgelöst würde."

„Entspann dich", sagte Sila, während sie sich heimlich ausloggte. Sie vermutete zwar, dass die Kliniksoftware ihre Sicherheitsstufe anerkennen würde, aber auf Basis einer Vermutung würde sie auf keinen Fall das Risiko eingehen, aufzufliegen.

Joses führte sie durch einen unscheinbaren Hintereingang, auf dem „Nur für Personal" stand, und dann in den Keller. Dort ging es durch etliche Gänge und einen verstaubten Lagerraum hindurch in ein Treppenhaus, das im Grunde nur in Notfällen genutzt wurde, und dann hinaus auf einen Flur. Die Palliativstation befand sich hinter der Abteilung für Strahlenmedizin. Es roch nach Desinfektionsmittel und Erbrochenem.

Ein beklemmendes Gefühl bemächtigte sich ihrer, als Sila den kahlen Gang der Station betrat. Kein Mensch war zu sehen, und Joses schien sich sichtbar zu entspannen. Displays an den Türen zeigten an, dass fast alle Zimmer belegt waren.

Am Ende des Flurs klopfte Joses an.

„Ja?", erklang eine leise, helle Stimme.

Joses öffnete die Tür.

Sila stockte der Atem, als sie den Raum betrat. Im Bett vor ihr lag eine bis auf die Knochen abgemagerte, totenblasse Gestalt. Julius wirkte noch wie ein Kind. Er konnte kaum älter als 16 oder 17 Jahre alt sein. Sein schmaler Körper verschwand beinahe in den weißen Kissen.

Kapitel 22

Ein in die Jahre gekommener Pflegeroboter ohne die inzwischen üblichen sozialen Hard- und Softwareskills wechselte den Tropf, an dem der Junge hing, während dieser die beiden Neuankömmlinge heranwinkte. Ein breites Lächeln trat auf Julius' Züge, als er Joses zur Begrüßung umarmte. „Schön, dich zu sehen", sagte er mit dünner Stimme.

„Das ist Sila", stellte Joses sie vor. „Sie ist neu in Korinth."

Zögernd trat Sila näher.

Der Junge streckte ihr die Hand entgegen. „Hey, ich bin Julius." Seine Finger erschienen ihr so zart wie Vogelknochen.

Sila lächelte. „Schön, dich kennenzulernen."

„Cool, dass ihr vorbeigekommen seid. Setzt euch doch."

Joses setzte sich auf die Bettkante, während der Pflegeroboter quietschend aus dem Raum rumpelte. Nach kurzem Zögern setzte sich auch Sila.

„Wie geht es euch?", fragte Julius.

„Lydia hat nach dir gefragt, und Ben lässt fette Grüße ausrichten. Ich soll dir unbedingt sagen, dass er inzwischen schon dreimal gekocht hat."

„Krass!" Der Junge nickte anerkennend. „Ich wusste, dass er das kann."

Joses grinste. „Er hat mir eine riesige Portion Milchreis für dich mitgegeben." Er fischte ein Plastikgefäß aus dem Rucksack.

„Der Hammer!", freute sich Julius. „Das reicht ja für die ganze Station! Bitte sag ihm, dass er mir damit eine große Freude gemacht hat."

„Mach ich."

„Wie geht es Johanna?"

„Besser. Sie hat angefangen, auf Station 9 auszuhelfen. Das tut ihr gut, denke ich."

Julius nahm die Nachricht mit einem Lächeln auf und erkundigte sich dann nach weiteren Personen aus dem Untergrund.

Je länger Sila den Jungen beobachtete, desto irritierter war sie. Er war schwach, sein Körper ausgezehrt. Es war offensichtlich, dass er Schmerzen hatte. Jeder Atemzug kostete ihn Kraft. Und dennoch schien sein Lächeln von Herzen zu kommen. Er hatte ein aufrichtiges Interesse an den Menschen, nach denen er sich erkundigte, und ihr Schicksal, das sicher um ein Vielfaches leichter war als seins, bewegte ihn. Irgendwie passte das nicht zusammen.

Schließlich platzte sie mit der Frage heraus: „Entschuldigung, darf ich dich mal was Persönliches fragen?"

„Klar."

„Wir reden hier die ganze Zeit über andere, aber du selbst wirkst ziemlich erschöpft auf mich."

„Tut mir leid, das muss ziemlich langweilig für dich sein. Du wirst all diese Leute noch nicht kennen und –"

„So war das nicht gemeint", unterbrach Sila ihn. „Ich finde nur … na ja … wie geht es *dir*?"

„Ich freue mich total über euren Besuch", erwiderte er.

„Das ist toll. Und was sagen die Ärzte?"

„Keine Ahnung." Er zuckte mit den Achseln. „Sie reden nicht mit mir."

„Sie reden nicht mit dir?", wiederholte Sila verblüfft.

„Auf dieser Station sind nur die Sterbenden. Pflege und Behandlung erfolgen voll automatisiert. Ärzte schauen hier nur selten vorbei."

„Oh … Das wusste ich nicht."

„Fast niemand in der Öffentlichkeit weiß, was auf der Palliativstation wirklich abgeht", sagte Joses grimmig.

Julius grinste. „Kein Wunder, die meisten, die es verraten könnten, sind inzwischen tot."

„Du nimmst das alles bemerkenswert locker", sagte Sila.

„Ich beschwere mich nicht. Ich habe genug zu essen und zu trinken und bekomme Medikamente gegen die Schmerzen."

„Aber macht es dir denn gar nichts aus, dass du sterben musst?"

„Da bin ich nicht der Einzige. Wir Menschen haben eine Mortalitätsrate von einhundert Prozent."

„Aber du bist noch so jung und weißt, dass du nicht mehr viel Zeit –" Sila unterbrach sich selbst. „Entschuldige, das wollte ich so nicht sagen."

Julius lächelte. „Aber warum denn nicht? Du hast doch recht. Nach menschlichem Ermessen habe ich nicht mehr viel Zeit. Ganz im Gegenteil: Laut der statistischen Daten, die mithilfe eines kleinen Kniffs über meinen Patientenaccount abrufbar sind, müsste ich bereits seit zwei Wochen tot sein. Statistisch bin ich längst überfällig. Der Tod sitzt sozusagen auf meiner Bettkante und schaut alle paar Minuten auf die Uhr."

Ein Schauer lief Sila über den Rücken. Sie betrachtete das lächelnde Gesicht des Jungen. „Möchtest du nicht mehr leben?"

„Das Leben ist großartig!" Seine Augen leuchteten auf. „Ich lebe total gern."

„Aber wenn du das Leben so sehr liebst, wie kannst du dann so entspannt sein angesichts der Tatsache, dass es schon sehr bald vorbei sein wird?"

„Puh, du stellst Fragen." Julius' Blick wurde nachdenklich. „Ich weiß nicht, ob ich die richtigen Worte dafür habe."

„Versuchs mal", ermutigte Sila ihn. Sie hätte nicht sagen können, ob es die Agentin in ihr war, die ihn dazu aufforderte, oder das kleine Mädchen, das den Tod gesehen hatte und diesen seither mehr fürchtete als alles andere.

„Leben", begann Julius leise, „also, das eigentliche Leben ist mehr als die bloße biologische Existenz. Jesus hat versucht, es zu erklären, indem er den Leuten sagte: ‚Das Himmelreich ist nahe herbeigekommen.'[8] Das bedeutet, der Ort, der ganz und gar von Gottes Wesen geprägt ist, ist uns ganz nahe. An diesem Ort geht es um Erbarmen, um Nähe, ums Staunen. Es geht um Liebe und darum, sich selbst und anderen Gutes zu tun – das Gute zu feiern. Es ist ein Ort der Gerechtigkeit und nicht der Rache, des Hasses oder der Rechthaberei." Er seufzte. „Das ist das Leben, das ich liebe. Dabei kommt es nicht so sehr darauf an, wie viele Jahre ich auf dieser Erde verbringe, sondern darauf, ob ich das wirkliche Leben berühre und immer tiefer in es eintauche. Denn das Allercoolste ist ja: Dem wirklichen Leben kann der Tod nichts anhaben! Er scheint einen kurzen Triumph zu feiern, und dann wird er einfach vom Himmel überrollt."

Die Augen des Jungen glänzten, während seine Brust sich krampfhaft hob und senkte und er um jeden weiteren Atemzug kämpfen musste.

Sila versuchte, diesen extremen Gegensatz irgendwie einzuordnen. „Es ist ziemlich beruhigend, wenn man glauben kann, dass die Seele nach dem Tod weiterlebt, oder?"

„Bestimmt. Aber das glaube ich nicht."

„Was?" Sila hob überrascht die Brauen. „Aber ... ist das nicht ein Punkt, in dem sich nahezu alle Religionen einig sind? Dass es eine unsterbliche Seele gibt?"

„Von einer unsterblichen Seele lese ich in der Bibel nichts. Ich glaube, dass wir Geschöpfe sind. Wir existieren nicht aus uns selbst heraus. Deshalb ist im Glaubensbekenntnis auch nicht von einer ewigen Existenz unsterblicher Seelen, sondern von der Auferstehung der Toten die Rede. Seele und Körper gehören zusammen. Ich würde es eher so formulieren: Wir sind die Antwort auf einen Ruf. Wir wurden auf diese Erde gerufen, und wenn wir sterben, werden wir ein weiteres Mal gerufen. Eine aus sich heraus ewig existente Seele wäre eine Antwort ohne Ruf – ein Konstrukt, das für mich wenig Sinn ergibt."

„Und deshalb ist der Tod für dich eigentlich etwas Positives?", fragte Sila.

Julius schürzte nachdenklich die Lippen. „Ich weiß nicht, ob ich es so formulieren würde. Es ist nicht so, dass ich mich auf den Tod freue. Er zwingt mich, etwas loszulassen, das ich liebe. Das ist nie einfach. Aber ich weiß, wer mich erwartet, und das gibt mir eine Zuversicht, die viel stärker ist als das Unbehagen gegenüber dem Tod."

„Aber angenommen, du hast recht: Woher willst du so genau wissen, wie es nach dem Tod sein wird?", bohrte Sila nach.

„Das weiß ich doch gar nicht", erwiderte Julius. „Ich versuche auch nicht, es mir konkret vorzustellen. Wirklich entscheidend für mich ist nämlich nicht was, sondern wer mich erwartet. Jemand, dem etwas an mir liegt. Jemand, dem ich mehr bedeute, als ich mir vorstellen kann. Jemand, der nicht nur alles für mich tun würde, sondern bereits alles für mich getan hat. Was kann es Besseres geben?"

Sila sah das Leuchten in den Augen des Jungen. Aber überraschenderweise empfand sie nicht diesen unbewussten Widerwillen, der sie immer dann überkam, wenn sie einem religiösen Fanatiker begegnete. Da war kein Druck, der auf sie ausgeübt wurde. Keine Erwartung an sie, anders sein zu müssen. Stattdessen war da nur diese ungeheure Lebensfreude im Angesicht des Todes.

Eine Gänsehaut lief ihr über den Rücken. Sie spürte Joses' Blick auf sich ruhen, wusste aber nicht, was sie tun oder sagen sollte. Dementsprechend dankbar war sie, als der Pflegeroboter auf schlecht geölten Rädern erneut ins Zimmer gerumpelt kam.

„Bitte nehmen Sie Rücksicht auf die Intimsphäre des Patienten und verlassen Sie für die erforderliche Pflege den Raum", plärrte es blechern aus dem Lautsprecher.

„Wir müssen ohnehin los." Joses umarmte Julius. „Danke, dass wir bei dir sein durften."

„Toll, dass ihr da wart", erwiderte Julius. „Und grüßt mir Korinth!"

„Das machen wir." Sila drückte die Hand des Jungen. „Alles Gute!"

„Danke für deine Zeit!", erwiderte Julius. „Und ... hör nicht auf damit."

„Womit?", fragte Sila verblüfft.

„Fragen zu stellen." Er lächelte. „Ich find das voll gut."

Sila wusste nicht, was sie darauf erwidern sollte, also nickte sie bloß und verließ dann mit Joses den Raum.

Auf dem Gang beschleunigte dieser das Tempo. „Wir sollten uns beeilen."

Sila warf ihm einen fragenden Blick zu. Er deutete mit den Augen auf eine Frau im weißen Kittel, die ihren Lippenbewegungen nach jemanden über ihr CI kontaktiert hatte und sich rasch wegdrehte, als Sila zu ihr hinüberblickte.

„Offenbar haben wir Verdacht erregt", flüsterte Joses.

„Womit?"

Er zuckte mit den Achseln und öffnete eine Tür, die ins Treppenhaus führte. „Schnell!"

Gemeinsam hasteten sie die Stufen hinunter und gelangten unbehelligt ins Freie. Sie begannen zu rennen und hielten erst inne, nachdem sie mehrmals abgebogen waren und schließlich einen Park erreichten.

„Puh", stöhnte Sila. „Du hättest mich vorwarnen sollen. Auf so einen sportlichen Ausflug war ich nicht vorbereitet."

Joses warf ihr einen schwer deutbaren Blick zu. „Danke."

„Wofür?"

„Dass du mir einen Blick auf die echte Sila erlaubt hast."

„Was soll denn das jetzt schon wieder heißen?", entfuhr es Sila. „Meinst du, die echte Sila joggt nicht gern?"

„Keine Ahnung." Er grinste. „Aber die echte Sila ist auf jeden Fall gern auf alle Eventualitäten vorbereitet, richtig?"

„Und wenn es so wäre? Was ist schlecht daran?"

Joses antwortete nicht.

„He, was ist schlecht daran?", hakte Sila nach.

„Nichts", erwiderte er knapp. „Dort entlang geht's zur nächsten Tube-Rail-Station."

Sila verdrehte die Augen und folgte ihm. Innerlich jedoch verspürte sie ein unangenehmes Kneifen in der Magengegend. Aus irgendeinem Grund hatte sie das Gefühl, bei einer Prüfung durchgefallen zu sein. Aber sie konnte beim besten Willen nicht sagen, an welcher Stelle sie versagt hatte.

Kapitel 23

Die hydraulischen Glastüren, die den Bahnsteig von der Vakuumröhre der Tube-Rail trennten, öffneten sich mit einem leisen Zischen, nachdem der Zug eingefahren war. Die Bahn war nur zur Hälfte besetzt. Sila und Joses fanden eine stille Ecke im vorletzten Waggon. Joses platzierte sich so, dass die Kameras sein Gesicht nicht erfassen konnten. Sila hatte den Eindruck, dass er das instinktiv tat. Wer jahrelang im Untergrund lebte, entwickelte vermutlich solche Fähigkeiten.

Stumm saßen sie nebeneinander. Sila warf Joses einen Seitenblick zu. Er wirkte nachdenklich. Sie verwarf den Gedanken, ihn erneut auf seine merkwürdigen Andeutungen anzusprechen. Stattdessen fragte sie: „Siehst du es genauso?"

„Was?" Er blickte irritiert auf.

„Siehst du es genauso wie Julius, das mit dem Leben und dem Tod?"

„Hm ..." Er schürzte die Lippen. „Ich wünschte, ich hätte ein solches Vertrauen wie Julius. Aber ...", er zuckte mit den Achseln, „das habe ich nicht. Es gibt Momente, da kann ich mir nicht vorstellen, dass Gott sich für mich interessiert oder dass ihm gefällt, was er sieht, falls er mich doch bemerken sollte. Und manchmal bin ich mir nicht mal sicher, dass es ihn überhaupt gibt."

„Was?" Sila war ernsthaft irritiert. Sie sah ihm direkt in die Augen. Er schien es vollkommen ernst zu meinen. „Aber du ruinierst dein Leben für diesen Gott!", platzte es aus ihr heraus. „Ich meine, du riskierst alles für ihn", korrigierte sie sich hastig. „Du lebst im Untergrund, stellst dich gegen die Gesetze, verzichtest auf unglaublich viel. Und dann bist du dir nicht einmal sicher, dass der, für den du alles aufs Spiel setzt, überhaupt existiert?"

Joses lächelte. „Du hast die Gabe, die Dinge sehr drastisch auf den Punkt zu bringen."

„Gern geschehen. Und jetzt würde ich gern deine Antwort hören."

„Wenn ich mich frage, wer ich eigentlich bin, dann finde ich keine einfache Antwort darauf. Ich liebe Musik, aber manchmal brauche ich Stille. Ich laufe gern, aber manchmal ist es eine Last, einen Fuß vor den anderen zu setzen. Ich liebe es, unter Menschen zu sein, aber es gibt Zeiten, in denen ich niemanden um mich haben kann. Ich möchte jedem Menschen unvoreingenommen begegnen, aber das gelingt mir nur in Ausnahmefällen. Ich vertraue Gott, aber manchmal zweifle ich an ihm. Um authentisch sein zu können, muss ich Fragen zulassen, sonst habe ich von Anfang an verloren. Wichtig ist nur, dass ich nicht zu früh aufhöre zu fragen. Denn erst wenn ich mit meinen Fragen auch vor meinen Zweifeln nicht haltmache, kann ich ernsthaft prüfen, ob das, worauf ich vertraue, Substanz hat." Er hielt inne und setzte dann ein schiefes Lächeln auf. „Und jetzt willst du sicher wissen, zu welchem Schluss ich bezüglich all dieser Fragen gekommen bin."

„So in etwa", erwiderte Sila. „Ich weiß nämlich immer noch nicht, warum du überhaupt glaubst."

„Weil Gott die beste Antwort auf meine Fragen ist. Ja, mehr als das: Er ist das Beste, was mir je passiert ist! Kannst du dir vorstellen, was es bedeutet – was es *wirklich* bedeutet –, bedingungslos angenommen zu sein? Wir alle träumen davon, uns selbst zu optimieren, und dank Nanotechnologie, Gentechnik und Neurobuttons können wir tatsächlich so einiges an uns tunen. Aber es gibt keine Macht, die eine größere Veränderung bewirkt als bedingungslose Annahme. Davon lebe ich. Diese Annahme lässt mich daran festhalten, dass Liebe und Gerechtigkeit in dieser Welt noch nicht verloren sind und dass ich meinen Teil dazu beitragen kann, um ihnen wieder mehr Raum zu schaffen."

„Also glaubst du, auch wenn du manchmal unsicher bist?"

„Ja. Weil ich weiß, dass Glaube nicht bedeutet, Gott wirklich begriffen zu haben. Ein begriffener Gott wäre kein Gott mehr. Die Menschen, die glauben, Gott in die winzige Tasche ihres Glaubenssystems pressen zu können, sind gefährlich." Er sah sie ernst an. „Und wie steht's mit dir?"

„Mit mir?", fragte Sila überrascht.

„Ja. Glaubst du?"

„Ich ..." Sila schluckte. Bis vor Kurzem hätte sie das entsprechend ihrer Rolle ohne zu zögern bejaht und anschließend einige der Glaubenssätze aufgezählt, die sie zuvor auswendig gelernt hatte. „Ich ... bin verwirrt", erwiderte sie wahrheitsgemäß. „Ich kann dir im Moment nicht so genau sagen, woran ich glaube."

Joses nickte und lächelte verständnisvoll. „Du bist also auf der Suche."

Eigentlich war sie auf der Suche nach einem Ausweg aus dieser schwierigen Situation, ging es Sila durch den Kopf. Mangels einer eleganten Antwort erwiderte sie jedoch nur schweigend sein Lächeln.

Der Zug war inzwischen in die nächste Station eingefahren. Die Türen öffneten sich.

„Julius hat recht", sagte Joses.

„Womit?"

„Du solltest nicht aufhören zu fragen."

„Zurückbleiben, bitte", erklang dieselbe automatische Durchsage wie schon vor hundert Jahren.

Joses erhob sich. „Ich muss jetzt aussteigen. Wir sehen uns in Korinth."

Ehe Sila reagieren konnte, war Joses bereits durch die sich schließenden Türen geschlüpft, und der Zug fuhr wieder an.

„Verflixt!", entfuhr es ihr. Sie blickte Joses mit grimmigem Blick nach und ließ sich wieder in den Sitz fallen. Dann ging sie online, um Skull zu kontaktieren.

Er reagierte sofort. „Alles okay bei dir?", fragte er in seltsamem Tonfall.

„Alles bestens", erwiderte Sila, während ein leiser Gong das Eintreffen einer Nachricht verkündete. „Hör zu –"

„Wo warst du?", unterbrach er sie.

„Im Krankenhaus", erwiderte Sila genervt. Mindestens ein Dutzend weitere Nachrichten gingen bei ihr ein. „Pass auf, ich brauche –"

„Warst du dort online?", bohrte Skull nach.

„Nein, verdammt! Was soll diese dämliche Frag–"

„Ich wurde angegriffen!"

„Hä?"

„Wer auch immer es war, der Typ ist kein Nullachtfünfzehn-Hacker. Ich konnte mich nur retten, indem ich kurzfristig den Stecker gezogen habe."

Bei dem Angriff handelte es sich also um einen Hack. Angesichts von Skulls Aufgebrachtheit war Sila klar, dass sie mit ihrem eigentlichen Anliegen momentan nicht zu ihm durchdringen würde. „Willst du damit sagen, der Typ ist besser als du?"

Skull räusperte sich. „Wir wollen nicht gleich übertreiben", brummte er. „Außerdem glaube ich nicht, dass es nur einer war. Das roch eher nach einer ganzen Horde."

„Und was genau hat das mit mir zu tun?", fragte Sila, die inzwischen ihren ursprünglichen Plan aufgegeben hatte, Skull darum zu bitten, Joses digital zu verfolgen.

„Der Angriff kam von deiner IP-Adresse."

„Was?", entfuhr es Sila. Im selben Moment vernahm sie den beunruhigenden Klingelton, den sie für Snyder vergeben hatte. „Verflixt, da muss ich rangehen. Das ist mein Chef."

Ohne eine Antwort abzuwarten, beendete sie das Gespräch mit Skull und nahm den Anruf entgegen.

„Wo verdammt noch mal sind Sie?", dröhnte es in ihrem Ohr.

Sila reduzierte hastig die Lautstärke ihres CI.

„In der Tube-Rail. Ich –"

„Warum reagieren Sie nicht auf meine Nachrichten?"

„Sie wissen doch, wie so etwas läuft. Ich war gerade mit einem der Anführer unterwegs. Ich glaube, er fängt langsam an, mir zu vertrauen, aber das alles braucht seine Zeit."

Snyder schnaufte. „Zeit? Wir haben keine Zeit! Was wissen Sie über das geplante Attentat?"

„Attentat?", wiederholte Sila verdattert.

„Verdammt noch mal, vielleicht hatte Braun doch recht und Sie sind wirklich die Falsche für den Job."

„Aber –"

„Hören Sie auf mit dem Gestammel! Bringen Sie sich auf den neuesten Stand. Wir sprechen in einer halben Stunde wieder." Er beendete das Gespräch.

Sila atmete tief durch. Was zum Henker war hier los?

Sie rief ihre Nachrichten ab. Die ersten drei waren von Snyder.

Bitte melden.

Bitte setzen Sie sich unverzüglich mit mir in Verbindung. Es ist dringend!

Wir haben eine Unwetterwarnung erhalten, melden Sie sich SOFORT bei mir!

Dann folgte eine allgemeine Nachricht der Verwaltung.

Info an alle Mitarbeitenden im Außendienst: Bitte rufen Sie die aktualisierte Version von Dienstanweisung 237 ab.

Sila ging ins streng gesicherte Intranet der Behörde und gab ihren Identitäts-Code ein. Sie las die in sprödem Beamtendeutsch verfasste Nachricht. Offenbar gab es eine verlässliche Quelle, die vor einem geplanten Anschlag im Großraum Berlin warnte. Die

Follower würden eine Aktion planen, die großes Aufsehen erregen werde und gezielt denjenigen gelten solle, die ihre „Brüder und Schwestern unterdrücken, um ihre gottlosen Ziele zu verfolgen". Was genau geplant war und wann das Ganze stattfinden sollte, blieb offen. Aber man könne davon ausgehen, hieß es abschließend, dass die Fanatiker innerhalb von ein bis zwei Wochen zuschlagen würden.

Sila runzelte die Stirn. Die Warnung war wenig konkret, wurde aber offensichtlich sehr ernst genommen. Das AIS würde nicht um eines bloßen Gerüchts willen einen solchen Aufruhr veranstalten. Es musste sehr deutliche Hinweise auf einen geplanten Anschlag geben, wenn nicht sogar klare Beweise dafür.

Einerseits fiel es ihr schwer, diese Nachricht mit dem, was sie mit Joses erlebt hatte, in Verbindung zu bringen. Andererseits schien die Untergrundorganisation deutlich größer und verzweigter zu sein, als Sila bisher angenommen hatte. Im Grunde hatte sie mit Korinth nur einen von insgesamt fünf Unterschlüpfen kennengelernt. Es war also durchaus möglich, dass es radikalere Strömungen gab, die vor einer Gewalteskalation nicht zurückschreckten. Doch nicht nur das: Letztlich konnte Sila sich nicht sicher sein, dass Joses nichts mit der ganzen Sache zu tun hatte. Er trug mehr als ein Geheimnis mit sich herum, und es war nicht auszuschließen, dass er sie die ganze Zeit über hinters Licht geführt hatte.

Sie las die übrigen Nachrichten, die ihr keine neuen Erkenntnisse brachten, sondern nur systematisch die Dringlichkeit erhöhten, mit der sie zur Meldung aufgefordert wurde.

Ein Blick auf die Uhr zeigte ihr, dass sie nur noch fünfzehn Minuten hatte, bis sie sich wieder bei Snyder melden musste. Nicht viel Zeit, um ihre Karriere zu retten.

Sie wählte Skulls Nummer.

Kapitel 24

Ihr Anruf wurde entgegengenommen. „Skull, du musst –"

Überrascht hielt Sila inne. Eine altmodische Wartemelodie aus den Anfängen des 21. Jahruhunderts erklang, und eine sanfte Frauenstimme sagte: „Bitte haben Sie einen Moment Geduld, wir sind gleich für Sie da."

„Skull, das ist jetzt nicht dein Ernst!"

„Bitte warten Sie", säuselte die Frauenstimme.

Das Ganze war ein Relikt aus jener Zeit, als anstelle von Hochleistungs-KIs tatsächlich noch Berater aus Fleisch und Blut am anderen Ende der Leitung gewesen waren. Typisch Skulls Humor!

„Hör sofort auf damit", fauchte Sila.

„Please hold the line."

„Skull!"

Offenbar hatte sie lauter gesprochen als beabsichtigt. Mehrere Köpfe drehten sich zu ihr um, und Sila spürte verwunderte, empörte und genervte Blicke auf sich ruhen.

Sie drehte sich zur Seite. „Wenn du dich nicht augenblicklich meldest –"

„Reg dich ab, ich musste sichergehen, dass du es bist – im Original und virenfrei."

„Ich bin so was von original", zischte Sila.

„Ja, so viel Adrenalin ist nur schwer zu faken", erwiderte Skull ungerührt. „Hör zu –"

„Nein, du hörst mir jetzt zu!", unterbrach Sila ihn. „Ich muss mich in wenigen Minuten bei Snyder melden und bin komplett blank. Weißt du irgendetwas von einem Attentat?"

„Attentat?"

„Im Großraum Berlin", bestätigte Sila. „Geplant von den Followern."

Skull schwieg einen Moment. Dann sagte er: „Warte."

Etliche Minuten vergingen. Sila wusste, dass es keinen Sinn hatte, Skull zur Eile anzutreiben. Wenn sie Ergebnisse haben wollte, musste sie ihm Zeit lassen. Sie sah auf die Uhr und wippte unruhig mit den Füßen.

„Sila?"

„Ja?"

„Es stimmt. Sowohl das AIS als auch das UKA[9] und die örtliche Polizei nehmen die Warnung sehr ernst. So etwas geschieht nicht, wenn es keine handfesten Beweise gibt."

„Und welche Beweise wären das?"

„Verschiedene Depots, in denen Materialien zum Bombenbau gelagert wurden. Die Verstecke waren zwar leer, als man sie fand, aber die Spezialschnüffler der Kampfmittelbeseitigung sind in der Lage, winzigste Spuren auf atomarer Ebene zu analysieren. Die Ergebnisse lassen keinen Zweifel an der chemischen Zusammensetzung der dort vormals gelagerten Stoffe. Es gibt Hinweise auf Hackerangriffe, die mehrere Regierungs- und Parteigebäude sehr genau unter die Lupe genommen haben, und es gibt ein Video."

„Was für ein Video?"

„Warte, ich spiele es dir vor."

Sila aktivierte ihre AR-Linsen. Die Aufnahme zeigte zunächst eine nackte Betonwand mit verkleideten Heizungsrohren und dann ein Gesicht.

Ein eisiger Klumpen bildete sich in Silas Magen.

„‚Sie reden zu mir mit falscher Zunge, umgeben mich mit Worten des Hasses und bekämpfen mich grundlos'", las Joses. Dann hob er den Blick und ließ ihn langsam an der Kamera vorbeiwandern. Sila vermutete, dass er zu einer Menge sprach, und die Person, die heimlich filmte, saß in der ersten Reihe.

„Und weiter schreibt der Psalmist: ‚Einen Frevler bestelle gegen ihn als Zeugen, ein Ankläger trete zu seiner Rechten.'" Wieder hob er den Blick. „Und ihr wisst, welches Urteil der Angeklagte verdient hat. ‚Zu Waisen sollen werden seine Kinder und seine Frau zur Witwe.'[10] Lange genug haben wir Gottlosigkeit, Hass und Ungerechtigkeit erduldet. Wir haben erduldet, dass wir im Namen der Freiheit unsere Freiheit verloren haben und im Namen der Toleranz nicht mehr toleriert wurden. Jahrzehntelang haben wir unter diesem Unrechtsstaat gelitten. Nun ist es an der Zeit für uns, aufzustehen und die Unterdrückten in die Freiheit zu führen. Wie Simson treten wir an die Säulen, die das Haus der Gottlosen stützen, und bringen sie ins Wanken. Wie Simson lassen wir das Haus, das auf tönernen Säulen ruht, über den Köpfen unserer Feinde zusammenbrechen. Wer jetzt noch zweifelt, der gehört nicht zu uns. Die Zeit des Zögerns und Haderns ist vorbei. Wir sind herausgefordert zu handeln. Es ist an uns, die Unterdrückung zu beenden und diejenigen, die Gott leugnen, zu vernichten. Es ist an der Zeit, dass die Mächtigen dieser Welt die Macht der Ohnmächtigen zu spüren bekommen."

Unruhe entstand. „Halleluja!" und „Amen!" erscholl es aus den Reihen der Zuhörer. Einige von ihnen stimmten ein Lied an.

Erhobene Hände kamen ins Bild, und die Person, die heimlich filmte, deaktivierte ihre AR-Linsen.

Sila schluckte trocken. Es war ohne Zweifel Joses gewesen, den die Aufnahme gezeigt hatte. Sila hatte seine Stimme erkannt und die Art, wie er sich bewegte. Zwar waren die Gesten und sein Sprachduktus etwas ungewöhnlich, aber das war nicht verwunderlich. Eine Predigt konnte man nicht mit einem persönlichen Gespräch vergleichen. Dennoch fragte sie Skull: „Sind die Aufnahmen echt?"

„Soweit ich das nach einem ersten Check beurteilen kann, schon. Ich habe rasch recherchiert. Der zitierte Psalm ist korrekt, und auch der erwähnte Simson –"

„Ich weiß, wer das ist", unterbrach Sila ihn mit einem Schaudern. Ungewollt traten Bilder vor ihr inneres Auge. *Ein weißer Van. Der erschrockene Blick ihrer Mutter. Die grelle Stichflamme der Explosion.*

Sie nagte an ihrer Unterlippe. Wenn Skull das sagte, wog es schwer. Dennoch kam ihr irgendetwas an dem Video merkwürdig vor. Etwas passte nicht ins Bild. Es war nicht die Radikalität der Aussagen, die sie irritierte. Joses war zutiefst gläubig. Wenn er davon überzeugt war, dass Gott ihm einen Auftrag erteilt hatte, würde er auch entsprechend handeln. Das war ja das ungemein Gefährliche an diesen Überzeugungstätern. Sie waren zu allem fähig. Nein, es war etwas anderes, etwas weniger Offensichtliches, was sie störte.

Ihr Timer piepte und riss sie aus ihren Gedanken. Verflixt, in zwei Minuten musste sie sich bei Snyder melden! „Hast du sonst noch etwas herausgefunden?", fragte sie Skull.

„Über das Attentat? Leider nein. Aber es gibt da noch etwas anderes."

„Schieß los. Ich hab nicht mehr viel Zeit."

„Erinnerst du dich an das Video mit der U-Bahn, aus der Paul Lübke plötzlich verschwindet?"

„Natürlich, was ist damit?"

„Kurz bevor er verschwindet, bewegt er sich."

„Ja, er will offenbar aufstehen", sagte Sila leicht genervt. Der über ihre AR-Linsen eingeblendete Timer zählte unbarmherzig die Sekunden herunter. „Was ist daran so ungewöhnlich?"

„Ich habe die Aufnahme mehrmals durch eine von mir programmierte Bewegungsanalysesoftware laufen lassen."

„Und?"

„Mit 93,7-prozentiger Wahrscheinlichkeit war Paul Lübke nicht im Begriff aufzustehen. Er wollte sich hinknien."

„Sicher?"

„Zu 93,7 Prozent."

Sila runzelte die Stirn. Was könnte das bedeuten? War Lübke vielleicht mit einer Waffe bedroht worden? Der Timer fing an zu blinken. Sie hatte nur noch dreißig Sekunden. „Okay, danke. Das ist ... höchst interessant. Aber ich muss jetzt Schluss machen."

„Warte, eines solltest du noch wissen: Der Angriff – er kam nicht aus Korinth."

„Was für ein Angriff?"

„Der Hackerangriff auf mich, von deiner IP-Adresse aus."

„Und woher kam er dann?"

„Das ist eine ausgezeichnete Frage." Eine kurze Pause entstand, dann sagte Skull: „Dein Chef wartet. Pass auf dich auf!"

Er beendete das Gespräch.

Sila fluchte leise und wählte Snyders Nummer. Was hatte das alles zu bedeuten?

„Hier ist die Hölle los, Frau Degenhardt!", begrüßte Snyder sie. „Haben Sie etwas Substantielles zur aktuellen Krise beizutragen? Falls nicht, beenden wir das Gespräch gleich wieder und reden später."

„Ich ... kann den Anschlag vielleicht verhindern", sagte Sila hastig.

„Ich höre", knurrte Snyder nach einer kurzen Pause.

„Der Mann in dem Video heißt Joses. Er ist mein Kontakt in der Führungsebene der Follower."

„Was?! Das ist ... Wo ist er?"

„Das weiß ich nicht."

„Verdammt!"

„Aber ich kann ihn wieder kontaktieren – noch heute!"

„Gut, ich schicke Ihnen ein Team."

„Nein, so läuft das nicht. Ich treffe mich allein mit ihm."

„Und dann?", brauste Snyder auf. „Denken Sie etwa, Sie können ihm das Ganze ausreden?"

Vielleicht, dachte Sila, doch laut sagte sie: „Ich treffe ihn in Korinth. Auch den besten Agenten wird es nicht gelingen, unbemerkt bis ins Zentrum vorzudringen. Wenn Joses Verdacht schöpft, wird er verschwinden, und wir haben keine Chance mehr. Der Mann ist gut. Wenn er untertauchen will, wird es ihm gelingen."

„Und wie sieht Ihr Plan aus?"

„Ich sorge dafür, dass wir ihn tracken können."

„Meinetwegen. Aber was nützt uns das, wenn er in seinem Versteck bleibt, bis der Anschlag vorbei ist?"

„Joses wird nicht aus der Ferne zusehen. Er gehört nicht zu den Leuten, die andere die Drecksarbeit für sich erledigen lassen, glauben Sie mir."

„Bislang haben Sie mir in diesem Fall wenig Anlass gegeben, viel Hoffnung auf Sie zu setzen", grummelte Snyder.

„Ich bin hautnah an einem der führenden Köpfe des geplanten Anschlags dran. Was wollen Sie mehr?"

„Ich will keine Toten!", blaffte Snyder.

Sila lächelte. Ihr Vorgesetzter gab sich weiterhin bärbeißig, aber sie wusste, dass sie ihn überzeugt hatte. „Danke für Ihr Vertrauen."

„Sie haben 24 Stunden!"

Er beendete das Gespräch.

Sila atmete tief durch. Sie durfte auf keinen Fall einen Fehler machen.

Kapitel 25

Der leichte Nieselregen nahm zu, und der auffrischende Wind ließ die Blätter der Baumkronen rascheln. Bis auf einige disziplinierte Jogger und missmutig dreinblickende Hundebesitzer wirkte der Humboldthain verlassen.

Sila zog sich die Kapuze ihres Sweatshirts über den Kopf. Sie folgte dem Pfad, dessen flankierende Laternen überproportional häufig defekt zu sein schienen. Unauffällig sah sie sich um. Niemand war in ihrer Nähe.

„Skull?", wisperte sie. „Bin ich allein?"

Ein knappes Brummen war die Antwort. Offensichtlich war der Hacker gerade mit etwas anderem beschäftigt.

„Skull?!", meldete Sila sich nun noch mal deutlich energischer.

„Was ist?"

„Bin ich allein?"

„Du meinst, abgesehen von den vielen Persönlichkeiten, die du mittlerweile angenommen hast?"

„Sehr witzig!"

„Schon gut, ich mache einen Scan."

Zwei Minuten vergingen.

„Skull?"

„Äh ... Einen Moment noch ... Alles sauber."

„Du bist überhaupt nicht bei der Sache! Was ist denn los mit dir?"

„Nichts!"

„Das hier ist kein Sonntagsspaziergang. Ich brauche deine ganze Aufmerksamkeit!"

„Natürlich ... Es ist nur –" Er verstummte.

„Was?"

„Vergiss es. Nicht weiter wichtig. In deiner Nähe ist niemand mit dem Netz verbunden. Für die Neandertaler, die offline sind, bist du selbst zuständig."

Sila seufzte und ließ den Blick umherschweifen. Einhundertprozentig traute sie Snyder nicht. Daher hielt sie konzentriert Ausschau nach AIS-Agenten, während sie den Pfad entlangging. Aber wie es schien, hielt ihr Vorgesetzter Wort. Sie konnte niemanden entdecken.

Sicherheitshalber aktivierte sie ihren Mikro-Elektroschocker und verließ den Pfad. „Bleib bei mir", zischte sie Skull zu, als sie sich ins Gebüsch schlug.

„Ich klebe an dir wie Epoxidharz", versicherte der Hacker, wirkte dabei aber wieder dermaßen abgelenkt, dass Sila genervt fragte: „Zockst du etwa nebenher?"

„Ich bin erschüttert, dass du so etwas überhaupt denkst", beschwerte sich Skull. Im Hintergrund war allerdings das dumpfe Pochen seiner Finger zu vernehmen, mit denen er auf einer Spezialtastatur herumhackte.

„Hör auf, nebenbei irgendetwas zu zocken, und konzentrier dich gefälligst!"

„Ich habe den Eindruck, dein Nebennierenmark ist heute etwas übermotiviert. Dein Blut schäumt ja schon vor Adrenalin. Hab mal ein bisschen Vertrauen."

Sila schnaufte.

Wenig später hatte sie den versteckten Eingang zum Bunker gefunden und ließ sich in den Gang hinabgleiten. Um sie her war es vollkommen düster. Also zog sie ihr Smartpad aus der Tasche und schaltete die integrierte Taschenlampe auf der niedrigsten Stufe ein. Parallel dazu aktivierte sie den Restlichtverstärker ihrer AR-Linsen, sodass sie nun hervorragend sehen konnte.

Sie folgte dem Gang. Spinnweben streiften ihr Gesicht. Der Lichtstrahl ihrer Taschenlampe huschte über festgetretene Erde und Holzbalken, die den niedrigen Gang stützten. Minuten vergingen. Wenn ihr Gedächtnis sie nicht trog, hätte sie inzwischen längst den nackten Beton des alten Bunkers erreichen müssen, doch stattdessen bestritt der Gang eine Kurve und teilte sich dann.

„Verflixt", entfuhr es Sila. Sie wollte gerade Skull darum bitten, sie zu orten, als sie ein Geräusch innehalten ließ. *Schritte!* Sie wandte sich um.

„Was machst du hier?", fuhr eine Frauenstimme sie an.

„Rebekka?", fragte Sila verdutzt. Sie erinnerte sich, der Frau mit dem vernarbten Rücken an ihrem ersten Tag in Korinth im Duschraum begegnet zu sein. „Ich wollte eigentlich zum Eingang", erfand sie eilig einen Grund für ihre Anwesenheit in diesem Teil des Untergrunds, „muss aber irgendwo falsch abgebogen sein."

„Du hast hier nichts verloren!"

Rebekkas Augen waren geweitet, als stünde sie kurz vor einer Panikattacke. Sie trug dunkle Kleidung und einen Rucksack. Sila glaubte schwarze Flecken auf ihrer Wange erkennen zu können. „Wo kommst du her?", fragte sie deshalb.

„Das geht dich gar nichts an!", erwiderte Rebekka barsch. Sie lugte an Sila vorbei, als halte sie nach einer Bedrohung Ausschau. „Verrate du mir lieber –"

„Schon gut", unterbrach sie eine vertraute Stimme. Eine Hand legte sich auf die Schulter der Frau.

„Joses?"

Er trat aus dem dunklen Gang heraus und stellte sich neben Rebekka. „Geh schon mal vor. Ich komme mit Sila nach."

Rebekka warf Sila einen misstrauischen Blick zu, nickte dann aber und hastete den Gang entlang. Für einen kurzen Moment glaubte Sila am Ende des Gangs einen Schatten auszumachen.

Doch dann wandte sie sich Joses zu und herrschte ihn an: „Was habt ihr getan?"

Joses schwieg. Langsam folgte er Rebekka, und Sila blieb nichts anderes übrig, als ihm hinterherzugehen.

„Verdammt, wo warst du?", bohrte sie nach.

„Ich habe dir etwas mitgebracht." Joses nahm den Rucksack ab und begann, darin herumzuwühlen.

Sila betrachtete ihn von der Seite und versuchte, ihn mit jenem Joses, den sie in dem Videomitschnitt gesehen hatte, in Einklang zu bringen. War der Mann, der da gerade in seinem Rucksack kramte, derselbe Fanatiker, der seine Leute zum Kampf gegen die Regierung angestachelt hatte? Es war ihr Job, Menschen genau einschätzen zu können, aber bei Joses fiel ihr das schwer.

„Joses, ich –", setzte sie an.

„Ah, da ist es ja", unterbrach er sie. „Ta-da!" Er reichte ihr ein in Stoff eingewickeltes Päckchen.

„Danke", sagte Sila.

„Du weißt ja noch gar nicht, was drin ist", erwiderte Joses. „Pack es aus."

Sila wickelte den Stofffetzen ab. Zum Vorschein kam ein Buch. Der Einband war so schäbig, dass man den Aufdruck nicht erkennen konnte. Sie blickte fragend zu Joses auf.

„Die Bekenntnisse des Augustinus", erklärte er. „Ein antikes Buch, aber unglaublich faszinierend."

„Okay …", sagte Sila gedehnt. „Das ist echt nett von dir."

Joses schulterte den Rucksack wieder. „Schon gut, du musst nicht so tun, als wärst du mir dankbar. Aber wenn du Lust hast, lies mal rein. Du wirst darin auf interessante Gedanken stoßen."

„Okay."

Eine Weile gingen sie schweigend nebeneinander her, dann ergriff Sila seinen Arm. „Joses, du musst es mir sagen!"

Er blieb stehen und hob die Brauen. „Was muss ich dir sagen?"

„Ich muss wissen, was du vorhast! Wie soll ich dir vertrauen, wenn du lauter Geheimnisse vor mir hast?"

Er blieb stehen. „Ich kann dir nicht verraten, wen ich besuche und woher ich bestimmte Informationen habe. Das würde dich nur in Gefahr bringen."

„Ich will keine Details über andere Follower. Ich will wissen, was du planst!"

„Was ich plane?" Er trat einen Schritt näher und suchte ihren Blick. „Was meinst du damit?"

Sila versuchte, seinen Blick zu deuten. Es lag etwas darin, das nicht miteinander konform ging: eine seltsame Mischung aus Schmerz und Freude. „Joses, ich habe deine Predigt gehört. Ich weiß, dass du etwas vorhast. ‚Die Zeit des Zögerns und Haderns ist vorbei. Wir sind herausgefordert zu handeln. Es ist an uns, die Unterdrückung zu beenden und diejenigen, die Gott leugnen, zu vernichten'", zitierte sie.

Joses blieb stehen und starrte sie an. Sein Blick war schwer zu deuten.

Sie legte eine Hand auf seinen Arm. „Bitte, noch ist es nicht zu spät –"

„Scheiße!", vernahm sie Skulls entsetzte Stimme in ihrem CI.

„Was?", stieß sie verdattert hervor.

„Die haben die Parteizentrale der HLP in die Luft gejagt!"

Sila stockte der Atem. Im nächsten Moment vernahm sie die Stimme eines Nachrichtensprechers. *... haben uns schreckliche Nachrichten ereilt. Während einer Rede des Kanzlers kam es zu einer gewaltigen Explosion in der Zentrale der Humanistisch Liberalen Partei. Ein Großteil des Gebäudes ist eingestürzt, und auch das benachbarte Angela-Merkel-Haus wurde beschädigt. Rettungskräfte sind auf dem Weg zum Unglücksort. Das Gebiet wurde weiträumig abgesperrt. Die Polizei rät allen Einwohnern in den Bezirken Mitte und Tiergarten, in ihren Häusern zu bleiben. Den Behörden liegt ein Bekennerschreiben vor. Offenbar* übernimmt eine Gruppe religiöser Fanatiker, die sich „Follower" nennt, die Verantwortung für dieses schreckliche Attentat ...

Sila erinnerte sich an die dunkle Kleidung, den Rucksack und die schwarzen Flecken in Rebekkas Gesicht. „Was habt ihr nur getan?", fuhr sie Joses an.

Er zuckte zurück.

„Da waren Hunderte von Menschen in diesem Gebäude. *Unschuldige* Menschen!"

„Wovon um alles in der Welt redest du?", fragte er.

Seine Verwirrung erschien ihr beinahe echt. „Von der Explosion in der Parteizentrale der HLP."

Joses wurde kalkbleich. Hastig wandte er sich zur Seite und aktivierte sein Smartpad. Das Hologramm zeigte Bilder wie aus einem Kriegsgebiet. „Ich hätte nie gedacht, dass sie ... dass sie so weit gehen würden", kam es stammelnd über seine Lippen.

„Sie?", schrie Sila. „Wer verdammt noch mal sind *sie*?"

Er blickte auf. „Die Leute, für die du arbeitest", sagte er leise.

„Wie bitte?!" Sila starrte ihn an.

„Hände hoch!", erklang im selben Moment eine befehlsgewohnte Stimme, und eine dunkle Gestalt stürmte auf sie zu. „AIS! Nehmen Sie die Hände hoch und drehen Sie sich langsam mit dem Gesicht zur Wand."

Joses reagierte nicht. Sein Blick ruhte auf Sila.

„Was sagst du da?", stammelte sie.

Er lächelte. „Ich weiß, dass du für das AIS arbeitest."

„Aber ... aber ... warum habt ihr ...?"

„Warum wir dich trotzdem aufgenommen haben? Weil du mehr bist als nur eine Agentin, Sila."

„An die Wand, habe ich gesagt!" Der Agent stieß Joses gegen die Holzbohlen des Gangs und hob die Hand mit der Waffe darin. Doch bevor er den schweren Kolben auf Joses' Kopf niedersausen lassen konnte, presste Sila ihren Elektroschocker gegen den ungeschützten Hals des Mannes. Er erstarrte und ging dann zuckend zu Boden.

„Nicht, Sila!", rief Joses.

„Inwiefern steckt ihr in der ganzen Sache drin, Joses? Was habt ihr vor? Sag es mir! Nur so kann ich euch helfen!"

Joses blickte sie traurig an. „Das war nie ein Geheimnis, Sila. Um zu wissen, was wir vorhaben, musst du nur wissen, wer wir sind. Wir nennen uns Follower. Wem –"

Sila vernahm ein dumpfes Ploppen, und im nächsten Moment verspürte sie ein brennendes Stechen im Arm. Sie wollte sich eine Hand auf die schmerzende Stelle legen, doch ihr Körper gehorchte ihr nicht. Die Welt um sie her drehte sich, dann wurde alles schwarz.

Kapitel 26

Sila blickt auf, und Mama lächelt. Dann kracht und scheppert es plötzlich. Ein Wagen beschleunigt, der Motor heult auf.

Nein!, will Sila schreien, aber kein Wort kommt über ihre Lippen. Lauf weg! Bitte lauf weg!, wispert es in ihr.

Mama dreht sich um. Langsam, viel zu langsam. Doch Sila ist nicht in der Lage, sich zu rühren. Ihr Mund bleibt stumm, ihre Füße scheinen fest in der Erde verwurzelt zu sein und ihre Hände unfähig, sich zu rühren. Selbst ihre Augen gehorchen ihr nicht, denn sie müssen hinsehen, ganz genau hinsehen!

Mit dicker schwarzer Farbe hat jemand die Zahl 666 auf die Motorhaube des weißen Vans gepinselt – sorgfältig und mit elegantem Schwung, als habe er viel Liebe darauf verwendet. Und dann hat er die Zahl mit roter Farbe durchgestrichen.

Die Tür des Wagens öffnet sich. Ein bärtiger Mann mit langem Haar springt heraus. Sein feister Bauch wackelt, als er auf dem Boden aufkommt. Sila kann nicht sehen, ob er sich abrollt oder plump auf den Boden kracht, denn im nächsten Moment scheint es, als würde die Sonne auf die Erde herabstürzen. Ein grelles Licht sticht ihr in die Augen. Die Erde bebt. Und dann verdeckt Mamas Gestalt das grelle Licht und sie fallen, fallen gemeinsam und immer tiefer und tiefer.

„Nein! Nein!"

Das Fallen endete. Sila verspürte ein unangenehm trockenes Gefühl in ihrem Mund. Ein stechender, pochender Schmerz durchzuckte ihre Schläfen. Der Lärm der Explosion war verstummt, doch das Flackern hielt an.

Stöhnend öffnete sie einen Spaltbreit die Augen. Sie sah grauen

Stoff und, etwas weiter entfernt, helle Fliesen. Das unstete, grelle Flackern durchdrang die konturlose Schwärze und stach ihr in die Augen. Es fiel ihr schwer, sich zu orientieren. Da waren nackte Fliesen und eine stählerne Tür. Im Boden war ein Loch – offenbar als Toilettenersatz. An der Wand hing ein winziges Waschbecken.

Sila kannte solche Räume, allerdings war sie noch nie selbst in einem eingeschlossen gewesen. Sie befand sich im Hochsicherheitstrakt des AIS-Untersuchungsgefängnisses in Marzahn, gebaut für Terrorverdächtige und Angehörige des organisierten Verbrechens.

Langsam richtete sie sich auf, doch eine Welle der Übelkeit packte sie. Sie schaffte es gerade noch bis zu dem Loch im Boden, ehe sie sich übergeben musste. Ein übler Geschmack blieb in ihrem Mund zurück, und der pochende Schmerz in ihrem Schädel machte ihr weiterhin zu schaffen. Aber wenigstens war ihr jetzt nicht mehr so schlecht.

Sie stolperte zum Waschbecken und berührte den Sensor. Ein schwaches Rinnsal lauwarmen und stark nach Eisen riechenden Wassers rann aus dem Hahn. Es reichte, um sich einmal den Mund auszuspülen, dann versiegte es. Als sie den Sensor noch einmal drückte, geschah gar nichts mehr.

Sila stöhnte auf. Sie wusste, nichts in dieser Zelle war dem Zufall überlassen. Auch nicht die defekte Leuchtfolie. Räume wie dieser dienten dem Zweck, Schwerverbrecher und Fanatiker optimal auf Verhöre vorzubereiten – und dabei zumindest formell die internationalen Menschenrechtsstandards im Fall einer Inhaftierung einzuhalten.

Sie aktivierte ihre AR-Linsen, oder zumindest versuchte sie es, um gleich darauf festzustellen, dass man sie ihr entfernt hatte. Offenbar hatte Snyder entschieden, die Gefängnisleitung nicht über ihre wahre Identität aufzuklären. Auch über ihr CI konnte Sila keine Verbindung nach draußen aufbauen, da das Signal blockiert wurde. Gleiches galt für ihren Neurobutton. Sie konnte also weder gegen die erneut in ihr aufsteigende Übelkeit noch gegen die Kopfschmerzen etwas unternehmen. Wie es aussah, war sie vorerst auf sich allein gestellt.

Sila seufzte und tappte zurück zu der mit einer dünnen Matratze gepolsterten Kunststoffliege. Das Laken war fleckig und roch muffig.

Die Bilder jenes schrecklichen Tages, der ihr Leben für immer verändert hatte, verfolgten sie. Der übergewichtige, bärtige Fanatiker war ein glühender Anhänger MacPhersons gewesen. Er hielt sich für einen Helden, als er seinen mit Sprengstoff beladenen Van direkt in das Klinikgebäude steuerte. Fast einhundert Menschen brachte er um – darunter Ärzte, Krankenpfleger, Patienten, zehn Kinder ... und Silas Mutter. Er selbst überlebte schwer verletzt. Er wurde in einem Seitenflügel des Krankenhauses notoperiert, dessen Foyer er kurz zuvor in die Luft gesprengt hatte.

Sila erinnerte sich an seinen gleichmütigen Blick, als er Monate später auf der Anklagebank gesessen hatte. Selbst als die Richterin ihn darüber aufklärte, dass das Parlament in einer beispiellosen Hau-Ruck-Aktion die Todesstrafe wieder eingeführt hatte, war in seinem Gesicht keinerlei Regung zu sehen gewesen. Und sie erinnerte sich an den brennenden Hass, den sie damals verspürt und der sie in die Arme des AIS getrieben hatte. Diesen Feind wollte sie an vorderster Front bekämpfen. Dass diese Front nicht immer so leicht zu erkennen war, hatte sie erst in letzter Zeit wirklich verstanden.

Ein stechender Schmerz in ihrem Kopf ließ sie erneut aufstöhnen. Sila betastete ihre Schläfe und fühlte eine große Beule. Offenbar war sie mit dem Schädel hart auf den Boden geschlagen, nachdem das Betäubungsprojektil sie getroffen hatte.

Sie versuchte, ihre Gedanken zu ordnen, doch das war gar nicht so einfach. Der dröhnende Kopfschmerz, das nervige Flackern vor ihren Augen und der zunehmende Durst drängten sich immer wieder in den Vordergrund. Das Letzte, woran sie sich erinnerte, war der Blick, mit dem Joses sie angesehen hatte, als sie ihn zur Rede stellte. Was hatte er gesagt? *Ich weiß, dass du für das AIS arbeitest.*

Sie erschauerte. Es fiel ihr schwer, das einzuordnen. Wussten alle in Korinth davon? Das würde zumindest Rebekkas aggressives Auftreten ihr gegenüber erklären, das sie bei ihrer letzten Begegnung an den Tag gelegt hatte.

Sila dachte an Heidi und Priska, an Ben und Lydia – schwer vorstellbar, dass sie alle Bescheid wussten. Wenn Joses sie also durchschaut und es gleichzeitig für sich behalten hatte, was war dann sein Plan? Versuchte er, an Informationen über das AIS heranzukommen? Falls ja, stellte er sich nicht besonders klug an. Oder wollte er sie umdrehen, um einen Maulwurf im AIS zu haben? Das könnte schon eher hinkommen. Andererseits ...

Ein metallenes Krachen riss Sila aus ihren Gedanken. Die Tür wurde aufgestoßen. Zwei breitschultrige Männer in dunklen Uniformen betraten die Zelle. Einer packte Sila grob an den Armen, der andere legte ihr Handschellen an.

„Was wollen Sie von mir?" Sila zwang sich, in ihrer Rolle zu bleiben. Wenn Snyder sie nicht hier herausholte, musste er gute Gründe dafür haben. Zum Beispiel eine undichte Stelle oder gar einen Doppelagenten in den eigenen Reihen.

Die beiden Männer packten Sila rechts und links an den Oberarmen und stießen sie in den Gang.

„Aua, Sie tun mir weh!" Sie blinzelte in das Licht der ungewohnt hellen Leuchtfolie.

„Weiter", knurrte einer der Männer.

„Ich will meinen Anwalt sprechen!"

Stoisch schoben die Männer sie durch den fensterlosen Gang.

„Ich habe das Recht auf einen Anwalt!", forderte Sila.

An einer geöffneten Tür blieben sie schließlich stehen. Ein

Mann in einem grauen Anzug stand im Türrahmen und trat einen Schritt zur Seite. Lächelnd deutete er auf einen Metallstuhl vor einem großen Schreibtisch.

Die Männer schoben Sila in den Raum und drückten sie grob auf den Stuhl. Sie wehrte sich und warf ihnen wütende Blicke zu, als sie die Handschellen mittels einer stählernen Kette mit einem Ring im Boden verbanden. Die Kette war kurz und zwang Sila, mit gebeugten Schultern dazusitzen.

Der Mann im Anzug nickte den Männern zu. Sie verließen den Raum und schlossen die Tür hinter sich.

Sila blickte sich um. Sie hatte schon etliche Stunden in solchen Räumen verbracht, allerdings stets auf der anderen Seite des Schreibtischs. Die Wände waren mit einem hellen, schallisolierenden Belag überzogen. Zudem war der Raum ohne Frage mit Mikrofonen und Kameras ausgestattet.

„Mein Name ist Hofmann, und ich bin der Ihnen zugeteilte Ermittler des Amts für innere Sicherheit." Der Anzugträger lächelte. „Möchten Sie einen Kaffee?", fragte er, als hätte Sila sich gerade zu einem Vorstellungsgespräch eingefunden.

„Ich will meinen Anwalt sprechen!"

Er ignorierte ihre Forderung, ging zu einer kleinen Anrichte und berührte den Sensor. Kurz darauf öffnete sich eine Klappe, und eine winzige Tasse kam zum Vorschein. Der Duft von frisch gebrühtem Espresso erfüllte den Raum. „Sicher, dass Sie keinen Kaffee wollen, Frau Wenzel?"

„Ich wüsste gern, warum ich hier wie eine Schwerverbrecherin behandelt werde!", fuhr Sila auf.

Der Mann richtete seine Krawatte und lächelte glatt. „Frau Wenzel, Sie werden nicht wie eine Schwerverbrecherin behandelt, denn dann wären Sie gar nicht hier. Sie werden wie eine Verdächtige behandelt. Und ich verspreche Ihnen, dass wir uns bei guter Zusammenarbeit nicht mehr allzu häufig sehen müssen."

„Ich habe nichts getan –", setzte Sila an.

„Ruhe!", brüllte er.

Sila zuckte vor Schreck zusammen.

„Ich habe Sie nicht aufgefordert zu reden", fügte der Agent in freundlichem Tonfall hinzu. „Zunächst möchte ich, dass Sie sich etwas ansehen." Mit einer knappen Geste aktivierte er eine Holoprojektion. „Aufgenommen in der U6."

Sila sah sich selbst in einem U-Bahn-Waggon sitzen. Joses stand neben ihr. Sie redeten miteinander. Es wirkte vertraut.

„Die nächste Aufnahme stammt von einer Überwachungskamera in der Stadt", sagte Hofmann im Plauderton. Er nippte immer wieder an seinem Espresso, während das Video lief.

Joses und Sila rannten gemeinsam eine Straße entlang und warfen beide kurz nacheinander einen Blick über die Schulter. Sie trugen Rucksäcke, und es sah ganz so aus, als würden sie vor jemandem fliehen.

„Wir haben Ihren Rucksack übrigens gefunden", warf Agent Hofmann ein. „Unsere Labore leisten hervorragende Arbeit, müssen Sie wissen. Wir konnten Spuren von Calcium-Ammonium-Nitrat ausmachen."

„Das ist Dünger", warf Sila ein.

Das Bild des Holoprojektors flackerte. Nun waren die Aufnahmen einer anderen Sicherheitskamera zu sehen. Sie zeigten die Parteizentrale der HLP.

Sila ahnte, was nun kommen würde. Im nächsten Moment loderten grelle Stichflammen auf, und das Gebäude schien sich aufzublähen wie ein zu stark gefüllter Ballon. Dann wurde es förmlich zerfetzt, Trümmer flogen durch die Luft. Menschen, die friedlich über die Straße gingen, wurden fortgerissen. Eine gewaltige Staublawine schoss die Straße entlang und schob sich vor die Linse der Kamera.

Sila schluckte.

„Für diese Zerstörung war ein Lastwagen verantwortlich, randvoll mit Calcium-Ammonium-Nitrat, das in Zementsäcke abgefüllt war. Der Wagen explodierte im Innenhof des Gebäudes, wo gerade Renovierungsarbeiten ausgeführt wurden."

Sila wollte etwas sagen, doch der Mann presste ihr den Zeigefinger auf die Lippen. „Sch, ich habe Sie nichts gefragt."

Erneut wechselte das Bild. Diesmal kam es von der Infrarot-Bodykamera eines SEK-Beamten. Es ging alles sehr schnell. Der Mann stürmte auf zwei Personen zu, die in einem Gang standen. Es waren ein Mann und eine Frau. Als er sie verhaften wollte, fuhr die Frau herum. Sila schluckte, als sie die Aggression in ihren eigenen Zügen sah. Ihr als Ring getarnter Elektroschocker setzte den Beamten augenblicklich außer Gefecht. Der Mann fiel steif wie ein Brett zu Boden.

„Beeindruckend, Ihre Gewaltbereitschaft", kommentierte Hofmann, während er den Rest seines Espressos trank.

Das Gesicht von Joses erschien. „Zu Waisen sollen werden seine Kinder und seine Frau zur Witwe", sagte er.

Sila zwang sich, genau hinzusehen. Nichts deutete darauf hin, dass dieses Video eine Fälschung war. „Wie Simson lassen wir das Haus, das auf tönernen Säulen ruht, über den Köpfen unserer Feinde zusammenbrechen." Angesichts der Bilder, die Sila gerade gesehen hatte, jagten ihr diese Worte einen Schauer über den Rücken. „Wer jetzt noch zweifelt, der gehört nicht zu uns. Die Zeit des Zögerns und Haderns ist vorbei. Wir sind herausgefordert zu handeln. Es ist an uns, die Unterdrückung zu beenden und diejenigen, die Gott leugnen, zu vernichten. Es ist an der Zeit, dass die Mächtigen dieser Welt die Macht der Ohnmächtigen zu spüren bekommen."

Gebannt starrte Sila auf das Hologramm. *Irgendetwas stimmt hier nicht*, schoss es ihr erneut durch den Kopf.

Hofmann schaltete den Projektor aus. Er ging zur Anrichte,

stellte die leere Tasse ab und zog sich einen neuen Espresso. Dann schlenderte er zu Sila zurück, stellte sich so dicht neben sie, dass seine Knie ihren Oberschenkel berührten, und lehnte sich gegen den schweren Schreibtisch. Der Duft des Espressos stieg Sila in die Nase. „Jetzt können Sie reden." Er lächelte. „Wer hat das Ganze geplant? Wie sind Sie an den Sicherheitskontrollen vorbeigekommen? Wer sind die Hintermänner? Was haben Sie als Nächstes vor?"

Sila starrte auf die kahle Wand und nagte nachdenklich an ihrer Unterlippe. Etwas an diesem Video war falsch, aber was? Joses' Stimme, sein Gesicht, seine Bewegungen – das alles war authentisch und in sich stimmig. Wo also war der Fehler?

Plötzlich spürte sie, wie eine Hand ihr Kinn umgriff und sie zwang aufzublicken. Hofmann lächelte, doch seine Augen waren eiskalt. „Du solltest nicht denjenigen angreifen, der dir als Einziger einen Ausweg aus diesem ganzen Schlamassel bieten kann."

Angreifen? Was redet er da? Sila verzog das Gesicht. „Ich wusste nicht, dass wir schon per Du sind."

Hofmanns Lächeln wurde breiter. Sila hatte gelernt, auch auf die subtilsten Anzeichen zu achten, und so bemerkte sie das winzige Flackern in seinen Augen. Instinktiv duckte sie sich genau in dem Moment, als er ihr den Kaffee ins Gesicht schütten wollte, sodass sie nur einige Tropfen des heißen Gebräus an der Wange trafen.

Hofmann ließ die Tasse zu Boden fallen. „Wache!"

Sofort öffnete sich die Tür, und die beiden Uniformierten stürmten herein.

„Die Irre hat sich selbst verletzt, als sie mich beißen wollte. Stellen Sie sicher, dass sie medizinisch versorgt wird."

Kapitel 27

Sila wurde in einen hellen Raum geführt. Ein Mann in weißem Kittel betrachtete für einen kurzen Moment die Verbrühung an ihrer Wange. „Kühlen", brummte er.

Zwei Wachleute brachten Sila zurück in ihre Zelle. „Du hast gehört, was der Arzt gesagt hat", meinte einer der beiden zu ihr, ehe die Tür ins Schloss fiel.

Sila starrte auf das stählerne Türblatt und biss die Zähne zusammen. Die Leuchtfolie begann wieder zu flackern, und aus dem Loch im Boden drang der Gestank von Fäkalien. Vor ihrem inneren Auge sah sie das arrogante Grinsen von Agent Hofmann. Der Typ war ein Niemand. Er befand sich drei oder vier Gehaltsklassen unter ihr, seine Freigabestufe unterschied sich nur unwesentlich von der des Hausmeisters, und doch spielte er sich auf, als sei er der König der Welt. Dummerweise war er das auch – zumindest in Bezug auf sie, wie sich Sila zähneknirschend eingestehen musste. Denn offensichtlich ließ man ihm freie Hand, was ihre Befragung anging, solange er Ergebnisse lieferte. Diesbezüglich herrschte im AIS ein gewisser Pragmatismus, wie sie selbst sehr wohl wusste. Das hieß, für eine gewisse Zeit, vermutlich für zwei bis drei Tage, war sie diesem Vollpfosten ausgeliefert.

Heiße Wut kochte in Sila hoch. Doch sie musste einen kühlen Kopf bewahren. Also atmete sie tief durch und ging in Gedanken die nächsten Schritte durch. Der Schmerz in ihrer Wange war unangenehm, aber erträglich. Ihr Neurobutton war deaktiviert. Versuchsweise berührte sie den Sensor neben dem winzigen Waschbecken. Die Wasserleitung gab beunruhigende Geräusche von sich, dann spuckte sie einen Schwall handwarmen bräunlichen Wassers aus. Das war zu erwarten gewesen. Sila biss die Zähne zusammen und unterdrückte ihren Zorn. Mit Sicherheit beobachtete Hofmann sie und wartete nur auf einen Moment der Schwäche.

Sie versuchte erneut, ihr CI zu aktivieren. Natürlich war sie noch immer offline.

Langsam begann sie in der Zelle auf und ab zu gehen. Man hatte sie auf solche Situationen vorbereitet. Als Undercoveragentin galt die generelle Order für sie, in ihrer Rolle zu verbleiben, bis ihr Vorgesetzter etwas anderes anordnete. Und offensichtlich schien es Snyder nicht eilig zu haben, sie hier rauszuholen. Das konnte mehrere Gründe haben. Denkbar wäre, dass er noch gar nicht von ihrer Verhaftung wusste – das jedoch erschien ihr äußerst unwahrscheinlich. Snyder war vermutlich einer der bestinformierten Menschen in der gesamten Union. Viel wahrscheinlicher war, dass er sie aus gutem Grund in dieser Zelle sitzen ließ. Es war nur vernünftig, davon auszugehen, dass die Follower über geheime Informanten verfügten. Wenn sie erfuhren, dass Sila den Verhören standhielt und ihre Treue zur Organisation bewies, würde das ihre Glaubwürdigkeit und ihren Status maßgeblich erhöhen und bestenfalls dazu führen, dass sie Paul Lübke fand und die eigentlichen Ziele der Follower in Erfahrung brachte.

Doch das war möglicherweise nicht der einzige Grund. Wenn Snyder mit seiner Vermutung richtig lag, gab es eine Verschwörung, die bis ins Innenministerium reichte. Wer konnte schon sagen, was geschehen würde, wenn diese Leute herausfanden, dass Sila ihnen auf der Spur war? Vor diesem Hintergrund hatte sie gar keine andere Wahl, als bis auf Weiteres Sila Wenzel zu bleiben.

Über die dritte Möglichkeit, nämlich dass Snyder das Vertrauen in sie verloren und sie aufgegeben hatte, wollte Sila erst gar nicht nachdenken. Stattdessen ließ sie das zurückliegende Verhör

Revue passieren. Die Videoaufnahmen, die sie in Bedrängnis brachten, waren unspektakulär, denn diese zeigten nur, dass sie Umgang mit Joses hatte, nun gut, und dass sie einen Agenten des AIS tätlich angegriffen hatte. Das machte sie in Hofmanns Augen natürlich höchst verdächtig.

Viel interessanter war aus Silas Sicht das Video von Joses. Sie versuchte, die Aufnahme in Gedanken erneut abzurufen.

Zu Waisen sollen werden seine Kinder und seine Frau zur Witwe, hatte Joses gesagt. Es waren definitiv sein Gesicht und sein Sprachduktus gewesen, auch als er weitergesprochen und dazu aufgefordert hatte, das Haus, das auf tönernen Säulen ruht, über den Köpfen ihrer Feinde einstürzen zu lassen.

Sila nagte an ihrer Unterlippe. Es waren weder die Bilder noch der Klang seiner Stimme, die sie stutzig machten, sondern vielmehr der Inhalt dieser Botschaft. Joses hatte ihr gegenüber nie von Feinden gesprochen. Nicht ein einziges Mal. Natürlich war der Mann voller Geheimnisse. Aber dass er solch einen unterschwelligen Hass und Vernichtungswillen so gut vor ihr zu verbergen wusste, wäre äußerst ungewöhnlich. Es war vor allem ihre Menschenkenntnis, die sie in ihrem Job so erfolgreich machte. Und Joses war alles Mögliche, aber kein hasserfüllter Mensch.

In Gedanken ließ Sila das Video weiterlaufen. *Wer jetzt noch zweifelt, der gehört nicht zu uns.* Sie nickte langsam. Hier lag der Fehler. Genau darüber hatte sie mit Joses gesprochen. Sie selbst hatte ihn nach ihrer Begegnung mit Julius auf seinen Glauben angesprochen, und Joses hatte seine Zweifel unumwunden zugegeben, indem er auf die Widersprüchlichkeit der menschlichen Natur hingewiesen hatte. *Wenn ich mich frage, wer ich eigentlich bin, dann finde ich keine einfache Antwort darauf ... Ich vertraue Gott, aber manchmal zweifle ich an ihm. Um authentisch sein zu können, muss ich Fragen zulassen, sonst habe ich von Anfang an verloren.* Konnte jemand, der so etwas sagte, ernsthaft die Zweifelnden aus den eigenen Reihen ausschließen? Niemals! Unbewusst schüttelte Sila den Kopf. Das passte nicht zusammen. Dieses Video war eine Fälschung, wenn auch eine auf technisch allerhöchstem Niveau. Die Frage war nur: Wer hatte es angefertigt und warum?

Sie nahm ihr unruhiges Auf- und Abgehen wieder auf. Joses hatte äußerst merkwürdig reagiert, als sie ihn auf das Attentat angesprochen hatte. Er war erbleicht, aber nicht weil er sich ertappt fühlte, sondern weil er schockiert war, dass *sie* so weit gingen. Und als Sila ihn angeschrien und gefragt hatte, wer *sie* seien, hatte er geantwortet: „Die Leute, für die du arbeitest." Damit unterstellte er dem AIS eine False-Flag-Aktion ungeheuren Ausmaßes.

Sila verzog das Gesicht. War es tatsächlich vorstellbar, dass ihre Behörde ein solch verheerendes Attentat auf die eigene Regierung verübte? Sie schüttelte entschieden den Kopf. Nein, ganz sicher nicht. Aber gab es beim AIS Menschen, die skrupellos genug waren, ein Attentat wie dieses durchzuführen, wenn es den eigenen Zielen diente? Sie verspürte ein Frösteln. Durchaus. Die Frage war nur, welche Ziele könnten das sein? Die HLP war die Partei, der das AIS am meisten zu verdanken hatte. Warum sollte ausgerechnet ein Teil des AIS dieser Partei schaden wollen?

Sila biss die Zähne zusammen. Grübeln half ihr nicht weiter. Sie musste strukturiert vorgehen. Wenn sie von einer False-Flag-Aktion ausging, dann war das vermeintliche Beweismittel – die aufrührerische Predigt von Joses – ihr wichtigster Hinweis. Das Video musste von denjenigen erstellt worden sein, die diese ganze Aktion geplant hatten. Vielleicht ließ sich darin ja ein Muster erkennen …

Sie hielt inne. *Ein Muster!* Bei diesem Wort begann irgendetwas in ihr zu schwingen. Unruhig ging sie auf und ab und versuchte, die vage Assoziation zu greifen, die irgendwo in ihrem Unterbewusstsein entstanden war. Doch es wollte ihr nicht gelingen.

In Gedanken ging sie Joses' vermeintliche Rede ein weiteres Mal durch. Er nahm Bezug auf Simson, was höchst interessant war. Denn mit dieser alttestamentlichen Figur wurden die schlimmsten Attentate westlicher Fundamentalisten in Verbindung gebracht. Sowohl MacPherson bei seinem Angriff auf das Kapitol als auch sein Nachahmer, der Mörder von Silas Mutter, hatten sich auf ihn berufen. Soweit Sila wusste, spielte dieser Simson für den Glauben der Menschen in Korinth allerdings überhaupt keine Rolle. Somit bildeten die drei Attentate für Außenstehende zwar eine logische Reihe. Aus Sicht der Follower hingegen ergab diese Verbindung weit weniger Sinn.

Und schließlich war da noch etwas, was Sila irritierte, und zwar der letzte Satz in Joses' Rede. *Es ist an der Zeit, dass die Mächtigen dieser Welt die Macht der Ohnmächtigen zu spüren bekommen.* Das passte überhaupt nicht zu ihm. Menschliche Machtspiele waren nicht sein Ding. Sie biss sich auf die Lippen. Und doch brachten diese Worte eine Saite in ihr zum Schwingen …

Der Lärm kam so unvermittelt und in solch einer infernalischen Lautstärke, dass Silas Herzschlag für einen Moment aussetzte. Der Boden ihrer Zelle bebte, die Wände schienen zu vibrieren. Sila presste sich die Hände auf die Ohren und versuchte, das sinnlose Kreischen und Hämmern auszusperren, doch es war unmöglich. Der ganze Raum schien ein einziger Resonanzkörper zu sein und Sila ein Staubpartikel, der von den Schallwellen hin und her geworfen wurde.

Als der Lärm endlich abebbte, fand sich Sila auf dem Boden wieder. Der körperliche Schock ließ ihren Herzschlag galoppieren. Das Denken fiel ihr schwer. Aber nachdem sich ihr Atem ein wenig beruhigt hatte, wurde ihr klar, was hier gerade geschah: Agent Hofmann hatte die nächste Stufe alternativer Verhörmethoden gezündet. Ganz offensichtlich stand er unter Zeitdruck …

Der infernalische Lärm erfüllte abermals den Raum und löschte jeden klaren Gedanken in Silas Kopf aus. Er hielt an, bis sie glaubte, es nicht mehr ertragen zu können. Dann herrschte ganz abrupt Stille, ehe der Lärm erneut einsetzte.

Es war unberechenbar. Die Ruhepausen konnten wenige Sekunden bis zu einer halben Stunde dauern, ehe der Krach Sila erneut zu Boden warf. Es war keine Musik, sondern ein Sammelsurium an unangenehmen Geräuschen, die schon für sich genommen kaum auszuhalten, als Gemenge aber unerträglich waren.

Irgendwann verlor Sila jegliches Zeitgefühl. Ihrem Empfinden nach musste fast ein halber Tag vergangen sein, ehe ihr klar wurde, dass sich etwas verändert hatte. Das Erste, was sie wahrnahm, waren ihre Füße, die über den Boden schleiften. Dann registrierte sie die beiden Wachleute, die sie rechts und links gepackt hatten und den Flur entlangzogen. Kurz darauf befand sie sich erneut im Verhörraum.

Man setzte sie auf einen Stuhl. Er fühlte sich hart und kalt an. Als Sila den Blick senkte, stellte sie fest, dass er aus Stahl gefertigt und im Boden verankert war.

Jemand schnalzte mit der Zunge. Sie blickte auf und sah Agent Hofmann kopfschüttelnd auf sie herabblicken. „Warum tun Sie das?", fragte er mit gespielter Betroffenheit.

„Sie haben sich das Gesicht zerkratzt, Ihr Ohr blutet. Das sieht nicht schön aus. Hat dieses selbstverletzende Verhalten irgendetwas mit Ihrer Religion zu tun?" Er nickte den beiden Wachmännern zu. „Bitte sorgen Sie dafür, dass sie sich nicht mehr verletzen kann."

Silas Handgelenke wurden festgekettet, und diesmal wurden auch ihre Fußgelenke an dem Metallstuhl befestigt, was ihr das Sitzen äußerst unangenehm machte.

Mit einem Wink schickte Hofmann die beiden hinaus. Lächelnd wandte er sich Sila zu. „Ich habe mir überlegt, dass ich Ihnen noch einmal eine Chance geben möchte."

Kapitel 28

Sila blickte in Hofmanns blasses Gesicht. Er hatte sich sorgfältig rasiert. Sie konnte den herben Duft seines Aftershaves riechen. Seine Haut war zu glatt, als dass dies natürlichen Ursprungs sein konnte. Er trug die braunen Haare kurz, aber Sila fiel dennoch auf, dass der Farbton an den Schläfen minimal dunkler war. Hofmann legte offensichtlich großen Wert auf sein Äußeres.

Ein Lächeln legte sich auf seine glatten Züge. „Haben Sie Durst?"

„Ja."

Hofmann nahm eine Wasserflasche aus der Schublade des Schreibtisches, schraubte sie auf und hielt sie Sila an die Lippen. Sie rechnete damit, dass er sie nach ein oder zwei Schlucken zurückziehen würde, doch das tat er nicht. Er ließ sie trinken, bis sie ihren Durst gestillt hatte. Dann schraubte er die Flasche wieder zu und stelle sie auf den Tisch. „Wissen Sie, was? Ich schätze Loyalität. Ich finde es bewundernswert, wenn Menschen bereit sind, Opfer zu bringen um einer Sache willen, an die sie glauben. Aber ich kann es auf den Tod nicht ausstehen, wenn Menschen belogen werden, wenn ihnen eingetrichtert wird, eine bestimmte Glaubensausrichtung oder Religion hätte die Wahrheit für sich gepachtet und alle anderen wären Irrwege."

Sila verzog keine Miene. Hofmann verfolgte eine nicht schwer zu durchschauende Strategie. Nachdem er glaubte, sie in ausreichendem Maß eingeschüchtert zu haben, zeigte er sich nun verständnisvoll und jovial. Letztlich würde es darauf hinauslaufen, jede Form des Widerstands brutal zu sanktionieren und gleichzeitig die Hürde für eine Kooperation so niedrig wie möglich zu halten.

„Wahrscheinlich hat man Ihnen eingetrichtert, der Glaube an einen göttlichen Opfertod Ihres Religionsgründers wäre exklusiv", fuhr er fort. „Aber das ist nicht der Fall. In antiken Religionen gehörten solche Glaubensartikel zum Standardrepertoire. Die nordische Gottheit Baldur und der Kornkönig in der keltischen Mythologie sind nur zwei Beispiele. Auch der ägyptische Gott Osiris stirbt und steht wieder von den Toden auf. Das war antiker Allerweltsglaube." Er setzte sich auf seinen Stuhl, sodass er nun auf einer Höhe mit ihr war. „Verstehen Sie mich bitte nicht falsch, ich meine das nicht despektierlich. Es sind wunderbare Mythen, die geboren wurden aus dem steten Kreislauf der Natur und aufgrund der ungeheuren Bedeutung von Saat und Ernte in der damaligen archaischen Welt. Gefährlich wird es nur, wenn wir Mythen mit der Wirklichkeit verwechseln und dann auch noch einen Absolutheitsanspruch vertreten."

Selbstverständlich war Sila mit dieser Argumentation bestens vertraut. Das war Basiswissen aus den Religionskritik-Vorlesungen des ersten Semesters an der Verwaltungsakademie. Normalerweise würde sie nur müde nicken, so als hätte ihr gerade jemand umständlich zu erklären versucht, dass Wasser nass sei. Ihre Rolle gebot ihr allerdings eine andere Reaktion. Intuitiv fragte sie sich, wie Joses wohl reagieren würde. Vor ihrem inneren Auge sah sie ihn lächelnd vor einem Bücherregal stehen und sagen: „Ein Mythos ist nicht die Wahrheit im eigentlichen Sinne, aber er kann auf die Wahrheit hinweisen."

Hofmann hob die Brauen, und Sila stellte fest, dass sie den Gedanken offenbar laut ausgesprochen hatte. Daher fügte sie hinzu: „Aber was wäre, wenn der Mythos auf einmal Geschichte würde?"

„Was wollen Sie damit sagen?"

„Der Unterschied zwischen Osiris oder Baldur und Jesus ist der

Umstand, dass Letzterer eine reale Person war, von der wir wissen, zu welcher Zeit und wo sie lebte und welche Reaktionen sie bei anderen hervorrief."

„Sie spielen damit wohl auf die Auferstehungsgeschichte an, die das Christentum begründet?", fragte er. „Ihnen ist schon klar, dass Ihr Jesus seine Jünger aus der Unterschicht rekrutierte? Das waren ungebildete Leute, einfache Bauern und Fischer, die an alles Mögliche glaubten: an Dämonen, Zauberei, Wunder und einen Gott, der in seinem Zorn Blitze herabschleuderte. Dass diese Menschen keine Schwierigkeiten hatten, sich einzureden, ihr großer Meister sei von den Toten auferstanden, ist nicht wirklich verwunderlich." Er lächelte. „Mythen werden nicht glaubwürdiger, nur weil sie von abergläubischen Bauern erfunden wurden."

„Man könnte meinen, Sie hätten ein Problem mit Bauern", erwiderte Sila.

Hofmanns Lächeln wirkte etwas angestrengt.

Wieder fragte sich Sila, was Joses wohl an ihrer Stelle sagen würde. „Die Leute damals hatten mehr Erfahrung mit dem Tod als wir heute. Und sie wussten: Wer tot ist, der bleibt auch tot. Für diese Erkenntnis war kein Biologiestudium notwendig. Das zeigte Ihnen die praktische Erfahrung. Und wenn man sich die Texte genau ansieht, dann spiegelt sich das auch in den Reaktionen der Menschen wider. Diese Jesusnachfolger waren komplett desillusioniert, als ihr Meister starb. Sie waren tieftraurig, verängstigt und am Boden zerstört. Niemand kam überhaupt auf die Idee, dass es noch irgendeine Perspektive geben könnte. Sie waren sogar schon so weit, zum Alltag überzugehen und in ihre alten Berufe zurückzukehren. Und als dann ein paar Frauen berichteten, Jesus sei auferstanden, da glaubten sie ihnen nicht. Sie verhielten sich also genauso, wie wir es tun würden. Bis sich auf einmal alles änderte."

„Sie glauben also ernsthaft, dass Menschen vom Tod auferstehen können?"

Sila dachte an Joses und erwiderte: „Ich glaube ernsthaft, dass Jesus von den Toten auferstanden ist."

Hofmann verzog das Gesicht, ob verärgert oder genervt, vermochte sie nicht zu sagen. Im nächsten Moment hatte er sich wieder im Griff.

Sila verspürte ein seltsames Gefühl in der Magengegend. Sie war es gewohnt zu lügen. Es war ihr Beruf. Sie hatte schon oft inbrünstig Behauptungen verteidigt, die sie innerlich verachtete. Doch diesmal war es irgendwie anders. Sie war sich keinesfalls sicher, was sie für wahr hielt und was nicht. *Was passiert hier gerade?*, schoss es ihr durch den Kopf.

„Dann vermute ich, dass Sie als gebildete Frau des 21. Jahrhunderts mir jetzt auch noch erzählen wollen, dass Gott die Welt geschaffen hat."

„Als gebildete Frau des 21. Jahrhunderts kann ich Ihnen zumindest sagen, dass die ersten modernen Atheisten, die sich als Materialisten bezeichneten, ziemlich falsche Vorstellungen davon hatten, was Materie ist. Es ist die moderne Physik, die uns die Erkenntnis vermittelt, dass wir Materie als eine verdichtete oder auch geordnete Form von Energie ansehen müssen. Und es ist die moderne DNA-Forschung, die uns zeigt, dass alles Leben auf Information beruht. Dass dieses Universum existiert und dass wir hier miteinander reden können, ist also nur möglich, weil von irgendwoher Ordnung und Information ins Sein gerufen wurden. Dass der Gedanke an einen Schöpfer vielen Menschen so absurd erscheint, hat in der modernen Naturwissenschaft keinerlei Grundlage."

Hofmann schnaufte, und Sila fragte sich, wie sie darauf gekommen war, ausgerechnet so zu antworten.

„Ich bin verblüfft", sagte Hofmann.

Nicht weniger als ich, dachte Sila im Stillen.

„Ich hätte Sie nicht für so verbohrt gehalten. Mich würde interessieren, wie es den Followern gelungen ist, Sie innerhalb kürzester Zeit derart zu indoktrinieren. Sympathisieren Sie schon länger mit der Bewegung?"

Sila schüttelte den Kopf.

„Wie sind Sie mit dem Untergrund in Kontakt gekommen?", fragte Hofmann weiter.

Sie antwortete nicht.

Der Agent nickte. „Da haben wir wieder Ihre bewundernswerte Loyalität. Aber glauben Sie mir, Sie müssen niemanden schützen. Priscilla Vogt ist inzwischen ganz in Ihrer Nähe eingezogen und wird sich, da bin ich mir sicher, deutlich kooperativer zeigen."

Sila presste die Lippen zusammen. Prisca war verhaftet worden? Angesichts der Vorgehensweise des AIS war das nicht verwunderlich. Für Silas Auftrag war Prisca nicht wichtig. Dennoch berührte sie diese Information unangenehm. Bilder der verängstigten jungen Frau in einer Zelle ähnlich der ihren kamen ihr in den Sinn. Sie verdrängte sie hastig.

Hofmann beugte sich vor und packte ihr Kinn. Offenbar war er mit seiner Geduld am Ende. „Rede! Wie hat man dich rekrutiert?"

„Ich wurde nicht rekrutiert. Es war meine freie Entscheidung, Kontakt zu den Followern aufzunehmen", erwiderte Sila.

„Die Follower findet man nicht einfach so über Galileo-World. Also, wer hat dir geholfen?" Er umschloss ihr Kinn mit festem Griff.

Sila schwieg und erwiderte nur trotzig seinen Blick.

Schließlich stieß Hofmann sie zurück und knurrte: „Das wirst du noch bereuen, glaub mir."

Sila blieb weiterhin stumm.

„Vielleicht glaubst du ja, dass dein Gott dir hier raushelfen wird, wenn du nur fleißig genug betest. Aber vertrau mir: In deiner Zelle hört dich niemand!"

Er aktivierte sein Smartpad und rief die Wachposten. „Bringen Sie die Verdächtige zurück in ihre Zelle."

Kapitel 29

Als die Zellentür krachend hinter ihr ins Schloss fiel, rechnete Sila damit, dass wieder der schreckliche Lärm über sie hereinbrechen würde, doch erstaunlicherweise blieb alles ruhig. Lediglich die Leuchtfolie begann wieder zu flackern. Damit konnte sie leben.

Sie tappte zu der Kunststofffliege an der gegenüberliegenden Wand und setzte sich auf die dünne Matratze. Sie wusste, dass Hofmann sie in diesem Moment beobachtete. Und vermutlich nicht nur er ...

Offenbar rechnete der Agent damit, dass sie beten würde. Ein naheliegender Gedanke, schließlich gab Sila vor, auf jemanden zu vertrauen, der unsichtbar und allgegenwärtig war. Erneut bereute sie, dass sie so wenig Zeit gehabt hatte, um sich vorzubereiten. Wie betete man zu dieser unsichtbaren Gegenwart? So wie sie es mitbekommen hatte, gab es keine vorgeschriebene Körperhaltung, und auch die Worte schienen nicht vorgegeben zu sein.

Sila nagte an ihrer Unterlippe. Angenommen, sie würde wirklich an einen unsichtbaren Schöpfer des Universums glauben – einen Schöpfer, der die Macht hatte, Dinge zu verändern und der sich, aus welchen Gründen auch immer, tatsächlich für sie persönlich interessierte, obwohl es noch Milliarden andere Exemplare ihrer Art gab –, was würde sie dann tun?

„Okay." Sila räusperte sich und stand im flimmernden Licht der Leuchtfolie auf. „Du bist jetzt hier mit mir zusammen in diesem Raum. Und ich bin dir nicht egal. Das weiß ich ... weil ... weil du nicht willst, dass auch nur ein einziger Mensch verloren geht." Sie erinnerte sich, diese Worte in der illegalen Bibel gelesen zu haben, die Joses ihr gegeben hatte, und ließ ihren Gedanken freien Lauf. *Was genau meinst du eigentlich damit? Momentan fühle ich mich ehrlich gesagt ziemlich verloren. Wenn du das nicht willst, warum änderst du es nicht? Willst du, dass ich hier bin? Oder bist du in Wahrheit gar nicht so mächtig und kannst nichts dagegen tun?*

Intuitiv begann Sila auf und ab zu gehen. *Vielleicht ist ja etwas ganz anderes damit gemeint? Auszuschließen wäre es nicht, denn es wäre ziemlich ungewöhnlich, wenn ein Geschöpf das Handeln seines Schöpfers immer genau durchschauen würde. Aber was mache ich jetzt damit? Einfach hinnehmen, dass ich nicht alles verstehe, und mich in mein Schicksal ergeben? Ist es das, was du von mir erwartest?* Sie dachte an Joses und an die anderen Bewohner von Korinth. Man konnte ihnen sicherlich alles Mögliche unterstellen, aber ganz sicher nicht, dass sie schicksalsergeben hinnahmen, was ihnen widerfuhr. Sie würden versuchen, hier herauszukommen, aber, so mutmaßte Sila, es wäre ihnen wohl nicht das Wichtigste. Sonst würden sie nicht freiwillig in den Untergrund gehen und an einem Ort leben, der nur unwesentlich luxuriöser war als dieses Gefängnis. *Okay,* fuhr Sila gedanklich fort, *für dich ist es also nicht entscheidend, dass ich hier herauskomme, aber worum geht es dir dann? Was verstehst du unter „nicht verloren gehen"? Was wünschst du dir für mich?*

Sie hielt inne. Wo eben noch eine Vielzahl unterschiedlichster Gedanken und Fragen in ihr herumgeschwirrt war wie ein summender Bienenschwarm, trat mit einem Mal ein Gedanke in den Vordergrund. *Und was, wenn es wirklich wahr ist?*

Eine Gänsehaut lief ihr über den Rücken, denn für einen kurzen Moment fühlte es sich so an, als würde ihr tatsächlich jemand antworten, als wäre da eine innere Stimme, die leise flüsterte: *Ich bin da... Ich bin bei dir!*

Sila schluckte. Sie hörte die Worte nicht wirklich, und dennoch waren sie irgendwie real. Ein Schaudern befiel sie, eine seltsame

Mischung aus Erschrecken, Staunen und Freude. War das etwa Ehrfurcht?

Sila konnte nicht sagen, wie lange dieser Moment anhielt. Möglicherweise waren es nicht mehr als ein paar Sekunden, ehe das Gefühl der unsichtbaren Gegenwart wieder verblasste. Doch das änderte nichts an der Realität dieser Erfahrung. Es war wie die Hitze eines Ofens, die man für einen kurzen Moment spürt, wenn man ihn öffnet. Sobald sich die Tür schließt und man einen Schritt zurücktritt, ist sie wieder verschwunden, und dennoch bleibt kein Raum für den Zweifel an ihrer Existenz.

Sila hatte das Gefühl, in eine ihr bislang völlig unbekannte Weite geblickt zu haben. Alles, was existierte, das ganze Universum schien in diesem Moment nur eine Fußnote des Eigentlichen zu sein. Konnte das wahr sein? Konnte jede Begegnung, die sie wirklich berührte, jede Wertschätzung, die von Herzen kam, jeder Moment der Schönheit, der ein fast schmerzhaftes Gefühl der Wehmut in ihr hinterließ, ein Fingerzeig auf den Urheber sein? *Also, darum geht es? Wer diesen Blick auf den Urheber verliert, ist verloren, weil er das Eigentliche verpasst?*

Sila schüttelte verwirrt den Kopf. Was waren das für Gedanken? Das flackernde Licht der Leuchtfolie drängte sich in ihr Bewusstsein. Die unangenehme Wirklichkeit der Zelle verlangte ihre Aufmerksamkeit. Sie spürte den Schmerz in ihrer Wange, die Erschöpfung und die Müdigkeit. Hatte sie da gerade eben eine religiöse Erfahrung gemacht? Unbewusst schüttelte sie erneut den Kopf. *So etwas passiert, wenn man ohne eine ausreichende Vorbereitung und ohne vernünftigen Support in eine Mission hineingedrängt wird*, meldete sich eine andere Stimme in ihr zu Wort. *Du bist dehydriert, überlastet und in einem emotionalen Ausnahmezustand. Kein Wunder, dass die Grenzen zwischen deinem wahren Ich und der Rolle, die du spielst, verschwimmen!*

Diese scheinbar rationale Erklärung beruhigte Silas pochenden

Herzschlag ein wenig. Doch schon im nächsten Moment kamen ihr Zweifel. Konnte es sein, dass diese Stimme, die sie bislang immer für die Stimme ihres rationalen Verstandes gehalten hatte, in Wahrheit die Stimme der Gewohnheit war? In jedem Fall tat sie alles dafür, dass Sila ihre Komfortzone nicht verlassen musste. Ein Umstand, der sie ihr mit einem Mal verdächtig erscheinen ließ.

Sila nagte an ihrer Unterlippe. Zu gern hätte sie jeden Gedanken daran, dass die Vorstellung eines unsichtbaren Gottes mehr sein könnte als das irrationale Wunschdenken der Ewiggestrigen, einfach als Unsinn abgetan, aber es wollte ihr nicht gelingen. Sie fragte sich, ob sie wirklich noch unterscheiden konnte, was zu ihrer Rolle gehörte und was nicht. War Sila, die Agentin, die nichts glaubte, was nicht wissenschaftlich bewiesen werden konnte, die echte Sila, und die fragende Sila, die zumindest in Erwägung zog, dass es so etwas wie einen Gott geben könnte, eine Rolle – oder war es genau umgekehrt? Hatte sie, ohne es zu merken, einen Pfad betreten, der sie aus den vertrauten Gefilden ihres naturalistischen Weltbildes heraus- und in unbekanntes Terrain hineinführte? Falls ja, war sie auf diesem Pfad keineswegs nur ihren Gefühlen oder Instinkten gefolgt. Ganz im Gegenteil: Es waren die unterschiedlichsten Aspekte gewesen, die Sila vorangetrieben hatten, nicht zuletzt auch ihr Verstand und die Begegnung mit außergewöhnlichen Menschen. Hatte sie gefunden, wonach sie nie hatte suchen wollen? Oder war sie einfach nur eine übermüdete AIS-Agentin, die sich gerade in einem körperlichen und psychischen Ausnahmezustand befand und morgen schon wieder ganz die Alte sein würde?

„Ich glaub, ich dreh durch", flüsterte sie und presste sich die Hände an die Schläfen.

Der ohrenbetäubende Lärm traf sie wie ein Schlag. Jeder klare Gedanke wurde aus ihr herausgespült. Sie sank zu Boden, rollte sich zusammen und versuchte, das infernalische Chaos über sich hinwegfluten zu lassen. Sie konnte nicht sagen, wie lange das Dröhnen anhielt, doch irgendwann vernahm sie nur noch das Fiepen in ihren Ohren und spürte den rauen Beton unter ihrem Körper. Offenbar hatte Hofmann beschlossen, ihr vorerst eine Pause zu gönnen.

„Oh Gott ...", krächzte sie, „lass mich bitte nicht allein!"

Was für eine seltsame Bitte, fuhr es ihr durch den Kopf. Dann überrollte sie die nächste Welle des Lärms. Wehrlos und in Embryonalstellung lag Sila da, während die Kakophonie des Lärms auf sie einprügelte. Ihr kam es vor, als würden Stunden vergehen, doch dann, ganz plötzlich, verschob sich ihre Wahrnehmung. Der Lärm drang in den Hintergrund, und sie vernahm eine Stimme.

„Sila?"

Im ersten Moment glaubte Sila, sie würde halluzinieren. Doch dann fuhr die Stimme in ihrem Ohr fort: „Sila, du müsstest mich jetzt eigentlich hören können." Das war unverkennbar Skull, dem es irgendwie gelungen sein musste, sich in ihr CI zu hacken.

„Ich stelle fest, dass alternative Verhörmethoden im AIS noch gang und gäbe sind. Ich weiß schon, warum ich nie direkt für den Laden arbeiten wollte."

Hör auf zu quasseln! Tu etwas!, schoss es Sila durch den Kopf.

Als hätte Skull sie gehört, sagte er: „Pass auf, ich werde jetzt eine Art weißes Rauschen in dein Implantat einspeisen. Das wird zur Folge haben, dass du vorübergehend gar nichts mehr hören kannst, weil die akustischen Reize dein Hirn nicht mehr erreichen. Du solltest dir das aber nicht anmerken lassen, sonst bemerken deine Bewacher womöglich, dass irgendetwas nicht stimmt. Ich beende das Rauschen, sobald der Lärm aufhört. Also, bis gleich ..."

Das unerträgliche Scheppern und Dröhnen endete so abrupt, dass Sila überrascht zusammenzuckte. Zuerst vernahm sie gar nichts, und dann eine Art Zischen. Es war ein so harmloses, sanftes Geräusch, dass ihr unvermittelt die Tränen in die Augen stiegen. „Danke", wisperte sie in den muffig riechenden Stoff der dünnen Matratze. Sie änderte ihre Körperhaltung nicht, spürte jedoch, wie sie sich nach und nach entspannte.

Schließlich hörte das Zischen auf, und Skulls Stimme sagte: „Du hast wirklich ein ausgeprägtes Talent dafür, dich in so richtig beschissene Situationen zu bringen. Wie um alles in der Welt kommst du nach Marzahn, und dann auch noch in den Hochsicherheitstrakt? Hast du eine Ahnung, was ich alles anstellen musste, um dich zu orten? Und bevor du auch nur einen Laut von dir gibst, noch zwei Dinge. Erstens: Natürlich weiß ich, dass du nicht die leiseste Ahnung hast, was mich das gekostet hast, weil dich das noch nie interessiert hat, und zweitens: Bei allem, was du sagst, solltest du dir bewusst sein, dass du komplett überwacht wirst."

Sila fühlte sich erschöpft und vollkommen ausgelaugt. Alles tat ihr weh, und dennoch konnte sie nicht verhindern, dass ein winziges Lächeln auf ihre Lippen trat. Wenn sie mit Skull kommunizierte, musste sie also so tun, als würde sie noch immer beten oder mit sich selbst sprechen. „Danke", flüsterte sie. „Danke, dass du bei mir bist." Es fühlte sich seltsam an, denn im ersten Moment war sie sich nicht sicher, wem genau ihre Worte galten, der unsichtbaren Gegenwart, mit der sie vorgab zu reden, oder Skull.

„Das muss ich jetzt erst mal verdauen. Hast du dich eben tatsächlich bei mir bedankt?"

Sila rappelte sich auf und setzte sich. „Krass, was alles passiert, wenn man anfängt zu beten", murmelte sie.

„Mach so weiter, und auch ich fange an, an Wunder zu glauben", erwiderte Skull. „Okay, wir haben nicht viel Zeit", fügte er hinzu. „Ich kann diesen Zugang nicht ewig verschleiern. Was weißt du über die derzeitige Lage?"

„Ich weiß, dass ich nichts weiß", seufzte Sila.

„Dir ist hoffentlich klar, dass dieses Sokrates-Zitat eigentlich mit ‚Ich weiß, dass ich nicht weiß' übersetzt werden müsste – und das ist ein himmelweiter Unterschied."

Sila stöhnte.

„Schon gut. Dann bring ich dich mal auf den neuesten Stand. Das Attentat war verheerend. Der Kanzler ist lebensgefährlich verletzt, die ebenfalls anwesende Justizministerin konnte nicht mehr gerettet werden. Mehrere hochrangige HLP-Mitglieder sind tot. Der Vizekanzler hat den Notstand ausgerufen. Eine Ausgangssperre zwischen 20 Uhr abends und 5 Uhr morgens wurde verhängt. Das Bundesheer wird zur Aufrechterhaltung der öffentlichen Ordnung eingesetzt. Und währenddessen rennt das gesamte AIS wie ein aufgeschreckter Hühnerhaufen umher. Überall wittert man Verrat. Eine Hetzjagd auf die Follower hat begonnen. 186 Verhaftungen wurden offiziell bekannt gegeben, aber wahrscheinlich sind es inzwischen schon weitaus mehr. Was haben die sich bloß dabei gedacht?"

Beinahe genau die gleiche Frage hatte Sila auch Joses gestellt. Erst jetzt wurde ihr wirklich bewusst, was er damals geantwortet hatte. *Das war nie ein Geheimnis, Sila. Um zu wissen, was wir vorhaben, musst du nur wissen, wer wir sind. Wir nennen uns Follower. Wem –* Dann war er unterbrochen worden. Aber es war klar, was er hatte fragen wollen: *Wem folgen wir?* Es ging um Jesus. Sila hatte das Buch noch nicht vollständig durchgelesen, aber alles, was sie bisher darin gefunden hatte, machte unmissverständlich deutlich: Wer diesem Jesus nachfolgte, konnte seinen Glauben unmöglich mit Bomben verteidigen. Nichts würde seiner Art zu sein und seinem Denken über die Menschen ferner liegen. „Sie haben sie nicht umgebracht", flüsterte Sila.

„Was?", fragte Skull.

„Liebe deinen Nächsten wie dich selbst", sagte Sila. „Mit Bomben funktioniert das nicht."

„Ich gebe zu, dass dies eine etwas eigenwillige Form der Selbstliebe wäre", bemerkte Skull. Er machte eine Pause. „Shit ... sieht ganz so aus, als hätte man ein paar digitale Spürhunde auf mich angesetzt. Ich muss verschwinden."

Sila spürte, wie ihr Magen sich verkrampfte. Es tat so gut, Skulls Stimme zu hören.

„Keine Ahnung, wem du noch trauen kannst. Snyder hat, soweit ich weiß, bisher nichts unternommen, um dir zu helfen. Kann aber auch sein, dass er selbst unter Beschuss steht. Wie auch immer, du bist offensichtlich dennoch nicht allein ... Ich hatte Hilfe von einem Insider ... Verflixt ... muss verschwinden. Halt durch! Ich melde mich!"

Sila wartete, aber ganz offensichtlich hatte Skull die Verbindung unterbrochen.

Spätestens als der Lärm erneut einsetzte und kein Rausch-Signal ihn von ihr fernhielt, wusste sie, dass sie wieder auf sich gestellt war.

Kapitel 30

Das Flackern der Leuchtfolie erlosch, und vollkommene Dunkelheit hüllte sie ein. Sila konnte nicht sagen, wie viel Zeit seit ihrem letzten Verhör vergangen war. Möglicherweise war es nur eine Nacht gewesen. Doch ihr kam es so vor, als hätte sie eine ganze Woche in dieser Zelle verbracht, ohne auch nur ein Auge zu schließen. Sie hatte so sehr gehofft, noch einmal Skulls Stimme zu hören. Doch er hatte sich nicht wieder gemeldet, und inzwischen fragte sie sich, ob sie sich das Gespräch nur eingebildet hatte. Ungewöhnlich wäre das nicht. Der Mensch konnte wochenlang ohne Nahrung auskommen, er kam mit Virusinfektionen, Knochenbrüchen und Stichverletzungen klar, aber ohne Schlaf gelangte er erschreckend schnell an seine Grenzen. Schon nach drei Tagen fing er an durchzudrehen.

Silas Herz raste. Ein Gefühl von Panik breitete sich in ihr aus, als der Riegel zurückgeschoben wurde und sich die Tür ihrer Zelle öffnete. Grelles Licht drang herein. Es schien, als würden zwei gesichtslose Schatten auf sie zugleiten.

Sie wurde hinaus auf den Gang geschleift. Ihre Augen gewöhnten sich allmählich an die Helligkeit, und sie erkannte die Uniformen des Wachpersonals. Man würde sie erneut verhören.

Sila schloss die Augen. Sie wollte einfach nur fort von hier und sich irgendwo verkriechen. Es kostete sie ihre ganze Kraft, nicht laut schreiend und um sich schlagend ihre Peiniger zu attackieren. *Bleib ruhig*, befahl sie sich selbst. *Benutze deinen Verstand, solange er dir noch zur Verfügung steht! Du weißt, wie Hofmann denkt. Du weißt, welche Strategien er erlernt hat. Nutze dieses Wissen!*

Eine Tür wurde geöffnet, und Sila stolperte in den vertrauten Verhörraum. Als man ihre Hand- und Fußgelenke an den stählernen Stuhl fesselte, stand sie kurz davor, von der Panik überwältigt zu werden. *Oh Gott, steh mir bei!*, schoss es ihr durch den Kopf.

Paranoia, wisperte eine andere Stimme in ihr.

Hofmanns Schritte hinter ihr waren zu vernehmen. Sila hörte ein leises Zischen, dann stieg ihr der Duft von frisch gebrühtem Kaffee in die Nase. Ein Geruch, den sie bis vor Kurzem niemals mit etwas Negativem in Verbindung gebracht hätte. Nun jedoch sträubten sich ihre Nackenhaare. Erstaunlich, wie rasch eine Konditionierung stattfinden konnte, wenn die Mittel nur drastisch genug waren.

Sila biss die Zähne zusammen und starrte auf die Wand. Hofmann ging so dicht an ihr vorbei, dass sie die Wärme des heißen Gebräus an ihrer Wange spüren konnte.

Lächelnd nahm der Agent ihr gegenüber Platz.

„Ich hoffe, Sie hatten nun ausreichend Zeit, sich Gedanken zu machen."

Dass er Sila nun wieder siezte, folgte einem simplen Prinzip: Er deutet damit an, dass er momentan gewillt war, den Schein zu wahren und so etwas wie ein zivilisiertes Gespräch mit ihr zu führen. Sollte er zum Du wechseln, würde es unangenehm für sie werden.

„Ich erwarte nicht mehr von Ihnen, als dass Sie sich an die Gesetze halten, die unsere Gesellschaft schützen. Und das ist keineswegs etwas Abstraktes. Unsere Gesellschaft, das sind wir alle. Sie, ich, Ihre Freunde ..."

Er aktivierte einen Holoprojektor, und Sila konnte eine junge Frau in einer Zelle erkennen, die ihrer zum Verwechseln ähnlich sah. Im flackernden Licht der vermeintlich defekten Leuchtfolie hockte die Frau auf der dünnen Matratze, die Beine fest an sich gezogen und mit beiden Armen umklammert. Sie wiegte sich leicht vor und zurück. Die Kameraperspektive wechselte, und Sila konnte das blasse Gesicht von Prisca erkennen. Ihre Haut war fahl und teigig, ein Auge war fast zugeschwollen, der dunkle Schatten darunter zeugte von einem heftigen Hämatom.

Sila warf Hofmann einen finsteren Blick zu. „Soweit ich weiß, erlauben unsere Gesetze weder Folter noch körperliche Züchtigung."

„Es freut mich, dass Ihnen unsere Gesetze offenbar wieder wichtig sind", erwiderte Hofmann. „Dann sind Sie nun vielleicht so weit, meine Fragen zu beantworten. Diese haben sich nicht geändert: Wer hat das Attentat geplant? Wie sind Sie an den Sicherheitskontrollen vorbeigekommen? Wer sind die Hintermänner? Was haben Sie als Nächstes vor?"

Silas Blick wanderte zurück zu Prisca. Eigentlich sollte ihr der Anblick nichts ausmachen. Die junge Frau war eine Kontaktperson ihres Pseudonyms, mehr nicht. Sie bedeutete ihr nichts. Und was waren schon ein bisschen Angst und ein paar blaue Flecken verglichen mit dem Schicksal eines ganzen Volkes? Aber so sehr ihr Verstand auch argumentierte – es änderte nichts an dem Schmerz, den Sila fühlte. „Es macht Ihnen Angst, nicht wahr?", sagte sie leise und an Hoffmann gewandt.

Der Agent hob die Brauen. Er hatte offensichtlich nicht damit gerechnet, dass Sila auf seine Fragen reagieren würde. „Wirke ich etwa ängstlich auf Sie?", fragte er und nippte betont ruhig an seinem Kaffee.

Ja, das tust du. In der Tat, dachte Sila. *Du hast so richtig die Hosen voll. Denn du weißt, dass du erledigt bist, wenn du keine Ergebnisse vorzuweisen hast.* Laut sagte sie: „Es macht Ihnen Angst, dass Menschen, die sich komplett in den Untergrund zurückgezogen haben – Menschen, die keinerlei Macht im Staat haben und ganz auf sich allein gestellt sind –, zu solch einem verheerenden Anschlag fähig sein sollen."

„Nein", erwiderte Hofmann, „das macht mir keine Angst. Also lassen Sie die Spielchen. Wir wissen bereits, dass die Follower Kontakte bis in höchste Sicherheitskreise haben. Und Sie wissen das auch." Er starrte sie an und lächelte freudlos. „Natürlich wissen Sie das."

Sila erwiderte seinen Blick, ohne eine Miene zu verziehen. Doch in ihr arbeitete es. Hofmann war gestresst. Er hatte mehr verraten, als ihm bewusst war. *Höchste Sicherheitskreise*, hatte er gesagt. Das bedeutete, dass entweder die Polizei oder das AIS in die Sache verwickelt war, vielleicht sogar beide.

„Aber dass Sie dieses Wissen haben, bedeutet ja nicht zwangsläufig, dass Sie auch aktiv an dem Anschlag beteiligt waren", fuhr Hofmann fort. „Wie geht es Ihnen angesichts der vielen Toten? Es sind Unschuldige gestorben – Fahrer, Sicherheitspersonal, ein Hausmeister. Seine zwölfjährige Tochter war gerade zu Besuch, als die Bombe explodierte. Sie hat beide Beine verloren und liegt im Koma. Falls sie jemals wieder erwacht, wird sie für den Rest ihres Lebens traumatisiert sein. Wollten Sie das? Waren Sie wirklich bereit, das Leid Unschuldiger in Kauf zu nehmen, um Ihre Ziele zu erreichen?"

Sila starrte an Hofmann vorbei auf das Holobild. Prisca presste sich die Hände auf die Ohren, das Gesicht zu einer Maske aus Schmerz verzogen.

„Hören Sie auf, diejenigen zu schützen, die wirklich dafür verantwortlich sind", sagte Hofmann eindringlich.

Sila löste den Blick von Prisca. Sie musste einen kühlen Kopf bewahren. Hofmanns Strategie war simpel. Er bot ihr einen moralischen Ausweg. Wenn sie zugäbe, beteiligt gewesen zu sein, aber die Verantwortung von sich wies, hätte er ein Geständnis und gleichzeitig eine hervorragende Ausgangslage, um mehr Informationen aus ihr herauszupressen.

„Diese Leute haben Ihre Loyalität nicht verdient –"

„Wen haben Sie unter Verdacht?", unterbrach Sila ihn. „Ist es Dr. Kärschke, der Leiter der Abteilung ‚Religion und Weltanschauung'? Oder sein Stellvertreter Snyder?" Sie beobachtete Hofmann sehr genau. Er zeigte keine Regung. „Auf jeden Fall muss es jemand sein, der Zugriff auf Q-LOPA hat, habe ich recht?"

Bei der Erwähnung der KI weiteten sich Hofmanns Augen ein wenig. Sie hatte also ins Schwarze getroffen. Q-LOPA! Diese ganze Verschwörung hatte etwas mit Q-LOPA zu tun. Mit einem Mal ergab alles einen Sinn. Denn auch wenn die KI einen Quantenprozessor hatte, der allen bisherigen künstlichen neuronalen Netzwerken weit überlegen war, blieb sie in ihrer Grundstruktur eine künstliche Intelligenz, und das bedeutete: Sie arbeitete mit den Mustern und Prämissen, die ihre Schöpfer in ihrer digitalen DNA angelegt hatten. Nur eine hochentwickelte KI wie Q-LOPA war in der Lage, eine solch perfekte Fälschung wie die vermeintliche Videoaufnahme von Joses' Predigt zu konstruieren. Dabei verwendete sie das wiederkehrende Muster des Bezugs auf die alttestamentliche Figur Simson und die Prämissen, die man ihr vorgegeben hatte.

Sila schluckte. Mit einem Mal stand ihr das Gesicht von Innenminister Braun vor Augen. *Letztlich geht es immer um Macht, glauben Sie mir!*, hatte er gesagt.

Konnte das wahr sein? Konnte der Innenminister selbst –

„Hey!" Wütend packte Hofmann ihr Kinn. „Woher kennen Sie all diese Namen?"

Offenbar stellte er diese Frage nicht zum ersten Mal.

„Ich bin eine interessierte Bürgerin –"

Hofmann ließ sie los und schlug mit der Faust auf den Tisch. „Hör auf, mich zu verarschen!"

„Ich verrate Ihnen keine Staatsgeheimnisse. Gehen Sie auf die Webseite des AIS, dort können Sie alles nachlesen", erwiderte Sila gelassen.

Der Agent sprang auf und begann, nervös auf und ab zu gehen.

Sila beachtete ihn nicht weiter, sondern inspizierte das Holobild. Prisca hatte sich zu einer Kugel zusammengerollt, die Arme schützend um den Kopf gelegt. Nichts davon war ungewöhnlich, und dennoch hatte sie den Eindruck, dass irgendetwas an dem Bild nicht passte.

„Rede endlich!" Hofmann stützte sich auf den Tisch. Sein Gesicht war ihrem so nahe, dass Sila die Speicheltropfen spüren konnte, als er sie anbrüllte. Neben der Wut sah sie auch die Panik in seinen Augen.

„Es ist noch nicht vorbei", sprach sie ihre plötzliche Erkenntnis laut aus.

„Wie bitte?"

„Sie wissen, dass irgendetwas Großes bevorsteht, aber Sie haben keine Ahnung, was es ist. Und das macht Ihnen eine Höllenangst!"

Hofmann wirkte, als würde er ihr jeden Moment mit aller Kraft die Faust ins Gesicht rammen. Unwillkürlich spannte Sila die Nackenmuskulatur an. Doch der Agent beherrschte sich. Mit zusammengepressten Lippen wandte er sich ab und gab irgendetwas in sein Notepad ein.

Sila blickte wieder an ihm vorbei auf das Holobild. Prisca hatte sich kurz bewegt, und Sila erhaschte einen Blick auf ihr erschöpftes Gesicht. Dann presste Prisca sich erneut die Hände auf die Ohren. Wieder beschlich Sila das Gefühl, dass irgendetwas an dieser Videoaufnahme merkwürdig war, doch sie kam nicht darauf, was es sein könnte.

„Frau Wenzel", Hofmann stützte sich erneut auf den Tisch und sah sie eindringlich an, „soeben hat man mir die Befugnis erteilt, Ihnen einen Deal anzubieten. Nennen Sie uns die Hintermänner des Anschlags, und ich sorge dafür, dass Sie ins Zeugenschutzprogramm aufgenommen werden."

Sila sah den dünnen Schweißfilm auf seiner Stirn und die Anspannung in seinem Blick. Er log. Ihr solch einen Deal anzubieten, überstieg seine Gehaltsklasse. Der Mann stand eindeutig mit dem Rücken zur Wand.

„Halten Sie mich wirklich für so naiv?", fragte sie. „Keine Ahnung, was Sie gerade auf Ihrem Pad abgefragt haben – wahrscheinlich den Speiseplan der Kantine oder eher noch die Öffnungszeiten der Arbeitsagentur, wo Sie demnächst antanzen müssen, weil Sie Ihren Job vergeigt haben. Auf jeden Fall haben Sie keinerlei Befugnis, mir einen Deal anzubieten."

„Ich verstehe." Ein Lächeln bar jeden Humors verzerrte Hofmanns Gesicht. „Sie brauchen noch ein wenig Zeit."

Er trat vor sie und löste ihre Fesseln, zuerst die an den Füßen, dann die an den Handgelenken, die er gleich darauf hart packte und ihr auf den Rücken drehte. Handschellen schnappten zu und schnitten ihr ins Fleisch.

„Aufstehen!" Er packte sie am Arm und zog sie hoch.

Ohne seine Hilfe hätte Sila es nicht geschafft. Sie war so erschöpft, dass sie taumelte.

„Du wirst schon sehen, was du davon hast", raunte er.

Die Tür öffnete sich. Zwei Wachen traten ein.

„Ich denke, unsere hitzköpfige Fanatikerin braucht eine kleine Abkühlung", sagte Hofmann.

Die beiden Männer packten sie an den Armen und schleiften sie in den Flur.

Sila ließ den Kopf sinken und erhaschte einen Blick auf ihre Füße, die über den Boden schleiften. Die Schritte der Wachen waren rhythmisch und im immer gleichen Takt. In diesem Moment ging ihr auf, was ihr an der Videoaufnahme von Prisca so merkwürdig vorgekommen war.

Das Muster des Vinylbodens verschwamm vor ihren Augen, als sie eine weitere Welle der Erschöpfung überrollte.

Kapitel 31

Sila riss die Augen auf und schnappte nach Luft. Man hatte sie an einen Metallstuhl gefesselt. Eiskaltes Wasser durchnässte ihre Kleidung. Die Wände und der Boden des Raums waren weiß gefliest. Es gab kein Fenster, nur eine großflächige Leuchtfolie an der Decke. Eine überdimensionale Klimaanlage lief auf vollen Touren.

Ein Mann in Uniform stand vor ihr und stellte grinsend einen Eimer beiseite. „Na, immer noch nicht ganz wach?" Er ergriff einen zweiten Eimer. „Da kann ich Abhilfe schaffen."

Ein weiterer Schwall eiskalten Wassers traf sie. Ihr Herzschlag stockte. Sila blinzelte und konnte ihren Atem als blassen Dunst aufsteigen sehen. Sie schätzte die Raumtemperatur auf maximal sechs Grad Celsius.

Der Mann nahm einen dritten Eimer zur Hand.

„Nein ... bitte ... nicht!", stieß sie hervor.

Wieder traf sie ein Wasserschwall.

Silas Körper begann, unkontrolliert zu zittern.

Der Uniformierte wandte sich zum Gehen. „Melden Sie sich, wenn Sie reden wollen."

Die Tür fiel ins Schloss, und Sila war allein.

Sie stöhnte leise. In ihrer Ausbildung war sie auf solche Szenarien vorbereitet worden. Die Gefahr, dass einzelne Körperteile erfroren, bestand nicht, da die Temperatur im Raum noch über null Grad lag. Allerdings konnte man auch bei deutlich höheren Temperaturen an Unterkühlung sterben.

Momentan befand Sila sich noch im Stadium einer leichten Unterkühlung. Ihr Herzschlag und die Atemfrequenz waren erhöht, sie zitterte am ganzen Leib und alles tat ihr weh. Ab einer Körpertemperatur von 32 Grad würde man von einer schweren Unterkühlung sprechen. Ihr Herzschlag würde sich verlangsamen, sie würde zunehmend teilnahmsloser werden und auch die Schmerzen würden nachlassen. Unter 28 Grad bestünde akute Lebensgefahr. Sie würde zunehmend müder werden und irgendwann in die Bewusstlosigkeit sinken. Sollte sie eine Temperatur unter 24 Grad noch erleben, würde sie ins Stadium des Scheintods hinübergleiten. Die Atmung wäre nicht mehr erkennbar und der Blutdruck so niedrig, dass er kaum noch zu messen sein würde. Irgendwann würde sie an Herz- oder Organversagen sterben.

Ihre Ausbilder hatten ihr empfohlen, sich in solchen Situation gedanklich zu fokussieren und rational vorzugehen. Die unangenehmste Phase der Unterkühlung war gleichzeitig auch die harmloseste. Oder salopp formuliert: Solange Sila Schmerzen hatte, war alles in Ordnung. Nun war es ihre wichtigste Aufgabe, ihren Verstand konstruktiv zu beschäftigen, um nicht aus Panik oder Unkonzentriertheit einen schwerwiegenden Fehler zu begehen. In aller Regel ging es den Folterern darum, an Informationen zu gelangen. Ein totes Opfer wäre nutzlos. Sila musste den Männern also das Gefühl geben, dass sie Erfolg hatten, allerdings ohne wirklich wichtige Informationen preiszugeben. Und das alles mit dem Ziel, Zeit zu gewinnen, denn, und auch das hatten ihr ihre Ausbilder eingeschärft, Hilfe war unterwegs. Das AIS ließ niemanden im Stich.

Hier in den Kellerräumen des Amts entbehrten diese markigen Worte allerdings nicht einer gewissen Ironie. Sila hätte nie gedacht, dass ihre eigene Behörde sie foltern würde, auch wenn man es natürlich nicht so bezeichnete. In diesem Moment wurde ihr bewusst, dass sie damit bislang nie ein Problem gehabt hatte. Terroristen hatten nichts anderes verdient, hatte sie immer gedacht. Außerdem kamen solche Methoden nur als letztes Mittel der Gefahrenabwehr bei akuten Bedrohungsszenarien zur Anwendung.

Als Betroffene bewertete sie die Vorgehensweise nun doch etwas anders. Wie viele Unschuldige waren in diesen Kellern im Namen der Freiheit gefoltert worden? Wie viele dem Gesetz verpflichtete Beamte hatten ihre Macht genossen und bis ins Letzte ausgekostet, einfach nur, weil sie es konnten? Wie viele Geständnisse waren mit Gewalt erpresst worden und entbehrten jeglicher realen Grundlage?

Ein ungewohntes, seltsam bedrückendes Gefühl beschlich Sila, und es dauerte eine Weile, bis sie es als eine Mischung aus Schuld und Scham identifizierte.

Sie starrte auf ihre unkontrolliert zitternden Hände. *Konzentrier dich*, ermahnte sie sich selbst und fokussierte ihre Gedanken auf Hofmann.

Der Mann stand ohne Frage enorm unter Druck. Das wiederum bedeutete, dass er nicht tagelang Zeit hatte, um sie weichzuklopfen. Er würde den Druck immer mehr erhöhen, bis sie ihm gab, was er haben wollte.

Sie erinnerte sich an die Videoübertragung von Prisca. Offenbar war Hofmann davon ausgegangen, dass es Sila schwerfiel, das Leid der jungen Frau mitanzusehen. Tatsächlich hatte er nicht gänzlich Unrecht damit. Prisca war Sila ans Herz gewachsen – was nicht nur unprofessionell, sondern auch dumm von ihr war, aber darüber wollte sie sich jetzt keine Gedanken machen. Stattdessen rief sie sich in Erinnerung, was sie stutzig gemacht hatte: Prisca hatte sich auf der Liege zusammengekauert und die Hände auf die Ohren gepresst. Offenbar war sie der gleichen Lärmfolter ausgesetzt gewesen wie Sila. Das an sich war nicht ungewöhnlich. Doch für einen kurzen Moment hatte die junge Frau die Arme um ihren Körper geschlungen, nur um sich gleich darauf wieder die Hände auf die Ohren zu pressen. Das Gleiche geschah wenig später in anderer Körperhaltung. Nichts davon war auf den ersten Blick ungewöhnlich. Aber Sila hatte gelernt, auf kleinste Details zu achten, und diese waren es nun, die ihren Argwohn weckten. Beziehungsweise ein ganz bestimmtes Detail. Priscas linker kleiner Finger war gekrümmt, als sie sich die Hand auf das Ohr presste. Das war unlogisch, denn auf diese Weise bildete sich ein winziger Spalt, der die Schallschutzwirkung der Hand reduzierte.

Sila ging davon aus, dass dies nicht absichtlich geschehen war, sondern aus Versehen und in der hektischen Abwehrreaktion des ersten Schocks. Für sich genommen war das alles völlig unproblematisch. Irritierend war allerdings, dass Priscas Finger beim nächsten Mal genau dieselbe Position hatte, ebenso wie in der Szene darauf. Die Haltung ihrer linken Hand war jedes Mal exakt dieselbe – bis ins allerkleinste Detail. Und das bedeutete: Irgendetwas stimmte da nicht. Entweder tat Prisca dies bewusst – aus einem Grund, der sich Sila nicht erschließen wollte – oder die Videoübertragung war ein Fake. Sila wusste, dass spezielle KIs in der Lage waren, eine relativ kurze Videosequenz in Dauerschleife abzuspielen, ohne dass es einem oberflächlichen Betrachter auffallen würde. Zu diesem Zweck zerschnitten sie die Bewegungsabläufe in kleine Schnipsel, setzten sie zu immer neuen, dem menschlichen Auge natürlich anmutenden Bewegungen zusammen und ergänzten sie um täuschend echte Animationen. Das bedeutete, eine Person, die sich nur für eine halbe Minute in Sichtweite einer Überwachungskamera aufhielt, konnte in einem zweistündigen Film gezeigt werden, ohne dass es weiter auffiel. Eine solche Technik war bei Außeneinsätzen von Sondereinsatzkommandos, insbesondere beim Stürmen schwer gesicherter Gebäude, von unschätzbarem Wert. Die Frage war nur: Warum wendete Hofmann sie bei einer Gefangenen an? Es war doch vollkommen unsinnig, eine aufwendig gefakte Videoaufnahme zu produzieren, wenn man auch völlig unkompliziert eine Liveschalte in die Zelle machen konnte.

Silas Finger fühlten sich unangenehm taub an, und sie spürte, dass es ihr zunehmend schwerfiel, sich zu konzentrieren. *Bleib wach!*, ermahnte sie sich selbst. Ein manipuliertes Video war nur dann sinnvoll, wenn einem keine Liveaufnahme zur Verfügung stand, und das bedeutete: Prisca war entweder nicht mehr hier oder sie befand sich in einem Zustand, der für Hofmanns Ansinnen nicht hilfreich war …

Vor ihrem inneren Auge sah Sila Hofmanns wütendes Gesicht und die nur mühsam unterdrückte Furcht in seinen Augen. War er zu weit gegangen?

Das Licht ging aus, und das Brausen der Klimaanlage erstarb.

Sila hielt den Atem an und lauschte. Sie vernahm Schritte auf dem Flur, jemand fluchte. Dann flackerte die Leuchtfolie, und die Klimaanlage fuhr wieder hoch.

Die Tür öffnete sich, und Hofmann trat ein. Er trug ein gefüttertes Sakko und hatte sich einen Kaschmirschal um den Hals geschlungen. „Frau Wenzel", begrüßte er sie lächelnd, „Sie sind ja völlig durchgeschwitzt. Wie gut, dass wir hier eine Klimaanlage haben. Ich hoffe, Sie hatten inzwischen genug Zeit –"

„Was haben Sie mit ihr gemacht?", fuhr Sila ihn an.

Irritiert hob der Agent die Brauen. Ihr plötzlicher verbaler Angriff schien ihn zu überraschen.

Silas Zähne klapperten so stark, dass sie nicht sicher war, ob er ihre Worte verstanden hatte. „Warum der Fake?", schob sie deshalb hinterher.

Hofmanns Irritation schien nicht geringer zu werden. Dann flackerte Zorn in seinen Augen auf. „Glaubst du ernsthaft, das alles hier wäre Fake?"

In diesem Moment wurde Sila bewusst, dass sie einen Fehler gemacht hatte. Sie war die ganze Zeit davon ausgegangen, dass Hofmann selbst das Video manipuliert oder zumindest davon gewusst hatte. Doch offenbar hatte sie sich getäuscht. Was das aller

Wahrscheinlichkeit nach zu bedeuten hatte, ließ ihr Herz schneller schlagen.

„Meine Geduld mit dir ist am Ende", fauchte Hofmann. Er trat aus dem Raum und kam gleich darauf mit einem Eimer Wasser zurück.

Sila konnte an ihm vorbei einen Blick in den Flur werfen. Ein schwaches rotes Schimmern war dort zu sehen. Und das bedeutete: Es war automatisch auf Notbeleuchtung geschaltet worden. Wenn sie mit ihrer Vermutung richtig lag, musste sie Hofmann unbedingt davon abhalten, genauer über ihre wütenden Vorwürfe nachzudenken.

Ein Schwall eisigen Wassers traf Sila.

„Erfrischend", kommentierte sie mit zitternder Stimme.

Hofmann kam näher. Sein zornesrotes Gesicht war nur wenige Zentimeter von ihrem entfernt. „Es ist mir scheißegal, wenn du hier verreckst! Ihr Bastarde seid verantwortlich für den Tod Dutzender Unschuldiger. Also rede endlich oder ich prügle die Wahrheit aus dir heraus, bis du keinen einzigen heilen Knochen mehr im Leib hast."

Sila musste husten.

Hofmann packte sie am Hals. „Die Hintermänner!"

Silas Gedanken rasten. „Haben ... Sie sich je gefragt, wer von diesem Attentat profitiert? Die Follower ganz bestimmt nicht!"

Hofmann schnaubte spöttisch. „Fanatiker denken nicht rational. Sie kennen nur ihre eigene Wahrheit und versuchen sie durchzusetzen, egal, wie viele Opfer es gibt." Sein Griff verstärkte sich.

„Okay", presste Sila hervor. „Vielleicht ist das so. Aber Sie haben nach den Hintermännern gefragt ..."

Er hielt inne. Für einen Moment wirkte er nachdenklich. Dann ging erneut das Licht aus, und das Rauschen der Klimaanlage verstummte.

„Verdammt noch mal ..." Sein Griff löste sich.

Im nächsten Moment vernahm Sila sich entfernende Schritte. Sie sah etwas aufflackern, vermutlich eine Taschenlampe.

„He!", stieß Hofmann hervor, dann polterte es und einige Herzschläge lang herrschte absolute Stille.

„Hallo?", fragte Sila in die Dunkelheit hinein.

Schritte kamen näher. Plötzlich schien ihr das grelle Licht einer Taschenlampe ins Gesicht. Sie drehte den Kopf zur Seite und bemerkte aus dem Augenwinkel eine zweite Gestalt, die sich nun über sie beugte.

„Na endlich!" Der Lichtkegel wurde zur Seite geschwenkt. Sila wandte sich der Gestalt zu, die sich nun an ihren Fesseln zu schaffen machte. Ihre Augen wurden groß. *„Sie?"*

Kapitel 32

Wären ihre Hände nicht gefesselt gewesen, hätte Sila sich die Augen gerieben. Der Mann in schwarzer Funktionskleidung, der vor ihr kniete und mit einem Teppichmesser an ihren Kunststofffesseln herumsäbelte, war niemand Geringeres als Paul Lübke. Er wirkte kleiner und müder, gleichzeitig aber auch irgendwie lebendiger als in den unzähligen Nachrichtenbeiträgen, in denen Sila ihn schon gesehen hatte.

„Was ... tun Sie hier?", stieß sie hervor.

„Du", korrigierte Paul Lübke. „Wir sind schließlich ein Team." Er lächelte. „Und um deine Frage zu beantworten: Ich versuche, diese äußerst hartnäckigen Fesseln durchzuschneiden. Dabei komme ich nicht umhin festzustellen, dass ich nicht gerade der handwerkliche Typ bin." Er schnaufte und presste die Lippen zusammen. Dann gab es einen Ruck, und Silas rechter Arm war frei. „Na endlich."

Hofmann lag auf dem Boden, etwas Buntes steckte in seinem Arm. Offenbar ein Narkosepfeil, wie ihn Veterinäre verwenden.

„Beeil dich!", mahnte eine Frauenstimme. Sie gehörte der zweiten Gestalt mit der Taschenlampe.

Auch diese Stimme kam Sila vertraut vor, aber momentan gehörte ihre ganze Aufmerksamkeit dem als vermisst geltenden Staatssekretär. Sie starrte den Mann mit großen Augen an. Schließlich sprach sie aus, was sie schon länger geahnt hatte: „Sie sind ... ich meine, du bist ein Follower!"

Er lächelte und machte sich daran, auch ihre linke Handfessel durchzuschneiden.

„Und nicht nur das", fuhr Sila fort, „du bist Nummer 13, hab ich recht?" Es fühlte sich seltsam an, den Staatssekretär für Inneres zu duzen. Andererseits fühlte sich momentan alles seltsam an.

„Schneller, wir haben nicht mehr viel Zeit!", drängte die Frau und linste in den Flur hinaus.

„Ich tu, was ich kann!", erwiderte Paul.

Er hielt das Messer ungeschickt in seiner blassen Hand. Seine Fingernägel waren sauber und gepflegt, und Sila wettete, dass die Handfläche weich und frei von Schwielen war. Eine Politikerhand, gewohnt, Dokumente zu unterschreiben, Mikrofone zu halten und Hände zu schütteln. Nicht gemacht für das harte Leben im Untergrund oder gar für diese Befreiungsaktion. „Warum hast du die Seiten gewechselt?", fragte sie.

Er hob den Blick und sah sie eindringlich an. „Warum hast *du* es getan?"

Sila starrte ihn an. Fragen rasten durch ihr Bewusstsein wie eine Herde fliehender Antilopen. *Was meint er damit? Hat Joses ihm erzählt, was er zu wissen glaubt? Ist das irgendein Trick?* Und dann gab es da noch diese eine Frage, die tiefer ging und sich irgendwie in ihr festkrallte. *Hat er recht?* Sie schluckte. Hatte sie die Seiten gewechselt?

Es gab einen weiteren Ruck, und auch ihre linke Hand war frei.

„Los jetzt, die Wachen werden gleich hier sein", zischte die Frau und wandte sich um. Es war Rebekka. Sie wirkte angespannt. Aber es lag nichts mehr von der Aggression in ihrem Blick, die sie am Tag von Silas Verhaftung ausgestrahlt hatte.

„Sie hat recht!", meldete sich unvermittelt Skulls körperlose Stimme über Silas CI zu Wort. „Es wurde ein stiller Alarm ausgelöst."

„Wo kommst du denn auf einmal her?", entfuhr es Sila. Sie nahm Paul das Messer aus der Hand und durchtrennte in Windeseile die Fesseln an ihren Fußgelenken. Als sie aufstehen wollte, wäre sie beinahe gestürzt, hätte Paul sie nicht gehalten. Ihre Muskeln waren steif und kalt.

„Warte!" Paul zog seine Jacke aus und legte sie ihr über. Dankbar schlüpfte Sila in die Ärmel.

„Dafür haben wir keine Zeit", drängte Rebekka.

Sila nickte. „Wir müssen Prisca befreien."

„Nein!", erwiderte Rebekka barsch und huschte auf den Gang hinaus.

„Wir können sie nicht zurücklassen. Sie halten sie in der Zelle neben meiner gefangen."

„Tun sie nicht", widersprach Skull. „Jedenfalls nicht mehr ..."

„Prisca wurde mit einigen anderen schon vor einer Stunde befreit", sagte Paul und drängte Sila hinaus auf den Gang.

„Dann war das Video der Überwachungskamera eure Fälschung?"

„Nicht meine beste Arbeit", bemerkte Skull. „Aber für den Moment hat es gereicht."

Paul nickte. „Sie durften keinen Verdacht schöpfen, bis wir euch gefunden hatten."

„Euch?"

„Joses und dich", sagte Rebekka. „Ihr beide wart als Einzige nicht in euren Zellen."

Also haben sie ihn ebenfalls gefoltert! Sila verspürte einen dumpfen Druck in der Magengegend. „Und wo ist er?"

„Ich führe euch zu ihm", sagte Skull.

„Wenn wir hier raus sind, bist du mir einige Erklärungen schuldig", wisperte Sila.

„So wie ich das sehe, bist du diejenige, die *mir* etwas schuldet", erwiderte Skull.

„Sei nicht so pedantisch", brummte Sila.

„Achtung, ich schalte euch jetzt auf Konferenz."

Sila warf Rebekka einen misstrauischen Blick zu. Konnte sie der Frau wirklich trauen?

„Ich kann die IT-Meute des AIS nicht mehr lange aufhalten. In ein paar Minuten werden die Überwachungssysteme wieder funktionieren."

„Wo müssen wir lang?", fragte Paul.

„Folgt dem Gang nach links. Ihr müsstet dann auf einen Quergang stoßen. Folgt diesem für etwa dreißig Meter, dann müsste irgendwo rechts eine Glastür sein."

„Alles klar." Sila eilte voran.

Paul gab Rebekka ein Zeichen, und gemeinsam folgten sie ihr.

„Habt ihr die Tür erreicht?"

„Ja!" Sila streckte die Hand nach dem Griff aus, um sie aufzuziehen.

„Okay. Auf keinen Fall öffnen!"

„Wieso das denn nicht? Wir haben keine Zeit!"

„Leuchten oben rechts in der Türzarge zufällig ein paar LEDs?"

Sila hob den Blick. „Ja."

„Rot oder grün?"

„Rot."

„Wie ungünstig. Dann bitte nicht bewegen."

„Warum? Was hat das zu bedeuten?"

Skull reagierte nicht. Sila hörte nur das dumpfe Klackern seiner Tastatur. „Hey, ich rede mit dir!"

„Jetzt warte doch mal. Ich muss mich konzentrieren!"

Sila biss die Zähne zusammen. Einige Atemzüge später erlosch zuerst die eine LED, dann die andere.

„Sie sind aus", sagte Sila.

„Sicher?", hakte Skull nach.

„Ja."

„Oh ... gut. Dann müsste es eigentlich funktioniert haben."

„Diese Formulierung gefällt mir nicht. Was müsste eigentlich funktioniert haben?"

„Die Deaktivierung der ALDS."

„Herzlichen Glückwunsch! Und was bedeutet das?"

„Es bedeutet, dass ihr eigentlich nicht von dem *Automatic Laser Defense System* durchlöchert werden solltet, sobald ihr die Tür öffnet."

„Wie beruhigend."

„Vielleicht sollten wir lieber –", setzte Paul an, doch da hatte Sila die Tür schon geöffnet.

„Ich bin durch. Und jetzt?"

„Jetzt bin ich wirklich ein bisschen erleichtert", erwiderte Skull. „Der Hack war nämlich ziemlich tricky –"

„Wohin jetzt?", unterbrach Sila ihn.

„Äh, geradeaus und dann rechts durch die Metalltür.

Sie gelangten in ein Treppenhaus. Das rote Notlicht verbreitete eine unheimliche Atmosphäre.

„Jetzt zwei Etagen nach unten", wies Skull sie an.

Sila gehorchte und trat wenig später durch eine weitere Metalltür und in einen hell erleuchteten Gang. „Hier geht das Licht noch", bemerkte sie.

„Weil das System hier noch voll funktionsfähig ist. Ich wollte nicht riskieren, dass sie Verdacht schöpfen."

„Okay. Niemand zu sehen." Sila hielt die Tür auf und stellte dabei fest, dass diese von innen gepolstert war.

Paul und Rebekka schlüpften hindurch.

„Wo sind wir überhaupt?"

„Im Verhörtrakt C", erwiderte Skull.

„So etwas gibt es hier nicht", rutschte es Sila heraus, ehe ihr bewusst wurde, dass sie das eigentlich nicht wissen durfte. Doch Paul, der ihr Gespräch mithören konnte, reagierte nicht. Stattdessen sah er sich beklommen um.

„Du hast recht, Sila. Offiziell gibt es so etwas hier nicht."

„Wo müssen wir lang?"

„Einen Moment." Wieder war das vertraute Klackern der Tastatur zu vernehmen.

Sie warteten eine Minute.

„Verflixt!", stieß Skull hervor. „Ich komme nicht rein. Kann sein, dass sie Verdacht geschöpft haben."

„Dann gib uns wenigstens einen Tipp, wo wir lang müssen", zischte Sila.

„Das kann ich nicht."

„Wir müssen wahrscheinlich dort entlang", ergriff Paul das Wort und deutete über Silas Schulter hinweg in den Gang.

Sila fragte nicht, woher er das wusste. Sie nickte nur stumm und wandte sich um. Allerdings machte sich ein flaues Gefühl in ihrem Magen breit.

Sie schlichen den Flur entlang. Rechts und links gingen stählerne Türen ab, die jeweils mit mehreren schweren Riegeln versehen waren. Offenbar verließ man sich hier lieber auf eine mechanische Sicherung. Dazu passte auch, dass nirgendwo Kameras zu sehen waren. Digitale Schlösser konnten geknackt und Dateien gehackt werden, mechanische Riegel und Wachposten nicht.

Sie erreichten einen Quergang, und Sila blieb abrupt stehen. Paul und Rebekka zuckten erschrocken zusammen. Offenbar hatten auch sie es gehört. Ein Mann hatte geschrien – unartikuliert und gequält.

Sila schluckte trocken. *War das ...*

„Vater im Himmel!", stieß Rebekka hervor. Sie war mit einem Mal sehr blass. „Ich glaube, das war er."

„Das können wir nicht wissen", erwiderte Paul.

Wieder ein Schrei.

„Er ist es!" Rebekkas Kinn bebte.

Sila sagte nichts, doch auch sie war sich sicher, Joses' Stimme erkannt zu haben.

„Leute …", meldete sich Skull zu Wort.

Im selben Moment war ein mechanisches Kratzen zu hören.

„Pst", zischte Sila.

„Leute, ihr müsst da weg!", sagte Skull.

„Still!", erwiderte Sila. „Ich höre Schritte!"

„Was?", fragte Skull.

„Es nähert sich jemand aus östlicher Richtung"

„Oha, das ist ungünstig", murmelte Skull.

„Wir können uns verstecken", schlug Rebekka vor und linste zu den stählernen Türen.

Sila schüttelte den Kopf. „Keine Chance, die sind alle verschlossen."

Die Schritte kamen immer näher. Ihnen blieben höchstens noch ein paar Sekunden.

„Woher willst du das wissen?", fragte Rebekka. Sie hastete zu einer der Türen und drückte die Klinke herunter – verschlossen. Von drinnen war die wütende Stimme eines Gefangenen zu vernehmen. „Lasst mich in Ruhe! Haut ab!"

„Was ist da los?", fragte Skull.

„Hier gibt es kein Versteck, und bis zum Treppenhaus schaffen wir es nicht."

„Wie ungün–"

„Wenn du das noch einmal sagst, drehe ich dir den Hals um", fauchte Sila.

„Was machen wir jetzt?" Furcht und Verzweiflung zeigten sich in Rebekkas Gesicht.

Sila legte sich den Zeigefinger auf den Mund. „Keinen Mucks", wisperte sie. In Gefahrensituationen blieben einem nur drei Reaktionsmöglichkeiten. Zwei davon hatten sie gerade für sich ausgeschlossen.

Sie wandte sich um und huschte dorthin, wo der Gang sich mit dem Quergang kreuzte. Die Schritte waren nun ganz nah. Sila atmete tief ein und aus. Dann wirbelte sie um die Ecke, um dem sich nähernden Wachposten die Beine wegzutreten. Sie erwischte den Mann mit perfektem Schwung und knapp oberhalb des rechten Knöchels. Eigentlich hätte er zu Boden gehen müssen, doch das geschah nicht – was ohne Zweifel daran lag, dass der Kerl deutlich über zwei Meter maß und wenigstens 150 Kilogramm wog. Er stolperte, fing sich aber wieder. „Verdammt!", stieß er hervor.

In Sekundenschnelle scannte Sila ihr Gegenüber. Der Mann war muskulös. Seine Hände waren riesig. An seiner Wange klebte Blut, obwohl er unverletzt war. In seinem Gürtel steckte ein Elektroschocker. Mit großen Augen starrte er sie an. Ganz offensichtlich war er es nicht gewohnt, attackiert zu werden.

Sila nutzte den kurzen Moment der Überraschung und verpasste ihm einen Front-Kick unters Kinn.

Er grunzte, taumelte einen Schritt zurück, fing sich aber wieder und holte zu einem mächtigen Hieb aus, den Sila mit knapper Not unterlaufen konnte. Er zog den Elektroschocker. Sie trat ihm die Waffe aus der Hand. Oder besser gesagt das Foltergerät. Sie hatte inzwischen keinen Zweifel mehr daran, dass dies der Mann war, der Joses gequält hatte.

Sie unterlief auch seinen nächsten Schlag und brachte ihn zum Stolpern. Blitzschnell sprang sie hoch und umklammerte seinen Hals mit einer Beinschere. Gemeinsam krachten sie zu Boden. Der Hüne landete hart auf der Schulter und stieß einen erstickten Schrei aus. Sila spannte die Muskeln an, steckte ein paar harte Schläge ein und spürte, wie der Mann immer heftiger nach Atem rang. Plötzlich war Rebekka bei ihr und packte sie am Arm. „Hör auf!"

Sila stieß sie beiseite.

Der Hüne röchelte.

Sila drückte fester zu. Vor ihrem inneren Auge sah sie ihn grinsend vor dem gequälten Joses stehen. Blut troff von seinen Händen. Eine ungeheure Wut packte sie. Sie würde dieses Schwein fertigmachen!

Rebekka krallte sich in ihre Jacke und versuchte, sie von dem Mann herunterzuziehen. „Hör auf damit! Du bringst ihn um!"

Sila stieß sie erneut beiseite.

Plötzlich war Paul über ihr und packte sie an den Schultern. „Sila, sieh mich an! *Sieh mich an!*" Sein Gesicht war ganz dicht über ihr. „Hör auf! Er ist bewusstlos." Sila konnte seinem Blick nicht ausweichen. Sanft, aber unnachgiebig zwang er sie, von dem Wachmann abzulassen.

Sie lockerte ihre Muskeln. Erst jetzt bemerkte sie, wie erschöpft sie war. Sie wälzte sich von dem Mann weg und rang nach Atem.

Der Hüne regte sich nicht. In seinem Arm steckte ein Betäubungspfeil. Sila sah hinüber zu Rebekka, die eine kleine Luftpistole in ihren Gürtel zurückschob.

Sie wischte sich mit dem Handrücken das Blut von der aufgeplatzten Lippe. „Hättest du mir nicht früher sagen können, dass du die dabeihast?"

Rebekka sagte nichts. Der Blick, den sie Sila zuwarf, war schwer zu deuten.

„Sila?", hörte sie Skulls Stimme. „Kannst du mich hören? Ist alles in Ordnung?"

„Mir geht's gut", krächzte sie.

Paul reichte ihr die Hand und zog sie hoch.

„Ihr müsst da weg", zischte Skull. „Sofort! Hörst du? Die halbe Wachmannschaft ist auf dem Weg zu euch!"

Kapitel 33

„Wir gehen nicht ohne Joses!", sagte Sila. „Du musst herausfinden, in welcher Zelle er ist, Skull."

Ihre beiden Begleiter sahen einander an. Es war unverkennbar, dass sie Angst hatten. Doch sie blieben stumm, niemand widersprach ihr.

„Warum musst du nur so unglaublich dickköpfig sein?", schnaufte Skull.

„Wo ist Joses?", bohrte Sila nach.

„Woher soll ich das wissen? Es gibt keine namentlichen Zuordnungen. Insgesamt sind 32 Verhörzellen aufgeführt, und zwar auf zwei unterschiedlichen Ebenen. Ob und von wem sie besetzt sind, gibt das System nicht her."

Sila betrat den Gang, aus dem der Hüne gekommen war. „Joses?", rief sie. Sie hatte ihn schreien gehört – er konnte also nicht weit sein. „Joses!"

„Nicht so laut", mahnte Skull.

„Aber wir haben ihn gehört! Dann kann er uns auch hören."

„Du wirst die Wachen zu euch locken."

„Das ist mir egal. Wir lassen ihn nicht im Stich!"

„Pst!", machte Rebekka.

Sila fuhr wütend herum. „Wir müssen uns bemerkbar machen! Wie sonst –"

„Leise!" Rebekka lauschte. „Ich hör was."

Sila schluckte eine wütende Erwiderung hinunter, denn nun nickte auch Paul. „Es kommt von dort drüben."

Die beiden huschten den Gang entlang. Sila folgte ihnen. Sie konnte nichts hören, was aber vielleicht auch daran lag, dass die Lärmattacken in der Zelle ihr Gehör in Mitleidenschaft gezogen hatten.

„Dort muss es sein!" Aufgeregt deutete Rebekka auf eine der Zellen.

Sila eilte hinüber und legte ein Ohr an das Türblatt.

„Coming for to carry me home ..."

Da sang jemand! Sila presste das Ohr fester an die Stahltür.

„Sometimes I'm up, sometimes I'm down", intonierte eine heisere Stimme. Die Worte waren nur schwer zu verstehen. „But still my soul feels heavenly bound ..."

„Das ist Joses", sagte Rebekka.

Sila schluckte. „Was macht er da?", stammelte sie. *Wie kann jemand in so einer Situation singen?*

Skull, der ihre Frage offenbar wörtlich nahm, erwiderte: „Er singt ein uraltes Spiritual."

„Oh Skull", zischte Sila, „spar dir die Vorträge und sag uns lieber, wie wir zu ihm reinkommen."

„Keine Ahnung. Der Trakt ist nicht mit dem System verbunden."

Lautes Sirenengeheul ließ Sila erschrocken zusammenzucken.

„Verflixt!", entfuhr es Skull. „Ihr müsst da weg! Es wird gleich von Wachen wimmeln!"

Sila untersuchte die Zellentür. Ein Schlüsselloch oder etwas Ähnliches gab es nicht. Aber ein schwarzes Viereck deutete auf einen Chip-Reader hin. Wortlos wandte sie sich um und hastete zurück zu dem bewusstlosen Hünen.

„Hey!", rief Paul. „Warte ..."

Ein Befehl war zu hören. Es schien, als käme er aus dem Treppenhaus.

„Sila, was hast du vor?", fragte Skull.

Sila antwortete nicht und tastete die Taschen des Mannes ab. Schließlich bemerkte sie eine Verhärtung im Stoff seiner

Brusttasche. Kurzerhand riss sie die Tasche ab und rannte zurück.

Rebekka und Paul bombardierten sie mit Fragen. Sila ignorierte sie und hielt stattdessen den Stofffetzen an den Reader. Ein Klicken war zu hören. Sie stieß die Tür auf.

Aus der Ferne war das Poltern schwerer Stiefel zu vernehmen.

Sila betrat die Zelle. Es war kalt darin. Das Licht flackerte. Und dann bot sich ihr ein erschreckender Anblick. Sie sah eine zusammengesackte männliche Gestalt, die an einen im Boden verankerten Stahlstuhl gefesselt war.

„Joses?"

Er hob den Kopf und wandte sich ihr zu. Sein Gesicht war geschwollen. „Sila?", nuschelte er. Er versuchte, so etwas wie ein Lächeln zustande zu bringen.

Der Anblick gab Sila einen Stich ins Herz. Mit einem Satz war sie bei ihm. Seine Arme und Beine waren mit Handschellen gesichert.

„Verdammt!" Sie untersuchte das Schloss. Es war durch einen Code geschützt.

„Ihr müsst hier weg", flüsterte Joses. Sein Blick huschte zu Paul, der neben Sila trat und sie am Arm packte. „Sie sind gleich da."

Sila stieß einen Fluch aus und trat frustriert gegen den Stuhl.

„Geh mit Paul und bring es zu Ende." Joses lächelte. „Ich vertraue dir."

Sie schüttelte Pauls Hand ab.

„Mach dir keine Sorgen um mich", sagte Joses. „Ich bin niemals allein. Und jetzt geh!"

„Dort drüben", erklang vom Flur her eine laute Stimme, die gleich darauf ein ersticktes Gurgeln von sich gab.

Sila unterdrückte einen wütenden Aufschrei und wandte sich widerwillig von Joses ab.

„Wir holen dich hier raus, mein Freund", sagte Paul. Dann stürmte er gemeinsam mit Sila zurück in den Flur, wo Rebekka gerade einen neuen Betäubungspfeil in ihre kleine Luftpistole lud. Etwa zehn Meter entfernt lag ein zweiter Wachposten reglos auf dem Boden.

„Da entlang!", hallte ein Befehl zu ihnen herüber. Ihre Verfolger mussten jeden Moment um die Ecke kommen.

„Wie viele Pfeile hast du noch?", fragte Sila.

„Das ist mein letzter", erwiderte Rebekka.

„Na super!"

„Folgt mir", sagte Paul.

Sie wandten sich nach rechts, rannten den Gang entlang und auf eine schwere doppelflügelige Stahltür zu. „Jetzt, Skull", zischte Paul.

Im selben Moment setzte ein Surren ein. „Ha!", machte Skull, „wenigstens die Brandschutzanlage ist gekoppelt!"

Sila spürte einen leichten Windzug und gleich darauf einen feinen Sprühregen. Die Sprinkleranlage würde vielleicht für ein wenig Ablenkung sorgen, doch ansonsten war Sila nicht klar, was das bringen sollte – bis sich die schwere Stahltür vor ihnen öffnete. Grün leuchtende Hologramme wiesen ihnen den Weg zum Notausgang.

„Da sind sie!", rief jemand. Im nächsten Moment krachten mehrere Schüsse, ein Querschläger heulte dicht an Silas Ohr vorbei.

Paul packte sie am Arm. „Hier entlang!" Sie eilten durch eine offene Tür und gelangten in einen zweiten Flur, weg vom ausgewiesenen Notausgang. Im Vorbeilaufen stieß Paul gegen eine Metallklappe. Sofort leuchtete eine rote Lampe auf, und ein zweiter Alarm setzte ein. Es war das reinste Chaos.

Wenigstens die Sprinkleranlage schaltete sich nun wieder aus.

Paul führte sie durch eine weitere offene Tür und in eine einfache Kantine. Sie hetzten an Tischen und Stühlen vorbei Richtung Küche.

„Was sollte das mit der Klappe eben? Nun wissen sie, dass wir nicht Richtung Notausgang laufen."

„Das wissen sie sowieso", erwiderte Rebekka. „Die Notausgänge führen alle in eine brandgeschützte Sicherheitsschleuse."

„Die Klappen sind für kontaminierte Wäsche gedacht", sagte Paul und stieß die Tür zu einer großen Küche auf. „Die Schächte münden direkt in einen großen Container in der Waschküche. Sie werden denken, dass wir versuchen, so zu entkommen."

„Vielleicht wäre das gar keine schlechte Idee gewesen." Sila sah sich um. „Hier sitzen wir in der Falle."

„Das stimmt", pflichtete Paul ihr bei, während er nach und nach die metallenen Türen der Schränke öffnete. „Und deshalb werden wir auch nicht hierbleiben. Ah ... da sind sie ja." Er ergriff einen Stapel Kochkleidung. „Hier, zieht das an!"

„Was soll das bringen?", murrte Sila, während sie in eine viel zu große weiße Hose schlüpfte. „Darin kommen wir auch nicht an den Posten vorbei."

„Egal. Zieh es einfach an. Du wirst mir noch dankbar sein, glaub mir", sagte Paul.

Kaum hatten sie sich die Kleidung übergestreift, flüsterte Rebekka: „Pst! Da kommt jemand!"

Instinktiv ließen sich die drei zu Boden fallen.

„Sieh du in der Küche nach. Ich checke die Cafeteria", sagte eine Männerstimme.

Sila sah, dass Rebekka die Luftpistole mit dem Betäubungspfeil hochnahm, und schüttelte langsam den Kopf. Selbst wenn sie einen der Männer außer Gefecht setzen könnten, wäre der andere sofort alarmiert und würde Verstärkung rufen.

Die Küche bestand aus drei Zeilen. Eine große Kochzeile befand sich in der Mitte. An den Wänden gab es jeweils eine Zeile für das Anrichten der Mahlzeiten und eine für den Geschirrabwasch. Von der Anrichtezeile aus führte ein Durchgang in den Vorratsraum mit integrierter Kühlkammer.

Silas Gehirn arbeitete fieberhaft an einer Lösung. Sie befanden sich im Gang vor der Abwaschzeile. Rebekka war klein und drahtig ... Sie öffnete die Industriegeschirrspülmaschine. Diese war leer. „Los, rein da!"

Nach kurzem Zögern gehorchte Rebekka. Vorsichtig schloss Sila die Tür hinter ihr.

Im selben Moment betrat der Wachposten die Küche. Sila konnte seine Schritte auf den Fliesen hören. Paul und ihr blieb keine Zeit, sich zu verstecken.

Sie krochen über den Boden, drängten sich so dicht wie möglich an die Abwaschzeile und hielten den Atem an. Wenn der Posten ordnungsgemäß vorging, würde er zuerst das wahrscheinlichste Versteck überprüfen – und das war die Vorratskammer.

Der Wachmann bewegte sich im ersten Gang genau darauf zu.

Auf Händen und Knien krabbelten Paul und Sila in die entgegengesetzte Richtung. Sie mussten im selben Moment an der Stirnseite der Kochzeile sein, in dem der Mann wieder aus der Vorratskammer herauskam. Dummerweise konnten sie ihn nicht sehen, und er bewegte sich mittlerweile deutlich vorsichtiger. Der vom Flur hereindringende Alarmton schluckte alle Geräusche.

Paul blickte sie mit großen Augen an. *Wo ist er?*, schien er zu fragen.

Sila presste die Lippen zusammen und bedeutete ihm weiterzukriechen. Wenn der Mann jetzt die Richtung änderte und auf der anderen Seite um die Kochzeile herumkam, würde er sie unweigerlich entdecken.

Sie erreichten das Ende der Zeile. Sila legte sich flach auf den Boden und rutschte Millimeter für Millimeter vor, um vorsichtig um die Ecke zu schauen. Im nächsten Moment ließ sie ein ohrenbetäubendes Scheppern zusammenzucken.

„Verdammt!", fluchte der Wachmann.

„Was ist los?", rief sein Partner von der Cafeteria her.

„Nur so ein bescheuertes Kuchenblech!"

Hastig krabbelten Paul und Sila an die Stirnseite der Kochzeile.

„War der Kuchen wenigstens lecker?", feixte der zweite Posten.

„Sehr witzig", brummte der Mann in der Küche. Er gab sich nun keine Mühe mehr, leise zu sein.

Als Sila und Paul ihn im Spülgang hörten, krochen sie im Schatten der Kochzeile in die andere Richtung.

„Bei mir ist alles gesichert. Und bei dir?", sagte der Mann in der Cafeteria.

„Ich checke noch", erwiderte der Küchenposten und begann, die Schränke zu öffnen.

Sila stockte der Atem. Wenn er auf die Idee kam, auch den Geschirrspüler zu überprüfen …

„He, was machst du da?", fragte sein Kollege von der Tür her. „Glaubst du ernsthaft, es versteckt sich jemand zwischen den Bratpfannen?"

„Mir egal. Ich hab's nicht eilig damit, diese Fanatiker zu finden. Hast du den Verhöroffizier gesehen? Den haben sie echt übel zugerichtet."

„Sei nicht so eine Memme! Ich würde nicht lange fackeln, wenn ich einen von denen in die Finger bekomme. Erst das Magazin leerballern und dann Fragen stellen. Und jetzt komm endlich! Du weißt doch, was passiert, wenn Schmidt dich beim Trödeln erwischt."

Der Küchenposten brummte eine unverständliche Erwiderung, aber das Klappern der Schranktüren hörte auf. Sich entfernende Schritte waren zu vernehmen.

Sila atmete erst auf, als beide Männer auf dem Flur waren.

Paul huschte hastig zum Geschirrspüler und öffnete die Tür. Rebekka sagte kein Wort, als sie herauskrabbelte, aber ihr Gesicht war so bleich wie Magerquark.

„Und jetzt?", fragte Sila. „Wir können nicht zurück auf den Flur."

„Jetzt brauchen wir Skull", erwiderte Paul. Er wandte sich über sein CI an den Hacker und fragte: „Hast du den Alarm deaktiviert?"

„Ja."

„Die Sirenen heulen aber immer noch", meinte Sila.

„*Den* Alarm meine ich nicht." Paul führte sie an den Abfalleimern vorbei zu einer weiteren Metallklappe, die Sila zuvor nicht gesehen hatte. Er öffnete sie, und ein übler Geruch stieg ihnen entgegen. Ungeachtet dessen nickte er Rebekka auffordernd zu. „Du zuerst."

Die junge Frau schien noch eine Spur bleicher zu werden, krabbelte aber mit den Füßen voran in den Schacht.

„Wohin führt der?", fragte Sila.

„Reststoffverwertung", erwiderte Paul.

„Nicht dein Ernst …"

Rebekka kniff die Augen zusammen und rutschte den Schacht hinab ins Dunkle.

„Jetzt du."

„Ich bin doch nicht irre!"

„Das ist unsere einzige Chance. Vertrau mir."

Sila zögerte nur kurz, denn vom Gang her waren erneut Stimmen zu hören. Sie kletterte in den Schacht, hielt den Atem an und ließ sich fallen. Der Sturz schien erschreckend lange zu dauern – zu lange, wie sie fand. Doch schließlich landete sie in einer weichen, übelriechenden Masse. „Rebekka?", fragte sie in die Dunkelheit.

Ein Lichtkegel blendete sie. „Los, weg da, schnell! Sonst landet er auf dir."

Mühsam versuchte sich Sila aus den organischen Abfällen zu befreien. Eine Hand packte sie am Arm und zog sie ruckartig zur Seite. Keinen Moment zu früh, denn im nächsten Moment landete Paul mit einem erschrockenen „Uff" direkt neben ihr.

Sila ergriff seinen Arm und half ihm auf. Er drehte den Kopf zur Seite und gab ein lautes Würgen von sich. Aber schließlich hatte er sich im Griff. Er aktivierte die Taschenlampenfunktion seines Smartpads und fand eine unverschlossene Klappe, die er hastig aufstieß.

Eine Minute später standen sie zu dritt auf dem nackten Betonboden des Kellerraums, in dem sich die hausinterne Biogasanlage befand, und schälten sich aus ihrer verdreckten Kleidung. „Ich sagte doch, dass du mir noch dankbar sein wirst", bemerkte Paul mit einem etwas angespannten Lächeln.

Sie warfen die Klamotten in den Container und verschlossen ihn sorgfältig.

„Und jetzt?"

„... schlüpfen wir in diese modischen Overalls", erklärte Paul. Er zog einen Plastikbeutel unter einem Metallschrank hervor und entnahm ihm drei Ganzkörperanzüge. Den vierten warf er in den Auffangbehälter der Biogasanlage.

„THW" stand auf den Overalls.

„Geht's euch gut?", fragte Skull.

„Den Umständen entsprechend", erwiderte Paul.

„Wir sind ein bisschen stinkig", bemerkte Sila im Versuch eines Scherzes.

„An der Stelle möchte ich darauf hinweisen, dass dieser Teil des Fluchtplans nicht meine Idee war", sagte Skull.

„Wessen denn?", fragte Sila.

„Ich gebe zu, ich habe die olfaktorischen Begleiterscheinungen unterschätzt", bemerkte Paul.

„Okay. Das Ablenkungsmanöver läuft wie geplant. Die ersten

Notfallteams sind eingetroffen und blockieren die Straßen. Ihr könnt raus."

Paul nickte, und Rebekka ging voran. Sie führte sie einen schmalen Gang entlang und eine Treppe hinauf zu einer Tür, die sie mit einer altmodischen Sicherungskarte öffnete.

Gemeinsam traten sie ins Freie. Die Luft war klar, und am Himmel über Berlin leuchtete ein prächtiger Vollmond. Blaulicht wurde von den Fenstern der umliegenden Gebäude reflektiert. Aufgeregt diskutierten einige Sanitäter und der technische Hilfsdienst mit der Security des AIS. Niemand achtete auf den unscheinbaren Nebenausgang des Gebäudes.

Ohne Hast verschwanden Paul, Sila und Rebekka in den nächtlichen Gassen.

Kapitel 34

Ein unangenehm unrhythmisches Pochen an der Schläfe und das Gefühl, keine Luft mehr zu bekommen, ließen Sila hochschrecken. „Was?", kam es krächzend über ihre Lippen. Sie riss die Augen auf.

„Alles gut", vernahm sie Pauls Stimme. „Du bist in Sicherheit!"

Sila richtete sich auf. Eine Wärmedecke rutschte raschelnd von ihren Schultern. „Joses!"

„Wir lassen ihn nicht im Stich", sagte Paul ernst. „Das verspreche ich dir!"

Silas Kopf dröhnte, und ihre Brust schmerzte. In ihrem Hals verspürte sie ein unangenehmes Kratzen. Sie befand sich in einer Art Rettungswagen – offenbar ein Mannschaftswagen des THW. Metallkästen voller Ausrüstung waren an den Wänden befestigt. Gasmasken, Schutzanzüge und Medi-Packs lagen griffbereit in Gitterboxen.

„Wo –" Sie nieste und verspürte im selben Moment ein äußerst schmerzhaftes Stechen in der Brust. „Verflixt! Das Schwein hat mir die Rippen gebrochen."

„Nur geprellt", bemerkte eine weibliche Stimme. Es war Rebekka, die sich gerade an einem der Metallkästen zu schaffen machte.

Der Gedanke, dass Joses noch immer in seiner Zelle saß, bedrückte Sila. Doch sie schob ihn beiseite. Im Moment konnte sie nichts daran ändern. Erst musste sie verstehen, was hier eigentlich vor sich ging. „Wohin fahren wir?"

„Nach Philippi", sagte Paul.

Sila nieste ein weiteres Mal, was ihr erneut einen brennenden Schmerz durch die Rippen fahren ließ. „Verdammt", murmelte sie.

„Hier, trink das." Rebekka drückte ihr einen Becher mit einer klaren Flüssigkeit in die Hand.

Sila betrachtete das Getränk misstrauisch. „Was ist das?"

„Es lindert die Schmerzen und Erkältungssymptome", erklärte Paul.

Nach kurzem Zögern leerte Sila den Becher in einem Zug. Das Zeug schmeckte süß, nur im Nachgang war es leicht bitter. „Und wo genau befindet sich dieses Philippi?", fragte sie.

„In Oranienburg."

„Hältst du das wirklich für klug?", wandte sich Rebekka an Paul. „Sie ist eine Agentin des AIS!"

„Ich weiß." Er lächelte. „Aber hast *du* dich damals klug verhalten?"

Rebekka sah erst so aus, als wolle sie ihm widersprechen. Doch dann verdrehte sie die Augen und wandte sich ab, um etwas aus einer Kiste herauszufischen.

Sila schniefte, und Rebekka reichte ihr einen Absorber. Nach kurzem Zögern nahm Sila ihn entgegen, wandte sich zur Seite und befreite ihre Nase von überschüssigem Schleim. „Danke." Es tat gut, wieder durchatmen zu können.

Paul lächelte und lehnte sich in seinem Sitz zurück. Sila saß ihm gegenüber. Zwischen Ihnen befand sich ein Metalltisch mit einem integrierten Holoprojektor.

Sila betrachtete ihr Gegenüber. Im kalten Schein der Leuchtfolie wirkte Pauls Haut beinahe leichenhaft blass. Dunkle Schatten lagen unter seinen Augen. Er wirkte müde und erschöpft.

Sie lehnte sich zurück und zog die Aktiv-Wärmedecke wieder über ihre Schultern. Die Wärme tat ihr gut, und das Medikament schien bereits seine Wirkung zu entfalten. *Bleib wachsam*, ermahnte sie sich selbst.

Paul hielt ihrem Blick gelassen stand. In den Medien war der Staatssekretär ihr immer aalglatt, kalt und berechnend erschienen – ein Karrierepolitiker durch und durch. Doch dieses Bild passte nicht zu dem Mann, der ihr gegenübersaß.

„Ich habe ungefähr eine Million Fragen", sprach Sila aus, was ihr durch den Kopf ging.

„Das überrascht mich nicht", erwiderte er.

Rebekka wollte etwas sagen, doch Paul legte ihr eine Hand auf die Schulter. „Vertrau mir", flüsterte er. Ihr Blick wurde weicher, und schließlich nickte sie widerwillig.

Sila runzelte die Stirn. Was lief da zwischen den beiden?

Paul wandte sich ihr zu, und Sila platzte heraus: „Sie ... ich meine du warst Staatssekretär im Innenministerium. Warum bist du plötzlich verschwunden, und wie kommt es, dass du jetzt für die Follower im Einsatz bist? Was hat Q-LOPA damit zu tun? Was ist mit Prisca, Heidi und den anderen? Warum habt ihr mich befreit? Woher wusstet ihr, wo ihr mich findet? Und woher kennst du Skull? Wieso nennen sie dich ‚Nummer 13'? Was hat es mit diesem Attentat auf sich und –"

„Stopp, Stopp!" Paul hob lachend die Hände. „Das reicht fürs Erste. Mir war nicht klar, dass die eine Million Fragen wörtlich gemeint waren."

„Okay, dann zunächst das Wichtigste: Was ist mit Prisca und Heidi?"

„Prisca geht es gut", meldete sich Skull über ihr CI zu Wort. „Sie sind vor euch nach Philippi gebracht worden. Heidis Aufenthaltsort ist derzeit unbekannt. Vermutlich hält sie sich wie etliche andere Follower irgendwo versteckt. Und bevor du fragst: Joses wurde in einen anderen Trakt verlegt. Zurzeit wird er nicht verhört. Ich versuche herauszufinden, was sie als Nächstes vorhaben.

Moment ..." Das Klackern seiner Tastatur war zu vernehmen. „Verflixt, er hat Kontakt aufgenommen. Ich melde mich wieder!"

„Skull, nicht so schnell ... Skull?"

Er antwortete nicht. Offenbar hatte er sich ausgeklinkt.

Paul und Rebekka blickten sich an. „Dann ist es klar", sagte Paul schließlich.

Rebekka nickte und warf Sila einen kurzen Blick zu. „Sie kann es nicht sein."

Paul lächelte. „Sag ich doch. Du kannst mir vertrauen."

Silas Blick wanderte zwischen den beiden hin und her. „Würdet ihr bitte aufhören, in Rätseln zu sprechen, und mir erklären, was hier gerade abgeht?"

„Natürlich." Paul wandte sich ihr zu. „Das muss alles sehr verwirrend für dich sein."

Sila betrachtete den Mann, den sie bislang nur als Staatssekretär Lübke gekannt hatte und der nun zu Paul geworden war, der sie aus dem Gefängnis befreit und mit ihr zusammen in eine Restmüllverwertungsanlage gesprungen war. „Vielleicht sollten wir einfach noch mal von vorn anfangen. Also, warum bist du von einem Tag auf den nächsten verschwunden?"

Paul nickte. Sein Blick glitt in die Ferne. „Als ich vor über zwanzig Jahren der Humanistisch Liberalen Partei beitrat, tat ich das aus der tiefen Überzeugung, dass nur ein naturalistisches – damals hätte ich gesagt: ein wissenschaftliches und humanistisches Weltbild – die Freiheit des Menschen gewährleisten kann. Das war auf dem Höhepunkt des Terrors religiös-fundamentalistischer und politischer Fanatiker. Meinungen und Fakten wurden wild durcheinandergewirbelt, Verschwörungstheorien trieben die seltsamsten Blüten und hatten schreckliche Folgen für das menschliche Miteinander. Erinnerst du dich noch daran, dass der jüdische Bankier Aaron Rosenbaum in seinem Schlafzimmer zu Tode gefoltert wurde, weil eine Gruppe hirnverbrannter Fanatiker aus ihm herauspressen wollte, wo er die entführten Kinder versteckt hatte, deren Blut er angeblich regelmäßig in satanistischen Messen opferte?"

Sila nickte. Obwohl sie damals noch ein Kind gewesen war, hatte sie die Fahndungsfotos vor Augen, mit denen der Staat nach den Verdächtigen gesucht hatte. Doch überall im Land gab es Sympathisanten, die diese Wahnsinnigen als Helden feierten und versteckt hielten. Es hatte beinahe zehn Jahre gedauert, ehe man den Haupttäter hatte festsetzen können. Zwei weitere Verdächtige galten bis heute als verschollen.

„Die HLP war für mich die letzte Bastion der Vernunft in einer verrückt gewordenen Welt", fuhr Paul fort, und Sila nickte. Sie wusste genau, was er damit meinte. „Deshalb unterstützte ich aus voller Überzeugung die sogenannte ‚Toleranznovelle', mit der die Gesetze zur Meinungsfreiheit und Religionsausübung damals deutlich verschärft wurden, was letztlich die Möglichkeit schuf, dem Treiben der Fanatiker ein Ende zu setzen. Aber ich war stets getrieben von dem Gedanken, dass sich die Feinde unserer Gesellschaft nur versteckt hielten, dass sie irgendwo im Untergrund lauerten und auf das kleinste Zeichen von Schwäche warteten, um unseren Staat erneut ins Chaos zu stürzen. Doch so etwas durfte nie wieder passieren. Und dafür brauchten wir eine Waffe."

„Q-LOPA?"

„Genau. Die Parteiführung, unsere wissenschaftlichen Berater des Instituts für Quantentechnologie und die zuständigen Abteilungen des Innenministeriums waren sich einig, dass künstliche Intelligenz die schärfste Waffe gegen die Unvernunft der Menschheit ist. Schon vor meiner Amtszeit flossen Milliarden in das Projekt. Als es in meinen Zuständigkeitsbereich fiel, sorgte ich dafür, dass das Budget mehrmals verdoppelt wurde, und Braun hat mich von Anfang an voll unterstützt."

„Okay, aber was genau macht Q-LOPA eigentlich?"

„Das Herz – oder besser gesagt das Hirn – von Q-LOPA ist ein hochentwickelter Quantenprozessor, der um ein Milliardenfaches schneller Daten verarbeiten kann als die schnellsten herkömmlichen Supercomputer aus den 2040er-Jahren. Trilliarden paralleler Rechenoperationen ermöglichen die perfekte Simulation realer Prozesse, oder anders ausgedrückt: Mit Q-LOPA erhofft sich die Regierung einen Blick in die Zukunft."

„Ernsthaft?", entfuhr es Sila. „Ihr benutzt das teuerste wissenschaftliche Projekt unserer Tage als ... Orakel?"

Paul lächelte. „Das ist vielleicht ein bisschen nonchalant formuliert, aber nicht ganz falsch. Braun würde dir allerdings den Kopf abreißen, wenn er dich so reden hört. Denn er sieht noch weit mehr in Q-LOPA, aber dazu später mehr. Zunächst einmal ist es wichtig zu wissen, dass das Programm entwickelt wurde, um Gefahren für die Sicherheit des Staates im Voraus zu erkennen und zu eliminieren."

Sila verspürte einen dumpfen Druck in der Magengegend. Das hörte sich beunruhigend an.

„Ich war begeistert von Q-LOPAs Fähigkeiten und überzeugt davon, dass das verschwindend geringe Risiko einer Fehlberechnung durch den Schutz, den das System bot, mehr als aufgewogen wurde", fuhr Paul fort. „Ich war so sehr davon überzeugt, dass ich Q-LOPA bereits zur Planung von Operationen einsetzte, als es dafür noch gar nicht freigegeben war. Vor allem aber fütterte ich es mit Milliarden von Daten, um die eine brennende Frage zu beantworten, die mir auf der Seele lag –"

„Und diese lautete: ,Von wem geht die größte Gefahr für den Fortbestand unseres Staates aus?'", unterbrach Sila ihn.

„Korrekt." Paul lächelte schmallippig. „Angesichts der zurückliegenden Ereignisse wird dich nicht überraschen, welche Antwort Q-LOPA nach monatelangen Berechnungen ausspuckte: Mit 98-prozentiger Wahrscheinlichkeit, genau genommen waren es

97,85 Prozent, würden die Follower dafür sorgen, dass das Staatsgebilde der Mitteleuropäischen Union in seiner jetzigen Form aufhören würde zu existieren."

„Ernsthaft?" Sila starrte ihn mit großen Augen an. „Und das hast du geglaubt?"

„Absolut!" Paul nickte, und ein Lächeln huschte über seine Lippen. „Sogar mehr als das: Ich glaube es noch immer."

Kapitel 35

Sila klappte die Kinnlade herunter. „Bitte, was?!", entfuhr es ihr.

Rebekka trat neben Paul und legte ihm eine Hand auf die Schulter. „Du kannst es nicht lassen, oder?" Ein Lächeln umspielte ihre Lippen – zum ersten Mal, seit Sila sie kennengelernt hatte. Es veränderte ihr Gesicht vollkommen. Sie wirkte mit einem Mal richtig hübsch.

Paul erwiderte ihr Lächeln.

„Du liebst es, die Leute zu schocken", sagte Rebekka tadelnd. Aber ihr Blick war sanft.

Sila runzelte die Stirn. *Sind die beiden etwa ein Paar?* „Ich gebe zu ... ich bin verwirrt", sagte sie. „Wie muss ich das verstehen? Wenn du Q-LOPA recht gibst, soll das dann heißen: Was du vorher mit aller Macht bekämpft hast, verteidigst du nun mit derselben Intensität?"

„Vielleicht könnte man es tatsächlich so ausdrücken", gab Paul zu.

„Also willst du unseren Staat zerstören?"

„Nein, ich will einen schrecklichen Fehler korrigieren, den wir gemacht haben. Echte Toleranz ist nicht zu erreichen, indem man eine relativistische Sicht auf die Wahrheit anordnet, und Fanatismus lässt sich nicht durch Denkverbote heilen."

Sila wurde nicht schlau aus diesem Mann. „Ehrlich gesagt weiß ich immer noch nicht, woran ich bei dir bin."

„Ich denke, es ist am besten, wenn du der Reihe nach berichtest", warf Rebekka ein und blickte Paul auffordernd an.

„Ich bitte ebenfalls darum", sagte Sila.

Paul lächelte. „Die Analyse von Q-LOPA legte nahe, dass es Verräter in den eigenen Reihen gab. Also beschloss ich, der Sache zunächst auf innoffiziellen Wegen nachzugehen. Ich beauftragte einige vertrauenswürdige Freelancer und Hacker damit, Nachforschungen anzustellen, und erfuhr so, dass die Follower im Grunde nur am Rand der Gesellschaft ans Tageslicht traten. Sie würden versuchen, über mildtätige und soziale Projekte neue Anhänger zu rekrutieren, stand in dem recht übersichtlichen Bericht, den man mir hatte zukommen lassen. Ich beschloss, mir selbst ein Bild von der Lage zu machen. Mithilfe einer externen Spezialistin verschaffte ich mir ein neues Aussehen."

„Deine Silikonnase war wirklich gruselig!", warf Rebekka ein.

„Was sollte ich denn machen?", erwiderte Paul. „Ich habe schon von Natur aus ein anatomisch stark ausgeprägtes Riechorgan, eine Verkleinerung ist mit Prothesen schlecht möglich. Außerdem war das kein Silikon, sondern organisches Material aus dem 3-D-Drucker. Aber wie auch immer ... Auf diese Weise konnte ich mich unerkannt bewegen. Mit einer entsprechenden Legende ausgestattet konnte ich mich als Bedürftiger unter das Volk mischen. Ich wurde zu einem von denen, die in unserem Staat durchs Raster fallen – zu einem Querulanten, notorischen Verweigerer, Drogenabhängigen und seelisch Kaputten.

Durch Mund-zu-Mund-Propaganda erfuhr ich von den inoffiziellen Lebensmittelverteilstationen der Follower. Dort traf ich das erste Mal auf Joses und Rebekka. Im Grunde war die Sache ziemlich unspektakulär. Hungrige Leute bekamen etwas zu essen und gingen wieder. Joses sah mich, stellte sich vor und fragte mich nach meinem Namen. Ich antwortete ihm meiner Legende entsprechend. ‚Schön, dass du da bist', sagte er, und dann drückte er mir eine Handvoll Proteinriegel und Vitamintabletten in die Hand. Anschließend begrüßte er einen einbeinigen Alkoholiker, indem er ihn fest in die Arme schloss.

Das Ganze lief anders ab, als ich erwartet hatte. Es wurden keine Reden gehalten, kein Propagandamaterial verteilt und keine Einladungen zu Geheimtreffen ausgesprochen. Doch ich blieb am Ball und besuchte die Verteilaktionen von da an regelmäßig. Und schließlich begann ich, das System zu durchschauen: Während die Follower Essen verteilten, Medikamente ausgaben und kleinere Verletzungen versorgten, unterhielten sie sich mit den Leuten. Sie schienen ehrlich interessiert zu sein, stellten Fragen und nahmen Anteil am Schicksal der Hilfesuchenden. Das stellte mich vor neue, nicht gerade unerhebliche Herausforderungen, denn ich musste meine Legende immer weiter ausbauen und peinlich genau darauf achten, nicht den Überblick über mein angebliches Leben zu verlieren."

„Was dir nicht besonders gut gelang", warf Rebekka ein. „Deine drogenabhängige Cousine hieß erst Claudia und dann Cornelia, und deine Eltern starben das erste Mal, als du 18 warst, und dann noch mal, als du gerade den Abschluss an der Verwaltungsakademie machtest."

„Ich gebe zu: Mir fehlte die Routine eines Undercoveragenten", bemerkte Paul schmunzelnd. „Auf jeden Fall entwickelten sich mit der Zeit intensivere Gespräche. Als ich den Eindruck hatte, eine Vertrauensbasis hergestellt zu haben, begann ich, zunehmend Fragen zu stellen. Beinahe ungewollt kam es zu Diskussionen, bei denen ich mehr von meiner eigentlichen Sichtweise preisgab, als ich wollte. Und das wiederum führte dazu, dass ich anfing, Dinge infrage zu stellen, die ich bis dahin stets für selbstverständlich gehalten hatte. An eines dieser Gespräche erinnere ich mich noch besonders gut: Ich erklärte Rebekka, dass nur eine naturalistische Weltsicht auf erwiesenen Fakten beruhen würde. Diese sei daher für mich als rational denkenden Menschen alternativlos. Damit verriet ich mehr über mich, als mir lieb war, denn mein eigentlicher Plan war es, mich als religiös interessiert auszugeben.

Aber Rebekka schien mir das nicht übel zu nehmen. Im Gegenteil, sie meinte: ‚Ich verstehe das gut. Denn genauso dachte ich auch eine Zeit lang. Meine Überzeugung war: Ich glaube nur, was sich wissenschaftlich beweisen lässt. Bis mir irgendwann zwei Kronleuchter aufgingen. Erstens: Ich treffe damit eine Entscheidung, die in Wahrheit Bestandteil eines metaphysischen Weltbildes ist. Denn der Entschluss, nur naturwissenschaftlich Beweisbares als Realität anzuerkennen, beruht selbst nicht auf naturwissenschaftlichen Beweisen. Er ist lediglich ein Ausdruck meines Weltbildes. Und zweitens: Ich lüge. Denn natürlich glaube ich ständig Dinge, die sich nicht naturwissenschaftlich beweisen lassen, zum Beispiel, dass Rembrandt ein Genie war, dass ein Sonnenuntergang am Strand von Hiddensee wunderschön ist, dass meine Oma mich mochte und dass es falsch ist, den nervigen Nachbarskindern die Hälse umzudrehen. Diese Dinge entziehen sich naturwissenschaftlichen Kategorien und sind dennoch genauso real.'

Zuerst tat ich das Ganze als ein typisch religiöses Scheinargument ab. Aber dann stellte ich fest, dass Rebekka damit einen Stachel bei mir hinterlassen hatte, der juckte und pikste, sobald ich versuchte, die Dinge aus meiner gewohnten Sichtweise heraus zu betrachten. In den seltenen, aber umso erschreckenderen Momenten der Klarheit ging mir auf, dass das, was ich den religiösen Fanatikern und Verschwörungstheoretikern bis dahin immer unterstellt hatte, auch meinen Überzeugungen nicht ganz so fern lag. Dass meinem Fordern von Toleranz in Wahrheit das Einfordern einer ganz bestimmten Sichtweise auf die Welt zugrunde lag, die gar nicht so fest im Boden faktenbasierter Wissenschaft verankert war, wie ich immer angenommen hatte. Doch das war es nicht, was mein Leben schließlich über den Haufen warf." Er räusperte sich. „Die Menschen, die die Hilfe der Follower in Anspruch nahmen, waren, nun ja ... nicht alle nett. Eine Gruppe gewaltbereiter

Jugendlicher trieb sich dort herum, und eines Tages hatten sie es plötzlich auf mich abgesehen. Sie tauchten auf, als ich auf dem Heimweg war, und umzingelten mich. Ein Bursche, nicht besonders groß, aber dermaßen voller Aggression, dass ich seinen Testosteronausstoß beinahe riechen konnte, stieß mich gegen eine Mauer und zog einen Totschläger aus der Tasche. Sein Dialekt war so stark, dass ich ihn kaum verstehen konnte. Nur so viel war klar: Er musste irgendwie herausgefunden haben, dass ich nicht wirklich bedürftig war. Offenbar hielt er mich für einen Undercoverpolizisten, und er hatte seine ganz eigene Vorstellung davon, wie das Problem aus der Welt zu schaffen sei. Dem ersten Schlag konnte ich noch ausweichen. Gerade als ich ihn warnte, dass er nicht wisse, mit wem er sich da anlege, traf mich sein zweiter Schlag mitten ins Gesicht. Noch nie im Leben hatte ich einen solchen Schmerz verspürt. Blut strömte aus meiner gebrochenen Nase und troff mir vom Kinn. Die Prothese war zerstört und hing mir schief im Gesicht. Durch die Wucht des Schlags hatte ich eine der Kontaktlinsen verloren, die meine Augenfarbe veränderten.

‚Krass, der Typ hat zwei Nasen', lachte einer der Jungs.

Die Augen des Aggressiven verengten sich zu Schlitzen. Er holte erneut mit dem Schläger aus und dann ... stand plötzlich Rebekka vor mir. Mir kam es so vor, als hätte sie sich ganz plötzlich aus der Luft materialisiert."

„So überirdisch war die Aktion leider nicht", warf Rebekka ein. „Ich bin dir hinterhergejoggt, als ich mitbekam, dass die Jungs es auf dich abgesehen haben."

„Jedenfalls stand auf einmal diese zierliche Frau vor mir", fuhr Paul fort, „scheinbar ohne jede Furcht, und sie sprach den Schläger an.

‚Claudius, was tust du da?'

‚Der Typ ist ein Spitzel!', schrie er.

‚Glaubst du, das weiß ich nicht?', erwiderte sie ruhig.

Einen Moment schien er irritiert, dann zischte er: ‚Wir müssen ihn ausschalten, eh er uns alle verrät.'

‚Claudius, so wird es dir niemals gelingen.'

‚Hä? Was meinst du? Ein Schlag, und das Problem ist gelöst.'

Rebekka schüttelte den Kopf. ‚So wirst du ihn niemals los!'

Ich schluckte. Das klang gar nicht gut. Doch der Schläger reagierte äußerst seltsam. Er wurde blass, machte einen Schritt vorwärts, starrte Rebekka voller Wut an und senkte dann auf einmal den Kopf.

‚Du wirst es nie überwinden, wenn du wirst wie er', sagte sie leise.

Ich brauchte einen Moment, bis mir klar wurde, dass sie nicht von mir sprach.

Claudius hob den Kopf. Sein Blick war so hasserfüllt und zugleich so verzweifelt, dass mir ein Schauer über den Rücken lief. ‚Lass Leon aus dem Spiel', zischte er.

Rebekka trat vor und legte eine Hand auf seine Schulter. Er schüttelte sie ab, rührte sich aber nicht von der Stelle. ‚Er hat dir deine Kindheit genommen', sagte sie. ‚Lass nicht zu, dass er dir auch deine Zukunft stiehlt.'

Der Junge sagte nichts. Eine halbe Ewigkeit stand er einfach nur da. Ich wagte nicht, mich zu rühren. Schließlich steckte er den Totschläger ein und wandte sich um. ‚Wir gehen!', befahl er den anderen Jungs."

„Claudius hat schrecklich unter seinem Stiefvater Leon gelitten", warf Rebekka ein. „Deshalb trug er diesen brodelnden Zorn in sich."

„Keiner seiner Kameraden wagte ihm zu widersprechen", sagte Paul. „Als die Jugendlichen verschwunden waren, wandte sich Rebekka um, zog mir die zerstörte Nasenprothese vom Gesicht und sah mich einen Moment lang schweigend an, bevor sie fragte: ‚Nun, Herr Lübke, was haben Sie als Nächstes vor?'

Ich kann kaum in Worte fassen, wie geschockt ich war. Viel später erfuhr ich dann, dass sie mich tatsächlich erst in diesem Moment erkannt hatte, auch wenn Joses und ihr schon länger klar gewesen war, dass ich für das Innenministerium arbeitete. Wie auch immer. Ich war dermaßen überrumpelt, dass mir als Antwort nichts anderes einfiel als: ‚Ich hätte gern wieder eine funktionierende Nase.'

‚Das sollte kein Problem sein', erwiderte Rebekka wahrheitsgemäß. Denn wie sich herausstellte, war sie ausgebildete Krankenpflegerin und konnte mir tatsächlich helfen. Danach traf ich mich weiterhin mit ihr und Joses."

„Warum bist du verschwunden, und vor allem, wie?", platzte es aus Sila heraus. „Ich habe Aufnahmen aus der U-Bahn gesehen. Alles war ganz normal, und auf einmal warst du verschwunden."

Paul nickte. „Skull hat mir die Aufnahmen zugänglich gemacht. Als ich sie sah, war ich vermutlich genauso irritiert wie ihr." Er machte eine Pause. Sein Blick wurde nachdenklich. „Weißt du, das war ein wirklich seltsamer Abend. Ich unterhielt mich mit Joses über dieselben Fragen, über die ich schon ein halbes Dutzend Mal mit ihm gesprochen hatte, und dann plötzlich und mitten in dieser U-Bahn spürte ich, dass da noch jemand war – eine ... unsichtbare Präsenz. Anders kann ich es nicht beschreiben. Und während mein plapperndes Gehirn noch nach einer passenden Antwort auf eine Frage suchte, die Joses mir gerade gestellt hatte, schien es, als würde ich in mir eine Stimme hören, die meinen Namen sagte. Es war eine geduldige, leise Stimme. Sanft und zugleich so intensiv, dass mir eine Gänsehaut über den ganzen Körper lief. Ich meine, ich habe nicht wirklich eine Stimme gehört, es war kein Reden im menschlichen Sinne. Vielleicht mehr so, als hätte Gott mich ganz kurz angestupst. Meine erste Reaktion war ‚Oh' ... dann eine ganze Weile nur ehrfürchtiges Schweigen und schließlich die Frage: ‚Bist du das, Gott?'

Ich bekam keine Antwort, jedenfalls keine Antwort im Sinne einer Erklärung oder ähnliches. Stattdessen schwang in mir so etwas wie ein unsichtbares Lächeln nach. Ein Lächeln, das den Boden unter mir zum Beben brachte. Ich konnte nicht anders: Ich fiel auf die Knie. Und dann war alles anders. Eben noch glaubte ich, dass Gott allenfalls ein interessanter Gedanke sein könnte, eine möglicherweise nicht gänzlich absurde philosophische Option, und im nächsten Moment wusste ich, dass er Realität war.

Joses war mindestens genauso überrumpelt wie ich, als wir beiden zusammen beteten. Und die wenigen anderen Fahrgäste ignorierten uns ‚Spinner' geflissentlich."

Sila hatte keine Ahnung, was sie mit dieser Information anfangen sollte. Daher schoss sie einfach die nächste Frage heraus, die ihr in den Sinn kam. „Aber warum wurden die Aufnahmen gelöscht?"

Rebekka zuckte mit den Achseln. „Wir waren es jedenfalls nicht."

Paul nickte bestätigend. „Mir fällt nur eine mögliche Erklärung ein."

„Nämlich?"

Er räusperte sich und antwortete: „Q-LOPA."

„Das kann nicht sein! Weder Snyder noch der Innenminister konnten sich das Ganze erklären."

Paul lächelte freudlos. „Für Snyder kann ich nicht sprechen, aber Severus Braun weiß mit Sicherheit über die wahren Hintergründe Bescheid. Q-LOPA soll dazu dienen, jede Gefahr abzuwehren, die unserem Staat drohen könnte. Und ein Staatssekretär, der vor den Augen aller auf die Knie fällt, um zu beten, ist da alles andere als hilfreich."

„Okay, das ist nachvollziehbar. Aber warum hat Q-LOPA nicht einfach die gesamte Aufnahme gelöscht? Dann wäre niemandem etwas aufgefallen."

„Ja, und niemand hätte auf die drohende Gefahr reagiert", erwiderte Paul. „Die manipulierte Aufnahme lieferte den perfekten Grund, um die entscheidenden Akteure des staatlichen Sicherheitsapparats in volle Alarmbereitschaft zu versetzen."

„Da ist etwas dran", stimmte Sila ihm zu. „Aber warum bist du dir so sicher, dass Braun Bescheid weiß?"

„Weil er die treibende Kraft hinter alldem ist. Ich kam erst nach und nach dahinter, denn Braun ist sehr geschickt darin, seine wahren Motive zu verbergen. Für ihn ist Q-LOPA mehr als nur ein hilfreiches Instrument zur Bekämpfung von Fundamentalismus und Terror. Er sieht in der KI den nächsten Schritt der Evolution."

„Und der wäre?", fragte Sila.

„Eine Superintelligenz, die der menschlichen so weit überlegen ist, dass sie schlichteren Gemütern als göttlich anmuten würde."

„Was? Soll das heißen, Braun sieht Q-LOPA als Person an?"

„Auf jeden Fall sieht er sie auf dem Weg dorthin. Der Gedanke dahinter ist ganz simpel: Wenn die Evolution aus Zufall Dinge wie das Leben, die Intelligenz und das Bewusstsein geschaffen hat, dann muss es einem intelligenten, sich selbst permanent optimierenden Programm doch erst recht möglich sein, dies zu bewerkstelligen."

„Braun hat das getan, was die Menschen schon seit Jahrtausenden tun", ergänzte Rebekka. „Er hat sich seinen eigenen Gott geschaffen, und zwar nach seiner ganz eigenen Vorstellung."

Sila dachte an die wiederkehrenden Muster und Prämissen, mit denen Q-LOPA operierte. Erneut fielen ihr die Worte des Innenministers ein. *Letztlich geht es immer um Macht, glauben Sie mir!* Sie verspürte ein unangenehmes Kribbeln in der Magengegend. „Das hört sich gar nicht gut an."

Rebekka sah sie an, und ein zartes Lächeln zeigte sich auf ihren Lippen. „Bitte entschuldige, dass ich so unfreundlich zu dir war.

Um ehrlich zu sein, befürchtete ich, dass du Brauns Agentin bist. Und darauf angesetzt, Paul zu töten."

„Brauns Agentin?"

„Ja."

„Wir wissen, dass er jemanden bei uns eingeschleust hat."

„Und gerade eben hat er wieder Kontakt zu dieser Person aufgenommen", ergänzte Rebekka. „Deshalb hat Skull sich vorhin ausgeklinkt."

Der Wagen kam zum Stehen.

„Wir sind da", sagte Rebekka und öffnete die Tür. Dann stockte sie und warf Paul einen erschrockenen Blick zu. „Irgendetwas stimmt hier nicht."

Kapitel 36

Paul trat in die geöffnete Tür des Wagens, und Sila richtete sich auf und lugte an ihm vorbei. Sie befanden sich auf einem alten Industriegelände – mit Graffitis beschmiertes Mauerwerk, ein paar Autowracks, rostige Eisentore. Sila konnte nichts Auffälliges ausmachen.

„Wir müssen weg hier!", rief Paul. „Sofort!" Er hämmerte an die Fahrerkabine: „Gib Gas!"

Der Wagen machte einen Satz und stockte dann wieder. Der Fahrer hatte vor Aufregung den Motor abgewürgt. Nun versuchte er, ihn erneut zu starten. „Dämliche Brennstoffzelle …", hörte Sila ihn vor sich hin schimpfen.

Paul und Rebekka blickten sich an. „Was machen wir jetzt?", fragte sie.

In diesem Moment sah Sila auf einem rostigen Container eine Bewegung. Sie reagierte instinktiv. „Runter auf den Boden!" Sie packte Rebekka an der Jacke, warf sich nach hinten und riss die schlanke Frau mit sich.

„He, was …"

Im selben Moment zischte ein Projektil über sie hinweg, streifte einen Koffer mit medizinischem Gerät und durchschlug mit einem lauten Knall die Blechwand der Fahrerkabine. Ein Schmerzensschrei erklang.

„Die schießen!" In Rebekkas Gesicht stand der pure Schock.

Paul ließ sich zu Boden fallen. „Lukas, alles okay?", rief er.

„Nicht ganz …", kam es gedämpft von vorn. „Mich hat's erwischt!"

Ein weiteres Projektil flog nur wenige Millimeter an Silas Oberschenkel vorbei und riss ein Loch in den Boden des Wagens. Sie spürte das Adrenalin wie eine Schockwelle durch ihren Körper rasen. Die Blockade ihres Neurobuttons war offensichtlich lokal gewesen. Nun funktionierte er wieder. Das AIS hatte ihn so programmiert, dass er ihre körperlichen Reaktionen in Gefahrensituationen potenzierte. Das verschaffte ihr im Sekundenbruchteil den Vorteil, der über Leben und Tod entscheiden konnte.

Sie hechtete aus dem Wagen und schlug die hintere Tür im selben Moment zu, als ein weiteres Projektil Splitter aus dem Asphalt riss. Sie verspürte einen stechenden Schmerz in der linken Wade. „Unten bleiben!", rief sie den drei im Wageninneren zu. Gleichzeitig blickte sie zu dem Container und sah eine Person auf dem Dach knien, deren langes schwarzes Haar im Wind wehte.

Eine bittere Erkenntnis durchzuckte Sila. *Verdammt, ich war so dämlich!*, schoss es ihr durch den Kopf. Doch jetzt war nicht die Zeit, sich zu ärgern. Sie stürzte nach vorn und riss die Fahrertür auf. Der Mann auf dem Sitz umklammerte sein Bein. Blut strömte zwischen seinen Fingern hindurch. Sein Gesicht war totenbleich.

„Zur Seite!", schrie Sila, während sie gleichzeitig seinen Gurt löste.

Er reagierte instinktiv. Sie half nach und gab ihm einen unsanften Stoß, sodass er unter einem Schmerzensschrei auf den Beifahrersitz plumpste. Doch das war nicht der richtige Moment für Sentimentalitäten. Ein dumpfer Knall war zu vernehmen. Sila sah, wie das Blech der Rückwand sich in Kopfhöhe beulte.

Während sie sich auf den Fahrersitz schwang und den Motor startete, stellte sie zufrieden fest, dass ihre Mutmaßung sich als korrekt herausgestellt hatte: Die relativ kleinkalibrige Waffe der Schützin hatte nicht genug Wucht, um die massive Hintertür des Wagens und zusätzlich noch die Rückwand der Fahrerkabine zu durchschlagen.

Das bedeutete aber nicht, dass sich ihre Situation nicht jederzeit verschlechtern konnte. Sila löste die Handbremse und warf einen Blick auf den Bildschirm der Heckkamera. Dunkel gekleidete Gestalten kamen durch ein Tor geströmt. Sie sahen verdächtig nach der Spezialeinheit des AIS aus.

Sila trat das Gaspedal durch. Der Motor heulte auf, und der Wagen schoss los. Sie fuhr eine scharfe Kurve, hörte das Knallen mehrerer Projektile, die den Wagen trafen, und raste dann im Schutz eines alten Backsteingebäudes davon.

Sie rief auf dem Bordcomputer ihre aktuelle Position auf und fand auf der Karte, wonach sie suchte. Drei Kilometer! Sie hatten eine realistische Chance! „Alles okay da hinten?", rief sie.

„Uns geht es gut!", vermeldete Paul. „Was ist mit euch?"

Sila warf einen Blick auf den Mann neben ihr. Er war nach vorn gesackt. Wenn nicht schnell etwas geschah, würde der Blutverlust ihn umbringen. „Lukas?" Sie rüttelte ihn an der Schulter. „Hey, Lukas!"

Er blickte benommen zu ihr auf. „Ja?"

„Zieh dein Hemd aus!", schrie sie und baute darauf, dass er ihr in seinem Schockzustand einfach gehorchen würde. Tatsächlich tat er genau das. Sie griff an ihm vorbei und öffnete das Handschuhfach. Den Blick auf die Straße gerichtet, durchwühlte sie es. Sie ignorierte Taschentücher, Ersatzbirnen und Bonbonschachteln und fand schließlich, wonach sie suchte – eine Taschenlampe.

„Verdrill dein Hemd", befahl sie dem Mann.

Er hob schwerfällig den Kopf und glotzte sie verständnislos und durch halb geschlossene Lider an.

„Verflixt!" Sila bremste scharf.

„Was ist denn los?", erklang Rebekkas Stimme. „Warum halten wir an?"

Sila antwortete nicht. Sie riss Lukas das Hemd aus den Fingern, verdrillte es zu einem Strick und wand es ihm um den

Oberschenkel. Die beiden Enden schlug sie zweimal übereinander und knotete dann die Taschenlampe ein. Mit dieser drehte sie den Stoff immer enger und fester zusammen. Der Mann stöhnte vor Schmerz auf. Doch Sila drehte weiter, bis sie kein Blut mehr austreten sah.

„Festhalten!" Lukas gehorchte ihr mit zitternden Fingern.

Hinter ihr erklangen die Sirenen näher kommender Einsatzfahrzeuge. Sila gab Gas und betete, dass die Einsatzkräfte keine Drohnen dabeihatten.

In atemraubendem Tempo trieb sie den Wagen durch das Industrieviertel, durchschlug eine Schranke und gelangte schließlich auf die B 818. Mit bis zu 100 Stundenkilometern überholte sie die Autos und aktivierte den vollautomatischen Kollisionsschutz, der seit gut zehn Jahren in jedem neu zugelassenen Pkw verbaut sein musste. Die Heckkamera zeigte schlingernde Wagen, empörte Gesichter und jede Menge Mittelfinger – vor allem aber die noch immer näher kommenden Einsatzfahrzeuge des AIS.

Laut Bordcomputer waren sie noch knapp einen Kilometer von ihrem Ziel entfernt. „Skull, bist du da?"

Keine Antwort.

„Skull, ich brauche dich dringend!"

Wieder Schweigen. Ein entgegenkommender Lkw zwang Sila, das Überholmanöver abrupt abzubrechen und auf die rechte Spur zu lenken. Der Wagen hinter ihr machte eine Vollbremsung, den Wagen vor ihr touchierte Sila leicht an der Stoßstange, woraufhin die Fahrerin vor Schreck das Lenkrad verzog und abrupt nach links ausscherte. Der heranbrausende Lkw stieg voll auf die Bremse und hupte dröhnend. Der automatische Lenkassistent übernahm, und der Pkw schaffte es gerade noch rechtzeitig, wieder auf die rechte Spur einzuschwenken.

„Sorry!", murmelte Sila und überholte den Wagen mit der leichenblassen Fahrerin erneut. „Skull, jetzt melde dich endlich!"

„Sila, ich kann jetzt nicht!"
„Wenn du uns nicht hilfst, gehen Rebekka und Paul drauf."
Skull stieß einen Fluch aus. „Okay. Was soll ich tun?"
„Kennst du das Parkhaus an der B 818?"
„Nein."
„Egal, du findest es sicher schnell. Dort ist ein *Ride & Relax*-Standort. Wir brauchen Chaos und ein anderes Transportmittel!"
„Verstanden!"

Als Sila mit ungefähr 50 Stundenkilometern die Schranke des Parkhauses durchbrach, hatten ihre Verfolger schon fast zu ihr aufgeschlossen. „Bin drin!", informierte sie Skull.

Indessen hatte sich bereits eine lange Schlange selbstfahrender R&R-Taxis gebildet, die nun in hohem Tempo das Parkhaus verließen.

Sila raste an den geparkten Fahrzeugen vorbei und bog mit quietschenden Reifen in das Untergeschoss ab. Ein rückwärtsfahrendes Taxi versperrte den Einsatzkräften hinter ihr den Weg.

Sie bremste den Wagen, sodass er schräg auf der schmalen Rampe zum Stehen kam. „Raus, raus, raus!" Während sie Lukas aus der Fahrerkabine half, kamen Paul und Rebekka aus dem hinteren Teil des Wagens geeilt. „Lauft!"

Gemeinsam stürmten sie ins Treppenhaus und gelangten von dort aus ein Stockwerk tiefer. Die gesamte Etage war an R&R vermietet, und alle Taxis waren offensichtlich gleichzeitig angefordert worden. Skull hatte hervorragende Arbeit geleistet.

„Skull, wir müssen zum Safehouse – getrennt!"
„Geht klar!", erwiderte er. „Die Nummern?"
Sila schleifte den humpelnden Lukas zu einem der Taxis. „237."
Die Kofferraumklappe des Wagens öffnete sich. Sie stieß den Mann hinein. „Keinen Mucks!", befahl sie. „Rühr dich erst, wenn sich die Klappe wieder öffnet."

Er starrte sie verdutzt an und wollte offenbar noch etwas sagen, doch da schloss sich der Kofferraum bereits wieder.

„Rebekka, hierher!" Sila wies auf das nächste Taxi. „Skull, 1814."

Der Kofferraum öffnete sich, und Rebekka kletterte eilig hinein.

Paul nahm die 921, Sila die 530. Als der Kofferraumdeckel sich über ihr schloss, murmelte sie: „‚*Ride & Relax* – wir bringen Sie sicher ans Ziel.' Hoffen wir mal, dass die Jungs nicht zu viel versprochen haben."

Der Wagen fuhr los. Nun hockte Sila in der Dunkelheit und konnte nur darauf vertrauen, dass alles gut werden würde. Einmal vernahm sie den Befehl: „Haltet sie auf!", doch das anschließende Rumpeln und ein Schmerzensschrei machten ihr deutlich, dass Skull den automatischen Fremdpersonenschutz überbrückt hatte. Aber erst als der Wagen wieder beschleunigte, wagte Sila durchzuatmen.

Eine gute Stunde war sie unterwegs, ehe das Taxi anhielt. Sie krabbelte aus dem Kofferraum und blickte in die erschöpften Gesichter von Rebekka und Paul. Die beiden stützten Lukas, der kaum noch bei Bewusstsein war.

Die Taxis hatten sie in der Tiefgarage von *Self-Box* ausgeladen und fuhren bereits weiter. Sie befanden sich in einer vollautomatisierten Lagerhalle für Privatkunden. Hunderte von riesigen Containern lagerten hier, dicht an dicht übereinandergestapelt.

Mit dem Lastenaufzug fuhren sie in den sechsten Stock. Über einen Gitterrost gelangten sie zu Container 6.37. Sila presste ihren rechten Daumen auf den Sensor. Die Tür öffnete sich, und mit dem Licht sprang auch die Belüftung an.

„Ihr könnt ihn dort hinlegen", sagte Sila und deutete auf eine schmale Pritsche.

Kapitel 37

Sila öffnete einen der Schränke und entnahm ihm ein Medi-Pack. Die Hightech-Geräte hatten sie mehrere Monatsgehälter gekostet. Sie hatte trotzdem drei davon angeschafft, außerdem lagerte sie hier Bargeld, Lebensmittel, Waffen, einen MU-Pass und einen neuseeländischen Pass mit gültigen Kreditkarten auf die jeweiligen Namen, unregistrierte AR-Linsen sowie verschiedenste Utensilien, um ihr Äußeres zu verändern – von Perücken über diverse Outfits bis hin zu künstlichen Fettpolstern. In ihrem Beruf war es klug, Vorsorge zu treffen. Sie hatte schon immer geahnt, dass irgendwann einmal der Zeitpunkt kommen würde, an dem sie dieses private Versteck nutzen musste.

Sie nahm sich einen Schokoriegel, um ihren Blutzuckerspiegel zu erhöhen, und regelte über ihren Neurobutton eine Dekompensation des übermäßigen Adrenalinausstoßes. Es wäre Lukas wenig geholfen, wenn sie jetzt kollabierte.

„Ihr braucht Zucker!" Sila deutete auf eine Schublade mit einer großen Auswahl an Schoko- und Proteinriegeln. „Bitte bedient euch!"

Sie setzte sich zu dem Verletzten auf die Pritsche. „Okay. Das wird jetzt vielleicht ein bisschen wehtun."

Vorsichtig löste sie den provisorischen Verband. Lukas stöhnte vor Schmerz auf. Sofort strömte Blut aus der Wunde. Sila biss sich auf die Lippen.

„Lass mich das bitte machen", sagte Rebekka.

„Kennst du dich damit aus?", fragte Sila und deutete auf das Medi-Pack.

Rebekka hob die Brauen. „Erstes Semester. Ich bin Krankenpflegerin, schon vergessen?"

„Überredet!" Sila drückte ihr das Medi-Pack in die Hand.

Innerhalb von nur einer Minute hatte Rebekka das Gerät aktiviert und Lukas einen Zugang gelegt. Nun würde das Medi-Pack eine rasche Analyse durchführen, die Wunde verkleben, dem Verletzten Blutersatz zuführen und mithilfe hochdosierter Antibiotika einer Infektion vorbeugen. Die Chancen standen gut, dass Lukas überlebte.

„Ich sehe, du hast dich auf alle Eventualitäten vorbereitet", sagte Paul mit einem Blick auf Silas imposante Ausrüstung.

„Na ja, dass ich mal die Seiten wechseln, in den Untergrund gehen und eine Verschwörung innerhalb meiner eigenen Regierung bekämpfen würde, konnte ich dabei allerdings nicht vorhersehen."

„Hast du denn die Seiten gewechselt?"

„Irgendwie schon, denke ich."

Paul lächelte.

Sila setzte sich und nahm sich eine Flasche Wasser. „Hast du sie erkannt?"

Er runzelte die Stirn. „Wen?"

„Die Schützin auf dem Dach?"

„Nein. Ich war zu sehr mit Überleben beschäftigt."

„Es war Heidi."

Rebekka stöhnte auf. „Oh nein!"

Paul senkte betroffen den Kopf.

Sila schraubte die Wasserflasche wieder zu und knallte sie wütend auf den Tisch. „Ich hätte es wissen können. Eigentlich hätte ich es wissen *müssen*! Joses war die Verbindung zu Paul und Prisca die Verbindung zu Joses. Das war unser Ansatzpunkt. Da lag es doch förmlich auf der Hand, dass auch die Verschwörer dieses Einfallstor nutzen würden. Sie haben Heidi als Studentin eingeschleust und auf Prisca angesetzt. Heidi hat mir sogar erzählt, dass sie Prisca erst nach deren Suizidversuch kennengelernt hat. Das erklärt übrigens auch, warum Braun meinem Einsatz gegenüber so skeptisch war. Er wollte nicht riskieren, dass ich seiner Agentin in die Quere komme. Aber aufgrund ihres Wissensvorsprungs und meiner Dämlichkeit kam ich nicht darauf. Dabei war es doch ziemlich offensichtlich: Die Agenten, die uns in jener Nacht im Humboldthain beschossen, hatten es weder auf Joses noch auf Heidi abgesehen. Sie sollten *mich* ausschalten. Bevor die Typen auftauchten, hat Heidi mich lange umarmt. Möglicherweise hat sie mich dabei für ihre Killer markiert. Aber es klappte nicht wie geplant. Und als zu erkennen war, dass wir entkommen würden, ‚stolperte' Heidi plötzlich und verlangsamte so unsere Flucht. Sie muss sich schwarzgeärgert haben, als es uns dennoch gelang zu entkommen. Nun musste sie ihren vorgetäuschten Unfall natürlich durchziehen, was ihrem Auftrag im Wege stand, dich, Paul, ausfindig zu machen. Aber nicht einmal, als ich sie trotz ihrer angeblichen Verletzung ziemlich behände durch die Gänge von Korinth huschen sah, zog ich die richtigen Schlüsse." Sila presste die Lippen zusammen. „So gesehen ist es meine Schuld, dass Joses verraten wurde, dass Korinth und Philippi keine sicheren Zufluchtsorte mehr sind und dass inzwischen wahrscheinlich Hunderte von Followern verhaftet wurden."

„Hör auf damit!", sagte Paul wütend.

Sila blickte ihn überrascht an.

„Hör auf, dich so wichtig zu nehmen!"

„Was soll das denn jetzt heißen?"

„Wenn du dir für alles die Schuld gibst, ist das nicht nur unrealistisch, sondern auch destruktiv. Du wirst dich schlecht fühlen, gleichzeitig aber wissen, dass du es sowieso nicht ändern kannst. Das hindert dich daran, echte Vergebung zu empfangen und Verantwortung zu übernehmen. Denn Erbarmen und tatkräftiges Handeln gehen immer Hand in Hand."

Sila betrachtete ihn nachdenklich. „Warum nennt man dich eigentlich ‚Nummer 13'?"

„Du lenkst vom Thema ab."

„Das mache ich immer, wenn ich erst mal nachdenken muss. Also, warum?"

„Das ist schnell erklärt. Du hast die Bibel gelesen, die Joses dir gegeben hat?"

„Zum Teil."

„In der Apostelgeschichte ist die Rede von Saulus, der ein erbitterter Feind der ersten Christen war, bis er Jesus persönlich begegnete, was sein Leben komplett auf den Kopf stellte. Später wurde er dann Paulus genannt."

„Verstehe, und Paul ist die Kurzform von Paulus."

Er nickte. „Aus seiner Feder stammen die meisten Briefe des Neuen Testaments. Er wurde ebenso wie die zwölf Jünger ‚Apostel' von Jesus genannt. Er war also die Nummer 13."

„Aber war nicht einer der Jünger ein Verräter? Dann wären es doch nur elf Apostel gewesen ..."

„Das stimmt. Aber als Nachfolger des Verräters Judas wurde Matthias eingesetzt. Paulus kam erst später dazu."

Sila nickte. „Verstehe. Aber dir ist schon klar, dass dir nicht alle Follower über den Weg trauen?"

„Damit muss ich leben." Er lächelte. „Wie steht es mit dir? Vertraust du mir?"

Sila betrachtete das Gesicht des Mannes. Er sah müde aus und irgendwie verletzlich. Da war nichts mehr von der kühlen Unnahbarkeit des Politikers zu sehen. „Schon möglich", erwiderte sie. „Hast du einen Plan?"

„Glaubst du, dein Vorgesetzter hängt in der Sache mit drin?", fragte Paul anstelle einer Antwort.

Sila schüttelte den Kopf. „Nein. Sonst hätte Snyder mich gar nicht erst beauftragt."

„Sehr gut. Denkst du, er ist offen für einen Deal?"

„Ohne diese Offenheit erreicht man eine Position wie seine erst gar nicht", erwiderte Sila. Aus dem Augenwinkel bemerkte sie, wie Rebekka bei ihren Worten zusammenzuckte. Doch da sich die junge Frau weiter um Lukas kümmerte, blieb Sila ihr Gesichtsausdruck verborgen.

„Ausgezeichnet!" Paul nickte entschlossen. „Nun brauchen wir nur noch den besten Hacker der Welt an unserer Seite."

„Was für ein Zufall, dass ich gerade in der Nähe bin", meldete sich Skull per Konferenzschalte über ihre CI zu Wort.

„Wie lange belauschst du uns schon?", fragte Sila.

„Belauschen klingt so … negativ", erwiderte Skull. „Ich war die ganze Zeit auf Stand-by, während ich mit der halben Flotte von R&R deinen zarten Hintern gerettet habe. Das ist beeindruckendes Multitasking. Ich finde, da wären ein wenig mehr Respekt und Anerkennung angesagt!"

„Ja, du bist der Allerbeste", erwiderte Sila routiniert. „Und seit wann arbeitest du heimlich für die Follower?"

„Du bist mir ein bisschen zu schnippisch."

„Vielleicht liegt's daran, dass man gerade versucht hat, uns umzubringen?"

„Kein Grund, unhöflich zu werden."

„Skull bot uns vor einer Woche seine Hilfe an", unterbrach Paul, „nachdem er herausgefunden hatte, dass der Innenminister einer KI die Entscheidung über Gut und Böse überlassen will."

„Na ja, das ist jetzt ein bisschen verkürzt dargestellt, denn eigentlich bin ich schon viel länger –", setzte Skull an.

„Vielleicht unterhaltet ihr euch ein andermal darüber", unterbrach Rebekka leise, aber bestimmt. Dann legte sie Paul eine Hand auf die Schulter. „Es ist Zeit. Erzähl ihnen, was du vorhast", forderte sie ihn auf. Ihr Gesicht war bleich. Sie sah aus wie jemand, der gerade das Todesurteil empfangen hatte.

Paul warf Rebekka einen raschen Blick zu und bemühte sich um ein Lächeln. „In Ordnung. Aber es wird euch möglicherweise nicht gefallen."

Kapitel 38

Sila parkte ihren Wagen in der Tiefgarage. Sie stieg aus, öffnete den Kofferraum und zerrte Paul Lübke aus dem dunklen Versteck. Er taumelte, blinzelte in das kalte Licht der Leuchtfolien und versuchte, seine verkrampften Schultern ein wenig zu lockern – was sich aufgrund seiner auf den Rücken gefesselten Hände als schwierig erwies. Sila stieß ihn in Richtung der unbeschrifteten grauen Stahltür, gab den Code in das virtuelle Tastenfeld ein und schob den Mann in den schmalen Gang dahinter. Keine Kamera zeichnete ihre Ankunft auf, keine Security-Mitarbeiter waren zu sehen. Dieser Ort wurde in den offiziellen Verzeichnissen des AIS nirgends aufgeführt.

Gemeinsam stiegen sie in den Aufzug. Sila entsperrte das verborgene Steuerungsmodul mit einem siebenstelligen Code und sagte „Fünfzehntes UG".

Eine halbe Minute später öffnete sich die Aufzugtür wieder. Vier Männer standen in dem schlichten Flur mit unverputzten Carbonbetonwänden: Snyder, Braun und zwei Agenten, die Sila nicht kannte. Die beiden Männer, gekleidet in die dunklen Anzüge des AIS, packten den Gefangenen an den Armen. Innenminister Braun lächelte und sagte: „Ah, der verlorene Sohn ist heimgekehrt. Sie ahnen gar nicht, wie sehr es mich freut, Sie wohlbehalten wiederzusehen, Herr Lübke."

Paul reagierte nicht. Er hielt den Kopf gesenkt.

Braun wandte sich an Sila. Sein Lächeln wurde noch etwas breiter. „Hervorragende Arbeit!" Er schüttelte ihr die Hand. „Sie haben Ihrem Land einen ungeheuren Dienst erwiesen."

„Ich habe nur meinen Job gemacht." Sila erwiderte sein Lächeln.

„Nehmen Sie sich frei, fahren Sie in den Urlaub. Gönnen Sie sich etwas", sagte Braun, und mit einem Seitenblick auf Snyder fügte er hinzu: „Ich bin mir sicher, Ihr Vorgesetzter wird das in vollem Umfang unterstützen."

„Selbstverständlich!" Snyder nickte.

Braun gab den beiden Agenten ein Handzeichen. Sie führten Paul zu einer Stahltür. Der Innenminister folgte ihnen, wandte sich an der Tür aber noch einmal um und sagte an Snyder gewandt: „Ich entschuldige mich für jeden an Ihrer Expertise geäußerten Zweifel. Das war hervorragende Arbeit! Sobald wir mit Herrn Lübke fertig sind, steht er Ihnen für Fragen uneingeschränkt zur Verfügung."

„Danke." Snyder wartete, bis sich die Tür hinter den Männern geschlossen hatte, dann nickte er Sila zu. „Kommen Sie!"

Gemeinsam stiegen sie in den Aufzug und fuhren hinauf zum Parkdeck. Dort stieg jeder in seinen Wagen und verließ das Gebäude im Abstand von einer knappen Minute.

Sila biss sich auf die Lippen. Hatte sie das Richtige getan? Zweifel nagten an ihr. Aber es war zu spät, um noch irgendetwas zu ändern. Die Dinge würden nun ihren Lauf nehmen – unweigerlich.

Sie lenkte den Wagen in die Tiefgarage der Shopping-Mall am Xi-Jinping-Platz. Anschließend kaufte sie ein Tagesticket für die *Wellnessoase* und ließ den Betrag von ihrem Konto abbuchen. Dann sah sie sich aufmerksam um. Ihr Blick blieb an einer Gruppe fröhlich plaudernder Mittvierzigerinnen hängen, die mit großen Taschen beladen auf das Center zusteuerten.

Sila wandte sie sich um, schlug sich gegen die Stirn, als habe sie etwas vergessen, und steuerte hastig in Richtung Parkdeck und damit direkt auf die Gruppe zu. im Vorbeigehen streifte sie eine der Frauen. „Oh, Entschuldigung." Die Frau reagierte nicht einmal.

Zurück auf dem Parkdeck, ging Sila nicht zu ihrem Wagen, sondern zu einem weißen Van. Sie klopfte an die Tür, und diese wurde hastig aufgezogen. „Wo bleiben Sie denn?", begrüßte Snyder sie barsch.

„Ich musste erst noch rasch für drei Stunden ins Wellnesscenter."

Er runzelte die Stirn. „Ich denke nicht, dass das nötig ist."

„Alte Gewohnheit. Und?", fragte sie und setzte sich auf den freien Stuhl vor dem Holoprojektor.

„Sie haben ihn weichgeklopft. Ich denke, gleich hat Braun seinen großen Auftritt."

Silas Magen zog sich zusammen, als sie Paul sah. Die Agenten hatten ihn übel zugerichtet. Sein linkes Auge war zugeschwollen. Blut rann ihm aus Mund und Nase.

Skull?, textete Sila.

„Bin da", meldete er sich über ihr CI.

Hält Snyder sich an sein Versprechen?

„Bislang sieht es danach aus."

Gott sei Dank!

„Besser, zwischen uns beiden herrscht Funkstille. Dein Chef ist ein alter Fuchs. Wir dürfen nichts riskieren."

Okay.

Sila beobachtete die Holoprojektion. Paul atmete schwer und schien durch seine Peiniger hindurchzusehen. Nach etwa einer Minute betrat Innenminister Braun den Raum. Er schickte die beiden Agenten hinaus und setzte sich Paul gegenüber auf einen Stuhl. „Ich denke, es ist nur fair, wenn ich Sie über Ihre aktuelle Situation aufkläre. Sie befinden sich an einem geheimen Ort. Niemand weiß, wo Sie sind, auch das AIS nicht. Der Raum ist abhörsicher, es gibt hier weder Kameras noch Mikrofone. Keine Behörde und kein Staatsanwalt werden sich einmischen. Hier gibt es nur Sie und mich."

Sila gestattete sich ein zufriedenes Lächeln. Diesbezüglich irrte sich der Innenminister gewaltig!

Braun starrte sein Gegenüber an. „Sie werden diesen Raum erst verlassen, wenn ich es will. Haben Sie das verstanden?"

„Ja", erwiderte Paul.

Braun nickte. Sein Blick fiel auf die Blutspritzer auf dem Boden. Er verzog angewidert das Gesicht. „Der Mensch ist doch eine ziemlich armselige Kreatur, finden Sie nicht? Er ist so inkonsequent, so labil und so ... verletzlich. Angetrieben von seinem instinktgesteuerten evolutionären Erbe bildet er sich ein, die Welt zu beherrschen, und doch ist er nicht mehr als eine Randnotiz in der Geschichte des Universums." Braun beugte sich vor. „Es sei denn, er bahnt dem nächsten Schritt der Evolution den Weg und erlangt auf diesem Wege die Unsterblichkeit."

Paul hielt den Kopf gesenkt und sagte kein Wort.

„Was zum Teufel ist passiert, Lübke?"

„Ich würde sagen, Ihre Leute fürs Grobe haben mir die Nase gebrochen", erwiderte Paul ungerührt.

Snyder neben ihr schnaufte. „Mumm hat er, das muss man ihm lassen!"

„Lassen Sie das", sagte Braun barsch. „Sie waren auf unserer Seite, Lübke! Mehr als das: Sie waren mein bester Mann! Wir hatten dieselben Ziele! Warum zum Teufel haben Sie das alles über Bord geworfen? Warum? Ich will das wirklich verstehen!" Sein Blick wurde eindringlich. „Also, was ist passiert?"

„Das ist nicht leicht zu erklären. Aber wenn ich versuchen sollte, es irgendwie auf den Punkt zu bringen, würde ich sagen: Gott ist passiert!"

„Machen Sie sich nicht lächerlich! Dieses anachronistische Geschwafel steht Ihnen nicht!"

„Aber haben Sie nicht selbst gesagt, die kleinlichen Ziele und Vorstellungen der breiten Masse seien Ihnen völlig gleichgültig? Es sei Ihnen egal, was gerade en vogue ist? Denn es komme nicht darauf an, im gesellschaftlichen Mainstream mitzuschwimmen, sondern sich der Realität zu stellen?"

„Ja, das habe ich gesagt. Aber Sie wissen ganz genau, dass ich damit keinesfalls irgendwelchen fanatischen Fundamentalisten das Wort reden wollte! Seit Jahren versuchen wir, diese Querulanten auszurotten. Sie wollen mir doch nicht allen Ernstes weismachen, dass Sie nun einer von ihnen geworden sind?"

Sila warf einen kurzen Blick auf Snyder. Ihr Vorgesetzter verzog keine Miene, aber sie ahnte, was in ihm vorging. Braun hatte ihm soeben ungewollt eine Waffe in die Hand gegeben. Würde seine Verachtung der Bürgerinnen und Bürger dieses Landes öffentlich werden, hätte das unangenehme Folgen für seine politische Karriere.

Sie wandte sich wieder dem Holobild zu. Machtkämpfe und politische Winkelzüge waren ihr gleichgültig. Gebannt betrachtete sie Pauls Gesicht. Das Blut und die Schwellungen machten es schwer, seine Miene zu deuten.

„Sie waren ein Kämpfer für unsere Sache", fuhr Braun fort, „ein Mann der Wissenschaft. Ich hatte Großes mit Ihnen vor." Er schüttelte angewidert den Kopf. „Und jetzt sehen Sie sich an."

Paul verzog die blutigen Lippen zu einem Lächeln. „Sie haben absolut recht! Ich war ein Überzeugungstäter. Im Alter von 16 Jahren wurde ich Mitglied der Humanistisch Liberalen Partei. Ich war ein überzeugter Humanist, der absolutistischen religiösen Ideologien den Kampf ansagte und fest daran glaubte, dass es *die Wahrheit* einfach nicht gibt. Wenn erst einmal alle Menschen akzeptieren würden, dass der Glaube an Allah genauso legitim ist wie der Glaube an Shiva, an Jesus Christus oder an die Lehren des Buddha, dann – und nur dann – wäre ein friedliches Miteinander möglich. Für mich persönlich waren diese religiösen Relikte ohnehin aus der Zeit gefallen. Ich glaubte mich auf der Seite der Wissenschaft.

Als ich von Q-LOPA erfuhr, war dies der perfekte Anlass, mich in Ihrem Haus zu bewerben. Denn ich war mir sicher, dort Zeuge des nächsten Schrittes der Evolution zu werden. Das menschliche Bewusstsein, so dachte ich, sei nichts weiter als die Summe unserer Gehirnfunktionen, und Intelligenz sei schlicht die Fähigkeit, logische Schlüsse zu ziehen. Mit der Entwicklung von Q-LOPA wurde ein neuronales Netzwerk erschaffen, das dem menschlichen Gehirn sowohl hinsichtlich der schieren Anzahl als auch der Geschwindigkeit von Rechenoperationen weit überlegen ist. Durch die Entwicklung eines Programms mit einer inkludierten rekursiven Selbstverbesserung nehmen die Fähigkeiten von Q-LOPA exponentiell zu, während wir Menschen auf der Stelle treten. Es stand für mich außer Frage, wer aus diesem Rennen als Sieger hervorgehen würde: Q-LOPA war auf dem besten Weg, eine Superintelligenz zu werden, und irgendwann in nicht allzu ferner Zukunft würde diese KI über Fähigkeiten verfügen, die den unseren so weit überlegen wären, dass sie uns wie Gott vorkommen würde."

Braun seufzte. „Bis jetzt wiederholen Sie nur Selbstverständlichkeiten. Der Siegeszug von Q-LOPA ist unausweichlich. Das ist ein Fakt. Und wir sind beide nicht in die Politik gegangen, um auf der Seite der Verlierer zu stehen. Was um alles in der Welt hat Sie dazu bewogen, die Seiten zu wechseln?"

„Wissen Sie, es war ein Schock für mich, als die KI das Ergebnis ihrer umfangreichen Analyse auswarf", fuhr Paul fort. „Wieso sieht die intelligenteste Entität, die jemals auf diesem Planeten existiert hat, ausgerechnet die Follower – eine nahezu unbekannte Gruppe religiöser Spinner – als größte Gefahr für eine transhumane Gesellschaft unter der Führung einer Superintelligenz an?"

„Ich gebe zu: Das hat auch mich überrascht", sagte Braun. „Aber letztlich spielt das keine Rolle. Sie wussten genauso gut wie ich, dass Q-LOPA bereits an einem Plan arbeitete, um den Feind zu eliminieren. Warum haben Sie nicht einfach abgewartet?"

Paul hielt Brauns wütendem Blick stand. „Weil ich es verstehen wollte! Können Sie das nicht nachvollziehen?"

Braun schnaufte unwillig. „Fahren Sie fort."

„Ich bat Q-LOPA, einen Weg zu finden, wie ich Kontakt zu der Gruppe aufnehmen kann. Und als ich erfuhr, dass die Follower verschiedene inoffizielle Hilfsprojekte betreiben, sah ich darin die perfekte Möglichkeit. Ich konnte diese Menschen beobachten, ja mehr noch, ich lernte sie kennen, führte Gespräche, fand heraus, wie sie denken und handeln."

„Mit anderen Worten: Sie Vollidiot haben sich manipulieren lassen!"

„Ich hatte mich bis dahin immer für tolerant gehalten", fuhr Paul ungerührt fort. „Aber plötzlich traf mich die erschreckende Erkenntnis: Das, was ich Toleranz nannte, war in Wahrheit Gleichgültigkeit. Mir war es gleichgültig, welcher Religion ein Mensch angehörte, weil ich alle Religionen gleichermaßen für den imaginären Rettungsanker schwacher Menschen hielt, die nicht mit der kalten Wirklichkeit klarkommen. Erst als ich unbeabsichtigt meine Maske fallen ließ und in einer Diskussion mit einem Follower meine wahre Gesinnung ziemlich deutlich zum Ausdruck brachte, wurde mir klar, was echte Toleranz bedeutet: Sie zeigte sich nämlich in der Haltung meines Gegenübers, das zu einhundert Prozent davon überzeugt war, dass ich falschlag. Dennoch begegnete mir der Mann mit Respekt und Wertschätzung, und er versuchte nicht, mich zu manipulieren und erst recht nicht zu unterdrücken. Und von solcherart Toleranz war ich meilenweit entfernt. Und nicht nur ich: Unser ganzes Staatssystem beruht auf einem falschen Verständnis von Toleranz –"

„Das ist doch Unsinn!", unterbrach Braun ihn genervt. „Sie haben sich manipulieren lassen, das ist alles. Diese Fanatiker haben ihre Tricks, und Sie sind darauf reingefallen."

Sila warf erneut einen kurzen Blick auf Snyder. Er hatte die Arme vor der Brust verschränkt. Offensichtlich gefiel ihm nicht, in welche Richtung sich das Gespräch entwickelte.

„Zuerst dachte ich das auch", erwiderte Paul. „Ich glaubte, dass die Follower irgendeine perfide Strategie haben, um neue Anhänger zu gewinnen. Also verbrachte ich mehr Zeit mit ihnen, um ihre Tricks zu durchschauen. Und schließlich wurde mir klar: Q-LOPA hat recht. Die Follower sind in der Tat gefährlich."

Braun runzelte die Stirn, und auch Snyder wirkte überrascht.

„Sie sind gefährlich, weil sie nicht unserem Bild der fanatischen Fundamentalisten entsprechen. Sie bedrohen unser System, weil sie *nicht* nach Macht streben. Und sie bringen Menschen zum Nachdenken, weil sie *nicht* gegen sie gewinnen, sondern ihnen authentisch begegnen wollen. Sie haben mich durch ihr Vertrauen mir gegenüber ins Stolpern gebracht, denn sie brachten sich für mich in Gefahr, als sie längst wussten, wer ich war. Das hatte ich nicht erwartet. Ja, mehr noch: So etwas lag jenseits meiner Vorstellungskraft! Und als mir das klar wurde, habe ich angefangen, ihnen aufrichtige Fragen zu stellen."

Braun schüttelte den Kopf und starrte Paul an wie einen Fremden.

„Irgendwann habe ich festgestellt, dass ich diese Follower beneide", fuhr Paul fort. „Ich beneidete sie, obwohl sie, von der Gesellschaft ausgestoßen, in unterirdischen Verstecken leben, sie gerade genug zum Überleben haben und keine Chance, ihre Situation irgendwie zu verbessern. Wie verrückt ist das denn?"

„Ihnen ist hoffentlich bewusst, dass Sie sich hier gerade um Kopf und Kragen reden", sagte Braun.

„Doch der Grund dafür war ganz simpel", fuhr Paul fort, als

habe er den Einwand des Innenministers nicht gehört. „Ich hatte das Gefühl, zum ersten Mal dem wirklichen Leben zu begegnen. Und als ich versuchte herauszufinden, was das für mich bedeutet, tja … da tauchte Gott in meinem Leben auf."

„Es reicht!", brüllte Braun. „Das ist ja unerträglich! Mir war nicht klar, dass Sie vollkommen wahnsinnig geworden sind." Er begann, wütend auf und ab zu gehen. „Sie schwafeln hier vom wirklichen Leben, während Sie das Spiel längst verloren haben. Ist Ihnen das wirklich nicht klar?"

„Sie meinen die Attacke auf die Parteizentrale, die Q-LOPA organisiert und den Followern untergeschoben hat?"

„Ein genialer Schachzug, nicht wahr?" Braun lächelte.

„Na ja, von einer Superintelligenz hätte ich etwas mehr erwartet als die Nachahmung eines durchgeknallten römischen Kaisers aus dem ersten Jahrhundert."

„Sparen Sie sich die Provokationen!" Braun winkte ab. „Die KI hat mit einem Schlag ihre potenziellen Feinde vernichtet und dafür gesorgt, dass zukünftig nur noch ihre Unterstützer das Sagen haben werden."

„Sie meinen, weil *Sie* der nächste Bundeskanzler werden?"

„Ich bin der beste Kandidat", erwiderte Braun. „Die Mehrheit der Partei wird für mich stimmen."

„Und dann werden Sie Ihre Macht nutzen, um die Follower zu vernichten."

„Unter anderem. Wir können eine transhumanistische Gesellschaft nicht mithilfe von rückwärtsgewandten abergläubischen Fanatikern erreichen. Insofern liegt ein Funken Wahrheit in Ihrem abenteuerlichen Vergleich mit Kaiser Nero: Manchmal kann man etwas Neues nur auf aschebedecktem Grund erbauen."

„Das reicht!", befand Snyder. „Zugriff!"

Im nächsten Moment waren Schüsse und laute Schreie zu hören.

Braun fuhr herum. „Was zum –"

Die Tür wurde aus den Angeln gesprengt, und schwarz gekleidete Gestalten des SEK stürmten mit gezogenen Waffen den Raum. „Auf den Boden!"

„Bitte … was?", stammelte Braun.

„Auf den Boden, sofort!" Jemand trat dem Innenminister die Beine weg, und der Mann verschwand aus dem Bild.

Snyder schaltete den Projektor aus und lächelte grimmig. „Das war gute Arbeit, Frau Degenhardt."

Kapitel 39

Eine kleine schwarze Ameise der Gattung Lasius niger krabbelte über den grauen Betonboden. Sie hielt inne, fuchtelte für einen kurzen Moment mit ihren Miniaturfühlern herum und hastete dann weiter. Ein winziger Punkt Leben in der grauen Einöde seiner Zelle. Wie war sie hier hereingekommen ... und warum? Hier gab es nichts, was sie hereingelockt haben könnte. Keine Essensreste, kein Wasser. Nur Kälte, Furcht und Schmerz.

Joses folgte ihr mit den Augen, bis sie in einer dunklen Ecke des Raums verschwand. Er war zu schwach, um den Kopf zu heben. Selbst das ständige Zittern hatte aufgehört, als habe sein Körper es aufgegeben, gegen die Unterkühlung anzukämpfen. War das sein Ende?

„Wo bist du?", flüsterte er. „Bitte schweig mich nicht an. Lass mich deine Nähe spüren."

Er lauschte, spürte in sich hinein, versuchte, wieder jene sanfte Stimme zu hören, die ihm einst eine Hoffnung jenseits aller menschlicher Erwartungen gegeben hatte. Doch da war nur Stille.

Joses hatte Gott um ein Wunder gebeten, um ein Erdbeben wie damals, als der Apostel Paulus und sein Freund Silas aus dem Gefängnis befreit worden waren. Doch nichts geschah.

„Siehst du mich?", wisperte er.

Keine Antwort – kein Gefühl, kein Eindruck, kein Bibelvers. Nur dumpfer Schmerz und Kälte.

War das jenes finstere Tal der Todesschatten, von dem der Psalmist sprach? War das der Ort, an dem Papa immer gewesen war, wenn er stumm in seinem Zimmer gesessen und mit leeren Augen auf die Wand gestarrt hatte? Niemand anderes hatte ihn so gesehen – oder sehen wollen. Nur Joses kannte die dunklen Stunden der charismatischen Führungspersönlichkeit der Follower. Die Menschen hatten Thaddäus Zimmerer wie einen Heiligen verehrt. Aber niemand war für ihn da gewesen, wenn er an der Last der Verantwortung, an den ständigen Konflikten und kleinlichen Streitereien seiner Gemeinde zu zerbrechen drohte – niemand außer Joses.

Er selbst war noch ein Teenager gewesen, als sein Vater an den Folgen einer brutalen Verhaftung gestorben war. Die Follower hatten ihren ermordeten Anführer als Märtyrer verehrt. Und nur allzu bald hatte es sich in ihren Köpfen festgesetzt, dass Joses der natürliche Nachfolger seines Vaters war. Doch das war grundlegend falsch. Die Follower durften sich nicht von den Einsichten und guten Absichten eines einzelnen Menschen abhängig machen. Denn niemand war vollkommen – schon gar nicht er!

Und nun war er hier, allein im Tal der Todesschatten.

Joses stöhnte und versuchte, die Beine dichter an den Körper zu ziehen, um wenigstens einen winzigen Hauch Wärme zu spüren.

Wo bist du, Gott?

Als Antwort hörte er nur seinen eigenen Atem.

Wenn du dich vor mir verbergen willst, dann werde ich das akzeptieren. Aber bitte lass Korinth nicht im Stich. Schütze deine Kinder. Stärke ihre Einigkeit. Sei bei Lydia, Phillip und Paul ... und bei Sila ...

Vor seinem inneren Auge erschien das Gesicht der jungen Agentin, die ausgeschickt worden war, um sie auszuspionieren. Der Gedanke an sie berührte ihn auf eine seltsame Weise. Aber als er versuchte, dieses Gefühl zu ergreifen, entschlüpfte es ihm sogleich wieder.

Plötzlich drängte sich ein Geräusch in sein Bewusstsein. Schritte, draußen vor seiner Zelle – und sie kamen näher! Jegliches vage

Empfinden wurde von einem sehr konkreten Gefühl verdrängt – panische Angst!

Die Tür öffnete sich. Joses hob den Blick. Zwei Männer traten ein. Ihre Gesichter waren hart und verschlossen. Der Muskulösere von beiden krempelte die Ärmel hoch.

Joses war sich nicht sicher, ob er die Männer schon einmal gesehen hatte. Zu oft wechselten seine Peiniger. Aber er wusste, was nun kommen würde. Er hatte Momente erlebt, in denen er in solchen Situationen eine geradezu übernatürliche Kraft in sich gespürt hatte; die Fähigkeit, diesen Menschen ohne Furcht gegenüberzutreten, frei und offen zu ihnen zu sprechen, ja sogar ihrer Verachtung mit Liebe zu begegnen. Aber jetzt in diesem Augenblick war er einfach nur unendlich erschöpft.

„He, steh auf! Du hast lange genug gefaulenzt!" Einer der Männer trat Joses in die Seite.

„Kann nicht", flüsterte Joses.

Der Muskulöse bückte sich und packte Joses an den Armen. Sein Griff war fest. „Hoch mit dir!"

Während der Kerl ihn hochzerrte, verspürte Joses seltsamerweise so etwas wie einen Stich im rechten Arm, als hätte der Mann eine Reißwecke in seiner Handfläche. Es würde ihn nicht wundern, wenn es tatsächlich so wäre. Die alternativen Verhörmethoden des AIS waren äußerst vielseitig.

„Reiß dich zusammen, Junge!", brüllte der Mann ihn an.

Joses versuchte aufzustehen, doch seine Beine gaben nach. Auch seine Arme hingen nur wie schlaffe Seile an ihm herab. Er wollte etwas sagen, doch außer einem feuchten Zischen brachte er keinen Laut zustande. Eine Welle der Kälte erfasste ihn.

„Was ist denn los mit dem?", fragte der andere.

„Keine Ahnung", erwiderte der Muskulöse. „Der ist schlaff wie ein nasses Handtuch."

Joses fielen die Lider zu. Dunkelheit legte sich über ihn.

„Verdammt, hat er eine Herzattacke oder so was?"

„Woher soll ich das wissen? Bin ich Arzt? Warte, ich lass ihn runter."

Joses spürte, wie er unsanft zu Boden gelassen wurde. Etwas legte sich auf seine Brust. Ein Geruchsmix aus Aftershave und Zwiebelsuppe drang in seine Nase.

„Atmet er noch?"

„Glaube, nicht."

„Puls?"

„Kann nichts spüren."

„Verdammt, ich hol den Defi!" Hastige Schritte entfernten sich.

He, was macht ihr da? Ich bin wach, wollte Joses sagen, doch er war unfähig, seine Lippen zu bewegen. Er hörte ein feines metallisches Geräusch und spürte gleich darauf eine kalte Klinge auf seinem Bauch. Er rechnete damit, jeden Moment einen schrecklichen Schmerz zu verspüren, doch offensichtlich zerschnitt der Typ nur das Gefängnishemd, das Joses trug.

„Wie viel von dem Zeug war das noch mal?", hörte er den Muskulösen brummen. „Na, wird schon passen."

Gleich darauf spürte Joses, wie eine kühle, glitschige Substanz auf seine rechte Brust und die linken unteren Rippen geschmiert wurde.

Wenig später erschollen Schritte.

„Gib her!", befahl der Muskulöse.

Jemand presste ihm etwas Kühles auf die rechte Brust und gleichzeitig in die linke Seite. Im nächsten Moment spürte Joses einen Schlag, der all seine Muskeln verkrampfen ließ, und dann... nichts mehr.

Die Welt war unruhig und düster. Der Geruch von Desinfektionsmittel lag in der Luft, und eine männliche Stimme schimpfte gedämpft: „Verflixt, wo hat der Typ seinen Führerschein her? Aus dem Secondhandshop?"

So hatte sich Joses den Himmel nicht vorgestellt. Er versuchte, die Augen zu öffnen und stellte fest, dass sich seine Augenlider tatsächlich einen Spaltbreit auseinanderschoben. Allerdings half ihm das nicht weiter. Er konnte lediglich sehen, dass er dicht an einer grob gezimmerten Bretterwand lag.

„Ich habe große Zweifel, dass diese altertümlichen Gurte uns im Zweifelsfall retten. Im Gegenteil: Wahrscheinlich erdrosseln sie uns sogar!"

„Du wärst der erste Mensch, der an der Brust erdrosselt würde", erwiderte eine Frauenstimme, die Joses vage bekannt vorkam.

Er achtete jedoch nicht allzu sehr darauf, denn nun verspürte er ein sanftes Kribbeln in seinem rechten Zeh. Es gelang ihm, den Kopf ein wenig anzuheben, um auf seine Füße zu schauen. Dabei stellte er fest, dass er in einem schmalen Holzkasten lag – einem Holzkasten, der eine verdächtige Ähnlichkeit mit einem Sarg hatte. Der Deckel stand einen Spaltbreit offen. Jemand hatte einen Stock oder etwas in der Art zwischen Deckel und Korpus geklemmt, und durch den Spalt drang ein schwacher Lichtschein.

Joses stieß einen erstickten Laut aus.

„Hast du das auch gehört?", fragte die Frauenstimme.

„Natürlich. Ich höre die ganze Zeit etwas. In dieser museumsreifen Schrottkarre rumpelt, quietscht und ächzt es in einem fort."

„Hat dir schon mal jemand gesagt, dass man es kaum mit dir aushält, wenn du nervös bist?"

„Ich bin nicht nervös", widersprach der Mann. „Ich bin lediglich besonders konzentriert."

„Schon klar."

Der Sargdeckel hob sich, und im kalten Licht einer billigen Industrieleuchtfolie sah Joses, wie sich ein pausbäckiges Frauengesicht über den Rand des Sarges schob. „Joses, bist du wach?"

Er starrte die Frau verwundert an. Allmählich kam mehr Leben in seine Glieder, und er brachte ein genuscheltes „Ja" zustande.

Seine Augen huschten umher. Er befand sich in einem altertümlichen Kastenwagen. Auf Stahlgerüsten lagerten dicht übereinander mehrere Särge.

Ein Kribbeln durchlief Joses' Körper, und er spürte, dass er mehr und mehr die Kontrolle über seine Muskeln zurückgewann.

Die Frau presste ihre beeindruckende Leibesfülle an den Sarg und beugte sich über ihn. „Ich bin so froh, dich zu sehen, Joses." Sie ergriff seine Hand.

„Wer ... sind Sie?"

Sie schenkte ihm ein strahlendes Lächeln und berührte eine Stelle hinter ihrem Ohr. „Erkennst du mich wirklich nicht?"

Ihre Stimme klang nun anders. Es hatte sich nicht viel verändert, und doch ...

„Nun ja, ich gebe zu, ich wollte auf Nummer sicher gehen." Sie zog sich die Perücke vom Kopf. Dann machte sie sich mit den Fingerspitzen an ihrer Stirn zu schaffen und zog so lange an der Haut, bis diese sich löste.

„Na lecker", brummte eine männliche Stimme, und ein kahlköpfiger schlanker Mann gesellte sich zu ihr.

Halb fasziniert, halb angewidert beobachtete Joses, wie sich die Frau die Gesichtshaut abzog. Dahinter kam ihr gerötetes und mit einer Art Gel bestrichenes echtes Gesicht zum Vorschein.

„Sila?", stammelte Joses.

Sie nickte. „Und das ist Skull." Sie drückte dem Mann neben sich die abgezogene Maske aus künstlich hergestellter Haut in die Hand. Er ließ die glitschige Masse angeekelt los, sodass sie mit einem schmatzenden Geräusch auf dem Boden landete. „Ich glaube, ihr seid euch im echten Leben noch nicht beggenet."

Joses erwiderte nichts. Mit offenem Mund starrte er Sila an.

Sie wischte sich mit dem Unterarm das Gel aus dem Gesicht und beugte sich vor. Er spürte ihre Körperwärme auf seiner Haut. Für einen kurzen Moment glaubte er, sie wolle ihn küssen. Doch dann strich sie ihm lediglich sanft das Haar aus der Stirn und flüsterte: „Willkommen zurück."

Joses versuchte, seine Gefühle zu ordnen, musste jedoch feststellen, dass ihm das nicht gelingen wollte. Also stieß er hervor: „Wie ... wie habt ihr mich befreit?"

Sila lächelte. „Das ist eine längere Geschichte."

Kapitel 40

Snyder sitzt an seinem Schreibtisch, die Ellenbogen auf die Tischplatte gestützt, die Hände verschränkt. Sein Gesicht ist vollkommen ausdruckslos. „Sie wollen also den Dienst quittieren?"

Sila nickt. „Richtig."

„Haben Sie sich das auch gut überlegt?"

„Es gibt keine Entscheidung in meinem Leben, die ich gründlicher durchdacht hätte."

„Interessant." *Snyder verzieht noch immer keine Miene.* „Darf ich fragen, was Sie zu diesem Schritt bewogen hat?"

Sila schiebt ihm ein Kuvert zu. „Steht alles hier drin."

Snyder betrachtet das Kuvert eine Zeit lang, ohne es zu öffnen. „Faszinierend", *sagt er schließlich.*

„Dass ich mich auf diese anachronistische Art und Weise von Ihnen verabschiede?"

„Nein", *er schüttelt den Kopf*, „dass ich mich dermaßen in Ihnen getäuscht habe."

„Was meinen Sie?"

„Ich habe Sie eigentlich für intelligent gehalten."

Sila erwidert nichts.

„Und nicht nur für intelligent", *fährt Snyder fort*, „sondern auch für eine hervorragende Strategin mit ausgeprägter Menschenkenntnis und einem untrüglichen Instinkt für den richtigen Augenblick." *Er wirft einen verächtlichen Blick auf das Kuvert.* „Und nun das?"

Sila setzt zum Sprechen an, doch ihr Vorgesetzter hebt die Hand. „Haben Sie vergessen, für wen Sie arbeiten? Beim AIS können Sie nicht einfach so kündigen wie irgendeine Bankangestellte oder Servicekraft!"

Sila deutet auf den Umschlag. „Vielleicht sollten Sie das lesen."

„Nicht nötig. Ich weiß, was drinsteht." Er grinst hämisch. „Ich habe meine Quellen."

Silas Herzschlag beschleunigt sich. Dieser Brief ist ihre Lebensversicherung. Sie droht darin, alles öffentlich zu machen, was sie weiß. Wenn Snyder den Inhalt bereits kennt, ist seine Reaktion nicht das, wofür Sila sie hält.

Snyder steht auf, sein Blick wird kalt. „Bringt sie zu den anderen!"

Plötzlich spürt Sila, wie harte Hände sie ergreifen. Warum hat sie die beiden Wachen nicht hereinkommen hören? Sie versucht, sich zu wehren, doch es ist zwecklos. Die Männer schleifen sie nach draußen.

Sie spürt Snyders eisigen Blick im Nacken, als sie den langen Gang entlanggeschleift wird. Vor einem gesicherten Raum halten die Männer inne. Langsam öffnet sich die Tür, die schweren Angeln quietschen. Eine flackernde Leuchtfolie wirft ihr unstetes Licht auf die Szenerie. Sila kann vier im Boden verankerte Stühle erkennen. Auf dreien davon hocken in sich zusammengesunkene Gestalten. Sie erkennt Rebekka, Skull und Joses.

„Nein!", schreit sie. „Nein ..."

Ein Geräusch erklang, und Sila riss die Augen auf. Es dauerte einen Moment, bis sie sich orientieren konnte. Die Leuchtfolie war gedimmt, der fensterlose Raum nur schwach erhellt. Sie saß auf einem Stuhl, ihr Rücken schmerzte. Offenbar war sie eingeschlafen, und es war alles nur ein Albtraum gewesen. Neben ihr stand ein leeres Bett ... Sie blinzelte. Warum war das Bett leer?

„Hey", erklang eine vertraute Stimme.

Sila fuhr hoch. Im Türrahmen stand Joses – lächelnd, in Sicherheit und vor Schwäche schwankend. „Ich wollte dich nicht stören."

Eine Welle unterschiedlichster Gefühle ergriff sie. Da waren Erleichterung, Ärger und ein seltsames Kribbeln in ihrem Bauch. Joses hatte die für sie unangenehme Gabe, jedes Mal ein

Gefühlschaos in ihr auszulösen, sobald er in ihrer Nähe war. Sie sprang auf. „Was machst du denn da?", entfuhr es ihr, barscher als beabsichtigt.

Joses sah aus, als würde er jeden Moment zusammenbrechen. „Entspann dich. Mir geht es gut. Ich vertrete mir nur ein wenig die Beine."

„Als Rebekka meinte, du müsstest dich ausruhen, war das kein unverbindlicher Vorschlag zur Freizeitgestaltung. Es war eine medizinische Anweisung!"

„Deswegen gehe ich langsam."

„Das ist ... nicht klug!"

Er hielt inne und sah ihr in die Augen. „Mag sein, aber ich muss den Himmel sehen. Kannst du das nicht verstehen?"

Sila presste die Lippen zusammen. Dann nickte sie. Natürlich konnte sie das. Sie wusste nur allzu gut, was ihn antrieb. Manchmal erschien auch ihr das Gefühl, eingesperrt zu sein, unerträglich. „Ich komme mit."

„Das musst du nicht!"

„Doch", widersprach Sila. „Du bist ein körperliches Wrack, und ich will nicht riskieren, dass du irgendwo zusammenbrichst oder entkräftet von einer Leiter fällst."

„Hat dir schon mal jemand gesagt, dass du eine unwiderstehlich charmante Art hast?"

„Das höre ich ständig", sagte Sila und hakte sich bei ihm unter.

Joses lachte.

Gemeinsam traten sie hinaus auf den Gang.

„Lass uns in den Park gehen", schlug er vor.

„Vergiss es!"

„Gut, dann lass uns in den Park schleichen."

„Hat dir schon mal jemand gesagt, dass du ein unglaublich sturer Dickkopf bist?"

„Das höre ich ständig", erwiderte er.

Sie brauchten fast eine halbe Stunde, bis sie durch den verborgenen Ausgang ins Freie traten und den nächtlichen Sternenhimmel über sich sahen.

Joses blieb stehen. Sila mutmaßte, dass er das nicht nur tat, um den Anblick zu genießen, sondern auch, um wieder zu Atem zu kommen. Es würde noch Wochen dauern, ehe er die Folgen der Verhörmethoden des AIS überwunden hätte. Und damit meinte Sila lediglich die körperlichen Folgen. Die seelischen Qualen und Albträume würden nicht so leicht abzuschütteln sein.

Sorgfältig verschloss sie den Zugang zu jenem geheimen Ort, den sie „Ephesus" getauft hatten: ein neues Versteck mitten in der Stadt, entstanden aus dem Größenwahn des personifizierten Bösen.

Der ehemalige Flughafen Tempelhof zählte noch immer zu den größten Gebäudekomplexen der Welt. Nur die wenigsten wussten, dass er vollständig unterkellert war. Vor allem aber waren das unterirdische Wasserwerk und das Kraftwerk zur Versorgung des Komplexes in Vergessenheit geraten. Schon im 20. Jahrhundert stillgelegt, waren die Anlagen im Zuge der Randbebauung des Flughafengeländes endgültig versiegelt worden. Die Follower hatten sie wiederentdeckt und in ihnen einen weiteren Zufluchtsort errichtet. Noch war alles sehr provisorisch. Aber Sila war sich sicher, dass sich das in den nächsten Monaten ändern würde.

„Bereust du es?", fragte Joses.

„Was?"

„Dass du dein altes Leben aufgegeben hast."

„Ich habe kein altes Leben", sagte Sila, während sie zum Sternenhimmel hinaufblickte. „In der Vergangenheit gab es Dutzende von Rollen, in die ich geschlüpft bin. Ich hatte Ziele, die ich neutralisieren musste, und Aufträge, die es zu erledigen galt – aber ein Leben?" Sie schüttelte langsam den Kopf. „Ich glaube, ich fange jetzt erst an, es zu entdecken."

Joses hob die Brauen. „In einem unterirdischen Versteck, umgeben von den Ausgestoßenen der Gesellschaft und immer in der Gefahr, dass dein ehemaliger Arbeitgeber dich aufspürt und ermorden lässt?"

Sila lächelte. „Exakt. Genau da."

Joses erwiderte ihr Lächeln.

Eine Zeit lang blickten sie schweigend zum Himmel hinauf. Die Luft war klar, und man konnte die Sterne am Firmament funkeln sehen.

„Wann hat Snyder eigentlich kapiert, dass du nicht zurückkommen wirst?", fragte Joses schließlich.

„Ich vermute, er ahnte es schon in dem Moment, als ich ihm den Deal vorschlug. Aber wie hätte er dazu Nein sagen können? Immerhin bekam er die Möglichkeit, nicht nur einen Umsturzversuch zu verhindern, sondern auch den Innenminister als Kopf des Verrats zu überführen und den verschollenen Staatssekretär als Zeugen des Ganzen vorzuführen. Und im Gegenzug musste er lediglich dich gehen lassen und das Risiko eingehen, mich zu verlieren. So viel sind wir ihm nicht wert – nicht einmal annähernd."

„Das beruhigt mich einigermaßen. Aber wenn er dich ausfindig macht, wird er nicht zögern, dich ans Messer zu liefern."

„Genauso wenig wie er zögern wird, dich erneut verhaften zu lassen, wenn das AIS dich erwischt. Snyder denkt immer zuerst an sich. Egal, wie oft sich das Blatt auch wenden mag. Er sorgt dafür, dass er unantastbar bleibt. Deshalb stellte er auch von Anfang an sicher, dass deine Befreiung nicht auf ihn zurückfallen würde. Zumindest nicht, solange er das nicht für hilfreich hält."

Ein Stadtfuchs strich über eine der Liegewiesen und suchte in einem überquellenden Mülleimer nach Nahrung. Fledermäuse auf der Jagd nach Motten umflatterten eine Straßenlaterne.

Sila dachte an ihren ehemaligen Vorgesetzten mit seinem untrüglichen Gespür für Macht, mit seiner Fähigkeit, im Hintergrund die Fäden zu ziehen, und mit seiner Unfähigkeit, irgendjemandem zu vertrauen. Sie wollte nicht mit ihm tauschen.

Sie atmete tief durch und genoss die Freiheit dieses Augenblicks. „Wie es Paul wohl gehen mag?" Unbewusst hatte sie den Gedanken laut ausgesprochen.

„Er hat sich lange auf diesen Schritt vorbereitet", sagte Joses nachdenklich. „Nun kann er in einem öffentlichen Verfahren, dem die Aufmerksamkeit der gesamten Union sicher ist, über das sprechen, was ihn zutiefst bewegt. Er kann von der Unfreiheit berichten, die im Namen der Freiheit über das Volk gebracht wird, und von der Willkür, die im Namen der Gerechtigkeit an den Menschen verübt wird. Und nicht zuletzt von dem, was ihm trotz all dieser Dunkelheit Hoffnung gibt. Das hat die Kraft, das ganze System ins Wanken zu bringen."

„Schon. Aber es ist nicht gewiss, dass es so kommen wird. Es gibt so viele mächtige Leute, die einiges zu verlieren haben. Und es gibt Millionen von Menschen, die an dieses System glauben."

Joses nickte. „Aber es gibt auch Millionen von Menschen, die ahnen, dass mit diesem Staat etwas nicht stimmt. Mit Paul haben sie endlich eine Stimme."

„Ich frage mich, wie Rebekka diese schreckliche Ungewissheit aushält. Sie liebt ihn sehr, das ist nicht zu übersehen."

„Ich glaube, sie hält es aus, gerade weil sie ihn so sehr liebt. Und weil sie weiß, dass weder Paul noch sie jemals allein sind. Niemals! Auch wenn es sich in manchen Momenten so anfühlen mag."

Sila nickte. „Das ist tröstlich und beunruhigend zugleich."

„Ja." Joses nickte. „Weil es real ist."

Sila betrachtete ihn von der Seite. „Und wie geht es jetzt weiter?"

„So, wie es angefangen hat. Wir vergelten Böses nicht mit Bösem. Wir vertrauen auf eine höhere Gerechtigkeit. Wir bauen auf, statt zu zerstören. Und wir versuchen, anderen so zu begegnen, wie wir es uns für uns selbst wünschen." Er wandte sich ihr zu. Ein Kratzer überzog seine Wange, und Schwellungen in seinem Gesicht zeugten von den Folgen der brutalen Verhöre. Aber in seinen Augen lag ein Funkeln.

Das ist nur ein Lichtreflex, mahnte Sila die nüchterne Stimme ihres alten Selbst.

Nach kurzem Zögern trat sie dennoch einen Schritt vor und nahm seine Hand. „Ich meinte, wie geht es weiter ... mit uns?", fragte sie leise.

Joses sah ihr tief in die Augen. Täuschte sie sich oder weiteten sich seine Pupillen ein wenig? Er war nun ganz dicht bei ihr. Sie konnte spüren, wie sich sein Brustkorb hob und senkte.

„Ach, hier seid ihr", erklang eine genervte Stimme hinter ihnen.

Instinktiv fuhren sie auseinander.

„Skull." Sila seufzte. „Was gibt's?"

„Müsst ihr euch wirklich hier in dieser Wildnis herumtreiben?" Der Hacker verzog angewidert das Gesicht und wischte sich hektisch über die Wange. „Igitt! Was war das?"

„Skull, ich habe keine Ahnung, es ist stockdunkel!", erwiderte Sila.

„Ja, genau wie in diesem unterirdischen Verlies. Als ich sagte, ich müsse untertauchen, habe ich das eigentlich nicht wörtlich gemeint."

Joses schmunzelte. „Womit können wir dir dienen, mein Freund?"

„Der Rat will dich sprechen. Es gibt ein Problem."

„Es gibt immer Probleme", antwortete Joses.

Skull zuckte mit den Achseln. „Ach so, sie hätten gern auch deine Expertise, Sila." Er nickte ihr zu, bevor er sich umwandte. „Und das nächste Mal sagt gefälligst Bescheid, bevor ihr euch rausschleicht. Dann müssen sie nicht mich schicken, um euch zu orten."

Er ging rasch voran, zuckte dann aber zusammen und hielt kurz inne, als er versehentlich einen belaubten Zweig streifte.

Sila und Joses folgten ihm.

Skull hatte Sila eine neue Seite an sich offenbart, als er ihr erklärt hatte, was ihn zu den Followern getrieben hatte. Es war weit mehr gewesen als nur die intuitive Abneigung, einer KI moralische Entscheidungen zu überlassen – auch wenn dieser Plan des Innenministers der Auslöser gewesen war. Denn in jenem Moment hatte Skull sich zu fragen begonnen, wie überhaupt so etwas wie das Wissen um Gut und Böse in die Welt gekommen sein konnte. Und je mehr er darüber nachgedacht hatte, desto komplexer war ihm das Ganze erschienen. Es ließ sich einfach nicht auf eine evolutionäre Notwendigkeit reduzieren. Eine Frage hatte die nächste nach sich gezogen, und das wiederum hatte ihn schließlich in die Nähe der Follower rücken lassen, denn dort war er auf dieselben Fragen gestoßen – und auf einige sehr überraschende Antworten.

Erneut schien irgendetwas Skull zu berühren, denn er fuchtelte plötzlich wild mit der Hand in der Luft herum. „Verflixte Axt! Ich hasse die Natur!" Leise schimpfend murmelte er irgendetwas von Killerspinnen und mutierten Motten vor sich hin.

Sila verdrehte die Augen. Manches an ihm würde sich wohl nie ändern. Und dennoch war sie dankbar, den kauzigen Hacker an ihrer Seite zu wissen.

Als sie spürte, dass Joses vorsichtig ihre Hand ergriff, legte sich ein Lächeln auf ihre Lippen. Sie erwiderte seinen fragenden Händedruck.

Wo immer dieser neue Weg sie auch hinführen würde: Sie war jetzt schon froh, ihn gewählt zu haben.

Dank

Ich empfinde es als ein großartiges Geschenk, gemeinsam mit dir unterwegs zu sein, Anne. Hab Dank für deinen klugen Rat, dein Mitfiebern und dein Mitfreuen, mit dem du jedes Buchprojekt so begleitest, als wäre es dein eigenes. Ich liebe dich.

Tina, du bist und bleibst meine Lieblingskollegin. Danke für dein konstruktiv-kritisches Feedback.

Lieber Johannes, liebe Caro, ich freue mich sehr, dass ihr euch auch auf dieses Abenteuer eingelassen habt. Es ist ein Vergnügen, mit euch zusammenzuarbeiten.

Danke, Ma, für deinen Support. Diesmal ist die Geschichte ausnahmsweise eine Überraschung für dich.

Lieber Reiner, danke für deine ganz besondere Art, mit der du nicht nur am Schreiben, sondern vor allem an unserem Leben Anteil nimmst.

Nicht zuletzt gilt mein Dank euch, liebe Leserinnen und Leser. Es ist ein Privileg, dass ihr diese Reise mit mir zusammen unternehmt.

Glossar

1 Traditionelle Kopfbedeckung eines muslimischen Mannes beim Gebet.
2 Mit dem Nervus cochlearis (Hörnerv) verbundenes Gerät, das es möglich macht, akustische Nachrichten zu empfangen, ohne dass Schallwellen produziert werden.
3 Kurz für „Augmented Reality". Virtuelle Erweiterung der realen Wahrnehmung durch Integration digitaler Zusatzinformationen.
4 Kurz für „Virtuelle Realität". Darstellung und gleichzeitige Wahrnehmung einer scheinbaren Wirklichkeit und ihrer physikalischen Eigenschaften in einer in Echtzeit computergenerierten, interaktiven virtuellen Umgebung.
5 Johannes 14,6 (EU).
6 Spaltung der Wirbelsäule, umgangssprachlich auch „offener Rücken" genannt. Sie entsteht zwischen dem 22. und 28. Tag der embryonalen Entwicklung. Je nach Schädigung des Rückenmarks kann sie von Lähmungserscheinungen bis hin zur Querschnittslähmung führen.
7 Johannes 16,33 (LUT).
8 Matthäus 3,2 (LUT).
9 Kurz für „Unionskriminalamt". Übergreifende Kriminalbehörde.
10 Psalm 109,2–3.6.9 (EU).

Tiefgründig und Weise!

„*Mein erstes Buch von Thomas Franke. Es war so erfrischend, humorvoll und einzigartig. Ein derartiges Buch ist mir bisher tatsächlich nicht untergekommen und der Schreibstil war einfach super!*"

Leserstimme

Als alte Wunden bei Miriam aufbrechen, unterzieht sie sich einer neuartigen Therapie, um ihre traumatischen Kindheitserfahrungen zu verarbeiten. Doch irgendetwas geht schief, und mit einem Mal sieht sich Miriam ihrem kindlichen Ich gegenüber. Dies bringt nicht nur Miriams Berufs- und Privatleben gehörig durcheinander, sondern stellt auch ihre scheinbar so fest verankerte Weltsicht infrage...

Eine berührende Geschichte, die dabei hilft, die ungeheure Kraft des kindlichen Glaubens zu entdecken.

Thomas Franke
Das Mädchen, das nicht verschwinden wollte
Gebunden • 272 Seiten • ISBN 978-3-95734-923-1

Auch als E-Book erhältlich unter: 978-3-96122-561-3

Der Verlag weist ausdrücklich darauf hin, dass im Text enthaltene externe Links nur bis zum Zeitpunkt der Buchveröffentlichung eingesehen werden konnten. Auf spätere Veränderungen hat der Verlag keinerlei Einfluss. Eine Haftung des Verlags für externe Links ist stets ausgeschlossen.

Die Bibelzitate wurden den folgenden Bibelübersetzungen entnommen:
Lutherbibel, revidiert 2017, © 2016 Deutsche Bibelgesellschaft, Stuttgart. (LUT)
Einheitsübersetzung der Heiligen Schrift, © 2016 Katholische Bibelanstalt, Stuttgart. (EU)

© 2023 Gerth Medien
in der SCM Verlagsgruppe GmbH,
Dillerberg 1, 35614 Asslar

1. Auflage 2023
Bestell-Nr. 817 978
ISBN 978-3-95734-978-1

Umschlaggestaltung: Benita Penner
Umschlagmotiv Verlagsausgabe: kyuandzo / Shutterstock
Umschalgmotiv Clubausgabe: kyuandzo / Shutterstock · immodium / Shutterstock
Lektorat: Carolin Kilian
Satz: Greiner & Reichel, Köln
Druck und Verarbeitung: GGP Media GmbH, Pößneck
Printed in Germany

www.gerth.de